Primero pide perdón

Si tienes un club de lectura o quieres organizar uno, en nuestra web encontrarás guías de lectura de algunos de nuestros libros.
www.maeva.es/guias-lectura

Sarah Dessen

Primero pide perdón

Traducción:
SONIA FERNÁNDEZ ORDÁS

Título original:
SAINT ANYTHING

Diseño de cubierta:
Elsa Suárez

© Sarah Dessen, 2015
© Publicado bajo el acuerdo con Viking Children's Books, un sello de Penguin Young Readers Group, una división de Penguin Random House LLC
© de la traducción: Sonia Fernández Ordás, 2017
© MAEVA EDICIONES, 2017
Benito Castro, 6
28028 MADRID
emaeva@maeva.es
www.maevayoung.es

ISBN: 978-84-16690-76-3
Depósito legal: M-9.017-2017

Preimpresión: Gráficas 4, S.A.
Impresión y encuadernación: CPi BLACK PRINT
Impreso en España / Printed in Spain

*Para todas las chicas invisibles
y para quienes me leen, por verme a mí*

1

Puede ponerse en pie el acusado, por favor?

No era una pregunta de verdad, aunque lo pudiera parecer. Me había dado cuenta la primera vez que nos habíamos reunido allí para lo mismo. En realidad, era una exigencia, una orden. El «por favor» lo decían solo para quedar bien.

Mi hermano se levantó. A mi lado, mi madre se puso tensa y contuvo la respiración. Como cuando te van a hacer una placa de rayos X y te piden que no respires para que se vea mejor y tenerlo todo más claro. Mi padre permaneció impasible, con la vista al frente y una expresión inescrutable, como siempre.

El juez estaba hablando otra vez, pero yo no era capaz de prestarle atención. En lugar de eso, aparté la vista hacia los altos ventanales y me puse a observar los árboles que se mecían de un lado a otro. Estábamos a principios de agosto; las clases empezarían tres semanas después. Parecía como si me hubiera pasado el verano entero en aquella misma sala, tal vez en aquel mismo asiento, aunque sabía que no era así. Daba la impresión de que el tiempo se había detenido. Pero quizá, para las personas como Peyton, esa era precisamente la cuestión.

Solo cuando mi madre empezó a jadear y se inclinó para aferrarse al banco de delante me di cuenta de que acababan de leer la sentencia. Volví la vista hacia mi hermano. Era famoso por su coraje, y nunca tenía miedo cuando de pequeños salíamos a jugar al bosque que había detrás de casa. Pero el día que aquellos chicos mayores lo retaron a cruzar aquella zanja ancha y profunda caminando sobre una ramita escuálida y él lo consiguió, las orejas se le pusieron coloradas. Estaba asustado. Y también ahora lo estaba.

El golpe del mazo del juez retumbó en la sala, y a continuación nos ordenaron desalojar. Los abogados se volvieron hacia mi hermano; uno de ellos se inclinó para decirle algo mientras el otro le ponía una mano en la espalda. La gente se levantaba, formaba filas para salir, y yo notaba sus miradas sobre nosotros mientras tragaba saliva y centraba mi atención en mis manos, cruzadas sobre el regazo. A mi lado, mi madre sollozaba.

—Sydney, ¿estás bien? —me preguntó Ames.

No era capaz de responder, de modo que me limité a asentir con la cabeza.

—Vámonos —dijo mi padre poniéndose en pie.

Le dio el brazo a mi madre y me hizo un gesto para que pasara en dirección al lugar donde se encontraban Peyton y los abogados.

—Necesito ir al lavabo —dije.

Mi madre, con los ojos enrojecidos, me miró con un gesto severo. Como si aquello, después de todo lo que había pasado, fuera precisamente lo que no pudiera soportar.

—No os preocupéis —dijo Ames—. Yo la acompaño.

Mi padre hizo un gesto de aprobación y le dio una palmadita en el hombro al pasar. En el vestíbulo del juzgado, la gente había abierto las puertas y salía a la luz del exterior. Habría dado cualquier cosa por estar en su lugar.

Ames me puso el brazo sobre los hombros mientras caminábamos.

—Te espero aquí, ¿vale? —dijo cuando llegamos a la puerta de los servicios de señoras.

En el interior, una luz brillante e implacable me golpeó cuando me acerqué a los lavabos y me miré en el espejo. Estaba pálida y tenía la mirada oscura, vacía e inexpresiva.

A mi espalda se abrió la puerta de uno de los excusados. La chica que salió era más o menos de mi estatura, pero más menuda, más delgada. Cuando se colocó a mi lado me fijé en que tenía la melena rubia recogida en una trenza medio deshecha que le caía sobre un hombro; unos mechones se escapaban a ambos lados del rostro. Llevaba un vestido de verano, botas de vaquero y cazadora tejana. Noté sus ojos clavados en mí mientras yo me lavaba las manos una vez y después otra antes de alcanzar la toalla y volverme hacia la puerta.

La abrí y allí seguía Ames, al otro lado del pasillo, apoyado en la pared con los brazos cruzados sobre el pecho. Al verme, se irguió y dio un paso adelante. Vacilé, me detuve y la chica, que también salía del lavabo en aquel momento, chocó contra mí.

–¡Ups! Vaya, lo siento –se disculpó.

–No, no... –repuse al tiempo que me giraba hacia ella–. Ha sido... ha sido culpa mía.

Ella me miró un instante y después desvió la vista hacia Ames. Observé cómo sus ojos verdes captaban cada detalle de aquel desconocido durante unos largos segundos antes de volver a centrarse en mí. Pero me bastó una simple mirada para saber lo que estaba pensando.

¿Estás bien?

Yo estaba acostumbrada a ser invisible. La gente casi nunca reparaba en mí, y si lo hacía no se fijaba mucho. No era deslumbrante y encantadora como mi hermano, ni atractiva y elegante como mi madre, ni dinámica y ocurrente como muchas de mis amigas. Pero ese era precisamente el problema. Siempre crees que quieres que la gente se fije en ti. Hasta que lo hace.

La chica seguía observándome, esperando una respuesta para la pregunta que ni siquiera había expresado en voz alta.

Y yo podría haber contestado, pero entonces noté una mano en el codo. Ames.

–Sydney, ¿estás lista?

Tampoco entonces respondí. Sin saber muy bien cómo, nos dirigimos hacia el vestíbulo, donde ahora mis padres se encontraban hablando con los abogados. Mientras avanzábamos por el pasillo volví la cabeza varias veces intentando ver de nuevo a la chica, pero con todo aquel movimiento para entrar en la sala no lo conseguí. En cuanto nos alejamos del gentío, miré atrás una última vez. Me sorprendió verla exactamente en el mismo lugar donde la había dejado. Seguía allí, pendiente de mí, como si no me hubiera perdido de vista un solo instante.

2

Lo primero que se veía al entrar en casa era una foto de mi hermano. Estaba colgada justo enfrente de la enorme puerta de cristal, encima de una consola de madera y del gran jarrón chino en el que mi padre dejaba los paraguas. Pero quedabas disculpado si no te fijabas en estas otras dos cosas. En cuanto veías a Peyton, ya no podías apartar la vista de él.

Aunque físicamente nos parecíamos (pelo oscuro, tez morena, ojos marrones casi negros), él lograba lucir sus rasgos de una manera totalmente distinta. Yo era del montón; si acaso, monilla. Pero Peyton –el segundo de la familia, pues mi padre era Peyton I– era guapísimo. Había oído comparaciones de todo tipo, desde estrellas de cine de antes de que naciéramos hasta personajes legendarios que recorrieron los páramos escoceses en tiempos remotos. Yo estaba segurísima de que cuando era pequeño mi hermano no se daba cuenta de la sensación que causaba en la cola del supermercado o de la oficina de Correos. Me preguntaba cómo se habría sentido cuando de repente fue consciente del efecto que su atractivo provocaba en la gente, sobre todo en las mujeres. Como descubrir un superpoder, excitante y al mismo tiempo abrumador.

Sin embargo, antes que nada era mi hermano. Tres años mayor que yo, con esas sábanas azules de King Combat en su cuarto que contrastaban con las mías rosas de Fairy Foo. Lo cierto es que lo adoraba. ¿Cómo no iba a hacerlo? Era el rey del verdad o atrevimiento (por supuesto, siempre escogía este último), el corredor más rápido de la urbanización y la única persona que yo conocía capaz de permanecer de pie en equilibrio sobre el manillar de una bicicleta en marcha.

Pero, para mí, su talento más especial era su capacidad para desaparecer.

De pequeños jugábamos mucho al escondite, y Peyton se lo tomaba muy en serio. ¿Esconderse detrás de la primera silla que encontrara al entrar en una sala, o en el trillado armario de las escobas? Eso era de aficionados. Mi hermano se hacía un ovillo en el mueble que había debajo del lavabo del cuarto de baño, se tendía completamente plano debajo de un edredón, trepaba a la cabina de la ducha, extendía las extremidades hacia el techo y lograba mantenerse en equilibrio, no sé muy bien cómo. Siempre que le preguntaba cómo lo hacía, se limitaba a sonreír.

–Tienes que encontrar el lugar invisible –respondía.

Pero claro, solo él era capaz de verlo.

Practicábamos llaves de lucha libre mientras veíamos dibujos animados las mañanas de los fines de semana, nos disputábamos a quién quería más nuestro perro (adivinadlo), y las horas de la tarde que no dedicábamos a nuestras actividades (él, fútbol, yo, gimnasia) explorábamos el terreno sin construir que aún quedaba detrás de nuestra urbanización. Esa es la imagen que sigo teniendo de mi hermano cada vez que pienso en él: caminando delante de mí un día despejado, con un palo en la mano, abriéndose paso entre la amplia gama de colores del bosque en otoño. A diferencia de mí, Peyton nunca tenía miedo de que nos perdiéramos. Otra vez aquel coraje. No le atraían los terrenos llanos: siempre necesitaba algún obstáculo que superar. Cuando empezó a meterse en líos, yo deseaba poder regresar a aquellos días, seguir recorriendo el bosque con él. Como si aún no hubiéramos llegado a nuestro destino y todavía existiera la oportunidad de que este se encontrara en otra parte.

Yo estaba en sexto de primaria cuando las cosas empezaron a cambiar. Hasta entonces, ambos habíamos estudiado en las mismas instalaciones de Perkins Day, el colegio privado al que acudíamos desde educación infantil. Sin embargo, aquel año Peyton pasó al complejo reservado a los mayores. Solo habían transcurrido dos semanas cuando empezó a andar por ahí con una pandilla de alumnos de segundo ciclo y de bachillerato. Lo trataban como a su mascota y lo retaban a hacer cosas absurdas, como robar helados en la fila de la cafetería o meterse en el maletero de un coche para escaparse del colegio a la hora de comer. Fue entonces cuando comenzó a forjarse la leyenda de Peyton. Era un fenómeno, mucho más que cualquiera de nosotros.

Mientras tanto, los días que no tenía gimnasia, yo volvía a casa en el autobús del colegio y me comía mi bocadillo sola, sentada frente a la isla de la cocina. Tenía mis propios amigos, claro, pero la mayoría de ellos tenía un horario muy apretado y las tardes ocupadas con distintas actividades. Era lo normal en Las Pérgolas, nuestra urbanización, donde cualquier familia mandaba a sus hijos a actividades extraescolares de cualquier tipo, desde chino mandarín hasta baile irlandés, pasando por todas aquellas que uno pudiera imaginar. En el plano económico, mi familia no era muy distinta de las otras de la zona. Mi padre, que había comenzado su vida profesional en el Ejército antes de graduarse en Derecho, había ganado bastante dinero actuando como mediador en conflictos empresariales. Era la persona a la que se acudía cuando una empresa tenía algún problema —amenazas de demanda, disputas entre empleados, prácticas dudosas a punto de salir a la luz— y necesitaba resolverlo. No era de extrañar que yo creciera pensando que no había problema que mi padre no fuera capaz de solucionar. Era lo que había visto siempre, desde que tuve uso de razón.

Si mi padre era el general, mi madre era la jefa de operaciones. A diferencia de otros matrimonios, que se tomaban lo de ser padres como una carrera de relevos en la cual se turnaban para ejercer distintas funciones, en mi casa los roles estaban claramente diferenciados. Mi padre se ocupaba del papeleo, de la casa y del mantenimiento del jardín; mi madre, de todo lo demás. Julie Stanford era La Madre, la que leía todos los libros que se publicaban sobre ser padres y cargaba su monovolumen con suficientes meriendas y material deportivo como para abastecer a todos los niños de la urbanización. Al igual que mi padre, cuando mamá hacía algo, lo hacía bien. De ahí que la sorpresa fuera doble cuando, con el tiempo, las cosas comenzaron a torcerse.

Los problemas con Peyton empezaron en el invierno del año en que cursaba cuarto de ESO. Una tarde yo estaba viendo la televisión en la sala con un cuenco de palomitas cuando sonó el timbre. Eché un vistazo por la ventana y vi un coche patrulla aparcado en el camino de entrada.

—¡Mamá! —grité. Ella estaba en el piso de arriba, en su despacho, que era como decir el mando centralizado para toda la casa. Papá lo llamaba el Centro de Operaciones—. Hay alguien ahí fuera.

No sé por qué no le dije que era la Policía; quizá sencillamente me pareció que decirlo significaría constatar una realidad. Además, aún no estaba muy segura de qué pasaba.

—Sydney, eres perfectamente capaz de atender la puerta —respondió ella; pero, como era de esperar, un segundo después ya estaba bajando la escalera.

No aparté la vista del televisor, donde las protagonistas de *Big New York,* mi programa de telerrealidad favorito, estaban enzarzadas en otra de sus peleas de gatas en medio de una cena. Desde que Peyton iba al colegio de los mayores, las distintas ediciones de *Big* habían formado parte de mi ritual vespertino: era el más vergonzante de mis placeres vergonzantes. «Mujeres ricas guapas y mezquinas», así lo describían, y eso lo resumía todo. Había seis programas distintos –entre ellos, *Big Dallas, Big Los Angeles* y *Big Chicago*–, lo que me permitía ver fácilmente dos cada tarde, para matar el tiempo desde que llegaba a casa hasta la hora de la cena. Los vivía de tal manera que ya era como si esas mujeres fuesen mis amigas, y a menudo me sorprendía a mí misma hablando al televisor como si pudieran oírme, o pensando en sus discusiones y sus problemas aunque no estuviera viendo alguno de los programas en ese momento. Notaba una extraña sensación de soledad cuando me daba cuenta de que esas mujeres que yo percibía como amigas cercanas ni siquiera sabían de mi existencia. Pero sin ellas la casa parecía vacía, por mucho que allí estuviera mi madre, que también me hacía sentir vacía de una manera que me daba incluso miedo, desde el mismo momento en que bajaba del autobús después de clase. La mayor parte de mi vida me parecía anodina y triste; de alguna manera, me resultaba reconfortante evadirme contemplando la de otras personas.

Así que ahí estaba yo, viendo cómo Rosalie –la actriz retirada– acusaba a Ayre –la modelo– de ser una provocadora, cuando todo en nuestra vida familiar se trastocó. En cierto momento, la puerta estaba cerrada y todo iba bien. En el momento siguiente, la puerta estaba abierta y en el umbral estaba Peyton acompañado por un policía.

–¿Es este su hijo, señora? –preguntó el agente mientras mi madre daba un paso atrás y se llevaba una mano al pecho.

Eso era lo que yo recordaría tiempo después. Aquella única pregunta, cuya respuesta no revestía dificultad alguna, y a la que sin embargo desde entonces tendrían que enfrentarse con frecuencia mis padres, sobre todo mi madre. A partir de aquel día en que lo pillaron fumando marihuana con sus amigos en el aparcamiento de Perkins Day, Peyton comenzó a transformarse en una persona a la que no siempre reconocíamos. Habría más visitas de la autoridad, más desplazamientos a la comisaría y, finalmente, comparecencias en el juzgado y estancias en centros de rehabilitación. Pero fue esa, la primera, la que quedó grabada en mi mente con todo lujo de detalles. El cuenco de palomitas calentito en mi regazo. La voz aguda de Rosalie. Mamá retrocediendo para dejar pasar a mi hermano. La mirada que mi hermano me dirigió mientras el policía lo acompañaba por el pasillo hasta la cocina. Tenía las orejas al rojo vivo.

Como no lo pillaron con drogas encima, la dirección de Perkins Day decidió zanjar el asunto con una expulsión temporal y con la realización de tareas supervisadas en el recinto de los pequeños. La historia –sobre todo la parte que describía cómo Peyton había sido el único que había echado a correr, obligando a los agentes a perseguirlo– circuló de boca en boca, y cada vez que se contaba de nuevo, la distancia que había recorrido –una manzana, cinco, un kilómetro y medio...– solía aumentar. Mi madre lloró. Mi padre, furioso, lo castigó durante un mes entero. Sin embargo, nada volvió a ser lo mismo. Peyton llegaba a casa, se encerraba en su cuarto y no salía hasta la hora de la cena. Cumplió su castigo; aseguró que había aprendido la lección. Tres meses después, lo detuvieron por allanamiento de propiedad ajena.

Ocurre una cosa curiosa cuando algo deja de ser un hecho aislado para convertirse en una costumbre. Es como si el problema hubiera dejado de ser un huésped temporal para quedarse a vivir permanentemente.

Después de aquello, caímos en una cierta rutina. Mi hermano aceptaba su castigo y mis padres se iban relajando poco a poco, dando por buenas las distintas razones de las que se valía Peyton para asegurar que no iba a volver a ocurrir. Luego lo detenían de nuevo –por tenencia de drogas, por robar en tiendas, por conducción temeraria– y otra vez entrábamos en la vorágine de cargos, abogados, juicios y sentencias.

Después de la primera detención por hurto, tras la cual los policías lo registraron y encontraron droga, Peyton fue a un centro de rehabilitación. Volvió a casa con una medalla en el llavero que indicaba que había pasado treinta días sin probar drogas y con mucho interés en aprender a tocar la guitarra gracias a su compañero de cuarto del centro de menores Evergreen. Mis padres le pagaron las clases e hicieron planes para reformar parte del sótano y convertirlo en un pequeño estudio donde poder grabar sus propias composiciones. Estaba a medio terminar cuando encontraron una pequeña cantidad de pastillas en su taquilla del colegio.

Permaneció expulsado tres semanas, durante las cuales debía quedarse en casa, recibir clases particulares y preparar su comparecencia en el juzgado. Dos días antes de su regreso al colegio, estaba profundamente dormida cuando me despertó el estrépito de la puerta del garaje. Miré por la ventana y vi el coche de mi padre saliendo a la calle marcha atrás. El reloj marcaba las tres y cuarto de la madrugada.

Me levanté y salí al pasillo, que estaba a oscuras y en silencio, y luego bajé la escalera sin hacer ruido. Había una luz encendida en la cocina. Allí estaba mi madre, con una sudadera universitaria sobre el pijama, preparando café. Al verme, movió la cabeza.

—Vuelve a la cama —me dijo—. Ya te contaré mañana.

A la mañana siguiente habían pagado la fianza de mi hermano, que de nuevo había sido detenido por allanamiento de propiedad ajena, esta vez con los agravantes añadidos de allanamiento de domicilio y resistencia a la autoridad. La noche anterior, después de que mis padres se acostaran, Peyton se había escabullido a hurtadillas de su habitación, había salido a la calle y había saltado la valla que rodeaba La Villa, la casa más grande de Las Pérgolas. Encontró una ventana sin pestillo y logró entrar y revolver durante unos minutos antes de que llegara la Policía, alertada por la alarma silenciosa. Cuando advirtió su presencia, Peyton salió corriendo por la puerta trasera. Lo placaron al borde de la piscina y le dejaron unas marcas sanguinolentas bien visibles en la cara. Sorprendentemente, había sido eso lo que más había disgustado a mi madre.

—Creo que podríamos ganar el caso —le dijo a mi padre más tarde aquella misma mañana. Ya estaba vestida, en plan profesional: habían mantenido una reunión con el abogado de Peyton a las nueve en punto—. ¿Tú has visto esas heridas? ¿Qué pasa con la brutalidad policial?

—Julie, estaba huyendo de ellos —respondió mi padre con voz cansada.

—Sí, y lo entiendo. Pero también entiendo que es menor de edad y que no era necesario emplear la fuerza. Había una valla. Tampoco podía llegar muy lejos.

Vaya si podía, pensé, aunque fui lo bastante prudente como para no decirlo en voz alta. Cuanto más se metía él en líos, más se empeñaba mi madre en echar las culpas a todos los demás: que si en el colegio le tenían manía; que si la Policía era demasiado violenta... Pero mi hermano no era ningún angelito; bastaba con hacer un repaso de sus andanzas. Aunque a veces me daba la impresión de que yo era la única que lo hacía.

Cuando llegué al colegio la mañana siguiente, ya se había corrido la voz. Percibí miradas de reojo en todos los pasillos. Se había resuelto que Peyton abandonara Perkins Day y terminara el bachillerato en otro centro, aunque había distintas opiniones sobre quién había tomado la decisión, si el colegio o mis padres.

Me sentí afortunada de tener a mi lado a mis compañeras, que hicieron piña conmigo para dejar claro a todo el mundo que yo no era mi hermano, a pesar del parecido físico y del apellido que compartíamos. Jenn, a quien conocía desde los días de la escuela infantil Trinity Church, se mostró especialmente protectora. Su padre había tenido sus propios encontronazos con la ley cuando estudiaba en la universidad.

–Nunca nos mintió, decía que solo estaba experimentando –me comentó cuando nos sentamos en la cafetería a la hora de comer–. Pagó su deuda con la sociedad y ahora míralo, un director ejecutivo de éxito, como lo será tu hermano. A él también se le pasará.

Jenn siempre hablaba igual, como si tuviera más años de los que tenía, sobre todo porque sus padres la habían tenido pasados los cuarenta y la trataban como a una pequeña adulta. Incluso lo parecía, con aquel peinado tan formal, sus gafas y esos zapatos seriotes. A veces daba una sensación rara, como si nunca hubiera sido pequeña, ni siquiera cuando de verdad lo era. Pero ahora me sentía reconfortada. Quería creerla. Quería creer cualquier cosa.

En aquella ocasión, la sentencia determinó que Peyton tendría que pagar una multa y pasar tres meses en la cárcel. Era la primera vez que íbamos todos al juzgado. Su abogado, Conrado Ambrose, que se anunciaba en las paradas de autobús de toda la ciudad («¿Necesita un abogado? ¡Llame a Conrado!»), aseguraba que era crucial que el jurado nos viera sentados detrás de mi hermano para apoyarlo como la familia leal y unida que éramos.

También estaba presente el nuevo mejor amigo de mi hermano, un chico que había conocido en el grupo de Narcóticos Anónimos al que había tenido que asistir. Ames, un año mayor que Peyton, era alto y tenía el pelo revuelto y una forma de andar algo desgarbada. Había sido detenido un año antes por traficar con marihuana y había cumplido seis meses de condena, y desde entonces no había vuelto a meterse en más líos; según decía todo el mundo, era el espejo en el que debía mirarse mi hermano. Juntos tomaban incontables tazas de café, jugaban con la consola y estudiaban, mi hermano los libros del nuevo centro donde lo habían matriculado, Ames para el ciclo de gestión de hostelería que cursaba en el instituto de formación profesional de Lakeview. Estaban pensando que Peyton hiciera lo mismo cuando terminara el bachillerato; así podrían trabajar juntos en algún complejo turístico. A mamá le encantaba la idea, y ya tenía todos los papeles necesarios para hacerlo posible: estaban listos encima de su escritorio, dentro de un sobre ya franqueado. Solo quedaba solucionar el pequeño inconveniente de la cárcel.

Mi hermano terminó cumpliendo siete semanas en la prisión del condado. A mí no me dejaban verlo, pero mi madre iba cada vez que el régimen de visitas se lo permitía. Durante todo ese tiempo, Ames siguió viniendo a casa; casi parecía que estuviera aparcado en la mesa de la cocina con un café, haciendo alguna escapada para fumar al garaje, donde usaba como cenicero un cubo de arena que mi madre (a quien le horrorizaba ese hábito) le dejaba preparado. A veces se presentaba con su novia, Marla, una manicura de pelo rubio, grandes ojos azules y una timidez tan exagerada que apenas abría la boca. Si le decías algo, se ponía supernerviosa, como un cachorrillo tembloroso al que han atado demasiado corto.

Yo sabía que Ames era un consuelo para mi madre. Sin embargo, había algo en él que me hacía sentir incómoda. Como cuando lo sorprendía observándome por encima del borde de la taza de café, siguiendo todos mis movimientos con sus ojos oscuros. O cuando se las ingeniaba para tocarme –apretándome el hombro, rozándome el brazo– cada vez que me saludaba. Pero en realidad nunca me había hecho nada, así que terminé por pensar que era solo una impresión mía. Además, él tenía novia. Lo único que quería, según me repetía una y otra vez, era cuidarme como lo haría Peyton.

–Fue lo único que me pidió el día que entró en la cárcel –me dijo poco después de que mi hermano se hubiera ido. Mamá había salido para atender una llamada y estábamos solos en la cocina–. Me dijo: «Cuida de Sydney, tío. Confío en ti».

No supe muy bien cómo reaccionar. Para empezar, no me parecía nada propio de Peyton, que apenas me había hecho caso durante sus últimos meses en casa. Además, incluso antes de todo aquello, él nunca se había comportado como el típico hermano protector. Pero Ames lo conocía bien, y la verdad era que yo ya no. Así que tuve que creerle.

–Ah, bueno... –dije, pensando que tenía que responder algo–. Gracias.

–De nada. –Me dirigió una de sus largas miradas–. Es lo menos que puedo hacer.

Cuando lo soltaron, Peyton siguió sin hablar demasiado, pero se implicó algo más. Ayudaba en las tareas de la casa y se mostraba más presente que en los meses anteriores. A veces, cuando volvía de clase, hasta se sentaba conmigo a ver la televisión. Sin embargo, apenas era capaz de soportar un ratito *Big New York* o *Big Miami* antes de hartarse de todas las concursantes.

–Esa es Ayre –intentaba explicarle mientras la antigua chica Playboy, demacrada y operadísima, sufría una nueva crisis–. Ella y Rosalie, la actriz, siempre andan a la gresca. ¿Te has fijado?

Peyton no contestaba; se limitaba a hacer un gesto de fastidio. Me di cuenta de que apenas tenía paciencia para nada.

–Pon lo que quieras –decía yo, y le ofrecía el mando a distancia–. En serio, me da igual ver una cosa que otra.

Pero no funcionaba. Era como si solo fuera capaz de estar conmigo un tiempo limitado antes de tener que levantarse a mirar el correo electrónico, rasguear la guitarra o picar algo en la cocina. Su inquietud iba en aumento, y eso me ponía nerviosa. Advertí que mi madre también se había dado cuenta de ello. Como si encerrara una energía interior que fuese creciendo día tras día y que hubiese perdido su válvula de escape; hasta que la encontró.

En junio terminó el curso. Se celebró una ceremonia sencilla, con solo ocho compañeros, la mayor parte de los cuales también habían sido expulsados de sus centros anteriores. Asistimos todos, Ames y Marla incluidos, y después fuimos a cenar a Luna Blu, uno de nuestros restaurantes favoritos. Allí, mientras picoteábamos su famoso aperitivo a base de pepinillos fritos, brindamos con refrescos por mi hermano antes de que mis padres le entregaran su regalo de graduación: dos billetes de ida y vuelta a Jacksonville, Florida, para que él y Ames pudieran asistir a un prestigioso curso de hostelería. Mi madre incluso había concertado una cita con el director, además de una visita guiada. Faltaría más.

–Genial –dijo mi hermano con la vista fija en los billetes–. En serio. Gracias, papá, gracias, mamá.

Mi madre sonrió con lágrimas en los ojos mientras mi padre se inclinaba hacia Peyton para darle una palmadita en el hombro. Estábamos sentados en la terraza, bajo la luz tenue de los farolillos, y acabábamos de terminar de cenar. Aquel momento parecía no tener nada que ver con el año que habíamos dejado atrás, como si todo lo ocurrido en otoño y antes no hubiera sido más que una pesadilla. Al día siguiente, mi madre se sentó a hablar conmigo sobre mis planes para ir a la universidad. Por fin, el proyecto era yo. Ahora me tocaba a mí.

Aquel otoño empecé el último curso de secundaria en Perkins Day. Mi transición al segundo ciclo durante el año anterior había sido tan tranquila como accidentada la de mi hermano. Jenn y yo nos hicimos amigas de Meredith, una chica nueva que había ido a vivir a Lakeview para realizar sus entrenamientos de gimnasia en las instalaciones deportivas de la universidad. Era menuda y fibrosa y tenía el mejor porte que yo había visto en mi vida, además de la coleta más tiesa. Entrenaba en el nivel de competición desde los seis años. Nunca había conocido a nadie tan motivado ni tan metódico; pasaba en el gimnasio prácticamente todas las horas que no tenía clase. Forjamos una firme amistad, pues las tres nos sentíamos un poco más maduras que el resto de nuestros compañeros: Jenn por su educación, Meredith por su dedicación al deporte y yo por todo lo vivido el año anterior. Para bien o para mal, la leyenda de mi hermano aún me precedía. Pero la elección de mis amigas –y el hecho de que evitáramos todo tipo de fiestas y actividades ilegales, por mucho que nuestros compañeros participaran en ellas– dejaba claro que éramos distintas.

Peyton trabajaba de aparcacoches en un hotel de la ciudad y asistía al instituto de formación profesional de Lakeview con Ames, mi padre viajaba con mayor frecuencia últimamente y mi madre había retomado sus tareas de voluntariado, de modo que a menudo tenía la casa para mí sola cuando regresaba del colegio. Volví a experimentar aquella melancolía que crecía a medida que se iba poniendo el sol. Intentaba llenarla con *Big New York* o *Big Miami,* viendo un episodio tras otro hasta que los ojos me lloraban. De ahí que siempre sintiera una oleada de alivio cuando oía la puerta del garaje: eso indicaba que alguien volvía a casa y que llegaba la hora de cenar y de acostarse. Y que ya no estaría sola.

El día siguiente al de San Valentín, mi hermano salió de trabajar a la hora acostumbrada, poco después de las diez de la noche. Sin embargo, en lugar de volver a casa, fue a ver a un antiguo amigo de Perkins Day. Bebió varias cervezas, se fumó unos cuantos porros e ignoró las llamadas de mi madre, que llegaron a agotar la capacidad de su buzón de voz. A las dos de la madrugada salió del piso de su amigo, subió a su coche y emprendió el camino de regreso a casa. A esa misma hora, un chico de quince años llamado David Ibarra saltó sobre su bicicleta para recorrer la corta distancia que separaba su casa de la de su primo, donde se había quedado dormido en el sofá mientras jugaban con la consola. Estaba tomando el desvío a la derecha desde Dombey Street para enfilar Pike Avenue cuando mi hermano lo embistió frontalmente.

Aquella mañana me despertó un grito de mi madre. Un sonido gutural y horrible que no había oído antes; por primera vez entendí el significado literal de que se te hiele la sangre. Salí de mi cuarto a toda prisa y bajé la escalera para detenerme justo ante la puerta de la cocina, pues de pronto me di cuenta de que no estaba segura de estar preparada para lo que estaba ocurriendo allí dentro. Pero entonces mi madre empezó a llorar, y me obligué a entrar.

Mamá estaba de rodillas, con la cabeza inclinada; mi padre, agachado delante de ella, le sujetaba los hombros. Emitía un sonido espantoso, peor que el de un animal herido. Lo primero que pensé fue que mi hermano había muerto.

—Julie, cariño, respira —decía mi padre—. Respira.

Ella sacudió la cabeza. Estaba pálida. Ver a mi madre, siempre tan fuerte y competente, en aquel estado, fue una de las experiencias más aterradoras que he vivido nunca. No podía soportarlo más. Por eso me obligué a hablar:

—¿Mamá?

Mi padre se volvió y me vio.

—Sydney, sube a tu cuarto. Ahora mismo voy.

Obedecí. No sabía qué otra cosa podía hacer. Me senté en la cama y esperé a mi padre. Y en aquel momento sí tuve la impresión de que el tiempo de verdad se había detenido durante aquellos cinco minutos, o quince, o los que fuesen.

Por fin, mi padre apareció en el umbral. Lo primero que llamó mi atención fue lo arrugada que tenía la camisa, retorcida en algunas zonas como si alguien se hubiera agarrado a ella. Eso sería lo que recordaría con más claridad algún tiempo después. Aquella tela de cuadros, todos descolocados.

—Ha habido un accidente —dijo. Su voz sonó inexpresiva—. Tu hermano ha herido a alguien.

Más tarde, al volver a pensar en aquellas palabras, me daría cuenta de lo reveladoras que eran. «Tu hermano ha herido a alguien.» Era como una metáfora, con un significado literal y otros muchos figurados. David Ibarra había sido la víctima. Pero no era el único que había resultado herido.

Peyton estaba en la comisaría, adonde lo habían llevado después de que la prueba de alcoholemia hubiera certificado que su tasa de alcohol en sangre doblaba el nivel máximo permitido. Pero el hecho de conducir bajo la influencia del alcohol era el menor de sus problemas. Como aún estaba en libertad condicional, esta vez no habría indulgencia ni fianza, al menos de entrada. Mi padre llamó a Conrado Ambrose, se cambió de camisa y salió de casa para reunirse con él en la comisaría. Mamá subió a su habitación y cerró la puerta. Yo me fui a clase. No sabía qué otra cosa podía hacer.

—¿Seguro que estás bien? —me preguntó Jenn junto a las taquillas después de la tutoría—. Te noto rara.

—Sí, estoy bien —dije mientras metía un libro en la mochila—. Solo un poco cansada.

No sé por qué no se lo conté. Era como si aquello me sobrepasara y no quisiera darle aire para que respirase. Además, pronto se enteraría todo el mundo.

Aquella noche, más o menos a la hora de la cena, comencé a recibir mensajes en el móvil. Primero de Jenn, luego de Meredith y después de otros amigos. Apagué el teléfono mientras me imaginaba cómo se iba corriendo la voz, del mismo modo en que unas gotas de colorante tiñen poco a poco un vaso de agua. Mi madre seguía en su habitación y mi padre todavía no había vuelto, así que me preparé unos macarrones con queso que me comí de pie, frente a la encimera. Después subí a mi cuarto y permanecí tumbada encima de la cama con la vista clavada en el techo hasta que oí el sonido familiar de la puerta del garaje. Esta vez, sin embargo, no ayudó a que me sintiera mejor.

Unos minutos después oí que llamaban a mi puerta y entró mi padre. Parecía agotado. Las grandes bolsas que tenía bajo los ojos hacían que pareciera que había envejecido diez años desde la última vez que lo había visto.

—Estoy preocupada por mamá —solté de repente, antes de que él tuviera tiempo de decir nada. Ni siquiera había pensado en decir aquello, fue como si otra persona hubiera hablado con mi voz.

—Lo sé. Se pondrá bien. ¿Has cenado?

—Sí.

Me miró unos instantes, y luego atravesó el cuarto para sentarse al borde de mi cama. No era el típico padre empalagoso, nunca lo había sido; era más de palmadita en el hombro, un maestro del abrazo rápido y paso atrás. Era mi madre la que siempre me atraía hacia sí, me achuchaba y me acariciaba el pelo. Pero ahora, en el más extraño y horrendo de los días, mi padre me abrazó. Yo le devolví el abrazo como si me fuera la vida en ello, y permanecimos así durante lo que me pareció un buen rato.

Nos quedaban muchas cosas por vivir, algunas terriblemente familiares y otras nuevas por completo, lo cual sería aún peor. Mi hermano jamás volvería a ser el mismo. Yo jamás dejaría de pensar en David Ibarra, al menos una vez al día. Mamá seguiría luchando, pero había algo que jamás podría recuperar. Y yo jamás podría volver a mirarla sin echar de menos ese algo. Demasiados jamases. Pero en aquel momento lo único que hice fue abrazar a mi padre y cerrar los ojos con todas mis fuerzas, intentando que el tiempo se detuviera de nuevo. No lo conseguí.

3

─¿**N**erviosa?

Miré a mi madre, que estaba sentada a la mesa de la cocina frente a un panecillo que no parecía que se fuese a comer. Era un detalle que al menos hiciera el esfuerzo.

─La verdad es que no ─contesté mientras cerraba la mochila.

No era del todo cierto: había comprobado dos veces que había metido la tarjeta del aparcamiento y el horario de clases, y aun así seguía comprobándolo para estar segura. Pero no quería que mi madre se preocupara. Al menos por mí.

─Instituto nuevo. Es un gran cambio ─dijo.

La frase quedó flotando en el aire durante el silencio que se produjo a continuación, como un gancho vacío que esperase que alguien colgase algo de él. Desde la decisión que había tomado en junio de abandonar Perkins Day y matricularme en el instituto de educación secundaria Jackson, mi madre había insistido en que le explicara mis motivos para hacerlo. Yo creía que había quedado claro. Llevaba toda la vida en Perkins Day. Necesitaba cambiar de aires, sobre todo después de lo ocurrido aquel último curso. Y además estaba el motivo que nunca mencionaba: el dinero.

La última defensa de Peyton no había sido barata, y las minutas ─a las que había que sumar todas las de Conrado Ambrose─

se amontonaban. Aunque nunca se hablaba del tema abiertamente, las cosas estaban más ajustadas que nunca. Habíamos tenido que despedir a la asistenta y vender uno de los coches, además de la casa de la playa que teníamos en Colby, nuestro pueblo costero favorito, a la que apenas íbamos. Nadie había dicho nada sobre las facturas de mi colegio, pero con la universidad a solo dos años vista, me pareció que era lo menos que podía hacer. Además, estaba deseando ser una desconocida.

Mi madre y yo habíamos ido a formalizar la matrícula en Jackson dos días después de que condenaran a mi hermano. Él seguía comportándose como un muerto viviente, bebiendo incontables tazas de café sin apenas probar bocado. Mi padre había retomado sus viajes, aceptando una reunión de mediación tras otra fuera de la ciudad, con lo cual nos quedábamos en casa las dos solas, al menos los días que mi madre no recorría el trayecto –una hora y media de ida y otro tanto de vuelta– hasta el centro penitenciario de Lincoln, dos veces por semana y en fines de semana alternos. A pesar de ello, ese día había logrado reunir el ánimo suficiente para asistir a nuestra cita con la orientadora del instituto, de modo que se maquilló y metió mi expediente académico en una carpeta con mi nombre. Cuando llegamos a la zona de visitantes, paró el motor y observó el edificio principal con curiosidad.

–Es grande –comentó.

Luego me miró, como si aquello fuera a hacerme cambiar de opinión, pero yo ya estaba abriendo la puerta del coche.

En el interior olía a una mezcla de desinfectante y alfombrilla de gimnasia; algo curioso, pues el gimnasio se encontraba al otro lado del patio central. En Perkins Day –que acababa de concluir una tremenda remodelación patrocinada por un antiguo alumno que había fundado la red social Ume.com– todo era nuevo, o casi. Jackson, por el contrario, se podría asemejar más a una colcha hecha de retales, pues las instalaciones se componían de edificios antiguos a los que se habían añadido alas más o menos nuevas, además de alguna que otra construcción prefabricada. El día que lo visitamos apenas encontramos a unos cuantos profesores, lo cual hacía que los pasillos parecieran aún más anchos y el recinto mucho más grande. En el departamento de orientación, que apestaba a ambientador de canela, no había nadie para recibirnos, así que nos sentamos a esperar en un sofá medio descuajeringado.

Mi madre cruzó las piernas y echó una mirada a la estantería metálica que tenía a su derecha. Contenía una caja con prendas desparejadas en la que se leía objetos perdidos, un montoncito de folletos sobre desórdenes alimentarios y una caja de pañuelos de papel vacía. Por la cara que puso me di cuenta de que, si no lo estaba ya, aquel escenario lograría deprimirla.

—No te preocupes, mamá —la tranquilicé—. Esto es lo que quiero.

—Oh, Sydney... —murmuró, y a continuación se puso a llorar, sin más.

Eso también formaba parte de la nueva Julie. Siempre había sido de lágrima fácil, pero con cosas como las bodas o las películas sensibleras. Lo normal. Aquellos accesos de llanto acompañados de sollozos eran algo completamente nuevo, y cuando se presentaban yo nunca sabía cómo reaccionar. Aquella vez ni siquiera pude ofrecerle un pañuelo.

Ahora, de nuevo en la cocina, volví a revisar el contenido de mi mochila. Luego me pregunté si debería de cambiarme de ropa. En Perkins Day llevábamos uniforme, así que no estaba acostumbrada a pensar qué ponerme para ir a clase. Tras probar múltiples opciones, me había decidido por unos vaqueros y mi blusa favorita, la blanca con un estampado de setitas venenosas de color morado, además de los pendientes de aro de plata que me habían regalado cuando cumplí dieciséis años. Pero me habría vestido con ropa de camuflaje si así hubiera estado segura de pasar desapercibida.

–Estás muy guapa –dijo mi madre, como si me hubiera leído el pensamiento–. Pero será mejor que te vayas. No querrás llegar tarde el primer día...

Asentí, me eché la mochila sobre un hombro y me acerqué a ella. Al panecillo le faltaba un mordisquito. Íbamos progresando.

–Te quiero –le dije mientras me inclinaba para darle un beso en la mejilla.

Ella extendió la mano para alcanzar la mía y darle un apretón suave, o quizá no tan suave.

–Yo también te quiero. Que tengas buen día.

Volví a asentir, y después fui al garaje y me monté en el coche. Mientras avanzaba marcha atrás hacia el camino de acceso, miré las ventanas de la cocina. Esperaba ver a mi madre aún sentada, pero ella se había levantado y tenía la mirada fija en la pared de enfrente y una taza de café entre las manos. No estaba bebiendo de ella, ni iba a dejarla en la encimera; solo la sujetaba, a la altura del corazón. Algo en ese gesto me entristeció tanto que me apresuré a marcharme.

Las clases terminaban a las tres y cuarto de la tarde. Diez minutos después de que sonara el timbre, el único coche que quedaba en el aparcamiento era el mío. Por una vez me alegré de encontrarme sola.

El instituto era enorme. Los pasillos, que tan amplios me habían parecido cuando vine por primera vez, tres semanas atrás, estaban completamente abarrotados: no se podía dar un paso sin tropezar con alguien, o al menos sin chocar con su codo o su brazo. No obstante, ya me lo esperaba. Fue el ruido lo que me resultó una auténtica sorpresa. La estridencia de los timbres: tonos largos que taladraban el tímpano. Los martillos neumáticos de los obreros que estaban cambiando uno de los muchos enlosados rotos. Y siempre, siempre, gente gritando: en los pasillos, en el patio, a las puertas de las aulas, a un volumen que te sobresaltaba aunque la puerta estuviera cerrada a cal y canto. Desafiaba toda lógica que alguien se preocupara por que no le fueran a oír en un lugar donde todo el mundo estaba tan apretujado. Pero ocurría. O al menos esa era la impresión.

Solo había interactuado una vez en todo el día, con una chica muy pizpireta llamada Deb que era, según sus propias palabras, «¡una autoproclamada embajadora de Jackson!». Se había presentado en mi aula con una bolsa de bienvenida que contenía un calendario escolar, un lápiz del equipo de fútbol de Jackson y unas galletas caseras, además de una tarjeta de visita con su teléfono, por si tenía alguna duda o curiosidad. Cuando se fue, todo el mundo se me quedó mirando como si yo fuera aún más friki que ella. Genial.

Ahora que estaba sola, sin embargo, me pregunté qué hacer. Todavía no podía ir a casa, pues aún quedaban al menos dos horas para cenar, el mismo intervalo de tiempo que tanto temía antes incluso de que se fuera mi hermano. De pronto me sentí desamparada. Si odiaba las aglomeraciones, y también mi propia compañía, ¿qué me quedaba? Fue la sensación más triste que había experimentado en mucho tiempo. Arranqué el coche, como si al hacerlo pudiera dejar atrás mi tristeza.

A una manzana del instituto, estaba parada en un semáforo cuando me fijé en que al otro lado de la calle había una pequeña área comercial. Había un salón de manicura, una licorería, una empresa que te ayudaba a adelgazar y, en la esquina, una pizzería.

Tomar pizza al salir de clase era para mí una rutina tan familiar como las palomitas mientras veía *Big,* o incluso más.

A solo una manzana de Perkins también había un pequeño centro comercial, y el restaurante italiano, Antonella's, funcionaba de hecho como el club social de todo el colegio. Tenían pizzas *gourmet* hechas en horno de piedra, una zona de café y pasteles, *gelato* y la coca-cola de grifo más dulce que he probado en mi vida. Meredith siempre se iba directa a entrenar a la universidad, pero Jenn y yo nos pasábamos por Antonella's al menos un par de veces por semana y compartíamos una pizza de jamón, piña y brócoli mientras en teoría hacíamos los deberes. En la práctica, sin embargo, nos pasábamos la mayor parte del tiempo cotilleando y espiando a los chicos más populares, que siempre se sentaban en las largas mesas familiares junto a la ventana, coqueteando y lanzándose los envoltorios de las pajitas unos a otros.

Aquel día todo había sido nuevo. Con una pizza, por fin podría sentir algo familiar. Sin pensármelo dos veces, puse el intermitente, cambié de carril y giré hacia el aparcamiento.

En cuanto puse el pie en aquel lugar me di cuenta de que era muy distinto. La Pizzería de la Costa era un local pequeño y estrecho, iluminado no con los apliques modernos de Antonella's, sino con tubos fluorescentes amarillos, algunos de los cuales no funcionaban. La zona de comedor consistía en unos reservados con asientos de escay muy gastados y unas cuantas mesas, y las paredes estaban revestidas con paneles oscuros y cubiertas con fotografías en blanco y negro de playas y paseos marítimos. Tras un alto expositor de cristal se alineaba una hilera de pizzas de distintos sabores, y algo más allá se veía un horno grande y algo deteriorado con la palabra quema pintada con letras borrosas en el cristal. Un televisor que en ese momento emitía un programa deportivo colgaba del techo, sobre la máquina de las bebidas, y junto a esta, había una pila alta e inclinada de cartas plastificadas.

La música sonaba como si saliera del techo. Juraría que estaba oyendo algo parecido a un banjo.

Una vez dentro dejé que la puerta se cerrara a mi espalda, pero mantuve la mano en el cristal al darme cuenta de que quizá también aquello fuera un error. Estaba claro que aquel no era un sitio adonde acudieran con frecuencia los alumnos de Jackson; o adonde acudiera nadie, en realidad: yo era la única persona que había en el local.

Me di la vuelta para marcharme, pero entonces reparé en que había un chico al otro lado de la puerta. Era alto y tenía el pelo castaño hasta los hombros. Camiseta blanca, vaqueros y mochila. Esperó a que me apartara de la puerta antes de abrirla con cuidado para entrar.

Me pareció que sería imposible salir disparada sin parecer un bicho raro, así que me volví hacia el mostrador y alcancé una de las cartas del montón. Decidí que fingiría estudiarla durante unos instantes y después me escabulliría mientras él pedía su comida. Cuando alcé la vista un segundo después, sin embargo, vi que se había metido detrás del mostrador y que se estaba poniendo un delantal. Trabajaba allí. Mierda. Y ahora me estaba mirando.

–¿En qué puedo ayudarte? –me preguntó.

Su camiseta, ahora podía verlo, decía: GESTIÓN DE IRA: EL MUSICAL. WCOM RADIO.

–Hummm... –murmuré mientras volvía a bajar la vista hacia la carta. Estaba pegajosa, y yo no era capaz de descifrar ninguna de las palabras que leía. Presa del pánico, eché un vistazo a la hilera de pizzas del expositor de cristal–. Una ración de pizza de *pepperoni*. Y un refresco.

–Ahora mismo –repuso mientras alcanzaba una de las bandejas metálicas que tenía a su espalda.

Toqueteó las distintas raciones con unas pinzas durante unos instantes antes de decidirse por la más grande y colocarla encima de la bandeja, que luego metió en el horno. Volvió hacia la caja registradora, hizo un movimiento rápido con la cabeza para apartar un mechón de pelo que le caía sobre los ojos y pulsó unas cuantas teclas.

—Tres dólares cuarenta y dos centavos.

Rebusqué en el monedero y deslicé un billete de cinco dólares sobre el mostrador. Mientras cobraba, me fijé en que junto a la caja había un cuenco lleno de piruletas YumYum. ¡LLÉVATE UNA!, decía un cartelito con letras escritas con rotulador rosa. De pequeña me encantaban, pero llevaba muchísimo tiempo sin tomarlas. Me puse a elegir, y aparté las de manzana verde, que eran las más abundantes, las de sandía y las de cereza mientras buscaba mi sabor favorito.

—Un dólar cincuenta y ocho de vuelta —dijo el chico tendiéndome el cambio. Cuando lo guardé y recogí el vaso vacío que había puesto sobre el mostrador, añadió—: Si estás buscando las de algodón de azúcar o las de chicle, ahórrate el trabajo. No nos quedan.

Levanté las cejas, extrañada.

—¿Gustan mucho?

—Por decirlo suavemente.

Justo en aquel momento, la puerta se abrió de sopetón a mi espalda y alguien pasó detrás de mí a toda prisa, haciendo mucho ruido al pisar. Me volví justo a tiempo de ver cómo una chica rubia desaparecía tras una puerta que había al fondo y en la que se leía la palabra PRIVADO.

El chico la miró con el ceño fruncido y luego volvió la vista hacia mí.

—Enseguida está tu pizza. Te la llevo a la mesa.

Hice un gesto de asentimiento y me acerqué a la máquina de bebidas para llenar el vaso y llevarme unas servilletas. Me senté en una mesa y me puse a mirar el teléfono, por hacer algo. Unos minutos después, oí que se abría y se volvía a cerrar la puerta del horno. El chico cruzó unas puertas batientes con la pizza en la mano, ahora en un plato de cartón, y la puso encima de mi mesa.

–Gracias.

–No hay de qué.

A continuación oí que se acercaba a la puerta con el cartel de PRIVADO y llamaba con los nudillos.

–Lárgate –dijo una voz femenina. Sin embargo, instantes después la puerta se abrió.

De nuevo sola, di un mordisco a la pizza, aunque en realidad no tenía demasiado apetito. Luego di otro. Llegada a ese punto, tuve que contenerme para no metérmela entera en la boca. A ver, la pizza de *pepperoni* es la pizza de *pepperoni*. Una de las más corrientes. Pero aquella estaba deliciosa. La masa era esponjosa y crujiente a la vez –lo habían conseguido, de alguna manera–, y la salsa tenía ese punto de sabor que hacía que no fuera dulce, sino casi salada. ¡Y el queso! No tenía palabras. Oh, Dios.

Estaba tan concentrada devorando mi pizza que al principio no me di cuenta de que otra persona había salido de detrás del mostrador.

–¿Todo bien?

Levanté la vista y vi a un hombre más o menos de la edad de mi padre, quizá un poco más joven. Tenía el pelo oscuro, con unas pocas canas, y llevaba puesto un delantal.

–De maravilla –respondí con la boca casi llena. Tragué y añadí–: Probablemente, la mejor que he probado jamás.

El hombre sonrió, visiblemente satisfecho, y después se acercó a la caja registradora y me tendió el cuenco con las piruletas.

–¿Has elegido ya? Es el chupito perfecto. Pero no pierdas el tiempo buscando las de algodón de azúcar o las de chicle. Ya no quedan.

–Tengo entendido que son las que más gustan.

Al oír estas palabras, hizo una mueca y un gesto con la cabeza, justo en el mismo momento en que oí que la puerta se abría. Instantes después, el chico volvió al mostrador, con la chica rubia detrás. Ella se estaba comiendo una piruleta. Rosa.

–¿Ahora dejas el mostrador desatendido? –preguntó el hombre mientras colocaba varias porciones con las pinzas–. ¿Desde cuándo trabajamos sin normas?

–No te enfades con él –repuso la chica. Llevaba un vestido de verano y chancletas, y un montón de brazaletes rodeaban una de sus muñecas–. Había venido a ver cómo estaba.

El hombre abrió el horno, miró su interior y volvió a cerrarlo.

–¿Necesitas que te pregunten cómo estás? –se extrañó.

–Hoy sí. –Sacó una silla de debajo de la mesa que había frente a la caja y se sentó–. Daniel me ha plantado.

El hombre interrumpió su movimiento y se volvió para mirarla.

–¿Qué? ¿Lo dices en serio?

La chica asintió despacio. Volvió a meterse la piruleta en la boca. Un instante después, alcanzó el servilletero, sacó una servilleta y se secó los ojos con toquecitos suaves.

–Nunca me cayó bien ese chico –dijo el hombre, y luego se volvió de nuevo hacia el horno.

–Sí que te caía bien –murmuró el chico en voz baja.

–No. Es demasiado relamido. Y con ese pelo. No puedes fiarte de un tipo con un pelo como ese.

–Papá, no pasa nada –dijo la chica, que seguía dándose toquecitos en los ojos. Se sacó la piruleta de la boca–. Está en el último año del instituto, no quería sentirse atado y bla, bla, bla.

–Bla, bla, bla una mierda –replicó su padre. Después me miró–. Perdón.

Cuando me sorprendió pendiente de ellos, noté que me ponía colorada y volví a concentrarme en mi pizza, o en lo que quedaba de ella.

—Pero lo que me toca las narices —continuó la chica mientras sacaba otra servilleta— es que esas fueron las mismas razones que me dio Jake para plantarme cuando empezó el verano: «¡Es verano! ¡No quiero sentirme atado!». A ver, en serio, es que no puedo con estos abandonos estacionales. Es demasiado fuerte.

—Ese pelo... —murmuró el hombre—. Siempre me espantó ese pelo.

La puerta de la calle se abrió y entraron un par de chicos, cada uno con su monopatín bajo el brazo. Mientras ellos pedían, me terminé la pizza y procuré no mirar a la chica rubia, que se sentaba encima de su pierna flexionada, con la barbilla apoyada sobre una mano mientras chupaba la piruleta con la vista fija en la ventana.

Los patinadores eligieron una mesa y el chico les llevó la comida a los pocos minutos. Al volver al mostrador, le dio un golpecito en el hombro a la chica y le dijo algo en voz baja que no fui capaz de entender. Ella alzó la vista y asintió, y él siguió su camino.

Consulté mi reloj. Si me iba en aquel momento, aún quedaría una hora hasta la cena. Al darme cuenta de eso, noté como si alguien cargara un peso enorme sobre mi espalda. Tampoco es que La Pizzería de la Costa fuera un lugar idílico. Pero al menos no eran las cuatro paredes de siempre proyectando la nada. Me levanté y volví a llenar mi vaso.

—Deberías tomar una piruleta —me indicó la chica sin apartar la mirada de la ventana cuando volvía a mi mesa—. Son gratis.

Estaba claro que sería inútil resistirme: era lo que se esperaba que hiciera. De modo que me acerqué al cuenco y me puse a revolver. En realidad, yo estaba esperando a que la chica me advirtiera de la escasez de sabores rosados, pero no lo hizo. No obstante, poco después me preguntó:

–¿Qué sabor buscas?

Volví la mirada hacia ella. Al otro lado del mostrador, su padre estaba cubriendo con salsa un círculo de masa mientras el chico de mi edad repasaba cuentas frente a la caja registradora.

–Zarzaparrilla –respondí.

Ella me miró abriendo mucho los ojos.

–¿En serio?

Estaba claro que mi respuesta la había sorprendido, y eso me desconcertó tanto que ni siquiera fui capaz de contestar. Pero después siguió hablando:

–Las YumYum de zarzaparrilla no le gustan a nadie. Son siempre las únicas que quedan cuando se acaban las demás, hasta las más asquerosas, como las de frambuesa azul o las de sabor misterioso.

–¿Qué tienen de malo las de frambuesa azul? –preguntó su padre.

–Que son azules –respondió ella, categórica; después volvió a centrarse en mí–. ¿Me lo estás diciendo completamente en serio? ¿Es cierto que ese es tu sabor favorito?

Ahora estaban todos pendientes de mí. Tragué saliva.

–Pues... sí.

A modo de respuesta, ella echó la silla hacia atrás y se puso en pie. Luego, antes de que pudiera darme cuenta de lo que estaba ocurriendo, echó a andar hacia mí. Creí que quizá estaba a punto de iniciar una discusión sobre nuestros gustos en lo tocante a las piruletas, para mí un suceso sin precedentes, pero pasó de largo. Me volví y la vi de nuevo ante la puerta del fondo; después la abrió y desapareció al otro lado.

Miré al hombre que continuaba detrás de la barra, pero él se limitó a encogerse de hombros y a espolvorear queso sobre la pizza que estaba preparando. Se oyeron ruidos procedentes del cuarto del fondo –cajones que se abrían y cerraban, portazos de alguna alacena–, pero desde donde yo estaba no veía nada. Luego volvió a hacerse el silencio y la chica salió con una bolsa de plástico en la mano. Vino derecha hacia mí, hasta situarse a un palmo de donde yo me encontraba, y me la ofreció.

–Toma. Para ti.

La acepté. En su interior había por lo menos cincuenta piruletas YumYum de zarzaparrilla, o quizá más. Me quedé un buen rato mirándolas, sin poder articular palabra, hasta que levanté la vista hacia la chica.

–Por mucho que me horroricen, siguen siendo piruletas –explicó–. No podía tirarlas sin más.

Bajé la vista de nuevo hacia la bolsa; la verdad es que pesaba bastante.

–Gracias –dije.

–No hay de qué. –La chica sonrió y me tendió la mano–. Me llamo Layla.

–Yo soy Sydney.

Nos estrechamos las manos. Después hubo una pausa. Cuando volví a mirarla, levantó las cejas.

–Ah –dije rápidamente. Saqué una y le quité el envoltorio.

Me la metí en la boca, y en un solo instante fue como tener de nuevo diez años, cuando volvía del Quik-Zip con Peyton después de gastarme la paga semanal en golosinas. Él siempre compraba chocolate: con almendras, con cacahuetes, con caramelo. Pero yo prefería el azúcar sin tanta elaboración, y tiempo para saborearlo. En cada bolsa de YumYum venían al menos dos piruletas de zarzaparrilla: siempre me comía una nada más abrirla y guardaba la otra para cuando me hubiera terminado las demás. Pensé en mi hermano, allá en Lincoln, y me pregunté si allí les darían chocolate. Se me ocurrió que debía decirle a mi madre que le llevara un poco.

En aquel instante sonó un teléfono detrás de la barra. El chico contestó:

–La Pizzería de la Costa, le habla Mac. –Alcanzó un bloc de notas y se sacó un lápiz que llevaba tras la oreja–. Ajá. Sí. Eso le costará un dólar más. Por supuesto. ¿A qué dirección?

Mientras escribía, el hombre leyó el pedido por encima de su hombro, y a continuación comenzó a voltear un trozo de masa en el aire.

–El pedido es para cerca de casa, así que puede llevarte –le dijo a Layla–. Llama a tu madre y pregúntale si quiere algo.

–De acuerdo –respondió ella, antes de volverse y mirarme de nuevo–. ¿Vas a Jackson?

Asentí.

–Hoy ha sido mi primer día.

Layla hizo una mueca.

–Ufff. ¿Y qué tal? –me preguntó.

–Bueno, regular –contesté, y luego señalé la bolsa de las piruletas–. Pero esto me ayudará.

–Claro. ¡Siempre ayuda!

Después hizo un gesto de despedida, giró sobre sus talones y se encaminó de nuevo hacia la puerta del fondo. Yo volví a mi mesa con todas mis piruletas y recogí mi mochila y los desperdicios.

–Dile que la espero fuera –le decía el chico al padre de Layla cuando me dirigí a la puerta–. Últimamente el estárter tarda un poco. Igual hay que echarle un vistazo.

–De acuerdo –dijo el hombre–. ¡Y esta vez no olvides el letrero!

Terminamos saliendo a la vez, tal como habíamos entrado. Mientras yo cruzaba el aparcamiento en dirección a mi coche, él avanzó a paso ligero hacia una camioneta que parecía tener unos cuantos años. Lo observé cuando sacó de la plataforma trasera un letrero magnético que fijó en la puerta del conductor.

Decía: LA PIZZERÍA DE LA COSTA. LA MEJOR DE LA CIUDAD. Debajo había un número de teléfono.

Ya era una buena hora para marcharme y llegar a casa casi justo para cenar. Pero no arranqué hasta que vi salir a Layla con una de esas bolsas térmicas cuadradas que se usan para transportar pizzas. En el primer semáforo nos separaban solo un par de coches, pero fui tras ellos cruce tras cruce hasta que al final nos separó el tráfico. Solo entonces desenvolví otra piruleta y la fui saboreando hasta llegar a casa.

4

Durante los dos días siguientes, las cosas apenas mejoraron en el instituto, aunque tampoco empeoraron. Averigüé cuál era el camino más corto para llegar a las clases, descubrí que era mucho más fácil encontrar sitio en el aparcamiento de arriba, y mantuve un par de conversaciones con compañeros (aunque una de ellas fue ineludible, pues nos habían puesto en el mismo equipo para hacer un trabajo; aun así, ya era algo).

No volví a La Pizzería de la Costa: me preocupaba que pudieran tomarme por una friki, por una merodeadora o por ambas cosas a la vez. Así que al día siguiente quedé con Jenn en El Horno de Frazier para ponernos al día y hacer los deberes. Al otro me fui derecha a casa al terminar las clases, pensando que no sería tan malo. Entonces vi el coche de Ames en el camino de entrada.

—¿Sydney? ¿Eres tú?

Dejé la mochila en la escalera y respiré hondo antes de entrar en la cocina. Como me imaginaba, estaba sentado a la mesa con mi madre, tomando café. Entre ambos había un plato de galletas. Cuando mi madre me vio, lo empujó en mi dirección.

—Hola, desconocida —saludó Ames mientras me acercaba a la nevera para sacar una botella de agua—. Cuánto tiempo.

Aunque él sonreía, no pude evitar sentir un leve escalofrío. Pero mi madre ya me estaba ofreciendo una silla, dando por hecho que me iba a sentar con ellos. Lo hice.

—¿Qué tal el instituto? —me preguntó. Luego se volvió hacia Ames y añadió—: Acaba de empezar en Jackson esta semana.

—¿En serio? —Sonrió—. Mi antiguo territorio. ¿Aún huele a desinfectante por todas partes?

—¿Estudiaste en Jackson? —preguntó mi madre—. ¡No lo sabía!

—Sí. El bachillerato. —Ames se apoyó en el respaldo de la silla y estiró las piernas—. Después me invitaron a marcharme. Con toda cortesía.

—Me recuerda a alguien que yo me sé —comentó mi madre antes de beber un sorbo de su taza.

—¿Te gusta? —me preguntó Ames.

Hice un gesto afirmativo.

—Sí, no está mal.

Aquella era mi respuesta por defecto cada vez que me hacían una pregunta que tuviera que ver con el instituto. Solo en una ocasión había dicho la verdad, y había sido a Layla, una completa desconocida. Aún no estaba segura de por qué.

Justo en aquel momento se oyó un zumbido: era el teléfono de mi madre, que vibraba en la encimera. Se levantó, echó un vistazo a la pantalla y suspiró.

—Había olvidado por completo que la primavera pasada me comprometí a participar en ese evento a beneficio del hospital pediátrico. Ahora no hacen más que darme la lata con reuniones y presupuestos.

—Recuerda lo que hablamos, Julie —dijo Ames—. Lo primero es lo primero.

Mi madre le dirigió una mirada de agradecimiento.

—Lo sé. Pero al menos debería excusarme con estilo. Ahora vuelvo.

Y con estas palabras desapareció escaleras arriba, hacia el Centro de Operaciones. Me quedé a solas con Ames.

—Bueno —empezó el chico, inclinándose hacia delante—. Ahora que estamos solos, dime la verdad. ¿Cómo estás?

Siempre olía a tabaco, aunque no hubiese fumado durante un rato. Me eché un poco hacia atrás.

—Bien. Es un cambio, pero así lo quise.

—Debe de ser difícil cargar con la rémora del poco recomendable Peyton. A mi hermano le pasó lo mismo.

Asentí, alcancé una galleta y le di un mordisco. Deseé que mi madre se diera prisa y volviera enseguida.

—Ya sabes —continuó él—: si alguna vez necesitas hablar, aquí estoy. Sobre Peyton. Sobre lo que sea. ¿De acuerdo?

No, gracias, pensé. Pero en voz alta dije:

—De acuerdo.

Al día siguiente, a la hora de comer ya temía el momento en que sonara el último timbre del día. No tenía ni idea de la frecuencia con que Ames iba a casa por las tardes, pero de una cosa estaba segura: no quería verlo, y mucho menos hablar con él, sobre todo si mi madre no estaba presente. Sin embargo, al pensar en ello sentí una punzada de culpa. A fin de cuentas, Ames no me había hecho nada, aparte de provocarme escalofríos. Y aquello no era una ofensa punible.

Sabía que podía comentarle algo a mi madre, pero la pobre tenía ya demasiadas cosas en que pensar, y además Ames era el mejor amigo de Peyton. Nos había apoyado durante la última crisis, y nos había apoyado a todos, pues siempre estaba presente. Incluso cuando mi padre ya estaba harto de oír hablar de Lincoln y del director de la penitenciaría y del recurso de apelación de Peyton, Ames estuvo ahí para escuchar. Yo no quería que mi madre lo perdiera a él también. Sobre todo porque yo no tenía nada concreto que contar; no era más que una sensación. Todo el mundo las tiene.

Hubo un tiempo en que le contaba todo a mi madre. Incluso después de que Jenn apareciera en escena, y luego Meredith, seguí considerándola mi mejor amiga. Veíamos las cosas bajo el mismo prisma. Hasta que dejamos de hacerlo.

Todo empezó con las primeras detenciones de Peyton; me sorprendía mucho oírla defender lo indefendible. Daba igual cuál fuera el delito: ella siempre encontraba la manera de argumentar que la culpa no era por entero de mi hermano. Y después pasó lo de David Ibarra.

Durante los días que siguieron al accidente, mientras mis padres se ocupaban de la fianza y los abogados, yo no dejaba de pensar en aquel chico, apenas un poco más joven que yo, que yacía en una cama de hospital. Por la información que encontré por casualidad y por la que busqué supe que se había quedado paralítico y que no había expectativas de que pudiera volver a andar, aunque no daban muchos más detalles, al menos en un primer momento. Yo tenía muchas dudas sin resolver. No pude evitar preguntarlas.

—¿No deberíamos pedirles perdón? —sugerí un día—. ¿O al menos publicar un comunicado en el periódico?

Mi madre me dirigió una mirada triste y penetrante.

—Lo que ocurrió es terrible, Sydney. Pero la ley es complicada. Lo mejor es que nos centremos en seguir adelante.

La primera vez que escuché aquello, me paré a pensar. La cuarta o la quinta, comprendí que se trataba de disciplina de partido. Si yo pensaba en David Ibarra, sentía vergüenza y dolor; mi madre, en cambio, solo veía a Peyton. Desde entonces me convencí de que, pensáramos en lo que pensáramos, nuestros puntos de vista jamás serían iguales.

Durante mi cuarto día en Jackson, estaba sentada comiendo un bocadillo de pavo y hojeando el libro de matemáticas cuando noté que alguien se deslizaba junto a la pared cerca de donde yo me encontraba. Luego oí unos chasquidos seguidos por un punteo de cuerdas. Cuando levanté la vista, vi a un chico con gafas oscuras, vaqueros y una camisa de aire retro que rasgueaba una guitarra.

No me pareció que estuviera tocando ninguna canción en concreto. Era más bien un batiburrillo: un acorde por aquí, una melodía corta por allá. Cada poco tarareaba unos instantes o cantaba una frase o dos, y de vez en cuando hacía una pausa para garabatear unas notas en un cuaderno que tenía a su lado. Me concentré de nuevo en el libro de matemáticas. Sin embargo, unos minutos más tarde oí una voz.

—Oh, Eric. ¿En serio?

Levanté la vista y allí estaba Layla. Llevaba unos pantalones cortos, una camiseta extragrande con un estampado de flores y la melena rubia suelta por encima de los hombros. Mientras la observaba, puso los brazos en jarras y ladeó la cabeza.

—¿Qué? —dijo el chico—. Estoy ensayando.

—Vamos, por favor, de eso nada —replicó ella—. Estás probando tu viejo truco con esta pobre chica, pero no te va a servir de nada, porque ya la he prevenido contra ti.

Dejó de tocar.

—¿Que la has prevenido? ¿Qué soy, un depredador?

—Anda, échate hacia allá.

El chico obedeció, con cara de pocos amigos, y Layla se dejó caer entre nosotros. Se volvió hacia mí.

—Te estaba buscando —me dijo—. Pero debería haber supuesto que Eric iba a encontrarte antes. Tiene buen olfato para la sangre fresca.

—Venga, cállate ya —protestó Eric.

Layla agitó la mano como si estuviera intentando espantar un mosquito y me dijo:

–No es que crea que seas una de esas que caerían rendidas ante esta pantomima; eso sería como insultarte, y no es mi intención. Pero yo sí lo fui. Ahorrarles esa experiencia a otras chicas se ha convertido en una misión personal para mí.

–Lo dejamos hace más de un año. –El chico arrancó un rasgueo intenso para enfatizar sus palabras–. Creo que ya podrías ir parando.

Layla se volvió para mirarlo, de nuevo con la cabeza ladeada. Luego extendió un brazo y le apartó el pelo de la frente.

–Tienes que cortarte el pelo. Esa imagen de *hipster* desharrapado no te pega ni con cola.

–No me toques –gruñó él, pero de buen humor, se notaba. Siguió tocando, inclinado sobre su guitarra. Layla sonrió y se volvió hacia mí.

–Eric toca en un grupo con mi hermano. La verdad es que son bastante patéticos.

–Su hermano –la corrigió Eric– toca la batería en *mi* grupo. Y estamos en una etapa de transición.

–No hay un guitarrista que les dure. –Layla señaló a Eric con un gesto de cabeza–. Demasiado ego bajo un mismo techo.

–¡Alguien tiene que ser el líder! –exclamó Eric.

Layla sonrió de nuevo.

–Bueno, el caso es que este viernes tocan en Bendo, el club de Overland. ¿Sabes cuál es? Para todas las edades. Pizza gratis si llegas temprano. Deberías venir.

Me sorprendió la invitación. Solo nos habíamos visto una vez; no me conocía de nada. Pero en aquel mismo momento supe que iría.

–Por supuesto –dije–. El plan suena genial.

–Perfecto. –La chica se levantó y se sujetó el pelo detrás de las orejas–. Ah, y otra cosa, si te apetece comer acompañada, solemos sentarnos por ahí.

Señaló algún sitio a la derecha del edificio principal, donde había un círculo de bancos alrededor de un árbol alto y delgado. En uno de ellos vi al chico de la pizzería –su hermano, deduje–, pelando una naranja con un libro abierto a su lado.

–Ah –dije–. Gracias.

–Sin presiones –añadió rápidamente–. Ya sabes, solo si te apetece.

Hice un gesto afirmativo y se puso en marcha con las manos en los bolsillos. Mientras yo la seguía con la vista, Eric carraspeó.

–Nuestra banda no es tan mala. Lo que pasa es que ella es muy exigente.

No supe qué contestar, así que probablemente lo mejor que pudo ocurrir fue que sonara el timbre. Eric guardó su guitarra, yo recogí mis cosas y nos despedimos con un gesto antes de marcharnos en direcciones opuestas. Sin embargo, me pasé toda la tarde –dos clases y una hora de prácticas en laboratorio– pensando en lo que me había dicho. Sería muy exigente, pero me había invitado. Quizá se arrepintiera. Pero yo deseaba que no lo hiciera.

–No sé. –Jenn arrugó la nariz, como hacía siempre que desconfiaba de algo–. ¿No es un club nocturno?

–Es una sala de conciertos. Y la actuación es para todas las edades.

Ella hizo girar su lápiz entre el índice y el pulgar.

–Creía que el viernes íbamos a ver competir a Mer.

–Compite a las cuatro. El concierto es tres horas más tarde.

No iba a venir. Lo supe desde el momento en que saqué el tema. Nosotras no éramos muy aficionadas a ir a clubes, nunca lo habíamos sido. Pero ese «nosotras» había cambiado. Al menos en lo que se refería a mí.

Recorrí con la vista El Horno de Frazier, adonde solíamos ir cuando no nos apetecía acercarnos hasta Antonella's. Un local donde servían bocadillos, ensaladas y platos hechos a base de masa; una extraña mezcla de restaurante de cadena y ambiente hogareño artificial: cuadros bordados a punto de cruz, sillas tapizadas en escay cuidadosamente desgastado junto a una chimenea falsa, comida servida en papel de cera a cuadros blancos y rojos, cubiertos atados con una lazada... Aquel día, el chico guapísimo que atendía en la barra —¡DAVE!, se leía en la placa que llevaba en el pecho— me había convencido para que probara una bebida especial a base de café, algo que, según me prometió, cambiaría mi vida para siempre. Por lo visto, eso significaba que me iba a descontrolar y que tendría que levantarme cada poco para hacer pis. No era exactamente lo que yo hubiera esperado.

—Ven y quédate aunque solo sea una hora —dije de todos modos mientras bebía otro sorbo—. Y si no lo soportas, te vas.

—¿Por qué es tan importante? —me preguntó, dejando el lápiz encima de la mesa—. Nunca has sido muy amiga de ir a clubes.

—No es ir a un club. Es una banda que da un concierto.

Jenn se colocó bien las gafas y bajó la vista al libro de texto que tenía delante.

—No me atrae nada, Sydney. Lo siento.

La conocía bien. Una vez que tomaba una decisión, no cedía.

—Vale. No te preocupes.

Me sonrió y retomamos nuestros deberes. La música contemporánea y seria que sonaba sobre nuestras cabezas, el bollo de arándanos de Jenn y mi ración de tarta de zanahoria, nuestro reservado junto a la ventana: todo me resultaba tan familiar como la palma de mi mano. Pero, por mucho que lo intenté, fui incapaz de concentrarme en mis ejercicios de cálculo. Me quedé allí sentada, escuchando el roce del lápiz de Jenn sobre el papel hasta que llegó la hora de marcharnos.

De modo que al día siguiente entré sola en Bendo y un tipo corpulento con un tatuaje en el cuello me puso un sello en la mano. A la hora de la comida había tenido una reunión con el grupo de trabajo de lengua, así que me presenté sin otra cosa que aquella invitación informal y una buena dosis de nerviosismo. Por no hablar de la mentira.

—¿Vas a salir? —me había preguntado mi madre cuando bajé después de cenar y de cambiarme dos veces de ropa antes de ponerme lo que había pensado en un primer momento. Ella miró el reloj—. No sabía que tenías planes.

—He quedado con Jenn y Meredith para tomar un pastel en Frazier. Volveré a las diez.

Miró a mi padre, que estaba sentado a su lado en el sofá, como si pensara que él iba a poner alguna objeción. Como no lo hizo —ni siquiera apartó la vista del canal de noticias veinticuatro horas, que emitía un reportaje sobre la reordenación de las zonas de asignación de centros educativos—, dijo:

—Dejémoslo en las nueve y media.

Sentí un chispazo de irritación. A diferencia de Peyton, yo nunca había hecho nada que pudiera provocar su desconfianza. Pese a estar mintiendo en aquel momento, me ofendí.

—¿Hablas en serio? Mamá, ya estoy en bachillerato.

Ahora me miraron los dos. Mamá hizo un gesto con las cejas en dirección a mi padre, que me preguntó:

—¿Tengo que recordarte que somos nosotros los que ponemos las normas?

—Vamos —protesté—. Desde que me saqué el carné de conducir me dejáis llegar a las diez.

—Tu madre quiere que vuelvas más temprano —repuso él, volviéndose de nuevo hacia el televisor—. Ven a la hora que te ha dicho, y ya hablaremos.

Ahora el chispazo se había convertido en una llamarada. Miré a mi madre.

–¿En serio?

Ella no contestó y se centró de nuevo en la revista que tenía en el regazo. Me quedé allí de pie sin decir nada un minuto entero, y luego otro. Después di media vuelta y me fui. No recordaba la última vez que me había enfadado con mi madre. Lo único que sentía últimamente por ella era tristeza y compasión, además de una necesidad imperiosa de protegerla. Aquel sentimiento era nuevo y me inquietó. Como si estuvieran cambiando más cosas de las que yo era capaz de asumir.

Una vez en el interior de Bendo, no sabía qué hacer. Era un local grande, con las paredes pintadas de negro y una barra que ocupaba todo un lateral. Al fondo estaba el escenario, donde ya habían colocado una batería, micrófonos y varios amplificadores. Yo había supuesto que estaría abarrotado y que podría perderme entre la gente, pero solo había un puñado de personas, la mayor parte de ellas concentradas en torno a la hilera de cajas de pizza que ocupaban un extremo de la barra. Me dio la impresión de que era tan obvio que estaba fuera de lugar que lo mejor que podía hacer era marcharme antes de que empezara a sentirme avergonzada.

–¡Hola! Has venido.

Me volví y allí estaba Eric, el chico de la guitarra. Llevaba unos vaqueros y una camisa a cuadros que parecía recién salida de una tienda de ropa de segunda mano. De uno de los bolsillos asomaba un afinador. Me pareció que se había cortado el pelo.

–Sí. Estaba intrigada –confesé.

Sonrió, como si le hubiera gustado oír eso.

–Esta noche vamos a tocar unos temas nuevos en los que hemos estado trabajando. Quizá son un poco metafísicos. Espero que la peña nos siga el ritmo.

Asentí, sin saber muy bien qué decir. Pero no tenía por qué preocuparme, pues él siguió hablando.

–Durante los últimos meses hemos experimentado una evolución como banda que creo que era necesaria. La música no es algo estancado, ¿no? Así que uno tampoco puede serlo. El año pasado estábamos muy centrados en un sonido *rockabilly-slash-bluegrass-slash-metal*. O sea, nadie hacía lo que hacíamos nosotros. Pero claro, después todo el mundo empezó a copiar nuestro sonido y nuestro enfoque, así que tuve que volver a pensar en algo nuevo a toda prisa. Liderar una buena banda supone mucho trabajo, te lo aseguro. Un grupo cutre y poco original lo puede liderar cualquiera. Eso es lo que hace la mayoría. Pero...

De pronto, noté que alguien me agarraba del brazo y me arrastraba para apartarme de Eric. Tropecé con mis propios pies, sobresaltada, antes de darme cuenta de que era Layla. Llevaba un vestido azul y chancletas, y tenía los ojos espectacularmente delineados.

–Hago esto por tu propio bien –anunció mientras yo miraba a Eric como si quisiera disculparme–. No querrás que te líe con discursos sobre bandas. No tendrías escapatoria.

Con estas palabras, me depositó sobre un taburete frente a la barra mientras ella se encaramaba en el de al lado. Instantes después, Eric se reunió con nosotras con gesto contrariado.

–Estaba hablando –le dijo.

–Tú siempre estás hablando –repuso ella–. Y además, es *mi* amiga. Yo la invité.

Noté que estaba parpadeando. ¿Ya éramos amigas? Eric le lanzó una mirada asesina y después se sirvió una ración de pizza, apoyado en la barra.

–¿Habías estado aquí antes? –me preguntó Layla. Negué con la cabeza–. Está bastante bien, si no tenemos en cuenta que todo está siempre pegajoso. ¿Quieres un trozo?

Sin darme tiempo a contestar, alcanzó un par de platos de cartón de una pila y sirvió una ración de pizza en cada uno. Me entregó el mío y comentó:

–La pizza es la clave de la popularidad de esta banda. La idea es que si les das de comer, vienen.

–Vienen por la música –puntualizó Eric.

–Claro. Tú sigue repitiendo lo mismo. –Layla me sonrió y dio un buen mordisco con la vista puesta en el escenario, donde su hermano se había situado detrás de la batería y estaba ajustando algo–. Bueno, ¿qué tal tu primera semana en el instituto? Sé sincera.

Tragué el trozo que estaba masticando. Estaba delicioso, mejor incluso de como la recordaba.

–Regular.

–¿Acabas de venir a vivir aquí?

–No. Antes estudiaba en Perkins Day.

Al oír esto, Layla y Eric intercambiaron una mirada.

–Vaya –dijo él–. Ese sitio cuesta una pasta.

–Y es un colegio estupendo –añadió ella, lanzándole una mirada de advertencia–. ¿Por qué te cambiaste?

Se oyó un estruendo de platillos procedente del escenario, seguido del ruido de un amplificador al acoplarse.

–Necesitaba un cambio, eso es todo –respondí.

Layla observó mi cara durante unos instantes.

–Te entiendo perfectamente. Los cambios son buenos.

–Sí. Al menos, eso espero.

De pronto, algo llamó su atención. Seguí la dirección de su mirada y vi entrar a una chica algo mayor que nosotras, vestida con vaqueros y camiseta y con el pelo recogido en una coleta alta, que empujaba una silla de ruedas. En ella iba sentada una mujer que llevaba un chándal de velvetón. Era la persona de más edad en la sala, con una diferencia de al menos veinte años.

Como siempre que veía una silla de ruedas, pensé en David Ibarra. Era uno de los detonantes que lograban formar en mi mente la imagen de su cara –que conocía bien por todas las fotografías que habían aparecido en los periódicos y en las noticias de internet que había consultado durante días y luego meses después de que todo ocurriera–, pero había más. A saber: un chirrido de frenos, una persona que circulaba en bicicleta, y, para ser sincera, el sonido de mi propia respiración. Estaba siempre a un paso de mi conciencia. A pesar de la disciplina de partido impuesta por mi madre, todo lo que sabía de él y la necesidad de recordarlo cada poco era una especie de penitencia por lo que Peyton había hecho. La condena que yo arrastraba.

El hecho de que acabara de cumplir quince años apenas unos días antes de que se produjera el accidente. Que jugara al fútbol, en el puesto de delantero. Que el impacto le hubiese aplastado la columna vertebral, con el resultado de poder utilizar los brazos y la parte superior de su cuerpo pero condenándolo a depender para siempre de una silla de ruedas. Podía enumerar de memoria las campañas solidarias que se habían organizado para comprarle una silla de alta tecnología –mercadillos en distintos barrios, un concierto benéfico–, además de las organizaciones de iniciativas ciudadanas que echaron una mano para convertir la casa de sus padres en un espacio accesible con rampas, puertas más anchas y equipamiento nuevo. Lo había leído todo porque me parecía que era lo que debía hacer, como si con ello pudiera aliviar el sentimiento de culpa. Pero nunca lo lograba.

–Ya están aquí –dijo Layla a Eric, lo cual me trajo de vuelta al presente–. Vamos.

Ambos se levantaron y cruzaron la sala para recibir a la mujer de la silla de ruedas justo cuando la chica que la empujaba llegó al centro del local. Yo no sabía muy bien qué hacer, así que me quedé donde estaba y observé cómo Layla se hacía cargo de la silla de ruedas para colocarla con cuidado frente a la mesa que Eric acababa de acercar. Un instante después apareció su hermano con una lata de Pepsi y un vaso con hielo.

Sirvió la bebida y la dejó encima de la mesa justo cuando aquella chica mayor que nosotros se sentaba.

Layla me miró y me hizo señas para que me acercara, como si todo aquello fuera lo más natural del mundo. Y quizá lo fuera, porque allá fui. Cuando llegué hasta ellos, dijo:

–Mira, mamá, esta es Sydney, ya te he hablado de ella, ¿recuerdas?

Su madre levantó la vista hacia mí. Su rostro redondo mostraba una expresión amable, y claramente se había arreglado el pelo rubio para la ocasión. Llevaba los labios pintados de rojo. Me tendió la mano:

–Tricia Chatham. Encantada de conocerte.

–Lo mismo digo.

–¿Te apetece un poco de pizza? –preguntó Layla–. Todavía está caliente.

–Oh, no, cariño. Me he traído mi propio tentempié. Rosie, ¿me pasas mi bolso?

Al oír esto, la otra chica alargó el brazo hacia la parte trasera de la silla y descolgó de la empuñadura uno de esos bolsos grandes y acolchados de colores vivos. El suyo era rosa y tenía un estampado también de rosas. Lo abrió y lo dejó encima de la mesa, y rebuscó unos instantes hasta sacar una lata de ganchitos de queso. Sin que nadie tuviera que pedírselo, el hermano de Layla la destapó y se la devolvió.

–Este es Mac –indicó Layla–, y esta es mi hermana Rosie.

Saludé y Rosie correspondió con una inclinación de cabeza. Me fijé en que las tres mujeres tenían el mismo color claro de pelo y los ojos verdes, pero distribuidos de distinta manera: la mujer los tenía separados, Rosie muy juntos, y Layla en su sitio. Claramente, Mac había heredado el pelo y los ojos oscuros de su padre.

–¿Cuándo empiezan a tocar? –preguntó su madre mientras sacaba un puñado de ganchitos de queso–. Algunos tenemos un programa de televisión que volver a atender.

—Mamá, ya hemos programado el vídeo para grabarlo –dijo Rosie.

—Bueno, eso decís. –Se comió los ganchitos y después se volvió para mirarme–. No me fío de la tecnología. Sobre todo cuando afecta a mis programas.

—Le encanta la televisión –explicó Layla, y a continuación dirigió a Eric una mirada interrogante.

—De acuerdo –dijo el chico con un gesto de asentimiento–. Vamos a prepararnos.

Él y Mac se dirigieron al escenario. Mientras tanto, Layla acercó dos sillas más a la mesa y me hizo un gesto para que ocupara una antes de sentarse en la suya.

—Bueno, Sydney, ¿y cuál es tu historia? –me preguntó su madre antes de tomar otro puñado de ganchitos.

—Mamá, por favor –dijo Rosie con un gesto de desaproba- ción. Estaba sentada muy recta, con las piernas firmemente cru- zadas.

—¿Qué? ¿Es una indiscreción?

—Pues ya que lo preguntas, la respuesta probablemente sea «sí» –repuso Rosie.

Su madre, sin dejar de mirarme, hizo un gesto con la mano como para olvidarse de su respuesta.

—Eeeh... –empecé–. Acabo de cambiarme al instituto Jack- son. Pero vivo en Lakeview desde que tenía tres años.

—Antes iba a Perkins Day –añadió Layla. Rosie y la señora Chatham intercambiaron una mirada–. Necesitaba un cambio de aires.

—Como todos –comentó Rosie por lo bajo.

—Perkins Day es un centro excelente –dijo la señora Chatham–. Sus resultados académicos son los más altos del condado.

—Antes mamá trabajaba en la gestión de Perkins –explicó Layla–. Era la vicedirectora.

–Diez años –puntualizó su madre. Me ofreció la lata de ganchitos, que decliné, y luego se la pasó a Layla, que se sirvió unos cuantos–. Y allí seguiría, de no ser por la enfermedad. Me encantaba.

–Tiene esclerosis múltiple –me informó Layla–, además de otras complicaciones. Es lo peor.

–Exacto –corroboró la señora Chatham, que le ofreció la lata a Rosie. Movió la cabeza con resignación–. Pero en esta vida tienes que aceptar lo que viene. ¿Qué otra cosa puedes hacer?

A modo de respuesta, se oyó un estruendo en el escenario cuando los micrófonos se acoplaron y todas soltamos un gemido. Rosie dijo:

–Genial. Ya me duele la cabeza.

–Vaya, vaya –comentó la señora Chatham–. Llevan algún tiempo trabajando en unos temas nuevos. Por lo visto, un poco metafísicos.

Sonreí al oír estas palabras, y ella se dio cuenta y me devolvió la sonrisa. Había tenido una corazonada y se había cumplido. Estaba encantada de haber ido a Bendo.

Eric, ya frente al micrófono con su guitarra, le dio unos golpecitos con un dedo.

–Uno, dos, tres –dijo, y tocó unos acordes. Subió al escenario otro guitarrista, alto y flacucho, con una nuez que se apreciaba a distancia–. Uno, dos...

Layla hizo un gesto de impaciencia y me dijo:

–Ya probaron sonido antes. De verdad, es un divo total.

Volví la vista a Eric, que estaba diciéndole algo a Mac.

–¿Así que salisteis juntos?

–En mis días de inmadurez juvenil, cuando verde estaba aún mi juicio –repuso. Yo la miré–. Es de Shakespeare. ¡Vamos, Perkins Day, mantén el nivel!

Noté que me estaba ruborizando.

–Te estoy tomando el pelo. –Me dio un apretón en el brazo–. Y sí, salimos juntos. En mi defensa, debo decir que estaba en segundo de ESO y era boba.

Eric había vuelto a situarse frente al micrófono y estaba contando otra vez.

–No parece tan malo.

–No es malo. –Se retiró el pelo hacia atrás–. Lo único que pasa es que tiene el ego muy subido. Si no se controla, puede suponer un peligro para la sociedad. Así que yo intento cumplir con mi parte.

–Uno, dos –repetía Eric dando golpecitos al micrófono–. Uno...

–¡Ya te oímos! –gritó Layla–. ¡Empezad de una vez!

La señora Chatham la hizo callar, pero funcionó: tras anunciarse como «la nueva, renovada y mejorada banda local Eh, tío», empezaron a tocar. Yo no era experta en música –y desde luego nada exigente–, pero me pareció que sonaban bien. Un poco alto, pero la verdad es que estábamos sentadas muy cerca. Al principio no entendía lo que cantaba Eric, aunque la melodía me sonaba. Sin embargo, en cuanto llegó al estribillo, me di cuenta de que me la sabía de memoria.

Es la reina del baile de graduación, con corona de oro,
y yo la miro al pasar...

Me incliné hacia Layla.

–¿Es...?

–Logan Oxford –terminó por mí–. ¿Te acuerdas? ¡Cuando iba a sexto tenía su póster en mi habitación!

Yo había tenido un cuaderno con su foto en la tapa. Además de todas las canciones que había grabado y su película-concierto-documental *Va por ti*. Eso sin olvidar, a pesar de que ahora me daba una vergüenza horrible reconocerlo, el típico enamoramiento que me hacía imaginarme los distintos escenarios donde nos casábamos. Ay, qué vergüenza. Y ahora volvían a inundarme los recuerdos en aquel club grande y pegajoso. Ojalá hubiera venido Jenn. Estaba todavía más loca por él que yo.

—No entiendo —nos dijo Rosie a gritos—. ¿Van a tocar los Cuarenta Retro?

—Creo —expuso su madre antes de beber un sorbo de su Pepsi— que se supone que es un enfoque irónico sobre la universalidad de la experiencia adolescente. Pero quizá lo haya entendido mal. Reconozco que hubo un momento en que desconecté.

—Me encantaba Logan Oxford —suspiró Layla mientras sacaba de la lata otro ganchito de queso—. ¿Te acuerdas de su pelo? ¿Y de ese hoyuelo cuando sonreía?

Me acordaba. Rosie preguntó:

—¿No lo detuvieron por andar con drogas?

—Mira quién habla.

Parpadeé, sorprendida. Pero Rosie, sin apenas inmutarse, le hizo una peineta.

—Señoritas —intervino la señora Chatham—, hagan el favor de portarse como es debido.

Decir que me quedé de piedra sería quedarme muy corta. ¿Con qué gente me había juntado?

Eh, tío estaban terminando de tocar *Reina del baile* y, tras una transición un tanto accidentada, atacaron *Tú + yo + esta noche*. La niña de trece años que había dentro de mí seguía extasiada cuando miré a Layla, que estaba cantando.

—¿Te acuerdas del vídeo de esta canción? —me preguntó—. ¿Cuando salía en aquel descapotable, atravesando el desierto en solitario?

—Y las luces se veían a lo lejos y de repente aparecía en una calle abarrotada —añadí.

—¡Sí!

—Me pasé años deseando tener un coche igual.

Layla suspiró y apoyó la barbilla en las manos.

–Yo sigo deseándolo.

La música continuó sonando y despertando uno a uno todos los recuerdos embarazosos de mis primeros años de adolescencia. Después de otra canción de Logan Oxford, tocaron una de STAR7 («Cariño, volvamos a estar juntos, ahora me portaré mejor, te lo juro») y después un popurrí de Brotown, con una de cuyas canciones –lo recordaba perfectamente– había bailado lento por primera vez. Hubo unos cuantos chirridos más cuando los micrófonos se acoplaban, y Eric siguió acercándose demasiado a él y amortiguando su propia voz, pero para cuando terminaron se había reunido un buen grupo de gente ante el escenario, formado sobre todo por chicas. Dos morenas pasaron corriendo junto a nuestra mesa, cantando entre risitas. Layla frunció el ceño.

–Oh, no. Igual Eric hasta tiene *groupies*. ¿Te imaginas?

–No –respondió Rosie, categórica.

Pero él sí. Resultaba obvio, por cómo se le iluminó el rostro y volvió a acercarse demasiado al micrófono antes de acometer los compases finales con un gesto ceremonioso. La verdad es que los aplausos, atronadores, se vieron acompañados de una buena cantidad de vítores y silbidos. La señora Chatham miró a su alrededor, sonriente.

–Vaya, escuchad eso –dijo–. Igual hasta triunfan y todo.

Eric estaba saludando al público con la mano, saboreando el éxito, mientras Mac y el otro guitarrista abandonaban el escenario. Las chicas morenas de antes se abrieron paso hasta la primera fila y lograron que Eric se fijara en ellas. Él se agachó y puso la mano detrás de la oreja para poder oír lo que decían. Esta vez Layla no dijo nada.

–Disculpa –dijo una voz detrás de nosotras. Era una chica alta y pelirroja, vestida con una camiseta negra ajustada y vaqueros blancos–, pero... ¿no eres Rosie Chatham?

Rosie la miró.

—Sí.

—Soy Heather Banks. Entrenaba en la pista de hielo de Lakewood cuando tú ibas allí.

La expresión de la cara de Rosie no era precisamente cordial. La señora Chatham intervino:

—¡Ah, qué bien! —dijo—. ¿Entrenabas con Arthur?

—No, con Wendy Loomis. Y solo iba a clase, no competía. —Volvió a mirar a Rosie—. Solo quería decirte que... eras maravillosa. ¿Dónde patinas ahora?

—Ya no patino.

—Ah. —Heather se ruborizó—. No lo sabía. Yo...

—Rosie tuvo una lesión. Problemas de rodilla. Pero antes viajó durante dos años con el espectáculo *Mariposa*.

—¡Vaya! ¡Impresionante! ¿Así que eras, digamos, uno de los personajes?

—Necesito beber algo —anunció Rosie echando su silla hacia atrás.

Y, con todas las miradas puestas en ella, se alejó sin hacer caso a la pobre chica, que se quedó allí plantada mirando cómo se iba.

—Es un tema delicado —comentó la señora Chatham para romper el incómodo silencio—. Espero que lo entiendas.

—¡Sí, por supuesto! —dijo Heather—. Yo... solo quería saludarla. Que lo pasen bien.

—Y tú también, guapa —repuso la señora Chatham.

En cuanto se marchó, la chica dirigió la vista al bar, donde Rosie estaba hablando con su hermano. Ahora que me fijaba, me di cuenta de que tenía cuerpo de patinadora: menudo, musculoso y compacto. Me recordó a Meredith, aunque mayor y con una expresión más dura.

—Rosie tiene problemas —me explicó Layla.

–Todo el mundo los tiene –replicó su madre–. Anda, ve a ver si está bien.

Haciendo una mueca, Layla se puso en pie y se alejó de la mesa. Me pregunté si debería ir con ella, pero eso significaría dejar sola a la señora Chatham, así que me quedé donde estaba. Tras unos instantes de silencio, dijo:

–Me alegro de que hayas venido.

No supe si me estaba leyendo el pensamiento o si su opinión coincidía con la mía. Le dije:

–Estaba nerviosa. Por no conocer a nadie y todo eso.

–Pero ahora ya conoces a más gente. –Me animó con una sonrisa–. Y me alegra ver que Layla ha hecho una nueva amiga. Últimamente lo ha pasado un poco mal.

–Acaba de romper con su novio, ¿no?

–El segundo que la deja en tres meses. –La mujer movió la cabeza–. Los chicos a veces hacen mucho daño a estas edades. Pero no todos son malos. Al menos eso es lo que le digo siempre.

Justo en aquel momento apareció Mac con una lata fría de Pepsi. Vestía vaqueros y una camiseta de la pizzería desteñida, tan sudoroso como si acabara de jugar un partido. Y no es que lo estuviera escrutando al detalle.

–Este es mi chico –dijo su madre mientras él abría la lata y rellenaba el vaso–. Gracias.

–¿Necesitas algo más?

–Nada más. Siéntate.

Así lo hizo, justo a mi lado, lo que me inquietó un poco. En la pizzería nos habíamos visto a cierta distancia casi todo el tiempo: el mostrador, la puerta, él de pie y yo sentada... Ahora, la proximidad me permitió descubrir cosas que no había visto antes, como lo largas que tenía las pestañas y las pecas apenas visibles de la nariz, además de la fina cadena de plata que entreví asomando por el borde de su camiseta.

—¿Un ganchito de queso? —preguntó la señora Chatham ofreciéndole la lata.

—Mamá, por favor.

—¿Qué? ¡Es calcio!

Mac hizo un gesto de fastidio con los ojos y apartó la vista hacia el escenario.

—Está en un plan tan sano esta temporada... —me dijo su madre—. Ya no le encuentra la gracia a nada.

—Tampoco a la diabetes precoz.

La mujer suspiró y me ofreció la lata. Cuando me vio dudar, dijo:

—¿Ves lo que has hecho? Ahora la pobre ni se atreve a tomar uno. Le has creado un complejo.

Mac me miró.

—Lo siento.

—No pasa nada. —Noté que me estaba poniendo colorada. Lo cual era comprensible, porque Mac era más guapo que Logan Oxford en sus mejores tiempos y ¡DAVE! el de Frazier juntos—. No... no soy demasiado aficionada a los ganchitos.

Dios, pero qué idiota.. Ni siquiera sabía lo que estaba diciendo. Menos mal que Layla escogió aquel momento para volver a la mesa.

—Eric te está buscando —informó a su hermano—. Tiene, y cito literalmente, «apuntes y comentarios con respecto a vuestra actuación».

—Perfecto —repuso Mac sin expresión en su voz. Se levantó y la cadenita de plata volvió a desaparecer—. Mamá, ¿te quedas a la segunda parte?

—No. Estoy cansada, cariño. Además, mi programa empieza a las diez, así que...

—Ya te he dicho —intervino Rosie, que acababa de regresar a la mesa— que he programado el vídeo.

Al oír aquello, me acordé de repente de que yo también tenía que estar en un sitio determinado a una hora en concreto. Miré el reloj: las nueve pasadas.

–La verdad es que yo también tengo que irme.

–Déjame adivinar –dijo Layla–. Tú también estás enganchada a *Estado: misterio,* y tampoco te fías de que la tecnología totalmente fiable funcione como es debido en tu ausencia.

A Rosie se le escapó un resoplido de risa.

–Eeeh... No exactamente –expliqué–. Normalmente puedo quedarme hasta más tarde, pero últimamente han pasado varias cosas en casa. Mi madre quiere tenerme cerca, por así decirlo. Así que le prometí que esta noche volvería pronto.

Solo cuando terminé mi monólogo me di cuenta de lo largo e innecesario que había sido. No tenía ni idea de por qué me había creído en la obligación de dar tantas explicaciones a unas personas que acababa de conocer, y por la cara con la que me miraban, ellas tampoco. Ups.

–Bueno, pues entonces vete –dijo por fin la señora Chatham, y eso me salvó–. Pero seguimos en contacto, ¿de acuerdo? Ven a casa cuando quieras.

Asentí y me puse en pie.

–Gracias.

–Te acompañamos –dijo Layla al tiempo que le hacía un gesto a Mac–. Este aparcamiento a veces es un poco siniestro. Volvemos enseguida, mamá.

La señora Chatham me despidió con la mano, y yo seguí a Layla camino de la puerta atravesando la multitud, cada vez más numerosa. Mac iba a mi espalda. Encajada en medio de los dos, vi que había gente que nos miraba como si nos tasara mientras avanzábamos hacia la salida, y estaba segura de que yo era la pieza que sobraba, la que no pegaba ni con cola. Pero esa sensación no era nueva. Y al menos en aquel caso era comprensible.

–¿Dónde has aparcado? –preguntó Layla una vez fuera.

Señalé el lugar donde había dejado el coche. Cuando nos acercamos, dejando atrás a varias personas reunidas en torno a sus coches, exclamó:

—¡Ostras! ¡Menudo bólido! ¿Viene con el paquete deportivo?

Miré mi coche, un BMW que había sido de mi madre antes de que ella decidiera que le apetecía un todoterreno híbrido.

—Puede —respondí, consciente de que no tenía ni idea—. No soy...

—Es un 07 —dijo Mac echando un vistazo al interior—. Automático. Así que casi aseguraría que no.

—De todos modos, parece que tiene varios extras. ¿Te has fijado en las ruedas? —Layla dejó escapar un silbido de admiración—. Qué maravilla.

Por mi expresión se debía de notar que no tenía ni idea de coches, porque un instante después Mac me miró y dijo:

—Ah, perdona. Es que nuestro padre es un loco de los coches.

—En nuestra casa te someten a una formación obligatoria sobre el tema, te guste o no —añadió Layla—. Y una vez que sabes todas esas cosas, es imposible no fijarse en ellas. Créeme. Lo he intentado.

—¡Eh, tío! —gritó una voz. Nos volvimos para ver a Eric en la entrada, muy enfadado—. Si no estás muy ocupado, me vendría bien tener conmigo a mi batería.

—¡No es tuyo! —gritó Layla a su vez—. La última vez que lo consulté, vi que una banda es un equipo.

—Lo que sea. —Eric alzó los brazos y se volvió para entrar de nuevo en el club—. Tocamos dentro de cinco minutos. Si le apetece venir...

Layla se echó a reír y Mac la fulminó con la mirada.

—Perdona, perdona. Es que es facilísimo hacer que se cabree. Y tienes que reconocer que no hay quien lo aguante cuando se pone en modo divo.

–Cierto –asintió Mac–. Pero tampoco es que tú ayudes mucho.

Ya eran las nueve y cuarto. Debía marcharme. Abrí el coche; los faros centellearon y me adelanté para abrir la puerta.

–Gracias por la invitación –le dije a Layla–. Lo he pasado muy bien.

–Genial. Y mamá tiene razón: deberías venir a casa alguna vez. Te enseñaré unas cuantas cosas sobre tu coche, aunque no quieras aprenderlas.

Sonreí.

–Interesante.

–Nos vemos en el instituto, Sydney.

Me dijo adiós con la mano y dio unos pasos rápidos para alcanzar a Mac, que ya había empezado a andar hacia el club. El aparcamiento estaba mucho más lleno que cuando llegué, y seguían entrando coches. Para algunos, la noche no había hecho más que empezar. Resultaba difícil de creer que eso fuera así cuando yo tenía que dar por acabado el plan más apetecible que había tenido en..., bueno, en mucho tiempo. Observé a los Chatham cruzar el aparcamiento, y no aparté la vista hasta que se mezclaron con la gente que se agolpaba a la puerta del local. Después arranqué y salí deprisa, rezando para pillar los semáforos en verde, y entré en el garaje a las 9.35. Abrí la puerta de casa, preparada para disculparme, pero la planta baja estaba vacía. Mi madre ya se había acostado, y mi padre estaba encerrado en su despacho hablando por teléfono. Yo había hecho lo que se esperaba de mí. Como siempre. Pero habría agradecido que alguien se hubiese dado cuenta.

5

〜つ〜

El folleto estaba encima de la mesa cuando bajé a desayunar el lunes por la mañana. Lo vi en cuanto entré en la cocina, pero solo cuando me acerqué pude leer lo que decía:

> DÍA DE LA FAMILIA: SÁBADO, 20 DE SEPTIEMBRE
> 13.00-17.00. INFORMACIÓN: EXTENSIÓN 2002 o
> direccion@centrolincoln.us

–¿Qué es esto? –le pregunté a mi madre, que estaba cocinando panceta en una sartén.

–Es en Lincoln, dentro de unas semanas –respondió mirando por encima de su hombro.

–Pero Peyton no quiere que yo vaya, ¿no?

–No es que no quiera que vayas. Es que... –Su voz se apagó con un suspiro–. Espero que esta oportunidad le haga cambiar de opinión.

Cuando mi hermano ingresó en la cárcel, tuvo que rellenar unos impresos con los nombres de las personas que quería que lo visitasen. Mis padres eran incuestionables, por supuesto, igual que Ames, y mi madre dio por hecho que yo también. Pero a pesar de que se permitían las visitas de niños y menores de edad –incluso se animaba a que lo hicieran, pues en Lincoln creían que la conexión con la familia era muy importante para los internos–, Peyton dijo que no quería que yo lo viera allí. Y la verdad es que yo lo prefería.

Mi madre, sin embargo, estaba convencida de que al final cambiaría de idea. Quería que yo formara parte de la visita, como también quería que hablara con Peyton cuando llamaba a cobro revertido y que le escribiera cartas, dos cosas a las que yo me resistía. Yo sabía que mi actitud hacía de mí una hermana horrible. Pero si nunca sabía qué decirle a mi hermano cuando se sentaba frente a mí en aquella misma mesa de desayuno, mucho menos lo sabría ahora que él estaba encerrado en una cárcel en otro estado. Para mi madre y para Peyton, seguía siendo lo más natural del mundo seguir formando parte del mismo Equipo Peyton, a pesar de lo que le había hecho a David Ibarra, por no hablar de lo que nos había hecho a su familia. Pero para mí no era tan fácil.

Solo había hablado dos veces con él desde que se había marchado, y las dos cuando estaba sola en casa y era la única que podía contestar al teléfono. Dejarlo sonar hasta que saltara el contestador no era una opción. Para Peyton no era fácil acceder a un teléfono. Si lo lograba, debíamos aceptar la llamada y mantener la conversación durante todo el tiempo que le permitieran hablar. Y punto.

Era algo que había aprendido por las malas una tarde en que mi madre había salido a la compra. Contesté, acepté la llamada y esperé mientras oía una serie de pitidos y chasquidos. Por fin oí la voz de mi hermano:

–¿Sydney?

Era la primera vez que oía su voz desde hacía más de un mes. Sonaba muy lejana, como si estuviera apartado del auricular. Además, un zumbido continuo hacía que fuera difícil reconocer su voz.

–Hola –dije–. Mamá no está en casa.

Me arrepentí de mis palabras nada más pronunciarlas. En mi defensa, sin embargo, he de decir que era con ella con quien normalmente hablaba. Si contestaba mi padre, las conversaciones eran más cortas y trataban sobre todo de asuntos legales.

–Ah. –Se produjo una pausa–. ¿Cómo estás?

–Bien. ¿Y tú?

Me estremecí. A una persona que está en la cárcel no se le pregunta cómo está. Se da por hecho que la respuesta será «regular». Pero Peyton respondió de todos modos:

–Estoy bien. Lo peor es que esto es bastante aburrido.

Yo sabía que mi hermano solo estaba intentando hablar de algo. Pero yo solo era capaz de pensar en David Ibarra sentado en su silla de ruedas. Aquello también debía de ser aburrido.

–Deberías escribirme una carta –continuó mi hermano–. Ponerme al día de cómo te van las cosas.

Aquella conversación ya me estaba resultando bastante dura. ¿Y encima quería que le pusiera palabras por escrito? Mi madre había dicho que el correo podía ser un elemento importantísimo para la salud mental de un recluso, por lo cual había pedido a muchas personas de la familia y a varios amigos íntimos que le escribieran cartas y postales. Incluso les había proporcionado sobres franqueados y con las señas escritas; encima de mi mesa todavía había un montón intacto. Cada vez que pensaba en sacar una hoja de papel e intentarlo, lo único que se me ocurría era llenar aquella superficie en blanco con todas las palabras que nunca en mi vida me atrevería a decirle. Así que era más prudente guardar silencio.

Puse fin a la llamada poco después, con la promesa de decirle a mamá que había llamado. Cuando llegó diez minutos más tarde y le di el recado, ella se puso hecha una fiera.

–¿No esperaste hasta que le mandaran colgar? –preguntó mientras dejaba caer una de las bolsas de tela para la compra, que aterrizó en el suelo con un ruido sordo–. ¿Colgaste sin más?

–No. Le dije adiós. Ambos lo hicimos.

–Pero ¿podía haber hablado más tiempo? ¿Nadie lo obligó a colgar?

De repente me di cuenta de que estaba a punto de llorar.

–Lo... lo siento.

Mi madre se mordió el labio y me miró en silencio durante un buen rato. Al cabo suspiró, se acercó y apoyó las manos en mis hombros.

–Sydney. No me cansaré de repetir lo importante que es para tu hermano tener contacto con el mundo exterior. Aunque solo seas capaz de hablar del tiempo. O de lo que comiste al mediodía. Pero habla. Y haz que siga hablando hasta que se agote el tiempo que le permiten pasar al teléfono. Es crucial. ¿Entiendes?

Hice un gesto afirmativo, pues no estaba segura de poder responder si no era entre sollozos. Cuando se volvió para guardar la compra, tuve que respirar hondo varias veces antes de tranquilizarme lo suficiente como para ayudarla.

La segunda vez que hablé con Peyton fue un día que llegué a casa después de tomar café con Jenn y encontré a Ames hablando por teléfono.

–Tu preciosa hermana acaba de llegar –dijo, y con la mano libre me hizo señas para que me acercara–. Sí. Oh, no te preocupes. Mantengo a los chicos a distancia. Se lo pensarán dos veces antes de acercarse a nuestra chica.

Noté que me ardía la cara, como siempre que decía cosas así. Ajeno a mis sentimientos, me sonrió y me ofreció la silla que había a su lado.

–Sí, está aquí, te la paso. Ajá. Estaré ahí dentro de un par de días con el dinero para la máquina expendedora preparado. Vale. Aquí está.

Me pasó el teléfono. El micrófono conservaba el calor de su aliento. Intenté mantenerlo apartado cuando dije:

–Hola, Peyton.

–Hola, ¿qué tal?

–Bien. –Miré a Ames, que no me quitaba ojo–. Eeeh... ¿Ya has hablado con mamá?

–Sí. Contestó ella cuando llamé.

–Ah, qué bien. Bueno...

Un pitido fuerte invadió la línea, seguido de una grabación que anunciaba que la llamada finalizaría en treinta segundos.

–Será mejor que cuelgue –dijo mi hermano–. Dile a mamá que la quiero, ¿vale?

–Descuida.

–Adiós, Sydney.

No contesté y la línea se cortó. Sin embargo, me quedé inmóvil y dejé que el tono penetrara en mi oído antes de colgar.

–Se agotó el tiempo –dije.

–Siempre se agota demasiado rápido –comentó Ames. Me sonrió–. Parece que está bien, ¿no?

Asentí, aunque a mí no me había parecido nada. Ni siquiera me había parecido Peyton.

Pero eso era el teléfono. El Día de la Familia sería un cara a cara. Ahora, en la cocina, me senté y empuñé el tenedor al tiempo que mi madre se sentaba frente a mí. Me moría de hambre desde que olí la panceta en la sartén, pero ahora no me apetecía nada desayunar.

–¿Va a ir papá?

–Si no está de viaje... –dijo; luego dio un mordisquito a la tostada y bebió un sorbo de café–. Si no puede, iremos solo tú, Ames y yo.

Dejé el tenedor encima de la mesa.

–No sé –dije–. Me da miedo ponerme nerviosa o algo así.

Me miró.

–¿Ponerte nerviosa?

Me encogí de hombros.

—Es que me da un poco de miedo.

—Es cierto –admitió. Bebió otro sorbo, y cuando volvió a hablar su voz sonó tensa–. Da mucho miedo. Sobre todo a tu hermano, que está allí encerrado, solo, sin otro apoyo que el nuestro, el de su familia.

—Mamá... –empecé.

—Si él es capaz de sobrellevarlo durante diecisiete meses, creo que podrás soportar sentirte un poco incómoda durante un par de horas, ¿no te parece?

—Sí –contesté en voz baja. Ella seguía fulminándome con la mirada, así que repetí, esta vez en un tono más alto–: Sí.

Fue la última vez que hablamos del tema. Cuando me fui, diez minutos más tarde, ella estaba ya como siempre, comprobando que yo llevaba el dinero para la comida y diciéndome adiós desde la ventana mientras sacaba el coche del garaje. Para ella, asunto zanjado.

Sin embargo, yo seguía afectada. En el instituto, apagué el motor y me quedé allí sentada mientras contemplaba cómo todo el mundo se dirigía al edificio principal, hasta que sonó el timbre y no me quedó más remedio que hacer lo mismo.

Jenn me llamó justo cuando iba a comer, como teníamos por costumbre. Ella y Meredith ponían el altavoz del teléfono, así que era casi como estar allí mientras me mantenían al día de las novedades de Perkins. Sus voces tenían un efecto balsámico que compensaba la cacofonía constante de Jackson. Ese día, sin embargo, fue Jenn quien notó algo raro.

—¿Estás bien? –me preguntó después de que Meredith me contara lo que había hecho durante su fin de semana.

—Sí, ¿por qué?

—Tu voz suena un poco rara. ¿Va todo bien?

—Sí, claro –respondí. Tuve una visión fugaz de aquel folleto encima de la mesa–. Es que aquí hay mucho ruido. Como siempre.

Como para corroborar mis palabras, se oyó un estallido de carcajadas a mi espalda.

—Por Dios bendito —se asombró Meredith—, ¿cómo eres capaz de concentrarte?

—Voy a comer —dije—. Tampoco es algo que exija un gran esfuerzo mental.

Se quedaron calladas unos instantes. Parecía que me estaba enfrentando a todo el mundo.

—Perdonad. Os llamo dentro de un ratito, ¿vale? En cuanto encuentre un sitio tranquilo.

—Vale —repuso Jenn—. Hasta luego.

Meredith no dijo nada. En el aspecto físico era increíblemente fuerte, pero siempre era la primera en aturullarse en cuanto había un enfrentamiento o alguien alzaba la voz.

—Adiós, Mer —dije para hacer que hablara.

—Adiós —respondió, pero ahora estaba claro que la que tenía la voz rara era ella. Sin embargo, antes de que me diera tiempo a decir nada más, colgaron.

Suspiré al salir al patio. Mientras me acercaba a las furgonetas de la comida, eché una mirada a la pequeña superficie de hierba donde solía comer Layla, pero los bancos estaban vacíos. Compré un bocadillo de queso a la plancha y un refresco y me senté apoyada en el muro, con la mochila a mis pies. Entonces hice algo que no me había permitido hacer en varias semanas: saqué el teléfono, abrí el navegador y tecleé dos palabras:

David Ibarra

Hubo una temporada en que lo hacía casi a diario. Pasaba horas en internet rastreando la presencia de este chico a quien ni siquiera conocía personalmente. Me había enterado de que su apodo era Hermano porque, según uno de los muchos artículos que se publicaron después del accidente, trataba a todo el mundo como si fuese de su familia. Su nombre aparecía en varios foros sobre videojuegos, y así pude saber que era muy bueno en *Warworld*. El archivo deportivo del periódico local contenía las estadísticas de sus marcas en fútbol: fuerte en defensa, no tanto como delantero. Y aunque su perfil de Ume.com era privado, había una página pública dedicada a él llamada Amigos de Hermano, que por lo visto administraba su hermana. Fue ahí donde recabé la mayor parte de los datos sobre su recuperación y sobre las diversas campañas que existían para recaudar fondos y contribuir con ellos a pagar las facturas de sus tratamientos médicos. También era una fuente de páginas y más páginas de comentarios de amigos y familiares:

¡Orgullosos de ti por tu constante coraje y fortaleza! Te queremos.

No vamos a poder asistir a la cena solidaria, pero os enviamos una contribución. Eres nuestro héroe, Hermano.

¡Nuestros mejores deseos desde el estado de la Estrella Solitaria! Estamos deseando verte en la reunión. Sigue luchando.

Muchas veces había pensado en escribir un comentario, pero sabía que no sería capaz. Mi apellido sería lo último que querrían ver en aquella página, aunque fuera seguido de una disculpa. Pero eso no era obstáculo para que me pusiera a pensar qué escribiría. A veces, cuando tenía un día muy malo, hasta me imaginaba yendo a verlo en persona y diciéndole todo lo que pesaba tanto en mi corazón. ¿Me escucharía, me entendería de alguna manera? Sin embargo, al instante sentía como una bofetada al darme cuenta de lo patética que era por tan siquiera haberlo pensado. Como si algo de lo que yo pudiera decirle consiguiera llevarlo de vuelta a aquella noche y... devolverle sus piernas.

Pero lo peor era el resumen de la página de Ume.com que figuraba en la cabecera. Yo era capaz de perderme entre cientos de mensajes de cariño y buenos deseos. Sin embargo, aquellas palabras me golpeaban como un puñetazo en el estómago cada vez que las leía:

En febrero, David Ibarra fue embestido por un conductor borracho mientras volvía a su casa en bicicleta y quedó parcialmente impedido. Esta página está dedicada a ese episodio. Por favor, deja un comentario. Y gracias por tu apoyo.

Ahora, en el muro, leí aquellas palabras que me sabía casi de memoria, y luego volví a leerlas. Eran una especie de mantra, un conjuro para borrar lo ocurrido con mi madre aquella mañana. Yo siempre recordaría la verdad. Pero, para asegurarme, quise exponerla otra vez delante de mis narices.

No habían escaseado los malos momentos durante las semanas posteriores al accidente de Peyton. Pero había uno que permanecía grabado a fuego en mi mente. Fue un comentario que un día oí sin querer al bajar la escalera. Mis padres estaban en la cocina.

—De todos modos, ¿qué hacía un chico de quince años andando por ahí en bicicleta a las dos de la madrugada?

Silencio. Luego mi padre dijo:

—Julie.

—Lo sé, lo sé. Solo me lo preguntaba.

«Solo me lo preguntaba.» Ese fue el momento en que me di cuenta de que mi madre jamás sería capaz de atribuirle a Peyton toda la responsabilidad de lo ocurrido. El vínculo que

los unía era demasiado estrecho y estaba demasiado enmara-
ñado como para que ella pudiera razonar. Como si cualquiera
se mereciese ser embestido por un coche y quedarse paralítico.
Como si lo hubiera ido pidiendo. Durante varios días, incluso
me costó mirarla.

En febrero, David Ibarra fue embestido por un
conductor borracho mientras volvía a su casa en
bicicleta y quedó parcialmente impedido. Esta
página está dedicada a ese episodio. Por favor,
deja un comentario. Y gracias por tu apoyo.

«Solo me lo preguntaba.»
—Hola.
Cuando levanté la vista, sobresaltada, tuve el pensamiento
fugaz de que iba a ver a David Ibarra ante mí. Pero era Layla.
Cuando advirtió mi expresión, abrió los ojos como platos.
—¿Qué pasa?
Tragué saliva con dificultad. Y luego, sin saber cómo, em-
pecé a hablar.
—Mi hermano está en la cárcel por conducir borracho. Dejó
a un chico paralítico. Y lo odio por ello.
Mientras hablaba, me di cuenta de que llevaba tanto tiempo
reprimiendo aquellas palabras que, cuando por fin las solté,
sentí literalmente el hueco que dejaron en mi interior. Era tan
grande que no sabía con qué lo podría llenar.
Layla me miró en silencio durante unos largos segundos.
Después se sentó a mi lado.
—Es que no fallo ni una —dijo.
No sé qué respuesta esperaba de ella. Desde luego, no aquella.
—¿Perdona?
—Nunca olvido una cara. O sea, nunca. A veces desearía
poder hacerlo. —Tragó saliva y se volvió hacia mí—. Te vi en el

juzgado. Hará, no sé..., unas cuantas semanas. Cuando salías del lavabo.

Hasta aquel momento, había olvidado por completo todo lo ocurrido aquel día excepto la condena de Peyton. Al oírla, sin embargo, el resto de los detalles aparecieron ante mis ojos de repente. Cuando Ames me acompañó al lavabo y me esperó fuera. Cuando me lavé la cara, temerosa de tener que reunirme otra vez con él. La chica que cruzó su mirada conmigo y no la apartó.

—¿Eras... tú? —Layla asintió—. Vaya. No me acordaba.

—Lo sé. Como le pasaría a cualquiera. Pero yo te reconocí en cuanto te vi en la pizzería.

—No me dijiste nada.

—Nunca lo hago. Parece que la gente se asusta. —Suspiró—. A ver, por lo general, ves una cara desconocida y te olvidas. Las caras solo se nos quedan grabadas por algún motivo en concreto. Pero en mi caso quedan archivadas como si fueran fotografías.

—Guau. Es flipante —comenté.

—Lo sé. Mac dice que debería unirme a un circo, o idear algún plan para al menos aprovechar mis poderes.

Nos quedamos calladas de nuevo. Instantes después, pregunté:

—¿Y tú qué hacías allí?

—¿En el juzgado? —Hice un gesto afirmativo—. Había ido con Rosie. Desde que la detuvieron, tiene que presentarse ante el juez cada dos meses para que controle su evolución.

Tuve una visión fugaz del comentario mordaz que había hecho Rosie sobre Logan Oxford y la réplica igualmente sarcástica de Layla.

—¿Drogas?

—Sí. —Se echó hacia atrás para que el sol le diera en la cara—. Después de la lesión en la rodilla, se aficionó un poquito demasiado al Vicodin que le prescribieron. Intentó colar varias recetas falsas. Una auténtica idiota. La detuvieron al instante.

—¿Fue a la cárcel?

Layla negó con la cabeza.

—A rehabilitación. Después le pusieron una tobillera de control. Se la quitaron hace solo un par de semanas.

—¿En serio?

—Sí. Si ahora te parece una gruñona, imagínatela encerrada en casa durante seis meses. —Volvió a suspirar—. Pero la culpa es solo suya, por boba. Es desquiciante. Lo tenía todo en la mano y lo echó a perder.

—Como mi hermano. —Hablar de ello con alguien a quien no conocía demasiado era una sensación desconocida, pero estaba resultando más fácil de lo que habría imaginado—. Tuvo muchas oportunidades. Pero él no hacía más que meterse en un lío tras otro. Y luego el accidente...

Mi voz se apagó, pues no estaba del todo segura de hasta dónde quería profundizar. Layla no dijo nada. Sin embargo, durante aquella pausa me di cuenta de que seguir hablando era algo que deseaba. Mucho.

—Llevaba más de un año sin probar el alcohol. Había progresado muchísimo. Hasta que una noche, sin que podamos comprender el motivo, se emborrachó y se sentó al volante. Atropelló a un chico que iba en bicicleta. Y ese chico ahora está en una silla de ruedas. Y lo estará el resto de su vida.

—Joder. Es terrible —gimió Layla.

Lo era. Era terrible, terrible de verdad. Y no solo para Peyton, para papá y mamá o para mí.

—Se llama David Ibarra. —Clavé la vista en mis manos—. No hago otra cosa que pensar en él.

—Lógico —dijo con naturalidad y sin expresión en la voz—. Eso le pasaría a cualquiera.

—Es como lo tuyo con las caras. No puedo evitarlo. —Inspiré hondo—. Y mi madre... Es como si no fuera capaz de reconocer lo que hizo Peyton. Solo se preocupa por él y por cómo lo estará pasando. Mi padre no dice nada, y ahora ella quiere que yo vaya a visitarlo. Y yo no quiero. No me apetece. Esta mañana hemos discutido por el tema.

Al decir esto, me di cuenta de por qué nunca había hablado así con Jenn ni con Meredith. Layla podía haber reconocido mi cara, pero en lo concerniente a Peyton empezaba de cero, no tenía prejuicios ni ideas preconcebidas sobre él. A diferencia del resto de las personas de mi entorno.

—No deberías ir si no quieres —dijo—. Dile a tu madre, sencillamente, que aún no estás preparada.

—Ni sé si llegaré a estarlo alguna vez. Quiero decir... Siempre he querido a mi hermano, pero ahora mismo lo odio.

Alguien rio al otro extremo del patio. Dos chicas con uniforme de hockey pasaron junto a nosotras, una de ellas hablando por teléfono, la otra desenvolviendo un chicle. Vidas normales y felices que transcurrían de modo normal y feliz en un mundo que era todo menos eso. Una vez que te percatabas de ello, que vivías una experiencia que lo dejaba meridianamente claro, ya no podías olvidarlo. Como una cara. O un nombre. Una vez que aprendes esa realidad, que la interiorizas, ya nunca te abandona del todo.

6

Durante los dos días que siguieron a aquel en que le hablé a Layla sobre Peyton, tuve la sensación de que iba a arrepentirme. Se me hizo extraño contar la historia desde el principio en vez de ponerla al corriente solo del capítulo más reciente y espantoso. Como si por fin también yo me encontrara en un lugar lo bastante tranquilo y seguro como para escucharla. Solo los hechos, expuestos como naipes encima de una mesa. Primero ocurrió esto, luego esto otro, luego aquello. Fin.

Aun así, pensé que lo cambiaría todo. Y no era descabellado. Los delitos y las condenas de Peyton habían condicionado la opinión de la gente sobre toda mi familia. Los vecinos se nos quedaban mirando, o procuraban no ponernos la vista encima; las conversaciones en la piscina o junto al tablón de anuncios de la comunidad se interrumpían de repente en cuanto nos acercábamos lo suficiente para poder oírlas. Era como estar en una feria y entrar en la casa de los espejos, solo para descubrir que ya no podrías volver a salir. Yo era la hermana del delincuente, drogadicto y ahora conductor borracho de la urbanización. Daba igual que yo no hubiera hecho nada de eso. Cuando alguien cae en desgracia, es importante guardar las distancias, como ocurre con los cascos de los caballos.

Sin embargo, como pronto pude comprobar, esto no valía para Layla. En lugar de mantenerse a una distancia prudente, estrechó más mi vínculo con su mundo, el cual, según descubrí, ya estaba bastante completo. Si yo era la chica invisible, Layla era la estrella rutilante alrededor de la cual giraban su familia y sus amigos. No fue tanto forjar una amistad como verme atraída hacia su órbita. Y una vez allí, entendí por qué tanta gente había quedado atrapada.

—Atended todos, esta es Sydney —anunció el día siguiente a nuestra conversación, cuando por fin reuní el valor suficiente para aceptar su invitación y unirme a ella y a sus amigos a la hora de la comida—. Viene de Perkins Day, conduce un coche estupendo y le gustan las YumYum de zarzaparrilla.

Parpadeé al oír aquel resumen a modo de presentación. Pero era mejor que cualquier otra de las etiquetas que se me ocurrían, así que tomé asiento en uno de los tres bancos donde ahora sabía que se instalaban todos los días. Mac estaba sentado en otro, comiendo uvas de una bolsa de plástico con cierre hermético, mientras Eric, que llevaba un sombrero de fieltro, rasgueaba su guitarra de cara al patio.

—Ya nos conocemos, ¿recuerdas? —dijo Mac.

—A vosotros sí —repuso Layla—, pero a Irv todavía no.

—¿Quién es Irv? —quise saber.

Justo en aquel momento, una sombra se cernió sobre mí. No en sentido simbólico ni metafórico, sino una sombra de verdad, como si algo grande hubiera tapado el sol. Pasé de entornar los ojos ante la luz cegadora del sol a estar sentada a la sombra en cuestión de segundos. Miré a mi espalda, esperando ver... ¿qué? ¿Un rascacielos que se hubiera materializado de repente? ¿Un muro? No, me encontré con su equivalente humano: el chico más grande, más ancho y más negro que había visto en mi vida. Llevaba pantalones de vestir, camisa y corbata, un jersey del equipo de fútbol del instituto Jackson y gafas de sol. Cuando me quedé mirándolo, me tendió una mano gigantesca.

–Irving Fearrington –me saludó–. Encantado de conocerte.

Mi mano parecía de juguete envuelta en la suya. Por un momento pensé que sería capaz de desgajarme el brazo por su articulación y comérselo, y no me sorprendería. De alguna manera, a pesar de todo, logré responder a su saludo:

–Hola.

–¿Qué has traído hoy para comer, Irv? –preguntó Layla mientras el chico depositaba su enorme anatomía sobre el único banco donde había sitio–. ¿Algo rico?

–Aún no lo sé.

Abrió la mochila –Dios, tenía las muñecas más anchas que mis piernas– y sacó una gran bolsa térmica. Cuando la abrió, vi que estaba repleta de bolsas de plástico que empezó a sacar una a una. Una de ellas contenía lo que parecían muslos de pollo. Otra, algún tipo de cereal. La serie parecía no tener fin: alubias de soja, una pila de hamburguesas, huevos cocidos. Y por último, al final de todo, sacó una bolsa de galletas.

–¡Bingo! –exclamó Layla al ver todo aquello. Irv sonrió, y de pronto su aspecto fue mucho menos intimidante. Como si aún fuera capaz de arrancarte el brazo, pero no de comérselo–. Pásanoslas.

–No –dijo Irv haciendo un gesto negativo con su enorme dedo–. Ya conoces las reglas. Primero las proteínas.

–Irving, por el amor de Dios. Ya tengo un histérico de las dietas en mi vida.

–Yo no he dicho ni media palabra –se defendió Mac mientras se comía otra uva.

–Proteínas –repitió Irv, abriendo la mano como para presentarnos su copiosa comida–. A elegir.

–Vale. Dame un par de huevos.

Le pasó la bolsa a Layla y ella la abrió, sacó dos y se la devolvió. Irving me la ofreció:

−¿Te apetece un huevo? Las claras son la proteína perfecta.

−Eeeh... No, gracias −repuse, enseñándole el bocadillo de queso a la plancha que acababa de comprar−. Estoy servida.

−Tienes suerte −gruñó Layla mientras pelaba un huevo−. Si llego a aparecer yo con un bocadillo como ese, estos dos no me dejarían acabarlo.

−Pero a ti jamás se te ocurriría aparecer con uno −dijo Mac−. Tú compras patatas fritas y las llamas comida. Y las patatas fritas no son comida.

−De acuerdo, abuelita. Pero calla y termínate las uvas, ¿vale?

A modo de respuesta, su hermano le lanzó una. Sin embargo, falló y me dio a mí, justo en la cara. Cuando rebotó y cayó rodando sobre la hierba, lo vi abrir mucho los ojos, horrorizado.

−Estupendo, Macaulay Chatham −se mofó su hermana−. ¿Ahora es parte de tu juego? ¿Lanzar comida a las chicas guapas para llamar su atención?

Ah, ¿que yo era guapa? Ambos nos ruborizamos.

−No quería darle −se disculpó, visiblemente avergonzado−. Perdona −añadió dirigiéndose a mí.

−No te preocupes −repuse.

−Aunque la verdad es que lo veo como el principio de una gran historia de amor −dijo Layla.

−Ya empezamos −protestó Irv, y se comió media hamburguesa de un bocado.

Layla no hizo caso y flexionó las rodillas contra el pecho.

−Hablo en serio. ¿Vosotros no lo veis? «Me tiró una uva un día soleado y supe que era amor.»

−Es lo más absurdo que has compuesto en tu vida −dijo su hermano al tiempo que escupía una pepita.

−Que ya es decir −añadió Irv.

Ella hizo una mueca y arrugó la nariz.

—Estos chicos no tienen sentido del romanticismo –me dijo–. Yo, sin embargo, soy toda una experta.

—Tú te autodenominas experta en todo –indicó su hermano.

—En todo no. Solo en dulces, en patatas fritas y en historias de amor. –Me sonrió–. Las cosas verdaderamente importantes. A ver, en serio, reconozco el comienzo de una historia de amor cuando lo veo. O debería. He leído cientos de ellas.

Alcé las cejas.

—¿En serio?

Desde su banco, Mac suspiró ruidosamente.

—Ya lo creo. Es, por así decirlo, mi especialidad. –Se puso a pelar el segundo huevo–. Las historias de amor y los manuales de instrucciones.

—Pero no manuales de instrucciones para las historias de amor –añadió Eric, que pensé que ni siquiera estaba escuchando.

—A ver, en serio –continuó Layla–. Me encanta leer cómo hay que hacer las cosas. Aunque sea algo que no vaya a hacer en mi vida, como tejer una alfombra o enlechar un suelo.

—¡Vaya! –exclamé.

—Lo sé. Debo de ser adicta a los procesos o algo así. –Se comió el huevo, masticando alegremente, y después de tragarlo añadió–: O, ya sabes, una experta.

Cierto, me resultaba difícil seguir el ritmo. No solo de la conversación, sino de quienes participaban en ella. Había pasado tanto tiempo sola últimamente que había olvidado lo que se sentía al relajarse con la compañía de otras personas. Me gustaba.

Después de aquella primera comida juntos, empecé a comer con ellos todos los días. En cuanto tocaba el timbre, compraba algo en las furgonetas y cruzaba el césped para unirme a quien ya estuviera allí o guardar los bancos hasta que llegaran. En cuanto a la comida, todos los días era lo mismo. Mac e Irv la traían de casa. Eric prefería comprar un zumo de fruta y un bocadillo grasiento de queso a la plancha en la cafetería. Y Layla siempre iba a buscar patatas fritas.

No bromeaba en cuanto a lo de declararse una experta. Se tomaba muy en serio el asunto de las patatas fritas. No bastaba con que fueran patatas y estuviesen fritas, que era lo que le importaba a la mayoría de la gente, yo incluida. Oh, no. Tenían que cumplir ciertos requisitos. Debían tener el aliño adecuado. Había reglas sobre casi todo, desde la temperatura y el empaquetado hasta la cuestión de si el kétchup era de sobre o de botella (este último epígrafe tenía además letra pequeña y apéndice). Ir a buscar patatas fritas con Layla era como seguir a mi madre mientras examinaba material de oficina escrupulosamente, para lo cual se necesitaba paciencia y una considerable cantidad de tiempo. Cuando por fin Layla encontraba lo que quería, yo casi siempre había terminado de comer, y en ocasiones me había vuelto a entrar hambre.

—Lo más importante es la forma —me explicó la primera vez que la acompañé en su búsqueda—. Deben ser largas, no regordetas. De una anchura decente, pero no más que un dedo. Con un aliño básico, nada de fantasías. Y tienen que estar calientes.

—¿Pero no demasiado? —pregunté mientras ella se asomaba a la ventanilla de la furgoneta del DoubleBurger y empezaba a olisquear.

—De eso nada —repuso—. Las patatas calientes se enfrían. Las patatas frías nunca se calientan. Vámonos. No me gusta nada el olor a grasa que hay hoy aquí.

El chico que atendía detrás del mostrador se limitó a mirarla cuando se volvió y continuó su camino. Lo miré, me encogí de hombros a modo de disculpa y la seguí.

—¿Y las de los restaurantes de comida rápida? —pregunté—. No habrá mucha diferencia, ¿no?

Frenó en seco y estuve a punto de chocar con ella.

–Sydney –dijo, volviéndose hacia mí–. Eso no es cierto. La próxima vez que me haga una Trifecta vendrás conmigo. Te demostraré lo equivocada que estás.

–¿Una Trifecta?

–Es cuando compro patatas en Los Tres Grandes –explicó, mostrando los dedos mientras contaba–: Pequeñeces, Hamburguesería Bradbury y Parrillada Pamlico. Ninguno de ellos las hace perfectas, pero cuando las mezclas es como el paraíso de las patatas fritas. Pero es algo que lleva su tiempo, así que solo lo hago en ocasiones muy especiales o cuando estoy superdeprimida.

Mientras la escuchaba, volví a tener la misma sensación de antes, como si la conversación fuera un tiro de caballos salvajes galopando como locos por delante de mí, sin dejar nada más que polvo a su espalda. ¿Trifecta? ¿Depresión? ¿Olor a grasa? Pero ya estaba hablando de nuevo.

–Estas furgonetas no son los mejores sitios para comprar patatas fritas, porque las freidoras móviles dan un sabor distinto al de las que hay en los establecimientos normales de ladrillo y hormigón. No obstante, tienen algunos sabores muy apetecibles que no suele haber en los locales tradicionales. Hay un sitio que me gusta mucho... ¡Ah, mira, hoy han venido! Vamos.

Noté que el teléfono empezaba a vibrar en mi bolsillo. Lo saqué y eché una mirada a la pantalla. Jenn, decía, sobre una foto suya de su último cumpleaños con una tiara cutre de plástico en la cabeza. Coloqué el dedo sobre el botón de rechazar, sintiendo una punzada de mala conciencia. Pero no tanta como para no apretarlo. Ya la llamaría más tarde.

Mientras tanto, Layla se había acercado hasta una furgoneta en la que yo nunca había comprado. Se llamaba Bim Bim Slim's y tenía una especie de fusión de comida asiática y criolla. Los vapores que despedía no se parecían a ningún otro que hubiera olido antes. Layla ni siquiera echó un vistazo al menú.

—Una ración normal de *bims* —pidió—. Bueno, que sean dos. Sin salsa. Con paquetitos de kétchup extra.

—Oído cocina.

Instantes después le entregó una bolsa blanca que olía a gloria y que estaba comenzando a motearse de manchas de grasa. Layla sonrió satisfecha.

—Perfectas. Vámonos.

De vuelta en los bancos, echó a Eric a codazos —«¡Muévete, necesito espacio!»— y después se acomodó. Abrió la bolsa y casi metió la nariz por la abertura. Mientras todos la observábamos, respiró hondo con los ojos cerrados. Silencio.

—¿Esperamos algo? —susurré a Irv, que estaba royendo el hueso de un muslo de pavo.

—El veredicto —respondió, también en voz baja.

Por fin, Layla abrió los ojos.

—Vale. Servirán.

Lo que siguió a continuación fue un complicado proceso de varios pasos que empezó con el alisado y correcta colocación de la bolsa para convertirla en una superficie sobre la cual comer como era debido y concluyó con la formación de tres charquitos de kétchup de idéntico tamaño, cada uno en una servilleta. A uno de ellos le añadió pimienta. A otro, sal. Y al último, una sustancia no identificada que guardaba en el interior de un tubo de ensayo que sacó del bolso.

—Sé lo que estás pensando —me dijo Irv—. Ha sido un poco intenso, y ahora todo te parece aún más raro. Yo me sentí igual la primera vez que lo vi.

—Es que *es* raro traer tu propio condimento consistente en una mezcla de especias al gusto —comentó Mac sin despegar los ojos de su libro de historia. Me había fijado en que siempre estudiaba en la hora de la comida, pero también estaba pendiente de todas las conversaciones.

Layla, sin hacerles el menor caso, escogió una patata frita y mojó uno de sus extremos en uno de los charquitos de kétchup. Le dio un mordisco, masticando concienzuda, y después repitió el mismo proceso con las otras dos variedades. Cuando terminó la patata, se limpió los dedos con una servilleta y me miró.

–Muy buena. Prueba una.

–¿Yo?

Había dado por hecho que se trataba de un deporte individual.

Ella asintió y me hizo un gesto para que me acercara. Obedecí; me senté frente a uno de los depósitos de kétchup y ella empujó la bolsa-plato en mi dirección.

–Prueba una de las del centro. Esas son las mejores. Siempre las como de dentro hacia fuera.

Hice lo que me indicaba y elegí una patata algo gruesa, pero no demasiado. Entonces me di cuenta de que, a pesar de comer patatas fritas desde antes de aprender a hablar, era la primera vez que me sentía insegura de cómo hacerlo. Y el hecho de tener público lo hacía especialmente incómodo.

–Uno, dos y tres –contó Layla señalando los tres tipos de kétchup–. Mójala en los tres. Después cómete la mitad, dale la vuelta y repite la operación con el otro extremo. Así evitas tener que mojar dos veces.

–¿Qué tiene el último? –pregunté, aún vacilante.

–Una creación propia. No te preocupes, no es picante ni desagradable. Te lo prometo.

Todas las amistades se ponen a prueba en algún momento. Sin embargo, nunca había vivido ninguna que tuviera que ver con comida. Para todo hay una primera vez, pensé, y seguí sus indicaciones.

No estaba muy segura de lo que podía esperar. ¿Un buen punto de fritura? ¿Una salsa fuerte? Desde luego, no la perfección que de inmediato se materializó en mi boca. Teniendo en cuenta la complejidad de la preparación, quizá era aquello precisamente lo que debía haber imaginado. Pero la textura crujiente del exterior, la consistencia suave y blanda del interior, aderezadas con el toque dulce de la mezcla de kétchups, fueron una auténtica sorpresa. Caray.

—¿Ves? —dijo Layla con una sonrisa—. Genial, ¿a que sí?

—Es increíble —corroboré mientras le daba la vuelta a la patata y me preparaba para el siguiente mordisco.

Ella aplaudió, entusiasmada.

—¡Me encanta ganar nuevos adeptos al proceso!

—Bienvenida a la locura —dijo Mac.

—Bah, no le hagas caso, antes comía el equivalente a su peso de este tipo de cosas. Y era un auténtico bárbaro. Vaciaba el contenido de la bolsa, lo regaba con kétchup y hundía la cara en él. —Se estremeció—. Puaj.

Volví la vista hacia Mac, que estaba comiendo una manzana. Me vio e hizo un gesto de impotencia con los ojos. Yo aparté la mirada inmediatamente. Como solía ocurrir, me arrepentí al instante, pero había algo en él que me ponía muy nerviosa. Viniendo de alguien tan guapo como él, hasta el más mínimo gesto de atención me hacía sentir como si estuviera bajo el más brillante de los focos.

Conocía muy bien aquella reacción, porque la había visto desde fuera miles de veces en otras chicas que andaban con mi hermano. Él y Mac tenían la misma complexión morena y sugerente, esa idéntica manera de llamar la atención solo por existir. Pero mientras que Peyton había sido consciente de ello desde siempre, me daba la impresión de que Mac no. No se comportaba como si supiera que era atractivo. Y a veces, cuando me pillaba mirándolo, hasta parecía sorprendido.

Aunque yo sabía que no debía pensar en esas cosas. Para empezar, porque Mac jamás se interesaría por mí. Pero no solo por eso. Apenas hacía una semana que me había hecho amiga de Layla, pero ya había tenido oportunidad de observar que existían ciertas reglas no escritas. No se comían las patatas fritas como los bárbaros. No se escogían las piruletas de chicle o de algodón de azúcar. Y nada de pensar ni remotamente en salir con su hermano. O si no, que se lo preguntaran a Kimmie Crandall.

La primera vez que oí aquel nombre fue durante una de las típicas conversaciones apresuradas de la hora de comer. Empezó con un debate sobre la leche y sobre el hecho de que a la gente le gustaba mucho o nada: no había término medio. Luego se desvió hacia otras cosas que a veces la gente aborrecía, lo cual concluyó en los intentos de Layla, Eric e Irv por nombrar la combinación más espantosa posible.

—Alguien que te cae fatal comiendo con la boca abierta —sugirió Eric—. Y algo asqueroso, como ensalada de huevo.

—¿Qué tiene de malo la ensalada de huevo? —preguntó Irv.

—Tú sigue jugando —indicó Layla.

Irv pensó unos instantes.

—Alguien que te cae fatal comiendo ensalada de huevo con la boca abierta y con un jersey que huele a perro mojado.

Mi turno.

—Hummm... Alguien que te cae fatal comiendo ensalada de huevo con la boca abierta y un jersey que huele a perro mojado mientras cuenta una historia aburrida y sin sentido.

—Buena —aprobó Layla—. Me horroriza. Te toca, Mac.

Mac, ocupado con un puñado de moras, seguía comiendo su ración de fruta variada.

—Todo lo que has dicho y además golf —dijo.

Layla suspiró.

—Se supone que tienes que repetir la frase entera. Dios, nunca juegas como es debido.

—Pues elimíname. No me deprimiré, te lo prometo —dijo el chico mientras pasaba otra página del libro de química.

—Aguafiestas —dijo Irv. Mac le lanzó una mora, y esta vez acertó—. Cuidado, gordinflón.

—Bocazas —repuso Mac, pero no parecía estar en absoluto molesto. Por no mencionar que, por supuesto, no estaba nada gordo. Estaba claro que aún me quedaba mucho para ponerme al corriente de muchas cosas.

Layla se irguió en su banco y levantó las manos:

—Ya sé, Kimmie Crandal comiendo ensalada de huevo con la boca abierta y un jersey que huele a perro mojado mientras cuenta una historia aburrida y sin sentido sobre golf.

—¡Adjudicado! —exclamó Eric—. ¡Ganadora!

—Baja esas manos —intervino Irv—. El campeón sigo siendo yo.

Mac se volvió a mirar el extremo opuesto del patio sin decir nada. Entonces pregunté:

—¿Quién es Kimmie Crandall?

Silencio. Después, Layla me lo aclaró:

—La exnovia de Mac. Y mi ex mejor amiga.

—Ah. —Aquello explicaba el silencio—. Lo siento.

—No lo sientas. Estamos mucho mejor sin ella.

En aquel momento, Mac se puso en pie, recogió los restos de su comida y echó a andar hacia los contenedores de basura. Mientras se alejaba, Irv dijo:

—¿Todavía demasiado pronto?

—Hace tres meses —contestó Layla mientras se apoyaba de nuevo en el respaldo del banco—. Tendría que existir alguna disposición legislativa en materia de plazos en lo que respecta a intentar fingir que alguien no existe.

—Quizá sea distinto si ese alguien era tu novia —dijo Eric.

—Rompió el código de amistad. Eso significa que puedo meterme con ella todo lo que quiera. —Se volvió hacia mí—. Empezó a andar conmigo con la única intención de acercarse a Mac. Yo estaba desesperada, sin amigas, y no me di cuenta. Luego lo cazó, le rompió el corazón y procedió a echar pestes de todos nosotros a todo el que la quisiera escuchar.

–Qué horror –dije mirando a Mac. Ahora caminaba de nuevo hacia nosotros mientras se pasaba la mano por el pelo–. ¿Estudia aquí?

Layla negó con la cabeza.

–En el instituto Fountain. Era una *hippy* miserable. ¿Quién era capaz de imaginar que podía existir semejante cosa? Zorra.

Era lo más duro que le había oído decir hasta ahora, y me dejó sin habla durante unos instantes. Era obvio que, a pesar de meterse unos con otros y de los ocasionales lanzamientos de fruta, existía una profunda lealtad entre ellos. Una vez que fui consciente de ello, los ejemplos se sucedían. Sin embargo, no podía ponerme en el lugar de Layla en aquella situación, pues cuando Peyton empezó a salir con chicas ya estaba despegándose de nosotros. Sin embargo, sí podía tomar buena nota. Y eso hice.

Dos noches después, fue mi madre la que tenía algo esperándola junto a su plato. En lugar de un folleto informativo, era uno comercial. Lo único que pude ver desde mi asiento fue la foto de una playa.

–¿Qué es esto? –preguntó al entrar con una fuente de pollo asado. La dejó encima de la mesa, pero no recogió el papel. Como si no fuera para ella, como si no debiera ni tocarlo.

–Hotel St. Clair –informó mi padre alcanzando el pollo. Papá siempre tenía hambre. Siempre estaba mordisqueando algo, pasaba largos ratos delante de la nevera picoteando y se lanzaba sobre la comida en cuanto llegaba a la mesa–. En las islas St. Ivy.

–¿Y por qué está junto a mi plato?

–Porque –respondió mi padre mientras se servía una generosa ración– tengo un congreso allí la semana que viene y quiero que vengas conmigo.

De inmediato, la cara de mi madre dijo «no». O quizá «¡no!». Apareció esa arruga entre sus ojos a la que Peyton se había referido una vez, en términos no muy agradables y además cuando ella podía oírlo, como «el barranco del cabreo».

—¿Un viaje? ¿Ahora? Oh, me parece que no.

—Dime un solo motivo por el que no puedas ir.

Mi madre suspiró y se sentó mientras apartaba el papel para desdoblar la servilleta.

—La semana que viene hay día de visita en Lincoln.

—Julie, vas a verlo con la frecuencia suficiente como para que no pase nada si faltas un día.

—Él cuenta con verme allí, Peyton.

—Entonces nos aseguraremos de que Ames vaya a verlo.

Mi madre sacudió la cabeza.

—Y Sydney acaba de empezar en el instituto nuevo... No es una buena idea.

Mi padre me miró. Su expresión dejaba claro que yo tenía que decir: «Yo estoy perfectamente». De modo que eso fue lo que hice.

—Cariño, no puedes quedarte aquí sola —me dijo mi madre con voz cansada.

—Ya he hablado con los padres de Jenn. Estarán encantados de que se quede con ellos.

Parpadeé, sorprendida. Era verdad que llevaba unos días sin hablar con Jenn, pero aun así me extrañaba que no me hubiera comentado nada. Pero me di cuenta de que quizá ni siquiera lo sabía. Cuando mi padre quería algo, se lanzaba a por ello.

—Julie —dijo—, lo necesitas. Los dos lo necesitamos. Dos días en una playa preciosa, todo organizado. Solo tienes que decir que sí.

El «no» seguía visible en su cara. Aun así, dijo:

—Lo pensaré.

Mi padre, con expresión contenida, no respondió enseguida; como si estuviera tanteando hasta dónde podía insistir.

–De acuerdo. Piénsalo.

Y el tema quedó relegado. Pero desde luego, no olvidado, pues los oí hablar sobre el viaje dos veces más aquella misma noche: una cuando estaban viendo las noticias mientras yo metía los platos en el lavavajillas sin hacer ruido, y otra desde el piso de arriba, cuando me estaba cambiando para acostarme. A la mañana siguiente, al pasar por delante del Centro de Operaciones, vi que mi madre había sacado la carpeta etiquetada como viajes, la que contenía las listas de cosas necesarias, complicados diagramas que indicaban cómo doblar distintas prendas y todas las guías de viajes, y la había dejado encima del escritorio. Si por fin se iban, sería su primer viaje desde hacía más de un año, y yo deseaba que mi madre lo disfrutara. Además, un fin de semana entero con Jenn podría contribuir a reducir el distanciamiento que últimamente sentía crecer poco a poco en nuestras conversaciones, cada vez más escasas, tanto por teléfono como en persona. Quizá nos vendría bien a todos.

Sin embargo, la mañana del día en que partían sonó el teléfono.

–Jenn está enferma –comunicó mi madre cuando bajé para ir a clase. Mi padre estaba apoyado en la nevera con una taza de café en la mano–. Un virus de estómago. Lo han pillado todos.

–Uf –gemí.

–Exactamente. Así que no puedes quedarte allí el fin de semana. –Miró a mi padre–. ¿Y ahora qué?

–¿Meredith?

–Está fuera, en una competición –respondí–. Se marchó ayer.

Mi madre suspiró.

–Bueno, pues no hay más que hablar. Peyton, ve tú solo, yo me quedo. De todos modos, quizá sea mejor así.

—No, no, espera —dijo mi padre—. Déjame pensar.

—Tengo diecisiete años —intervine—. Puedo quedarme sola un fin de semana.

—Eso no va a pasar —aseguró mi madre—. Demasiado bien sabemos las consecuencias que puede acarrear la falta de supervisión.

Al oír estas palabras, me sentí ofendida. Nunca había hecho nada irregular, ni siquiera había faltado alguna vez a clase. Lo último que merecía era que tuvieran esos prejuicios conmigo, aunque estaba claro que no se trataba de mí.

—Un momento —rogó mi padre; a continuación sacó su teléfono y se puso a teclear mientras yo me servía cereales en un cuenco. Estaba a punto de añadir la leche cuando dijo—: Ya está. Arreglado.

Lo miré. Ahora yo era como un trasto que había que colocar en algún sitio. Muy bonito.

—¿Cómo?

Papá contestó dirigiéndose a mi madre, no a mí:

—Ames y Marla. Estarán aquí a las cuatro para quedarse todo el fin de semana. Dice que no supone ningún problema.

—Oh, no hace falta que se molesten —repuse de inmediato—. Estoy bien. O sea, estaré bien.

—¿Ames y Marla? —Mi madre frunció el ceño—. Me fastidia que se vean obligados. Ya va a ir a Lincoln mañana.

—Dice que estará encantado de hacerlo. Y Marla tiene todo el fin de semana libre.

Vale, genial. Desde que la conocí, hacía ya varios meses, le había oído pronunciar un total de diez palabras, más o menos. Tenerla en casa no iba a ser muy diferente a estar a solas con Ames, la verdad.

—Bueno, tengo una amiga nueva. Layla. Estoy segura de que puedo quedarme en su casa —sugerí.

Mis padres me miraron a la vez.

–¿Una amiga nueva? No nos habías dicho nada.

–Bueno, es que acabo de conocerla. Pero...

–No pienso mandarte a casa de alguien a quien no conocemos de nada, Sydney –afirmó mi madre con gesto categórico–. Podría ser aún peor que dejarte sola en casa.

–Pues me quedo sola.

–Vienen Ames y Marla –terció mi padre. Su tono de voz dejó claro que la negociación había concluido–. Y ahora, Sydney, tómate el desayuno. Vas a llegar tarde.

Impotente, me senté a la mesa mientras mi padre se acercaba a mi madre, le daba un beso en la frente y le susurraba algo en voz tan baja que no llegué a oírlo. Ella sonrió a regañadientes, y entonces me di cuenta de que hacía mucho tiempo que no la había visto con un gesto que no fuera de resignación o de absoluta tristeza. Pero ¿qué podía decirle yo? ¿Que esa persona en quien confiaba y que tanto apreciaba me ponía los pelos de punta –aunque no fuera capaz de concretar el motivo– y que su novia no iba a ayudar a arreglarlo? Sonaba descabellado. Y quizá lo fuese.

–Sydney, ¿te pasa algo? –me preguntó de pronto.

Alcé la vista. Ella me miró a los ojos sin decir nada, aunque hubiera deseado que lo hiciera. Que, de alguna manera, en medio de todo aquel dolor y aquella confusión, por fin pudiera verme, o escuchar las palabras que yo no era capaz de pronunciar en voz alta.

Transcurrió un segundo, luego otro. Empezaba a parecer preocupada, con el barranco empezando a abrirse camino de nuevo. Desde la puerta abierta, también mi padre me observaba.

–No –contesté por fin–. Estoy bien.

7

Esta vez, en La Pizzería de la Costa, despejé todas mis dudas. La melodía que sonaba era *bluegrass,* música folk de Kentucky.

—¿Quieres otro trozo?

Negué con la cabeza. Layla salió del reservado donde estábamos sentadas, llevando su plato con ella. Mientras se inclinaba detrás del mostrador para servirse otra ración y calentarla, me acerqué a la sinfonola. Era de las antiguas, con los títulos escritos a máquina y una ranura para las monedas. Cada selección costaba veinticinco centavos. La canción que estaba sonando se titulaba *Rope Swing.*

—La llamamos el Dinosaurio —explicó Layla detrás de mí. Instantes después, estaba inclinada sobre el cristal—. La compró mi padre en un mercadillo de ocasión, cuando mi abuelo le cedió el testigo del negocio.

—Así que lo de la pizza viene de familia.

—No exactamente. La italiana es mi madre. La familia de papá es de las montañas. Pero cuando se casó todo el mundo dio por hecho que algún día se haría cargo de la pizzería. Sin embargo, quiso darle su toque personal, de ahí el Dinosaurio. Fue entonces cuando entró en vigor la regla de la música.

—¿La regla de la música?

–Solo folk de Kentucky durante las horas de atención al cliente. –Hizo un gesto con la cabeza–. Lo hemos intentado todo para hacerlo razonar. A ver, esto se llama La Pizzería de la Costa. El *bluegrass* es de las montañas. Totalmente incongruente.

–Pero es bonito –comenté mientras sonaba de nuevo el estribillo de *Rope Swing*.

–Ah, sí, es genial. O sea, es lo primero que aprendí a tocar. Aunque no es exactamente lo que a la gente de nuestra edad le apetece escuchar al salir de clase. Y como siempre estamos intentando ganar más clientela, parece un poco ridículo.

–¿Tocas algún instrumento?

Layla asintió, sin dejar de mirar la lista de canciones.

–Es lo único que le interesa a mi padre, aparte de los coches y el trabajo. Me enseñó a tocar el banjo cuando tenía siete años.

–¿Tocas el banjo?

–Lo preguntas como si te hubiera dicho que me dedico a la cirugía craneal o a castrar elefantes –rio Layla.

–Es que es un tanto chocante.

Ella se encogió de hombros.

–Me gusta más cantar. Pero la que tiene buena voz es Rosie.

Dicho esto, giró en redondo y volvió al otro lado del mostrador. Mac también estaba allí, amasando con uno de sus libros de texto abierto sobre el mostrador, mientras su padre cortaba pimientos frente a la ventana. Debía de ser la tercera vez que iba a la pizzería al salir del instituto, pero ya había probado aquella rutina lo suficiente como para encontrarme a gusto en aquel lugar. Por eso me había propuesto volver ese día. Tenía intención de quedarme allí todo el tiempo que pudiera.

Aquella mañana me había ido al instituto a las ocho menos cuarto. A la hora de comer abrí el buzón de voz y escuché un mensaje que me había dejado mi madre cuando salían hacia el aeropuerto, más o menos una hora antes. Me dijo que el avión saldría a su hora, que no pensaba despegarse del teléfono durante todo el fin de semana y que la llamara si necesitaba cualquier cosa. Yo no sabía lo que necesitaba, pero sí lo que menos falta me hacía: quedarme con Ames (y con la silenciosa y tímida Marla) un fin de semana entero.

Pasé todo el día con una especie de agujero en el estómago, discurriendo cómo pasar el mayor tiempo posible fuera de casa. Por lo menos tenía clase, y después iba a quedar con Layla en la pizzería, adonde ella iba todos los días al salir del instituto hasta que empezaban los repartos a domicilio y Mac podía acercarla a su casa. Podría quedarme más o menos hasta las seis y llegar a casa cuando solo quedaran dos horas para acostarme a una hora razonable. El sábado pensaba escabullirme temprano y pasar todo el día fuera con alguna excusa que aún no se me había ocurrido. Esos eran todos mis planes, de momento.

Volví a sentarme en el reservado frente a Layla, que estaba dando buena cuenta de su segunda ración. A diferencia de las patatas fritas, consumía la pizza de una forma bastante convencional: la doblaba por la mitad como si fuera un taco y se la comía de dentro afuera. Me fijé en que, para ser tan menuda y flexible, era capaz de comer mucho. Por el contrario, nunca había visto a Mac probar nada de la pizzería, y para eso hacía falta una buena dosis de autocontrol. La única razón por la que había rechazado un segundo trozo de pizza era que no quería llenarme demasiado.

Justo en eso estaba pensando cuando sonó el teléfono. Lo saqué del bolso. Era un mensaje de Ames, cuyo número había añadido a mi lista de contactos después de que mi madre insistiera en que lo hiciera antes de salir hacia el instituto aquella mañana.

Ya en tu casa. ¿Hora estimada de llegada?
¡Cena en proceso!

–¿Qué pasa?

Levanté la vista hacia Layla. Estaba limpiándose los labios con la servilleta tras haber devorado la mitad de la ración.

–Nada. Es un mensaje de... Mis padres están fuera.

–Así que están controlándote.

–Sí.

Volvió a centrarse en la pizza, y yo me pregunté por qué no le había dicho la verdad. Por lo que había visto hasta ese momento, nada parecía sorprenderla, así que probablemente tampoco esto lo haría. Me caía bien Layla, y me consideré afortunada de que el hecho de conocer las andanzas de Peyton no hubiera cambiado su opinión acerca de mí. Aunque quizá si añadía otra dosis de singularidad podría llegar a conseguir que lo hiciera.

Dentro de una hora, más o menos, **escribí**. No tienes por qué hacer la cena.

Lo envié. Segundos después recibí su respuesta.

Quiero hacerla.

Volví a meter el teléfono en el bolso y lo silencié. Al hacerlo, sentí un nuevo acceso de furia hacia mi hermano. Sus decisiones equivocadas habían causado varios daños colaterales, pero este en concreto lo iba a sufrir yo sola. Muchas gracias.

Tragué saliva y volví la vista hacia la caja registradora. Mac estaba ahora rematando el borde, usando ambas manos para modelarlo y dejarlo fino. Lo observé un rato, hallando cierto consuelo en sus movimientos repetitivos, hasta que de pronto me miró. Por una vez le sostuve un instante la mirada, aunque la aparté apenas un segundo después.

A las cinco y media empezó a sonar el teléfono y a acumularse el trabajo. La música *bluegrass,* que por lo visto sonaba continuamente tanto si alguien echaba monedas como si no, pasó de oírse perfectamente a sonar amortiguada y luego a no oírse en absoluto cuando empezó a entrar gente. A las seis menos cuarto, cuando Layla y yo recogimos nuestras cosas y dejamos libre el reservado, había una fila de gente, los camareros del turno de noche ya habían llegado y Mac metía las cajas de pizzas en las bolsas isotérmicas y las preparaba para los primeros repartos.

—Supongo que te vas ya —le dije a Layla cuando vi que Mac se dirigía a la camioneta, aparcada junto al bordillo.

Echó un vistazo al mostrador, donde su padre estaba devolviendo el cambio a un cliente.

—Parece que hay bastante lío, así que probablemente tendré que esperar hasta que Mac tenga que llevar un pedido cerca de casa.

—Puedo llevarte yo —me ofrecí.

—No, seguramente mi padre querrá que tome nota de los pedidos. Pero gracias. Me gustaría montar en tu coche alguna vez, seguro que es genial.

Yo estaba tan desesperada por evitar lo que me esperaba en casa que estuve a punto de ofrecerle el coche solo para retrasar mi regreso. Pero ella ya estaba acudiendo a su puesto detrás de la barra.

—Nos vemos el lunes, ¿vale?

—Sí —respondí al tiempo que me echaba la mochila al hombro—. Hasta el lunes.

Cuando abrí la puerta para salir al aparcamiento, Mac estaba metiendo las bolsas isotérmicas en la camioneta.

—¡Ve con cuidado! —exclamó cuando pasé a su lado.

Me volví hacia él. Eso era lo que se solía decir a alguien que estaba a punto de irse en coche o antes de una salida nocturna. No tenía un significado profundo, ni mucho menos una carga simbólica. Sin embargo, cuando lo oí se me llenaron los ojos de lágrimas.

—¡Gracias, lo mismo digo! –respondí.

Él hizo un gesto de asentimiento y volvió a su trabajo. Subí al coche, me abroché el cinturón y arranqué el motor. Como la primera vez que había ido a La Pizzería de la Costa, terminé situándome detrás de él en el semáforo y así continuamos durante dos manzanas, y luego tres. En el siguiente cruce, puso el intermitente derecho y se desvió. Al hacerlo, me dijo adiós por la ventanilla. Un simple aleteo de dedos, un saludo. Me quedé completamente sola.

Cuando entré en casa, lo primero que vi fueron las velas. Eran las que mamá encendía solo en ocasiones especiales, como Navidad o el día de Acción de Gracias; las guardaba en un aparador, detrás de los licores. A no ser que lo supieras, no era fácil encontrarlas. Estaban colocadas encima de la mesa, aún sin encender.

—¡Hola! –exclamó Ames asomándose a la puerta de la cocina. Llevaba una camisa, vaqueros y zapatillas, y tenía una de nuestras cucharas de madera en la mano–. ¿Qué tal en clase?

Era todo muy extraño: la yuxtaposición de esa pregunta, que me hacía mi madre todos los días, y las velas, que indicaban algo casi romántico.

—¿Dónde está Marla? –pregunté.

No es que normalmente ella llenara la sala con su presencia, pero tuve la sensación de que estábamos los dos solos.

—Está enferma. Un virus de estómago. Pobre. Qué faena, ¿verdad?

Cuando se volvió para entrar de nuevo en la cocina, me di cuenta de que él esperaba que lo siguiera. Pero me quedé donde estaba, sintiendo que la cara me ardía. ¿Marla no iba a venir? ¿En ningún momento?

—No hacía falta que te pusieras a cocinar —dije.

—Lo sé. Pero te perderás lo mejor de la vida si no pruebas mis espaguetis con salsa de carne. No sería justo que no te permitiera experimentarlo.

—La verdad es que no tengo mucha hambre.

Al oírme, se volvió con un destello de irritación en el rostro que desapareció con la misma rapidez con que se había manifestado.

—Bueno, al menos pruébalos. No te arrepentirás, te lo aseguro.

Me volviera hacia donde me volviera, me sentía atrapada. No era muy propensa a los ataques de pánico, pero de pronto noté que mi corazón se aceleraba.

—Voy a... guardar mis cosas.

—Perfecto —dijo—. Pero no tardes mucho. Quiero que me pongas al día, hace mucho que no te veo.

Subí los escalones de dos en dos, como si alguien me persiguiera, luego entré en mi cuarto y cerré la puerta. Me senté encima de la cama, saqué el teléfono e intenté pensar. Instantes después oí el sonido de la música filtrándose hasta el piso de arriba y, no sé cómo, supe que había encendido las velas. Fue entonces cuando busqué un número y lo marqué.

Contestó un hombre.

—Pizzería de la Costa. ¿Puede esperar un minuto?

Esperaba que fuera Layla. Ahora no sabía qué hacer.

—Sí.

Se oyó un chasquido, y luego un silencio. Pensé en colgar, pero antes de que me diera tiempo volvió a hablar.

—Gracias y perdone por la espera. ¿En qué puedo ayudarle?

Mierda.

—Eeeh... Quería hacer un pedido.

Oía voces al otro lado de la línea, pero ninguna era de mujer.

–Dígame.

–Media de *pepperoni* grande, media Deluxe.

–¿Algo más?

–No.

–¿Dirección?

Tomé aire.

–El 4102 de...

En ese momento se oyó un estruendo al otro lado.

–Perdón, ¿puede esperar otro minuto?

–Claro.

En el piso de abajo sonaba ahora otra canción distinta. Noté un olor a ajo que se colaba por debajo de mi puerta cerrada.

–Perdone –dijo una voz. Esta vez era una chica. Oh, Dios mío–. Así que es media de *pepperoni,* media Deluxe. ¿Grandes? ¿A qué nombre?

–¿Layla?

Una pausa.

–¿Sí?

–Soy Sydney.

–¡Ah, hola! –Parecía tan contenta de oír mi voz que estuve a punto de echarme a llorar–. ¿Qué pasa? ¿Te has arrepentido de haber tomado solo una ración esta tarde?

–¿Te apetece venir a dormir a casa?

Lo solté de golpe, literalmente. Dudé si lo habría entendido. Pero volvió a sorprenderme.

–Claro. Espera, voy a preguntar.

Sonó un ruido metálico cuando dejó el teléfono. Sentada allí, escuchando los pitidos de la caja registradora y el rumor de conversaciones amortiguadas, me di cuenta de que estaba conteniendo la respiración. Cuando volvió, seguía conteniéndola.

–Perfecto –dijo con voz alegre–. Mac puede llevarme con la pizza. Dentro de unos... ¿veinte minutos?

–¡Genial! –exclamé con demasiado entusiasmo–. Gracias.

–De nada. Ahora dame tu dirección y un teléfono de contacto, ¿vale?

Se los di y colgamos. Entré en el baño y me lavé la cara, convenciéndome a mí misma de que sería capaz de manejar la situación durante veinte minutos. Después bajé.

Cuando entré en la cocina, Ames estaba de espaldas, inclinado sobre los fogones.

–¿Lista para cenar? La mesa está puesta.

Eché una mirada al comedor: por supuesto, las velas estaban encendidas, había dos platos junto a sus cubiertos y servilletas de papel dobladas.

–En realidad... Va a venir una amiga. Y trae pizza.

No dijo nada durante un instante. Después se volvió hacia mí.

–Te dije que estaba haciendo la cena.

–Lo sé, pero...

–Tu madre no me dijo nada de que fuera a venir una amiga.

También creía que iba a venir Marla, pensé.

–No es muy correcto, Sydney, hacer otros planes cuando una persona ha dejado de lado los suyos para atenderte.

Yo no te pedí que hicieses nada, pensé.

–Lo siento... Habrá sido un malentendido.

Me miró durante unos segundos que se me hicieron eternos. No intentó disimular su rabia.

–Al menos pruébalos, ya que me he tomado la molestia de prepararlos.

–De acuerdo –accedí; me resultó raro verle hacer una mueca de adulto–. Por supuesto.

Sentados a la mesa, sirvió para los dos y después levantó su vaso de cola.

–Por los buenos amigos –dijo.

Hice chocar mi vaso contra el suyo y bebí el sorbo de rigor mientras él me observaba por encima del borde del suyo. Eché un vistazo al reloj. Habían pasado diez minutos.

–Bueno, he alquilado un par de películas –me contó mientras enrollaba unos espaguetis con el tenedor–. Me pareció que podíamos apalancarnos en el sofá con unas palomitas. Espero que te pirren las que llevan mucha mantequilla. Si no, no podremos ser amigos.

Ojalá fuera tan fácil.

–Sí, claro.

Entonces me sonrió con condescendencia, como si me hubiera ganado el derecho a otra oportunidad o algo parecido. Todo estaba saliendo fatal.

Doce minutos.

–Están muy buenos –comenté tras obligarme a mí misma a probar la pasta–. Gracias por la cena.

Sonrió, visiblemente satisfecho.

–No tienes por qué dármelas. Es lo menos que puedo hacer, ya que vas a tener que pasar el fin de semana conmigo. Hablando del tema, ¿qué quieres hacer mañana? Por la mañana iré a ver a Peyton, pero estaré libre toda la tarde. He pensado que podríamos ir al cine o a jugar a los bolos, y luego cenar por ahí.

–La verdad es que mañana tengo una cosa del instituto. Es..., bueno, obligatorio, por decirlo así.

Una pausa.

–¿En fin de semana?

Asentí.

–Un trabajo sobre servicios a la comunidad. Pasaré casi todo el día fuera.

–Ajá. –Una sola palabra, muchas connotaciones–. Bueno, ya veremos.

Se me encogió el estómago, y durante un segundo o dos estuve convencida de que los pocos bocados que había comido iban a salir de nuevo a la superficie. Pero entonces, gracias a Dios –gracias a todo lo que existe–, sonó el timbre de la puerta.

—Yo abro —dije, levantándome de un salto y dejando caer la servilleta encima de la silla. Al echar a correr hacia la puerta, me di un golpe en la cadera con el borde de la mesa y provoqué un escandaloso ruido metálico. No frené para ver qué había sido.

En el vestíbulo, giré el pestillo y abrí la puerta con tanta energía que hice dar un saltito hacia atrás a Layla, que estaba justo delante con la caja de pizza en la mano. Vi a Mac en la camioneta, aparcada en el camino de acceso.

—Hola —saludé sin aliento—. ¡Qué contenta estoy de que hayas venido!

—Bueno... Es genial encontrarse un recibimiento tan caluroso. —Observó los grandes ventanales a cada lado de la puerta con una mirada de admiración—. Tienes una casa preciosa.

—Gracias. Pasa. Eeeh... Espera, ahora traigo el dinero de la pizza.

—Ah, no te preocupes —me tranquilizó—. Corre a cuenta de...

De repente, Layla dejó de hablar y fijó la mirada en algo que había a mi espalda. En menos de un segundo, su expresión dejó de resultar abierta y alegre para tornarse cautelosa. No me hacía falta mirar atrás para saber que Ames estaba allí.

—¿Esta es tu amiga? —preguntó él cuando por fin lo miré.

—Sí. Layla —le indiqué, antes de dirigirme a ella—: Pasa.

Pero ella no se movió. Por el contrario, volvió la cabeza hacia Mac. No pude ver su expresión, pero un segundo después su hermano salió de la camioneta. Cuando él se reunió con su hermana en los escalones de entrada, ella entró por fin.

—Ames Bentley —se presentó, tendiéndoles la mano—. Buen amigo de la familia.

—Este es Mac —dije. Se estrecharon la mano. Luego alcancé la pizza—. Venid a la cocina.

Allá fuimos, yo en cabeza, Ames pisándome los talones y los Chatham en la retaguardia. Inmediatamente vi que Layla estaba inspeccionando la escena del comedor. Cuando vio las velas, me miró a los ojos:

–Qué elegante. ¿Qué se celebra?

–Estaba presumiendo de habilidades culinarias para impresionar a Sydney –bromeó Ames–. Creí que iba a cautivarla con mi salsa, y ella va y pide una pizza. Esta chica es una rompecorazones.

–¿Dónde me dijiste que estaba tu madre? –preguntó Layla sin hacerle caso.

–Se ha ido con mi padre a un congreso.

–¿Todo el fin de semana?

–Chicas, nada de pensar en fiestas –dijo Ames levantando las manos–. Para evitarlas estoy yo aquí.

–No pensaba celebrar ninguna fiesta –repuse en voz baja.

–Por supuesto –dijo con una sonrisa, y después se volvió hacia Mac–. ¿Os apetece cenar? ¿O beber algo? Nada de alcohol. Son las reglas de la casa.

–No, gracias –respondió Mac mientras su teléfono emitía un pitido. Lo sacó, echó una mirada a la pantalla y luego le dijo a Layla–: Otro pedido. Tengo que irme.

–Qué suerte tengo –dijo Ames–, pasar la noche con dos preciosas señoritas.

Por toda respuesta, Mac se limitó a mirarlo con gesto serio y sin expresión. Un instante después le dijo a su hermana:

–Te has dejado las cosas en la camioneta.

–Es verdad. Voy a buscarlas.

Mac se volvió hacia la puerta. Cuando Layla lo siguió, él me miró, con la evidente intención de que los acompañara. Antes de que me diera tiempo a reaccionar, Ames me puso la mano en el hombro:

–¿Me echas una mano para recoger, Sydney?

Lo seguí al comedor, donde retiró su plato. Bajó la voz y me dijo:

—Cuando llame tu madre, sabes que tendré que contarle todo esto.

—No estoy haciendo nada malo.

—Pero ella no contaba con que tuvieses compañía. —Lo miré mientras recogía su servilleta y me invadió una oleada de rabia. Como si mi madre pudiera imaginar lo que él había planeado para esa noche. Se volvió para dirigirse a la cocina y añadió—: Pero no te preocupes, lo amañaré como pueda. Eso sí, me debes una.

No respondí. Me quedé donde estaba, contemplando cómo la camioneta de Mac comenzaba a salir marcha atrás del camino de acceso a mi casa. Cuando llegó a la calzada, la luz de los faros barrió el ventanal y me iluminó con su resplandor repentino. Mac se quedó mirándome un segundo. Y luego otro. Después, lentamente, se alejó.

—A ver —dijo Layla sentándose frente a mí—. ¿Qué demonios pasa con este tío?

Bajé la vista. Después de una incómoda conversación en la cocina, sin que Ames perdiera detalle de cada palabra que decíamos, me había pedido que le enseñara mi habitación como excusa para irnos al piso de arriba. Cerré la puerta al entrar en mi cuarto; ella fue a echar el pestillo, pero vio que no había posibilidad. Cuando Peyton empezó a meterse en líos, mi madre mandó quitar los pestillos de todas las habitaciones para poner en práctica la política de «No cierres, llama». Por lo visto, era una cuestión de respeto y confianza. O eso decía.

—Es el mejor amigo de mi hermano. Y me pone los pelos de punta.

—No me extraña. —Lo dijo sin expresión, como un hecho probado—. Es repulsivo. Era el que estaba contigo aquel día, ¿verdad? En el juzgado.

Eso explicaba su expresión la primera vez que lo vio. Nunca olvidaba una cara.

–Sí. Es..., bueno, tiende a ser un poco pegajoso.

Layla se estremeció visiblemente.

–¿Y tu madre qué dice?

–A mi madre le encanta. Es como si llenara el hueco que ha dejado mi hermano, o al menos lo hiciera parecer menos vacío.

–¿Y tu padre?

–Cuando se trata de mí, no suele prestar mucha atención.

Nunca antes lo había pensado, pero en cuanto lo dije caí en la cuenta de que era rigurosamente cierto. La desatención de mi madre era nueva, una reacción de causa y efecto. Pero la de mi padre siempre había existido. Antes de Peyton era por el trabajo. Antes del trabajo, solo Dios lo sabía.

–Qué fastidio –dijo, recorriendo mi cuarto con la vista–. ¿Así que este se va a quedar contigo las dos noches?

–Se suponía que yo iba a ir a casa de una amiga. Pero ella se puso enferma, así que a última hora mi padre les pidió a Ames y a su novia que se vinieran para acá.

–¿Su novia?

–Un virus de estómago –expliqué–. Al parecer.

–Seguro que no se quedó muy decepcionado –repuso–. Eso si es que llegó a decirle que viniera.

–¿Eso crees? –pregunté. Layla me miró en silencio–. La cena y las velas me pillaron un poco por sorpresa.

–Ufff. –Se estremeció de nuevo–. Me alegro de que me hayas llamado.

–Y yo me alegro de que hayas venido.

Sonrió y dijo:

–Ya pensaremos luego en la noche de mañana. Antes tengo que echar una ojeada a tu armario. Parece enorme. Es un vestidor, ¿no?

Lo que siguió a continuación fue una especie de visita no solo a mi armario –que efectivamente era un vestidor, aunque era casi imposible adivinarlo con la puerta cerrada, como había hecho Layla–, sino también al resto de la casa. Mientras Ames fumaba fuera, bajo el saliente del garaje, Layla dejó escapar un «ooooh» ante la bañera empotrada en el baño de mis padres («¿Es de mármol?») y un «ostras» en el Centro de Operaciones («¡Tu madre es superorganizada!»). También expresó repetidas veces su admiración por los detalles respetuosos con el medioambiente que mi superecológica madre había puesto en práctica por toda la casa («A mí me cuesta trabajo conseguir que mis padres reciclen»). Sin embargo, no fue hasta que la llevé al sótano para enseñarle nuestro pequeño gimnasio cuando se quedó verdaderamente impresionada.

Y no fue por la elíptica, las pesas o la cinta rodante, ni tampoco por el gran televisor empotrado en la pared, sino por la puerta que vio detrás de la pila donde se amontonaban las alfombras, los bloques y las esterillas de yoga. Cuando la abrí, soltó un silbido suave y prolongado.

–Dios mío, ¿es... un estudio de grabación?

–Sí, pero sin terminar –dije mientras buscaba el interruptor en la pared. Cuando lo encontré, la luz iluminó la pequeña cabina insonorizada y el tablero con los distintos botones y clavijas. Llevaba algún tiempo cerrado, sin que hubiera entrado nadie; el aire olía a rancio y había un par de vasos de café desechables, además de una guitarra que descansaba encima del sofá como si alguien acabara de dejarla allí–. Es de mi hermano. Estaban a punto de pintarlo cuando todo ocurrió.

–¿Te importa si entro?

–Claro que no.

Pasó al interior y la seguí; accioné otro interruptor que iluminó la cabina y una hilera de bombillas en el techo. Observé a Layla mientras se acercaba al sofá, donde alcanzó la guitarra y la examinó.

—Les Paul Standard —dijo, claramente impresionada—. ¡Guau!

—¿Qué estáis haciendo aquí?

Di un respingo, sobresaltada; no había oído entrar a Ames.

—Ah, nada. Le estoy enseñando la casa a Layla.

Ames dirigió la vista hacia ella, que se había sentado en el sofá, y pasó por delante de mí.

—¿Te gustan las guitarras?

—Sí —contestó sin mirarlo.

Ames cruzó el estudio para llegar hasta el sofá, que era pequeño, y se apretujó junto a ella.

—Mira, así —dijo al tiempo que le pasaba las manos sobre los hombros para agarrar las de Layla—. Te enseñaré algunos acordes.

—Deja, da igual —repuso ella. Por el tono que empleó, sonó más bien como «apártate».

Ames también lo entendió, y eso fue lo que hizo. Se levantó para acercarse a la pared opuesta, donde había otra guitarra en un soporte, y la tomó entre sus manos. Layla siguió rasgueando suavemente la guitarra sin prestarle la menor atención, y él arrancó unos acordes con el ceño fruncido.

—Hay que afinarla —dijo instantes después—. Pero servirá para una lección rápida. Mira. Te enseñaré los acordes básicos. Esto es un do mayor...

Lo observé mientras hacía la demostración. Layla no. Cuando Ames se percató, se puso a tocar de verdad y acometió una interpretación bastante tosca de *Stairway to Heaven,* una de las primeras canciones que Peyton había aprendido en rehabilitación. Y entonces, cuando yo pensaba que la situación no podía ser más incómoda, se puso a cantar. Tenía la voz aguda y atiplada, y cerró los ojos en plan soñador mientras cantaba vacilante las palabras de las dos primeras líneas. Por desgracia, tuvimos que contemplarlo.

Era absolutamente espantoso, y eso que yo creía que no podía haber nada más horrible que la cena. Me entraron unas ganas locas de reírme a carcajadas, pero sabía que no podía, así que me mordí los labios. Después Layla también empezó a tocar. Al principio con suavidad, pero a medida que la melodía avanzaba fue tocando con más fuerza, moviendo los dedos con mayor facilidad. No me di cuenta de lo que estaba pasando hasta que de pronto la oí tocar al mismo volumen que Ames. Pero ella no estaba simplemente arrancando algunas notas de oído, como él, era evidente que sabía lo que hacía. Ames cayó en la cuenta al mismo tiempo que yo y enmudeció. Solo entonces fue cuando ella empezó a cantar.

Recordé que Layla me había dicho como de pasada aquel mismo día que era Rosie la que cantaba bien. Si eso era verdad, debía de estar al nivel de la mejor cantante de ópera, porque Layla cantaba como los ángeles. De pronto el estudio se llenó con el sonido de su voz, pura y melodiosa, mientras sus dedos se movían con tanta rapidez sobre las cuerdas de la guitarra que yo apenas podía seguirlos con la vista. Estaba segura de que tenía la boca abierta. Por lo menos Ames sí que la tenía. Cuando terminó, fue como si nos hubiera dejado sin aire. Silencio.

—Caray —logré decir por fin—. Qué maravilla.

—Eres muy buena —añadió Ames.

—Es *Stairway to Heaven*. Todo el mundo sabe tocarla. —Layla dejó la guitarra donde la había encontrado y me miró—. ¿Lista para la pizza?

Terminamos la noche como Ames había planeado: viendo películas. Hizo sus «famosas» palomitas, empapadas de mantequilla derretida, antes de acomodarse delante del televisor justo en el centro del sofá, de manera que si alguien se sentaba allí no tenía más remedio que estar a su lado. Layla prefirió el suelo y dio unos golpecitos en la alfombra para que me sentara a su lado. Los ojos de Ames me taladraron cuando lo hice. Ya ni siquiera se molestaba en ocultar su enfado.

Las películas eran comedias románticas y Layla, la experta, ya las había visto. Nos recomendó que pusiéramos la que era más divertida en lugar de la que mostraba en la carátula una imagen muy sugerente de una pareja besándose en la boca. Pasó de las palomitas y abrió su bolso, de donde sacó un puñado de piruletas YumYum que me ofreció. Había una de zarzaparrilla justo en el centro, y me imaginé que no por casualidad. Cuando se las ofreció a Ames, este las rechazó con la cabeza.

—No me gustan los caramelos duros —dijo—. Además, todos esos sabores son siempre demasiado ácidos.

A juicio de Layla, sus palabras ni siquiera eran merecedoras de una réplica, de modo que le quitó el envoltorio a una piruleta rosa y se la metió en la boca. Alcancé unas cuantas palomitas porque empecé a sentir un poco de pena por Ames. Estaban tan grasientas que se notaban húmedas al tacto, así que las dejé encima de la servilleta.

Más o menos hacia la mitad de la película se oyó un estallido de música y Ames sacó su teléfono. Echó una mirada a la pantalla.

—Es tu madre —me dijo, y después conectó el altavoz para contestar—. Hola, Julie, ¿qué tal va esa escapada?

Layla siguió chupando su piruleta sin apartar la vista del televisor mientras mi madre contaba que habían tenido un buen viaje y una buena combinación de vuelos, y que acababan de cenar opíparamente. Si Ames pensaba contarle que yo había invitado a dormir a una amiga que ella no conocía, se lo estaba tomando con calma.

—¿Sydney está ahí? —preguntó por fin.

—Claro —respondió, y me pasó el teléfono.

—Hola, mamá —saludé. Tuve ganas de desconectar el altavoz, pero me pareció un poco violento hacerlo en un teléfono que no era mío. Por supuesto, él querría enterarse de toda la conversación.

—¡Hola, cariño! —La voz de mi madre sonaba feliz, y por un momento me sentí fatal por no haber querido que se fuera de viaje—. ¿Qué tal todo? ¿Te lo estás pasando bien con Ames y Marla?

—Bueno, la verdad es que Marla está enferma. Parece ser que tiene el mismo virus que Jenn —respondí. Ames no apartó la vista de mí mientras comía otro puñado de palomitas.

—¡Pobre criatura! Hay un montón de gente enferma. —Hizo una pausa—. ¿Todo bien? ¿Ya habéis cenado?

—Ames ha hecho la cena. —Al oír esto, él esbozó una leve sonrisa—. Y ahora estamos viendo una película.

—Bueno, pues parece que lo estáis pasando bien. Esto es precioso. No había visto una playa tan blanca desde... Bueno, no había visto ninguna así en mi vida. Puede que hasta me ponga morena.

—Estupendo.

—A ver, mañana ya sabes que Ames va a ir a ver a tu hermano. Así que si quieres puedes salir a desayunar, o prepararte lo de siempre. Le dejé dinero por si os apetecía cenar fuera o pedir algo. ¿Te parece bien?

—Claro.

—Volveremos el domingo, sobre la hora de la cena —continuó—. Y dile a Ames que pararemos a comprar algo por el camino, así que debería pensar en quedarse a cenar. Es lo menos que podemos hacer por él después de haberlo liado a última hora. Y si Marla se encuentra mejor, dile que la invite.

A mi lado, Layla se sacó la piruleta de la boca y me lanzó una mirada significativa. Después, de forma clara y audible, tosió. Dos veces.

Ames se revolvió en el sofá y dejó el cuenco de palomitas encima de la mesa. El televisor seguía encendido y los diálogos no se habían detenido, así que no pude saber si mi madre la había oído hasta que preguntó:

—Sydney, ¿hay... hay alguien más ahí?

Miré a Layla, que me hizo un gesto de asentimiento casi imperceptible. Entonces dije:

—Sí. La amiga de la que te hablé, Layla. Ha venido con una pizza.

—¡Hola, señora Stanford! —exclamó Layla—. ¡Encantada de saludarla!

Se produjo una breve pausa mientras mi madre, normalmente imperturbable en lo concerniente a la cortesía y los buenos modales, se recomponía.

—Hola. Sydney me ha hablado mucho de ti. No me daba cuenta...

—Sydney prácticamente me está salvando la vida —le contó Layla—. Estamos haciendo obras en casa y justo hoy han empezado a pintar mi cuarto y a poner moqueta nueva. La combinación de gases es terrible.

Ames la miró desde el sofá.

—No te preocupes, Julie —exclamó—. Me aseguraré de que se vaya pronto a casa para que Sydney no se quede levantada hasta muy tarde.

—Sí, sí —añadió Layla, devolviéndole la mirada—. Ya lleva una hora ventilándose, así que podré dormir allí sin problema.

Empecé a darme cuenta de adónde quería ir a parar.

—¿Vas a dormir esta noche en *esa* habitación? —se asombró mi madre.

—Eeeh... sí.

Una pausa. Luego, mi madre dijo:

—Layla, no es por entrometerme, pero no es nada sano exponerse a los gases de la moqueta y el látex, sobre todo si son recientes. Las emisiones de gas son muy peligrosas. Por supuesto, lo ideal es usar materiales que no contengan productos químicos, pero entiendo que eso no siempre es posible.

Layla abrió mucho los ojos, como si mi madre estuviera allí para ver su reacción.

–Ah, entonces ¿según usted no debería dormir allí?

–Lo ideal sería que no lo hicieras. ¿Hay algún otro cuarto que tenga un sistema de ventilación independiente?

–Ya están ocupados. Pero estoy segura de que no pasará nada, de verdad. Se supone que terminan de pintar mañana, así que...

Layla no dejó de mirar a Ames mientras decía todo aquello. La línea visual entre ellos era tan clara que casi parecía vibrar.

Otra pausa. Después mi madre me preguntó:

–Sydney, ¿puedes desconectar el altavoz para hablar un momento conmigo, por favor?

Lo hice, y luego me acerqué el teléfono a la oreja.

–Ya está. Ya estamos las dos solas.

Se oyó un sonido amortiguado: ella estaba tapando el teléfono con la mano, o quizá lo tenía apoyado en el pecho. Aun así, pude oír que mi padre decía algo y que ella le contestaba. Un instante después, volvió a dirigirse a mí:

–Cariño, ¿conoces bien a esa chica?

Me puse en pie y salí al jardín.

–Ya te lo dije, es la única amiga que he hecho en Jackson. Se ha portado de maravilla conmigo.

–Espera un momento. –Más frases amortiguadas. Después dijo–: Si es así, creo, dadas las circunstancias, que debería quedarse a dormir esta noche. Y, sinceramente, si aún siguen en obras, también mañana. Siendo amiga tuya, y sabiendo lo que sé sobre toxinas, me sentiría mejor.

–¿De verdad? Mamá, eso sería genial.

–¿Genial? –Parecía extrañada. Y también complacida–. Bueno, a mí me parece un mínimo detalle de cortesía. ¿Crees que debo llamar a sus padres y preguntarles si están de acuerdo?

Volví al salón. Ames seguía mirando a Layla como si quisiera fulminarla, pero ella, con su piruleta en la boca, había vuelto a centrar su atención en la película. Me dirigí a ella:

—Oye, ¿quieres quedarte a pasar aquí el fin de semana?

Layla pestañeó, como si no se lo hubiera pedido ya.

—¿Estás segura?

—¡Claro! Mi madre solo quiere saber si antes debería llamar a la tuya.

—Oh, no hace falta —respondió con voz alta y clara—. La nueva medicación le da mucho sueño, así que lo más probable es que ya se haya acostado. Le mandaré un mensaje a mi hermana para que se lo diga cuando se levante.

—Su madre tiene esclerosis múltiple —le expliqué a la mía.

—Por Dios, qué horror. —Hizo una pausa respetuosa—. Entonces perfecto. Procura que tenga todo lo que necesite, ¿de acuerdo? La cama hinchable está en el cuarto de invitados, y hay mantas en el armario de la ropa blanca, además de un cepillo de dientes.

—Muy bien. —Me volví y bajé la voz—. Gracias, mamá. En serio.

—Ah... De nada —contestó, y por su voz pensé que estaría sonriendo—. Ahora déjame hablar otra vez con Ames, ¿vale?

Me acerqué y le pasé el teléfono. Él dejó el cuenco de las palomitas y se limpió la grasa de las manos en los vaqueros antes de levantarse. Luego salió de la sala y esperó a estar seguro de que no podíamos oírlo para empezar a hablar.

En el salón, Layla comentó:

—Es divertida esta película, ¿verdad?

Me volví hacia ella; me estaba mirando a mí, no al televisor, con una sonrisa de oreja a oreja.

—Es genial. Creo que hasta puede convertirse en mi favorita.

No dijo nada y volvió a centrarse en la pantalla. Me senté a su lado, acepté otra YumYum y me acomodé.

Durante la hora que siguió, en la pantalla un hombre y una mujer se enamoraron perdidamente, superaron unas pruebas terribles y rompieron antes de redescubrirse el uno al otro y de redescubrir su amor en el último minuto. En la vida real, Ames terminó de hablar por teléfono, salió a fumar e hizo unos comentarios muy fastidiosos sobre lo tarde que era hasta que salieron los títulos de crédito. Cuando Layla y yo por fin subimos a acostarnos, le propuse que durmiera en mi cama, pero ella declinó mi ofrecimiento y dijo que dormiría perfectamente en la hinchable. Supuse que solo pretendía ser educada, una buena invitada. La instalamos junto a la mía.

Después de apagar la luz nos quedamos hablando un rato, y en un momento dado me quedé dormida. Cuando desperté, eran las dos de la madrugada. Me giré para ver si Layla dormía, pero no estaba allí. Desconcertada, me incorporé sobre el codo y me froté los ojos, y entonces la vi. Había arrastrado la cama hasta apoyarla sobre la puerta cerrada —aunque no con pestillo—, y dormía hecha un ovillo. Vigilando y protegiendo. Me volví a tumbar. Y dormí como no lo había hecho en meses.

8

Mi madre y yo no habíamos vuelto a hablar del Día de la Familia en Lincoln desde la primera vez que surgió el tema. Yo pensaba que era buena señal. Hasta que, cuando solo quedaban cuatro días, me di cuenta de lo equivocada que estaba.

—Bueno —dijo frente a los fogones, donde estaba removiendo la sopa que había hecho para cenar—, creo que deberíamos organizar el fin de semana.

Era una conversación habitual —le gustaban la organización y los planes bien hechos, y siempre se aseguraba de que los dos días estuvieran bien programados con antelación—, así que no me di cuenta de a qué se refería.

—El viernes voy al cumpleaños de Jenn. Y Layla me ha invitado a cenar el sábado, si no hay inconveniente.

Mamá probó la sopa, todavía de espaldas. Luego dijo:

—El viernes no hay problema. Pero el sábado es el Día de la Familia. Puede que lleguemos tarde, así que probablemente sea mejor no hacer otros planes.

Me quedé en silencio un minuto, tomándome mi tiempo mientras pensaba cómo reaccionar. Finalmente respiré hondo y dije:

—Entonces, ¿Peyton ha dicho que puedo ir con vosotros?

Una pausa. Luego:

–Tu padre tiene un congreso, así que solo estaremos tú y yo. Y ha rellenado un impreso con tu nombre, de modo que lo tomo como un sí.

A diferencia de mamá, mi padre no visitaba a Peyton con demasiada frecuencia. La había acompañado en los primeros viajes, y siempre volvía con aspecto demacrado antes de encerrarse en su despacho. Siendo una persona que se ganaba la vida resolviendo problemas, tenía que resultarle duro ver a su hijo en una situación ante la que él no podía hacer nada. Sí hablaban por teléfono y se aseguraba de que no le faltara de nada en lo concerniente al dinero para el economato y otros imprevistos. Pero yo tenía la sensación de que para él era más fácil pensar sencillamente que mi hermano estaba lejos y no saber demasiado sobre el lugar en que en realidad se encontraba. Intentaba, sin conseguirlo, llevar a la práctica eso de «ojos que no ven, corazón que no siente».

Estaba claro que yo no iba a poder disfrutar de esa opción, por mucho que mi hermano y yo así lo quisiéramos. Cuando mi madre se empeñaba en una cosa, casi nunca daba su brazo a torcer. Me gustara o no, iría con ella el sábado.

–Vaya –dijo Jenn al día siguiente, cuando nos vimos en Frazier para estudiar después de clase y se lo conté–. Nunca he estado en una cárcel.

–Como la mayoría de la gente –comenté sombría antes de beber un sorbo de aquella bebida tan elaborada a base de café que volví a pedir después de que ¡DAVE! me convenciera otra vez. Estaba helada y era tan espesa como el barro y por tanto difícil de beber con pajita, pero el sabor era delicioso–. Solo nosotros, qué suerte.

Meredith, que disfrutaba de una de sus escasas tardes libres, me miró desde el otro lado de la mesa.

–Se te hará extraño, ¿no? ¿Estás nerviosa? O sea, lo digo por las otras personas que habrá allí.

La verdad es que ni siquiera se me había ocurrido pensar en eso. No me preocupaba encontrarme con otros delincuentes convictos; era mi propio hermano el que me ponía nerviosa.

—Sencillamente, no quiero ir. Ojalá no tuviera que hacerlo.

Mis amigas me miraron con una expresión compasiva. Después Jenn alargó el brazo y me apretó la mano.

—Pero el viernes por la noche lo vamos a pasar muy bien, ¿vale? También vendrá Margaret. Por fin podrás conocerla.

Un par de semanas atrás, Jenn me había contado que se había hecho amiga de una compañera nueva que acababa de llegar de Massachusetts. Desde entonces, rara era la conversación en la que su nombre no salía a relucir. Por lo visto, Margaret era guay, divertidísima e incluso más inteligente que Jenn, algo que yo dudaba que fuera posible. Hasta Meredith, a la que impresionaban pocas cosas aparte de alguna persona que saltara mejor que ella, me había contado que Margaret hablaba chino mandarín y que una vez había salido con un chico que era primo de un actor de una de sus series favoritas.

—Genial —dije—. Lo estoy deseando.

—Te va a encantar —dijo Jenn—. Es supergraciosa.

—Oh, Dios —terció Meredith—. ¿Te acuerdas el otro día, cuando estábamos haciendo yoga vinyasa en clase de educación física? Perdió el equilibrio hacia un lado cuando estaba en la postura del árbol y se cayó al suelo. Nos partimos de risa.

Las dos soltaron una carcajada, y estoy segura de que yo habría hecho lo mismo si hubiera estado allí. Pero aunque solo llevaba unas cuantas semanas en Jackson, no me imaginaba hacer yoga en clase de educación física. La vida que había llevado en Perkins me parecía ahora completamente distinta. Tampoco ayudaba el hecho de que nos viéramos tan poco. Con las clases de refuerzo que daba Jenn en el Centro Kiger y los horarios siempre apretadísimos de los entrenamientos de Meredith, teníamos suerte de poder coincidir en algún momento.

A mí no se me había ocurrido que nuestra amistad estuviera tan basada en la vida colegial hasta que dejamos de compartirla. Lo cierto era que yo había cambiado.

En gran parte –vale, casi en su totalidad– se debía a Layla. Desde el fin de semana que había pasado conmigo, habíamos estado en contacto casi permanente. Fue como si un día apenas nos conociéramos y al siguiente se hubiera convertido en mi amiga más íntima. Parecía imposible que una persona a la que no conocía solo seis meses atrás fuese ahora la única que me entendía.

Pero esa era la cuestión: Layla me comprendía. No solo mi intranquilidad ante la presencia de Ames, sino también mis sentimientos hacia Peyton. Era cierto que Rosie no había ido a la cárcel, pero de una manera u otra sus problemas habían salpicado a toda la familia Chatham. Yo sabía que Jenn y Meredith me querían mucho y que siempre estaban dispuestas a escucharme. Pero existía un componente de enfado y vergüenza que ellas jamás entenderían. Y ahora que había encontrado a alguien que sí lo hacía, me daba cuenta de lo mucho que lo necesitaba.

—Uf. No dan la talla. Con lo cual te imaginarás que estoy de bajón. Normalmente no les haría ni caso.

Miré a Layla, que, a pesar de esa afirmación, continuaba preparando las patatas fritas que acababa de comprar en el bar de la pista de hielo con su meticulosidad habitual. Parte del escalón de la grada que nos separaba estaba cubierta por una capa doble de servilletas de papel con las patatas fritas encima, colocadas en fila. Había mezclado dos tipos de kétchup en un vaso de plástico. No se había tomado la molestia de sacar su salsa especial, que guardaba como oro en paño.

—La cuestión —dijo mientras elegía una patata del centro y la mojaba en el kétchup— es que nadie consigue frustrarme como Rosie. Si fastidiar a los demás fuese un deporte, mi hermana tendría el pase asegurado para las olimpiadas. Sin duda.

Sonreí y luego acepté una de las patatas que me ofreció mientras con la otra mano me envolvía en el jersey. Hacía años que no pisaba la pista de hielo de Lakewood, adonde mi madre nos llevaba a veces a Peyton y a mí cuando éramos pequeños. Él siguió yendo a jugar al hockey un par de temporadas más cuando empezó secundaria, pero yo nunca había pasado de la etapa en la que una no hace otra cosa que torcerse los tobillos. Era el último lugar al que esperaba ir cuando me dirigí a La Pizzería de la Costa después de clase, pero cuando se trataba de los Chatham todo era posible.

Aquel día habíamos dejado las mochilas, y estábamos a punto de pedir las raciones habituales cuando sonó el teléfono de Layla. Observó la pantalla unos instantes antes de contestar.

—Hola. —Una pausa—. En la pizzería, ¿dónde si no?

Mac, que estaba estudiando detrás del mostrador con un lápiz detrás de la oreja, alzó la vista hacia ella. Yo casi había conseguido mirarlo sin apartar la vista cuando él me miraba a mí. Casi.

—Ya, pues haberlo pensado cuando dijiste que irías. —Layla escuchó durante unos segundos y suspiró mirando al techo—. No, papá no está. Ha ido en el Camry a ver a Tioga para comentarle lo de la camioneta.

—Al revés —dijo Mac en voz baja.

—¿Qué?

—El que está en el taller es el Camry —le aclaró—. La camioneta funciona bien, lo único que falla a veces es el estárter.

—Bueno, lo que sea. —También me había habituado a aquello. Los Chatham tenían dos vehículos, ambos siempre con algún problema—. La cuestión es que estamos sin coche.

Parecía claro que Rosie tenía algo que decir sobre el asunto, pues Layla la escuchó durante un buen rato. Al final, y en un tono que ponía de manifiesto que no le había quedado otra opción que interrumpirla, exclamó:

—¡Rosie! Puedes decir lo que quieras, yo no puedo hacer nada. Ya, vale, y tú más.

—¡Eh! —exclamó Mac—. ¿Qué pasa?

—Que se empeña en que necesita que alguien la lleve a la pista de hielo. Por lo visto es una emergencia. —Layla hizo una mueca y sujetó el teléfono lejos de la oreja cuando Rosie respondió a gritos. Luego se dirigió a mí—: Cuando Rosie quiere algo, siempre es una emergencia.

—Podemos llevarla cuando vuelva papá —le dijo Mac—. Dentro de media hora o así.

Layla le transmitió el mensaje y luego informó de la respuesta:

—No, inaceptable. Y sí, es una cita literal, en caso de que te quedara alguna duda.

Mac se encogió de hombros y volvió a concentrarse en su libro. Rosie seguía hablando.

—Yo puedo llevarla —sugerí—. Bueno, si quiere.

—No tienes por qué hacerlo —repuso Layla. Luego continuó la conversación con su hermana—: Nada. Que Sydney está siendo más amable de lo que te mereces.

—En serio, no me importa. No tengo que estar en casa hasta las seis.

Layla me miró con expresión mordaz.

—No tienes por qué molestarte en hacer nada por mi hermana.

—Lo sé. Pero me estoy ofreciendo.

Me pareció que era lo menos que podía hacer. Pues cuando se quedó a dormir en casa yo había intentado invitarla a desayunar los dos días y pagar las entradas del cine y ella se había negado.

—Estoy durmiendo en tu casa en lugar de hacerlo con mi loca familia —había dicho aquel día—. Soy yo la que tiene que estar agradecida.

De modo que esto era lo más parecido a una retribución.

Diez minutos después enfilábamos una pequeña calle en una zona residencial, a apenas unas manzanas de La Pizzería de la Costa. Las casas eran pequeñas, y buena parte de los jardines estaban abarrotados de coches, columpios y mobiliario de exterior. Al final del todo había una casa de ladrillo de una sola planta con un garaje separado. Había zonas amplias en las que no crecía el césped, así como cuatro coches incompletos en distintas etapas de deterioro aparcados en el jardín lateral. Junto a la puerta, una pancarta decorativa rezaba las palabras FELICES VACACIONES, aunque estuviéramos en septiembre. Más allá estaba el bosque.

Los árboles que había detrás de la casa eran de los más altos que había visto en mi vida. En Las Pérgolas el follaje era variado: robles, zonas de arbustos, algunos cedros grandes... Aquí solo había pinos altos y frondosos, muy juntos entre sí. Por primera vez entendí el significado de la palabra espesura. Era como si alguien hubiera colocado las casas como miguitas de pan para guiarte hacia la fronda oscura que había al otro lado.

—Bienvenida al paraíso —ironizó Layla cuando aparcamos junto al bordillo. Nada más salir del coche, miré la vasta superficie arbolada que se alzaba sobre nuestras cabezas—. Estos árboles son una locura, ¿a que sí? Cuando era pequeña me provocaban pesadillas. Aún sigo durmiendo con la persiana bajada.

Subió a saltos los pocos escalones que conducían a la puerta principal y la seguí. Al observarla de cerca, advertí que la pancarta de FELICES VACACIONES estaba muy vieja y deteriorada, casi translúcida; los rayos del sol la atravesaban de parte a parte. Layla giró el picaporte y abrió.

—Soy yo —anunció a la penumbra que se abría ante nosotras—. Vengo con Sydney. Rosie, prepárate rápido, que nos vamos.

A continuación entró y sujetó la puerta para que yo pasara también. Una vez dentro, tardé un minuto en situarme. Cuando lo hice, me di cuenta de que no estábamos en un vestíbulo ni en un recibidor, sino directamente en el salón.

Estaba muy ordenado, pero abarrotado de cosas. Sobre la repisa de la chimenea se apiñaban fotografías enmarcadas. Encima de la mesa de café había un montón de cajitas de distintas formas y materiales: madera pulida, delicado nácar, metal cromado y brillante... Una colección de jarras de cerveza se alineaba hasta ocupar una estantería entera; cerca vi un marco solo con ases de la baraja. Había un sofá muy grande cubierto de mantas afganas con motivos variados, mientras que el de dos plazas, situado frente a un televisor de pantalla plana en la pared opuesta, estaba lleno de cojines bordados a punto de cruz. Y luego estaba el sillón.

Era reclinable, y estaba muy desgastado. Lo flanqueaban dos mesitas bajas. En una de ellas había una taza termo con una pajita, una lata de frutos secos tamaño gigante y una caja de pañuelos de papel. Sobre la otra vi una pila de revistas, dos mandos a distancia, un teléfono y una hilera de frascos de vitaminas y pastillas. A pesar de que el sillón estaba desocupado, era obvio que la persona que lo utilizaba era la dueña de aquella sala, estuviera o no presente.

Layla cruzó la moqueta azul pastel y entró en la cocina. Al encontrarla vacía, suspiró, salió y dejó caer su mochila encima del sofá.

—Típico. Toma asiento. Voy a buscarla.

Cuando desapareció por el pasillo hacia mi derecha, me acerqué al sofá grande y aparté una de las mantas para poder sentarme. Al hacerlo, mi mano palpó algo que no era tela, sino más cálido y pesado. Y con dientes.

Solté un chillido al tiempo que apartaba la mano. Aún estaba allí de pie, con la mano apretada contra el pecho, cuando Layla volvió a aparecer.

—¿Qué ha pasado? —preguntó.

Moví la cabeza.

—Hay algo ahí... Aparté una manta, y entonces...

Layla se acercó y mandó la manta afgana al suelo de un tirón enérgico, como cuando los magos hacen trucos con manteles. Al hacerlo, dejó al descubierto a tres perritos muy pequeños y muy feos que no parecían alegrarse en absoluto de vernos.

—Lo siento —se disculpó—. ¿Te han hecho daño?

Me examiné la mano. No había sangre, aunque sentía un dolor palpitante en la yema del índice.

—No.

—Estos bichos feos y mezquinos... —dijo, inclinándose para tomar al más grande entre sus brazos. Tenía el pelo muy corto, ralo y gris, la cabeza calva y los ojos redondos y brillantes, uno de los cuales se volvió hacia mí mientras se rascaba detrás de una oreja. Los otros dos, aún encima del sofá, se escabulleron bajo la manta que les quedaba, presumiblemente para apostarse al acecho de su siguiente víctima—. Pero los queremos, que Dios nos ampare.

—¿De qué raza son? —pregunté mientras el que estaba en sus brazos soltaba un eructo más propio de un animal el doble de grande.

—De ninguna en especial. Son caprichos de la naturaleza exageradamente alimentados. —Le dio un beso en la frente calva—. Esta es *Ayre*. Los otros dos son *Destino* y *Russell*.

La miré.

—¿Como... la de *Big New York?*

Layla ladeó la cabeza.

—No me digas que ves ese programa.

128

–Sí –confesé, aunque el verbo «ver» se quedaba corto. Antes de conocerla, era lo único que hacía durante toda la tarde–. En realidad veo todos los *Big*.

–¡Ahora sé por qué esta chica me cayó tan bien! –Me volví para ver aparecer a la señora Chatham, vestida con un chándal rojo y apoyada en un andador mientras recorría el pasillo hacia nosotras. Tras ella venía Rosie, cargada con una bolsa de lona Nike y con lo que ya había aprendido a reconocer como su habitual expresión de disgusto–. ¿Eres del equipo de Ayre o del de Rosalie?

Sé que es patético, pero ni siquiera tuve que meditar mi respuesta.

–Del de Ayre.

La mujer sonrió.

–Entonces puedes quedarte.

Layla hizo un gesto de incredulidad mientras su madre se acercaba con cuidado hasta el sillón y se acomodaba. Rosie, mientras tanto, recogió una de las mantas del sofá (oí cómo los perros intentaban morderla y luego intentaban morderse entre sí) y Layla retiró la taza termo y la llevó a la cocina. Instantes después, volvió cerrando la tapa de la taza y la dejó de nuevo encima de la mesa.

–Gracias, mi vida –dijo la señora Chatham cuando Rosie le echó la manta por encima–. Bueno, y ahora dejad de dar vueltas por aquí las dos, estoy bien. No querrás llegar tarde, después de que Arthur lograra apuntarte en el último momento.

–Volveremos en cuanto Mac pueda recogernos, ¿vale? –dijo Layla–. Llevo el teléfono.

–Soy perfectamente capaz de quedarme sola un par de horas. Venga, largaos las tres.

Les hizo una seña con la mano y sus hijas se movieron en direcciones distintas: Rosie para recoger su bolsa de deportes y Layla para encender el televisor y sintonizar un episodio de

Big Chicago que yo todavía no había visto. Elena, la perfecta esposa perteneciente a la alta sociedad, estaba llorando, aunque su maquillaje permanecía inalterable. Lo último que oí cuando salíamos fue a la señora Chatham subiendo el volumen.

—Bonito coche —comentó Rosie cuando subimos. Como había hecho su hermana en su día, pasó la mano por el cuero de los asientos con admiración y después miró a través del techo solar—. ¿Viene con el paquete deportivo?

—No —dijo Layla—. Se nota por las ruedas.

—Desde luego, es mejor que nuestros coches —repuso Rosie mientras se apoyaba en el respaldo—. Me acostumbraría a él sin problemas.

—Mejor no lo hagas —replicó su hermana—. Sydney te está haciendo un favor enorme.

—Y se lo agradezco.

—Pues entonces podías decírselo.

—No tiene importancia —tercié—. De todos modos, no me gusta nada volver directamente a casa al salir del instituto.

Esto llamó su atención: a pesar de estar conduciendo con la vista puesta en la carretera, noté que las dos me miraban.

—¿En serio? —preguntó Rosie—. ¿Por qué?

—Métete en tus asuntos —dijo Layla.

—¿Qué? Uno no dice algo así a no ser que quiera que le pregunten sobre ello.

—¿Qué pasa, que ahora eres psicóloga?

Me dio la impresión de que aquel intercambio de opiniones iba camino de convertirse en una bronca de las gordas, algo que no podríamos permitirnos en el pequeño espacio que compartíamos, así que intervine:

—Es algo... un poco raro. Desde que mi hermano se fue. Supongo que me siento sola. Bueno, el caso es que me encanta tener algo que hacer. De verdad.

Supe que Rosie, sentada detrás de mí, quería hacer más preguntas. Pero Layla bajó el espejo retrovisor, con la evidente intención de lanzarle una dura mirada de advertencia. El resto del corto trayecto transcurrió en silencio.

Una vez en la pista de hielo, Rosie se dirigió a las taquillas mientras Layla iba derecha al bar para comprar las patatas fritas que no daban la talla. Mientras la mujer que atendía la barra las metía en un recipiente de cartón, Layla suspiró.

—Lo siento. Mi hermana me pone de los nervios.

—No te preocupes, en serio.

—Es que es tan... —Suspiró de nuevo y revolvió las bolsitas de kétchup que se amontonaban en la cesta, como si unas fueran mejores que otras. Conociéndola, seguro que había alguna manera de distinguirlas—. Se cree que tiene derecho a todo. Como si el mundo le debiera algo. Siempre ha sido así.

—A mi hermano le pasa un poco lo mismo. Siempre creí que era cosa de los hijos únicos. Pero quizá sea típica de los primogénitos.

—Yo creo que en este caso es únicamente cosa de Rosie. —Eligió una segunda bolsita y tomó varias servilletas—. Cuando era más joven, al menos le podía echar la culpa al estrés del patinaje y a las competiciones.

—Era buena, ¿no?

—Era fantástica. —Layla sacó un billete de cinco dólares y lo puso encima de la barra—. No es excusa para ser una bruja, por supuesto. Pero ¿saber que era capaz de hacer algo tan hermoso y al mismo tiempo de ser tan absolutamente insoportable? De alguna manera, eso lo hizo más llevadero.

Encontré una lógica extraña en todo aquello. No es que mi hermano tuviera una habilidad especial como el patinaje, pero sabía perfectamente cómo sacar partido a su encanto. Yo estaba aprendiendo que nadie era malo del todo. Hasta la peor persona del mundo tenía a alguien que lo quisiera.

Ahora, de nuevo en las gradas, observé cómo Layla mojaba otra patata en su kétchup con pimienta (¿pimiéntchup?) y la mordía sin demasiado entusiasmo. En la pista, un hombre rubio de mediana edad, muy repeinado y vestido con pantalones negros de licra y un forro polar azul eléctrico, dirigía los saltos de una niña que no tendría más de doce años. La niña ofrecía ese aspecto de patinadora consumada que yo había aprendido a distinguir gracias a los programas deportivos de las tardes de los sábados: menuda, flexible y con una cola de caballo muy alta. Cuando concluía cada salto, la expresión del hombre dejaba claro si le había gustado o no.

–Ese es Arthur –me indicó Layla al ver que lo estaba observando–. El culpable de que yo tenga los dientes torcidos.

–No tienes los dientes torcidos.

–Ni tampoco derechos. Desde luego, no como los tuyos. Llevaste aparato, ¿verdad?

Hice un gesto de asentimiento y dije:

–Lo odiaba.

–Ya, pero mírate ahora. –Escogió otra patata frita–. Yo tenía que llevarlo, según dijo el dentista. Pero el entrenamiento privado con alguien del nivel de Arthur no es barato, así que...

En la pista, la niña acababa de completar otro salto y patinaba en círculos para volver a intentarlo.

–¡Caramba! –exclamé–. ¿De verdad tenía como objetivo ir a los Juegos Olímpicos?

–Sí. Pero nunca pasó de la fase regional. Después hizo la gira con el espectáculo *Mariposa,* que al menos ayudó económicamente a mis padres. Me puse furiosa cuando la detuvieron y la echaron. –Movió la cabeza–. Estoy totalmente a favor de sacrificarme por el bien común. Pero que fuera tan tonta... me dolió mucho. Como si todos esos años y todo ese dinero no hubieran servido para nada.

Cuando dijo esto, otra chica empezó a patinar por la pista. Tardé un minuto en darme cuenta de que se trataba de Rosie. Quizá fuera por la distancia, o porque se había puesto la ropa de entrenamiento, pero la vi distinta. Comenzó recorriendo despacio la zona exterior de la pista, ganando velocidad poco a poco, e incluso con los movimientos más básicos demostró que era mejor que la niña a la que habíamos estado observando. Había una elegancia sencilla y pura en sus movimientos que contrastaba vivamente con su habitual actitud quejumbrosa y malhumorada. Como si en vez de encogerse con el frío, como le pasa a la mayoría de la gente, renaciera.

Layla también la observó mientras pasaba ante nosotras una vez, luego otra. La tercera se volvió, alzando la barbilla para saludarnos, y Layla le devolvió el gesto acompañado de una sonrisa. Después de todo lo que habíamos hablado, me sorprendió. Pero buena parte de la vida de Layla era un misterio.

—Está nerviosísima —me explicó como si me leyera el pensamiento—. Ha estado entrenando sola, pero esta es la primera vez que Arthur ha accedido a verla desde que ocurrió todo. Por eso estaba tan insoportable. O ese era, al menos, uno de los motivos.

Tras intercambiar unas palabras con Arthur, la niña salió de la pista y el instructor le hizo una seña a Rosie para que se acercara. Hablaron unos instantes, después le hizo un gesto para que diera otra vuelta y la siguió con la vista.

—Ay, Dios, no puedo mirar. Hasta en los entrenamientos me pongo hecha un flan. Yo era un desastre cuando había competiciones. Mi madre me mandaba a comprar patatas fritas. —Sacó el teléfono, tecleó la contraseña y abrió la galería de fotos—. Sin embargo, siempre me alegraba de quedarme a verla. Mira.

Me pasó el teléfono para que viera un vídeo. Era de otra pista, más sofisticada, y Rosie giraba en el centro. Empezaba despacio, con los brazos extendidos, después giraba más deprisa y pegaba los brazos al cuerpo hasta que su silueta parecía desdibujarse. Más tarde, cuando la música enlatada se detenía bruscamente, ella hacía lo mismo, componiendo una postura con la cabeza echada hacia atrás. Cuando la multitud la aplaudía y vitoreaba en una cerrada ovación, Rosie sonreía.

–Fue el último año que compitió –dijo Layla.

Pasó a la siguiente imagen, que mostraba a la señora Chatham, claramente mejor de salud, posando con Layla, Rosie (que sujetaba un ramo de flores) y un trofeo enorme. A un lado se veía a un chico con vaqueros y una sudadera amorfa, medio cortado. Al principio di por hecho que se había colado en la foto por casualidad. Después caí en la cuenta.

–¿Es...?

Me callé de repente y tomé el teléfono en mis manos, con los ojos entornados para ver mejor la imagen.

–Mac –terminó Layla–. Sí. Lo es.

Aumenté la imagen con el índice y el pulgar hasta que su rostro ocupó la pantalla entera. Mucho más corpulento y con un acné tremendo; resultaba increíble que fuese la misma persona. Pero los ojos eran idénticos, el pelo tenía el mismo mechón rebelde que le caía sobre la frente.

–Ostras. ¿Qué...?

–Para empezar, perdió quince kilos. Y cuando empezó a comer mejor, se le puso bien la piel. –Tomó otra patata–. Parece de locos, ¿verdad? A veces lo veo en el pasillo de casa y me pregunto quién será.

–No me puedo creer que tuviera ese aspecto.

–Lo creerías si lo hubieras visto comer. Ese chico era capaz de devorar. Era como Irving, pero sin su altura, sus músculos y su fútbol. Y todo comida basura.

–No me lo puedo ni imaginar. –Seguía con la vista puesta en su cara, más ancha y llena de marcas–. ¿Qué fue lo que le hizo querer cambiar?

–¿No te lo imaginas? –preguntó haciendo un gesto hacia la foto; luego se comió la patata y añadió–: En realidad, creo que al final se hartó de ser el gordo de la pandilla. Lo fue desde que tengo uso de razón. Rosie tenía talento, yo era mona. Él era gordo.

Para mí no era una novedad cómo tu vida entera puede resumirse en una palabra que además no has escogido tú. Lo sabía mejor que nadie. Cada vez que algo me lo recordaba, sin embargo, deseaba ardientemente que no ocurriera.

–¿Y cómo perdió tanto peso?

–Al principio salía a pasear por el bosque. Después pasó a recorrerlo al trote, y al final corriendo. Salía antes de ir a clase y desaparecía durante horas. Y aún lo hace cada mañana, sin fallar una.

–¿En serio?

–El mero hecho de oírlo salir a las cinco y media me hace sentir agotada –dijo–. Además, nunca come nada divertido. Solo proteínas, verduras y fruta. Yo no aguantaría ni un día. Ni siquiera una hora.

Se oyó un grito procedente de la pista y ambas miramos a Rosie, que acababa de realizar un salto, por lo visto sin la debida concentración. Arthur sacudió la cabeza, soltó otro ladrido, y ella siguió patinando en círculos, haciendo un gesto de asentimiento con las manos en las caderas.

–Uf –dijo Layla mientras se limpiaba las manos con la servilleta–. No puedo soportarlo, es demasiado estresante. Antes de que me dé cuenta estaré comprando más patatas fritas asquerosas solo para que me ayuden a sobrellevarlo.

Sonreí y miré el reloj. Eran las seis menos cuarto y yo tenía que estar en casa a las seis, lo que significaba que aunque me marchara en aquel mismo momento tendría que ir a toda prisa. Sin embargo, no me apetecía nada cenar y sobre todo discutir otra vez sobre el Día de la Familia en Lincoln, así que me quedé el tiempo suficiente para ver a Rosie hacer más giros, tropezar una vez y por fin ganarse una sonrisa mínimamente aprobadora de Arthur, lo cual hizo que Layla soltase un sonoro suspiro de alivio.

—Me tengo que ir. Hasta mañana —dije mientras recogía mis cosas—. Siento no poder llevaros a casa.

—No hay problema. Mac siempre anda por ahí cerca. Y ya has hecho más de lo que debías.

Sonreí y le dije adiós con la mano mientras empezaba a bajar los escalones en dirección a la salida. Antes de abrir la puerta que daba acceso al exterior, miré hacia atrás justo a tiempo de ver a Rosie hacer su mejor salto, caer limpiamente y seguir deslizándose. Parecía el mejor momento para marcharme, cuando todo era perfecto, al menos durante un segundo. Salí antes de que me diera tiempo a ver más.

9

—¡Ya estás aquí! —Jenn se abalanzó sobre mí al tiempo que me agarraba de la muñeca y tiraba de mí con fuerza para arrastrarme al interior de la casa—. ¡Estoy supercontenta de que hayas venido! ¡Hacía muchísimo tiempo!

Sin embargo, cuando me dejó la mejilla llena de babas al darme un beso, supe que algo raro ocurría. Jenn podía ser un montón de cosas, pero, desde luego, efusiva no.

—Hola —saludé mientras ella me arrastraba por el pasillo—. ¿Qué está pasando aquí?

—Lo estamos pasando bomba —respondió—. Ven, tienes que conocer a Margaret.

A juzgar por la fuerza con la que tiraba de mi brazo, estaba claro que yo no tenía elección, así que dejé que me llevara hasta la cocina. Allí, frente a la isla, estaba Meredith, que parecía incómoda, mientras una chica de pelo oscuro de espaldas a la puerta echaba hielo en la batidora.

—¡Ha llegado Sydney! —anunció Jenn a gritos, algo que nunca (jamás) hacía—. Y necesita una copa.

—Pues claro que sí —dijo Margaret volviéndose hacia nosotras. Tenía una melena oscura hasta los hombros, los ojos de un azul intenso y la cara salpicada de pecas. Una chica mona, con una chispa que se advertía a primera vista—. Y de una tanda nueva que estoy empezando ahora mismo. Voy a buscar una copa.

Fue al moverse a un lado para abrir una alacena cuando vi la botella de ron. Volví la vista hacia Meredith, que tenía ante ella una copa que parecía intacta. Sobre la isla había otras dos que solo contenían restos mezclados con hielo derretido.

—¿Qué estáis bebiendo?

—Piña colada —anunció Jenn—. Fórmula especial de Margaret. Deliciosa.

—La clave es el hielo —explicó Margaret mientras servía una copa y rellenaba las otras—. La mayoría de la gente no se da cuenta.

Cuando me entregó la mía, la acepté, pero no bebí.

—Así que tus padres no están —comenté.

—Sí, están en el salón —repuso Jenn. La miré muy seria sin decir nada—. ¡Estoy de broma! Pues claro que no están. Han salido. Les dije que íbamos a buscar una pizza a Antonella's y después a ver películas.

—¿Y no vamos a ir?

—¿Es lo que te apetece? —me preguntó Margaret.

—No —respondí. Había algo en su tono de voz, en la manera en que levantó una ceja, que me hizo contestar sin pensar lo que decía—. Es que no me di cuenta... ¿Desde cuándo bebes, Jenn?

Ella dejó el vaso en la isla y se limpió los labios con la mano.

—¿A qué te refieres? Ya he bebido antes.

—¿Cuándo?

—Siempre. Lo sabes, Sydney.

Margaret permanecía atenta a nuestro diálogo, con una expresión algo burlona. Al otro lado de la isla, Meredith levantó su copa y bebió un sorbo.

—Vale —dije, sin querer recordar en voz alta que conocía a Jenn desde preescolar y que nunca la había visto beber más que un sorbo de vino en la comida de Navidad, por supuesto con permiso de sus padres. Olisqueé mi copa–. ¿Qué lleva?

–Venga, bébetela y no lo pienses –dijo Margaret al tiempo que me hacía un gesto con la mano–. Te ayudará a relajarte.

La miré.

–No necesito relajarme.

Margaret bebió un largo trago de su copa.

–Lo único que sé es que esto es una celebración de cumpleaños –exclamó–, así que vamos a divertirnos, ¿vale?

–Apoyo la moción –dijo Jenn levantando su copa. Margaret hizo lo mismo antes de hacerle un gesto a Meredith, que también levantó la suya. Las tres se volvieron hacia mí.

Levanté la copa.

–Por Jenn. ¡Feliz cumpleaños!

–¡Feliz cumpleaños! –repitieron.

Chinchín. Jenn bebió un largo trago inmediatamente, pero Margaret no apartó la vista de mí, sin probarla, mientras me llevaba la copa a los labios y bebía un sorbo. Entonces ella hizo lo mismo, sin dejar de mirarme.

–Muy bien –dijo con una sonrisa–. Ahora sí es una fiesta.

–Mándale un mensaje. No te lo pienses tanto, mándaselo ya.

Jenn hizo un gesto negativo y se puso colorada.

–¡No puedo! Me resulta demasiado absurdo.

–Oh, por favor. –En el sofá, Margaret extendió el brazo y alcanzó el teléfono–. Pues entonces se lo mando yo.

–¡No! –chilló Jenn, y se lanzó sobre su amiga para recuperarlo–. Margaret, por Dios, como lo hagas te juro que...

–¿... me estarás eternamente agradecida por emparejarte con el chico que te vuelve loca? De nada. –Empezó a teclear en el teléfono con una mano mientras con la otra mantenía a Jenn a distancia–. Hala, ya está. Ahora, a esperar.

–Te odio –dijo Jenn, pero sonreía con la cara sofocada. Desde mi llegada había bebido dos copas, si no me fallaba la cuenta.

–Puede –repuso Margaret–. Pero cuando aparezca, me adorarás.

El chico en cuestión era Chris McMichaels, de quien por lo visto mi mejor amiga llevaba años locamente enamorada, aunque jamás lo hubiera mencionado. Margaret, sin embargo, sabía que él se sentaba detrás de Jenn en historia universal, que a menudo le pedía prestado un bolígrafo o un folio y que acababa de romper con su novia de siempre, Hannah Riggsbee, lo cual lo dejaba, en palabras de Margaret, «a punto de caramelo».

–Seguro que me toma por loca –se lamentó Jenn, apoyando la cabeza en las manos–. Mandarle un mensaje un viernes por la noche...

–Si no quisiera saber nada de ti, no te habría dado su número de teléfono –dijo Margaret mientras volvía a rellenar las copas.

–¡Me lo dio para el trabajo en grupo!

Margaret hizo un gesto con la mano.

–Detalles sin importancia.

Justo en aquel momento, el teléfono vibró. Jenn se abalanzó sobre él, pero Margaret fue más rápida y examinó la pantalla.

–Vaya, fíjate en esto: anda por aquí cerca y dice que se va a pasar con unos amigos.

–¡¿Qué?! –chilló Jenn en un tono agudo y estridente al tiempo que se apoderaba del teléfono. Leyó el mensaje y después levantó la vista con los ojos como platos–. ¿Le has dicho que estábamos bebiendo?

–Se lo has dicho tú. Es una fiesta, ¿no?

—Oh, Dios mío. —Jenn se colgó de mi brazo—. ¿Chris McMichaels aquí? ¿En mi casa? No sé si voy a saber afrontar la situación.

—Por supuesto que sabrás. Voy a preparar otra ronda.

Dicho esto, Margaret recogió la jarra y giró sobre sus talones en dirección a la cocina. Por fin estábamos las tres solas.

—Jenn —dije mientras ella bebía otro sorbo—, ¿estás segura de esto?

—¿De qué?

Le eché una mirada a Meredith, que parecía tan perpleja como yo.

—Vamos a ver. Tú no bebes. ¿Y ahora has invitado a unos chicos?

Jenn se volvió hacia mí, molesta.

—¿Y a ti qué te pasa hoy?

—¿A mí? Eres tú la que está rarísima.

—Me estoy divirtiendo, Sydney. Es mi cumpleaños.

—Lo sé. Soy tu mejor amiga, ¿recuerdas?

—Entonces, ¿por qué te pones tan aguafiestas? —Sacudió la cabeza y suspiró—. En serio, me sorprendes. Con tu historial, me imaginaba que serías la última persona que se atrevería a juzgar nada.

Al otro extremo del sofá, Meredith abrió los ojos como platos. Me obligué a respirar profundamente antes de decir:

—¿Mi historial?

—El de tu hermano —dijo, categórica. Oí el zumbido de la batidora en la cocina—. A ver, lo entiendo. Quizá estás pensando que si bebo también acabaré en la cárcel. Pero eso no va a pasar. Así que vamos a calmarnos, ¿vale? Bébete tu copa. Relájate.

Ni siquiera supe qué responder. Jenn era ahora como una extraña, pero con los rasgos familiares y los gestos que conocía tan bien. Bajé la voz y dije:

—No me puedo creer que hayas metido a Peyton en todo esto.

Mi amiga hizo una mueca de fastidio.

–Venga, tranquilízate. No es que sea un secreto de Estado. Margaret ya lo sabe.

Justo entonces Margaret entró en la sala con la jarra de la batidora en la mano.

–¿Margaret ya sabe qué?

–Nada –contesté mientras fulminaba a Jenn con la mirada–. No importa.

Durante la siguiente media hora, Margaret sometió a Jenn a una sesión de lo que ella llamaba «cambio de imagen exprés», que consistió en ponerle una camiseta más escotada, más joyas y varias capas de máscara de pestañas. Margaret también se cambió y se puso un vestido que había traído en su bolsa con lo necesario para quedarse a dormir. Estaba claro que, a diferencia de las demás, ya había previsto un cambio de vestuario. Mientras tanto, siguieron vaciando sus copas, en un plan cada vez más irreflexivo. La parte positiva fue que ninguna de las dos pareció darse cuenta de que Meredith y yo nos habíamos pasado al agua. A las nueve y media, más o menos la hora en que esperaban que aparecieran los chicos, Meredith se retiró.

–¡Aguafiestas! –exclamó Margaret desde la cocina, donde estaba «dando el volumen necesario» al pelo de Jenn, una práctica que por lo visto requería litros de laca.

–¡Cortarrollos! –secundó Jenn.

–Mañana por la tarde tengo competición –me dijo Meredith en voz baja, como si fuera a mí a quien tuviera que dar explicaciones–. Y esto... no tiene ni pies ni cabeza.

–Totalmente de acuerdo –dije levantando mi vaso de agua.

Hizo chocar su vaso contra el mío y sonrió.

–¿Te quedas a dormir?

–La verdad es que no me apetece nada dejarla en este estado –contesté.

Meredith echó una mirada a la cocina, donde Jenn, según observé, de pronto parecía un poco mareada. Oh, no.

—Eres una buena amiga, Sydney.

—Tú también. —Me acerqué y le di un abrazo—. Buena suerte mañana.

—Gracias.

Dijo adiós con la mano en dirección a la cocina, pero solo Margaret contestó. Cuando Meredith salió y cerró la puerta, fui a ver cómo estaba Jenn.

—¿Te encuentras bien? —le pregunté—. No tienes muy buen aspecto.

—No es nada. Solo necesita comer algo —dijo Margaret, aunque vi que Jenn se estremecía al oír eso—. Pidamos una pizza. ¿Jenn, cuál es el número del sitio ese que te gusta tanto?

—No reparten a domicilio —balbució Jenn, y a continuación se levantó del taburete y extendió un brazo para mantener el equilibrio—. Voy... voy al baño.

Cruzó la cocina apoyándose en la pared. Margaret la siguió con la vista y bebió un sorbo de su copa.

—Se pondrá bien —aseguró—. Echar la pota es como apretar el botón de resetear.

La observé mientras se miraba en el espejo de una polvera. Luego dije:

—Para tu información, Jenn no bebe.

—No es eso lo que dice su copa vacía —repuso al tiempo que tomaba un poco de brillo de labios y se lo aplicaba con la punta de un dedo; luego me miró—. Mira, cuando aparecí con el ron no protestó, precisamente.

—Tal vez solo quería impresionarte.

—¿Ahora resulta que le lees el pensamiento?

—Soy su mejor amiga. La conozco desde que íbamos juntas a preescolar.

–Bueno, entonces serás consciente de que es capaz de tomar sus propias decisiones –dijo cerrando la polvera con un clic–. Ve a ver cómo está, ¿quieres? Yo voy a pedir un poco de comida para tener algo aquí cuando lleguen los chicos.

Y alcanzó el teléfono, con lo que dejó claro que la conversación había terminado. Noté que me invadía la rabia mientras recorría el pasillo en dirección al cuarto de baño, dentro del cual oí las arcadas de Jenn. Llamé a la puerta con suavidad y la abrí.

–Hola. Soy yo.

Jenn estaba acurrucada sobre la taza, con la cabeza apoyada en un brazo. Estaba terriblemente pálida y se percibía un fuerte olor a coco. Puaj.

–Me muero –gimió–. Voy a morir el día de mi cumpleaños. Lo cual es armónico, pero infortunado.

Sonreí. Esa era mi Jenn.

–No te estás muriendo. Solo estás borracha.

–Me encuentro fatal. –Se volvió hacia mí. Tenía mechones húmedos pegados a la frente. Adiós volumen añadido–. ¿Me odias?

–Claro que no. –Alcancé la toalla del lavabo y la empapé en agua fría–. ¿Por qué iba a hacerlo?

–Porque saqué el tema de Peyton. Y además te obligué a beber.

–No me has obligado a nada. –Le pasé la toalla–. Póntela en la cara. Te sentará bien.

Eso hizo, y yo me deslicé para sentarme apoyada en la puerta, con las rodillas flexionadas contra el pecho.

–No te cae bien Margaret –dijo tras una pausa. No era una pregunta.

–No la conozco –repuse intentando esquivarla de todos modos.

–¡Es majísima, Syd, te lo juro! ¡Y muy divertida! Y además... Bueno, no es de aquí. No me ve como me ven los demás.

144

Piensa que podría salir con Chris McMichaels. Y beber piña colada. Y... ser distinta. ¿Lo entiendes?

Asentí. Claro que lo entendía, a mi manera. No la parte de los chicos ni del alcohol, pero sí el borrón y cuenta nueva que suponía la aparición de una amiga también nueva.

–Te echo de menos –dije. Me sentía culpable por pensar todo eso estando con ella.

–Yo también te echo de menos. –Me miró de nuevo–. ¿Quieres quedarte a dormir? Ya sé que el plan no era ese.

–Claro –dije–. Déjame preguntarles a mis padres si les parece bien.

Mi madre contestó al segundo tono. Parecía disgustada. Al principio pensé que sería por llamar casi a la hora en que yo tenía que estar de vuelta en casa, y también porque ella daba por hecho que iba a pedirle que me dejara llegar más tarde. Pero no tardé en darme cuenta de que, una vez más, su angustia no tenía nada que ver conmigo.

–Como quieras –contestó cuando le pregunté si podía quedarme a dormir–. Total, mañana no vamos a Lincoln.

Parpadeé, sorprendida.

–¿No?

Un silencio. Después:

–Parece ser que a tu hermano le han suspendido las visitas. Por supuesto, no he podido averiguar por qué, a pesar de mis repetidos esfuerzos por contactar con el director de la prisión.

Lo dijo como si la cárcel fuera un colegio de secundaria y contactar con la dirección del centro pudiera ayudar en algo. No por primera vez me pregunté si mi madre de verdad era consciente de dónde estaba mi hermano.

–Lo siento, mamá. Sé que tenías muchas ganas de ir.

–Sí. –Su voz sonaba a derrota. No me imaginaba que hubiera nada peor que verla triste. Era toda una experiencia con la que no dejaba de aprender cosas. Un instante después recobró la compostura–. Felicita a Jenn de mi parte; te veo por la mañana. Te quiero.

–Yo también.

Cuando volví al baño, Jenn tenía mejor aspecto y sus mejillas habían recuperado algo de color. Pero aún no se sentía segura para alejarse mucho del inodoro, así que fui a poner al corriente a Margaret. Casi había llegado a la cocina cuando oí voces; comprendí que los chicos ya habían llegado. Estaban todos alrededor de la isla y de Margaret mientras esta les servía copas. Desde la última vez que la había visto, se había descalzado y pintado los labios de rojo intenso. Cuando me vio, sonrió como si fuésemos amigas íntimas.

–¡Sydney! –exclamó. Los chicos se volvieron hacia mí. Los conocía, por supuesto, porque habíamos estudiado juntos desde preescolar. Además de Chris McMichaels, que tenía una hermana en el curso de Peyton, estaban Charlie Jernigan, que también vivía en Las Pérgolas, y Huck Webster, capitán del equipo de fútbol de Perkins Day–. ¿Cómo está la cumpleañera?

–Bien –respondí acercándome a ellos. Chris ya había empezado a beberse su copa, mientras que Charlie y Huck olisqueaban las suyas–. Ahora mismo viene.

–Te he servido una nueva –dijo Margaret al tiempo que me la ofrecía–. Tienes que seguir el ritmo.

Acepté la bebida sin decir nada y bebí un sorbo. La verdad era que el olor me recordaba demasiado al que acababa de percibir en el cuarto de baño, pero no pensaba darle tema de conversación.

–Gracias –dije sin más.

–¿Qué tal el instituto, Sydney? –me preguntó Charlie–. ¿Te gusta?

Asentí.

–Está bien. Distinto.

–Ya me dijeron que te habías cambiado al instituto Jackson –dijo Margaret–. ¿Por qué?

—Me venía bien un cambio –respondí.

—Eso más que un cambio es una revolución. –Se ajustó el vestido–. Tengo entendido que hay peleas todos los días. Y de chicas. Una amiga mía que estudió allí me dijo que ni se atrevía a entrar en los lavabos.

—Eso no es cierto.

—De todos modos, Sydney es dura de pelar –comentó Charlie sonriéndome–. A nadie se le ocurriría meterse con ella.

—Exactamente –dije–. Ya me tienen miedo y todo.

Los chicos se echaron a reír. Margaret jugueteó con su anillo, dándole vueltas, y luego suspiró.

—Me aburro. ¿Por qué no hacemos un juego con las bebidas? ¿Alguien tiene una moneda de veinticinco centavos?

Con estas palabras, condujo a los chicos hasta la mesa de la cocina con la jarra en la mano. Yo volví a ver cómo estaba Jenn, y me la encontré dormida en el suelo del cuarto de baño. Vaya con la cumpleañera.

—Eh, Jenn –dije arrodillándome a su lado y sacudiéndola por un brazo–. Jenn. Despierta.

—Aún no es hora de levantarse –farfulló mientras se daba la vuelta y apretaba la cara contra las baldosas.

Se oyó un golpe fuerte en la puerta. Instintivamente, supe que era uno de los chicos. Hasta para anunciarse eran distintos.

—¡Un momento! –exclamé.

—Ah... Vale.

Luego se oyeron unos pasos que se alejaban. También oí a Margaret riéndose en la cocina.

—Jenn –insistí, esta vez sacudiéndole un hombro. Cerró los ojos con más fuerza, como si con ello fuera a lograr que yo desistiera–. Tienes que espabilarte. No querrás que Chris te vea así, ¿no?

Gruñó, visiblemente molesta, pero me permitió que la sentara. Entonces abrió los ojos.

–¿Chris está aquí? ¿En serio?

–En la cocina. Con Margaret.

Dejó caer la cabeza hacia delante hasta golpearse el pecho.

–Oh, Dios, esto es horrible. No es que tenga muchas posibilidades con él, pero si me ve así, recién vomitada...

–Eso no va a pasar. Tú concéntrate en ponerte de pie. Voy a sacarte de aquí.

Volvió a gemir, pero apoyó las manos en el suelo y se impulsó para levantarse mientras yo sujetaba la puerta y echaba una ojeada al pasillo. Los demás seguían jugando en la cocina; Margaret en la cabecera de la mesa, Chris enfrente y Charlie y Huck a ambos lados. Mientras yo vigilaba, Chris hizo botar la moneda y la encestó en una copa, y después señaló a Margaret. Ella sonrió y levantó su bebida.

Volví a mirar a Jenn, que estaba agarrada al lavabo para no caerse.

–Vamos. Ahora o nunca.

Dio un paso adelante, le pasé el brazo por los hombros y apagué la luz del baño antes de salir al pasillo a oscuras. Había poco más de un metro hasta el salón, a través del cual pensaba acceder a la escalera para llevarla a su cuarto. Sin embargo, cuando habíamos dado un par de pasos Jenn me apretó la mano con fuerza y ansiedad. Me detuve.

–Creo que voy a vomitar –susurró. Esperé conteniendo la respiración. Luego suspiró–. Ya está, sigamos.

Continuamos y dejamos atrás el sofá y la mesa para el café, después el piano. Hicimos dos paradas más. Justo al pasar por delante de la puerta de entrada, sonó el timbre.

–Ay, Dios –gimió Jenn, que volvió a apretarme la mano–. Creo que voy a...

Esta vez tuve el presentimiento de que iba en serio. Sin pensar, totalmente a la desesperada, abrí la puerta del todo y empujé a Jenn hacia los escalones de entrada, donde se aferró a la barandilla de hierro forjado y se inclinó sobre ella para vomitar encima de los arbustos. A su lado, con una caja de pizza en la mano y vestido con una camiseta de LA PIZZERÍA DE LA COSTA, estaba Mac Chatham.

Al principio no fui capaz de procesar el dato. Fue como si estuviera soñando o lo hubiera conjurado, excepto por lo de la vomitona. Con cuidado, se apartó cuando Jenn volvió a vomitar. Después me miró con cara de extrañeza.

—Hola —logré decir sobre las arcadas de Jenn—. ¿Qué pasa?

Él me miró sin expresión.

—¿Has pedido pizza?

—No —contesté, y él se quedó desconcertado—. O sea, la pidieron ellos. O esa chica. No sabía que...

—Sydney —hipó Jenn antes de deslizarse y quedar hecha un ovillo sobre los escalones, a los pies de Mac—. Ayúdame.

—Perdona —le dije con una mirada que quería ser una disculpa al tiempo que cerraba la puerta a mi espalda; después me agaché junto a Jenn. Pasé la mano por el pelo apelmazado de mi amiga y le expliqué—: Es su cumpleaños.

—Ah. —Mac carraspeó—. Felicidades.

En ese momento, Jenn se desplomó encima de mí. Antes de que yo fuera consciente de lo que ocurría, la vi con la cabeza en mis rodillas y las piernas enredadas en la barandilla. Me quedé ahí sentada, inmóvil y sin saber muy bien qué hacer. Instantes después, la oí roncar.

Levanté la vista hacia Mac.

—Yo... Tengo dinero en el bolsillo. ¿Qué te debo por la pizza?

Me figuré que se sentiría más que aliviado si me lo decía, yo le pagaba y él seguía su camino, pues no podía imaginarme una situación más desagradable que aquella. Por el contrario, y estableciendo un precedente —aunque yo aún no lo sabía—, Mac me sorprendió.

—Primero llevémosla adentro —dijo—. Lo último que uno quiere es que los vecinos lo vean en este estado.

Tenía razón. Las casas de la calle de Jenn estaban muy juntas, y las de la acera de enfrente aún tenían la luz encendida.

—No hace falta que me ayudes –aseguré–. En serio.

No hizo ningún comentario; se limitó a entregarme la pizza en su bolsa isotérmica. Yo la tomé, sin saber muy bien qué estaba pasando hasta que él se inclinó y levantó a Jenn en brazos. Ella se revolvió ligeramente y dejó caer la cabeza sobre el hombro de Mac, pero volvió a quedarse frita.

—Enséñame el camino –dijo.

Eso hice. Primero cruzando el vestíbulo, donde dejé la pizza encima de la consola, y después escaleras arriba y por el pasillo hasta llegar al cuarto de Jenn. Al encender la luz para entrar, se me ocurrió pensar que de todas las maneras en que podía haber imaginado que acabaría aquella noche, la última sería esa: en un dormitorio con Mac Chatham.

Sin embargo, él no parecía incómodo; como si llevar a la cama a una chica borracha e inconsciente fuera cosa de todos los días. Yo esperaba que no fuera así. En cuanto Jenn tocó el colchón, gimoteó y se hizo un ovillo con la cara hundida en la almohada. Me acerqué y le quité los zapatos.

—Quizá quieras traerle un vaso de agua –me dijo Mac–. Y una papelera, si hay alguna a mano.

La había y se la llevé, junto con el agua y una toalla húmeda que le puse en la frente. Luego me aparté y me dirigí hacia Mac, que estaba ya junto a la puerta.

—Nunca bebe –expliqué–. No sé en qué estaría pensando.

—Probablemente ni pensó. Suele pasar. Sobre todo en los cumpleaños.

—Se va a poner bien, ¿verdad?

—Solo tiene que dormir la mona –dijo. Yo me mordí los labios, todavía preocupada–. Sydney. Está bien.

Hubo algo en aquella manera de decirlo, pronunciando mi nombre con tanta familiaridad, infundiéndome tanta tranquilidad y confianza, que me llegó más adentro que cualquiera de las cosas que lo había visto hacer.

—Gracias. En serio, no sé qué habría hecho si no llegas a aparecer.

—Todos los repartidores de pizza recibimos formación para este tipo de casos. Es obligatorio.

Sentí que se me escapaba una sonrisa. Que estaba sonriendo a Mac. Y entonces me di cuenta de que era la primera vez que hablábamos a solas desde que nos conocíamos. Y yo estaba *hablando,* no tartamudeando ni ruborizándome, al menos de momento. ¿Quién iba a pensar que una noche podía terminar de manera tan distinta a como empezó, aunque no me hubiera movido del sitio?

—Será mejor que te vayas —dije—. Estoy segura de que necesitan que vuelvas para recoger más pedidos, ¿no es así?

—La verdad es que esta era la última entrega. —Se llevó la mano a la sien y se rascó—. Pero debo irme a casa. Tengo que llevar hamburguesas y patatas fritas de Webster para Layla y para mi madre, y cuando se trata de comida ellas no se andan con bromas.

—Sí, empiezo a darme cuenta.

Salimos al pasillo y apagué la luz del cuarto de Jenn antes de cerrar la puerta con suavidad. Hacia la mitad de la escalera nos topamos con Margaret y Chris.

—¿Sydney? —preguntó ella, mirando sorprendida a Mac—. ¿Qué haces?

Teniendo en cuenta que ella subía sola con el chico que le gustaba a Jenn, precisamente en su casa y de camino a la zona donde solo había dormitorios, me dieron ganas de hacerle la misma pregunta. Pero me limité a decir:

—Este es Mac. Un amigo del instituto.

—Un *amigo* —repitió Margaret, alargando la palabra. Miró a Chris—. ¿Y qué estabais haciendo arriba?

—Comprobar que Jenn está bien —respondí con una mirada significativa—. Igual que vosotros, ¿no?

—Sí, claro —contestó; había captado toda la intención de mis palabras.

Me hice a un lado para pasar, y al bajar la escalera con Mac a mi espalda la rocé. Cuando él pasó por delante de Margaret, ella se fijó en su camiseta.

—Un momento —dijo, volviéndose a mirarnos—. ¿Es...? ¿Eres el repartidor de pizzas?

Hizo la pregunta medio riéndose, elevando el tono de voz al final. Yo ya había decidido que me caía fatal, pero no fue hasta ese momento cuando sentí un ataque agudo e imprevisto de rabia. Estuve a punto de explicarle con todo lujo de detalles dónde se podía meter la pizza, pero Mac se me adelantó:

—Diecisiete dólares cuarenta y dos en total. Se agradece el pago en billetes pequeños.

Margaret lo miró en silencio con una expresión glacial. Mac le sostuvo la mirada, impertérrito. Al final, la chica se volvió hacia mí y me dijo:

—Hay un sobre con dinero en la encimera. No te pases con la propina.

Y sin más, se dio la vuelta y siguió subiendo la escalera. Chris se quedó donde estaba, con expresión vacilante.

—Oye —me dijo el chico en voz baja—, yo...

—Vamos —apremió Margaret desde el descansillo.

Tras un instante de silencio, también él se dio la vuelta y desapareció escaleras arriba.

Noté que me ardía la cara mientras recorría el pasillo hacia la cocina; estaba abochornada y a la vez cabreada.

—Qué simpática —comentó Mac—. ¿Es tu amiga?

—No —respondí categórica.

En la cocina encontramos a Huck y a Charlie aún sentados a la mesa, lanzándose cacahuetes uno a otro con torpeza, intentando acertar en la boca. Estaban lo suficientemente borrachos como para no advertir nuestra presencia, pero vi que Mac los observaba mientras yo buscaba el sobre que había dejado la madre de Jenn. Cuando lo encontré, vi que tenía unas palabras escritas con letra muy historiada: «¡Para tu cena de cumpleaños!». Si ella supiera... Saqué veinticinco dólares y se los entregué a Mac. Él me devolvió el billete de cinco.

–Quédatelo –dije, empujándolo hacia él sobre la encimera. Mac lo deslizó de vuelta.

–Vamos, Sydney...

–Mac, es lo menos que puedo hacer.

–No pienso aceptar tus donativos.

–No es mi dinero.

–Me da igual.

Alargué la mano para volver a empujar el billete y él hizo lo mismo, con lo que nuestras manos se encontraron sobre la cara de Abe Lincoln. Ninguno de los dos se movió. Sentí la calidez de las yemas de sus dedos, apenas tangible, sobre los míos. Nos quedamos así durante un segundo. Dos. Entonces se oyó un zumbido.

Mac retuvo la mano sobre el billete y se metió la otra en el bolsillo trasero. Sacó el teléfono, echó una mirada a la pantalla y me la enseñó.

Layla, indicaba el contacto. El mensaje decía solamente:

¿¿¿¿¿¿DÓNDE ESTÁN MIS PATATAS??????

Sonreí.

–Muchos signos de interrogación...

–Ya te lo dije. No se anda con bromas. –Apartó sus dedos de los míos unos milímetros y empujó el billete hacia mí por última vez. Después echó una ojeada a Huck y a Charlie, que estaban soltando risitas nerviosas por algo que había encima de la mesa–. Estarás bien, supongo.

–Sí. Los conozco de toda la vida, no hay problema.

Hizo un gesto de conformidad, volvió a guardar el teléfono en el bolsillo y echó a andar hacia la puerta. Lo seguí y la abrí mientras él sacaba las pizzas de la bolsa isotérmica y me las entregaba.

–Gracias de nuevo –le dije cuando salía–. Por todo.

–No hay de qué. Como te dije, es parte del trabajo.

–Claro.

Me quedé esperando con las pizzas en la mano mientras él bajaba los escalones, caminaba hasta la camioneta y abría la puerta del conductor. Arriba, Margaret estaba haciendo Dios sabía qué con Chris McMichaels, así que tenía dos borrachos más con los que lidiar cuando volviera a la cocina. Pero Jenn estaba bien, igual que yo, y al menos había pizza. Le dije adiós a Mac con la mano cuando salió del camino de acceso marcha atrás, y él me hizo destellos con los faros antes de desaparecer.

De vuelta en la cocina, los dos chicos se abalanzaron sobre las pizzas y las atacaron sin miramientos. Yo me acerqué a la encimera. El billete de cinco dólares seguía allí. A diferencia de otras, yo no era de las que intentaban quedarse con nada que no fuera mío, de modo que busqué otro billete de cinco en mi monedero y lo metí en el sobre. Quería quedarme con el original.

Mientras lo doblaba con cuidado, volví a la puerta de entrada e inspeccioné la calle vacía. «Mac siempre anda por ahí cerca», me había dicho Layla, pero yo aún no era consciente de cuán ciertas eran sus palabras. Aquella noche, acurrucada en el otro extremo de la cama de Jenn mientras su respiración regular llenaba el cuarto, dormí con una mano metida en el bolsillo y el billete entre mis dedos. Cada vez que me despertaba, comprobaba que aún seguía allí.

10

˜ɔ๏ʔ

JOVEN DE LA LOCALIDAD SE ENFRENTA A LA TRAGEDIA Y LO-
GRA SOBREPONERSE, decía el titular. Justo debajo había una fotografía de David Ibarra en su silla de ruedas. Sonreía.

De pronto, cobró sentido. El porqué de encontrar a mi padre, cuando entré en la cocina minutos antes, inclinado sobre el
periódico, que estaba abierto encima de la mesa. Estaba de espaldas, pero me di cuenta de que estaba tapándose la boca con
la mano. Le temblaban los hombros.

–¿Papá?

Apoyó la otra mano encima de la mesa y tomó aire antes de
volverse hacia mí.

–Hola –dijo–. ¿Lista para desayunar?

Asentí mientras él cerraba el periódico y se acercaba a los
fogones, donde había una sartén con huevos revueltos. Mi padre
era de los que desayunan fuerte: empezaba el día con un mínimo de huevos, tostadas y panceta o salchichas. También era
madrugador, y cuando yo bajaba para ir a clase él casi siempre
se había ido, dejando tras de sí las sobras y el olor a carne de
cerdo. Encontrarlo en la cocina a las siete era bastante extraño.
Sorprenderlo llorando rayaba en lo aterrador.

Había echado una ojeada al periódico mientras me preparaba un plato enorme; sentí curiosidad por saber qué había

estado leyendo. Solo cuando sonó el teléfono tuve la oportunidad de averiguarlo.

David Ibarra hoy tiene un buen día. No tiene dolores, acaba de alcanzar una puntuación muy elevada en su videojuego favorito y está a punto a atacar una pizza Deluxe. Para algunos, puede que todo esto no suponga gran cosa. Pero para David, que fue embestido hace siete meses por un conductor borracho y como resultado quedó paralítico, cada día es un regalo.

Noté que me daba un vuelco el corazón. Oí a mi padre hablar en el pasillo. Seguí leyendo deprisa:

Era el 15 de febrero, y David estaba jugando una partida más de Warworld. «Competitivos» no hace justicia a la actitud que adoptaron él y su primo Ricardo cuando salió el popular videojuego. Eran capaces de jugar durante horas; algo que hacían a menudo, acostándose tarde. Aquella noche, en palabras de David, «fue especialmente épica, incluso para nosotros. Jugamos tanto tiempo seguido que apenas podía mantener los ojos abiertos. Al final me quedé dormido. Me desperté con el mando en el pecho».

Sabía que le iba a caer una buena bronca, pero se imaginó que al despertarse en su propia cama podría de alguna manera controlar las consecuencias. Después de todo, su casa estaba a solo dos manzanas. Eran las dos de la madrugada cuando montó en su bicicleta y emprendió el corto camino de regreso por las calles oscuras. Estaba a punto de llegar cuando vio los faros.

«Fue una locura», recuerda. «No había coches circulando por ningún sitio. Y de pronto apareció uno justo delante de mí. Y no iba a parar.»

No tiene recuerdos del accidente en sí, algo que su madre considera una suerte. Su primer recuerdo es volver en sí junto al bordillo y darse cuenta de que tenía las piernas dobladas a su espalda. Y luego, el dolor.

Oí los pasos: mi padre volvía a la cocina. Cerré el periódico a toda prisa y lo aparté justo antes de que doblara la esquina y se hiciera visible.

–¿Qué tal el desayuno? –me preguntó.

Empuñé el tenedor y me obligué a comer un poco de huevo.

–Muy bueno, gracias. ¿Dónde está mamá?

–No se encuentra bien –contestó mientras se servía otra taza de café–. Ha vuelto a acostarse.

Mi madre se solía levantar aún más temprano que papá; recogía el periódico y lo leía de cabo a rabo. Parecía que la estaba viendo, como siempre junto a una taza de café, volviendo la página para encontrarse con aquel titular y aquella foto. La gente estaría haciendo lo mismo en toda la ciudad.

De camino al instituto, sentí un repentino interés por todos los periódicos que veía en las puertas de las casas y a la venta en las tiendas y las gasolineras. Al entrar en el edificio, me dio la impresión de que todo el mundo me miraba, aunque no tenía ni idea de si alguien en Jackson sabría que Peyton era mi hermano. Durante la sesión de tutoría, mientras todo el mundo reía y charlaba a mi alrededor en lugar de prestar atención a los anuncios de la mañana, busqué el artículo en el teléfono.

Dos vidas convergen, se titulaba el siguiente epígrafe.

Como todo el mundo sabía, Peyton Stanford estaba enderezando su vida. Después de una cadena de detenciones por invasión y allanamiento de propiedad privada y tenencia ilícita de drogas, entre otras cosas, había concluido su estancia en un centro de rehabilitación y no había vuelto a beber desde hacía un año. Pero aquella noche de febrero, tras una noche de alcohol y drogas, se puso al volante de su BMW deportivo. Como David Ibarra, se dirigía a su casa.

Sonó el timbre, tan fuerte como siempre, y cerré los ojos con una repentina sensación de mareo. A mi alrededor mis compañeros recogieron sus cosas y se dirigieron a la puerta, pero yo me quedé sentada ante aquellas palabras que de repente aparecían borrosas ante mis ojos. Solo cuando mi tutora, la señora Sacher, me llamó por mi nombre, me di cuenta de que era la única que quedaba en el aula.

–¿Sydney? –Levanté la vista. Nos daba clase de lengua y era joven y muy agradable. Tenía una expresión afable y cierta tendencia a reírse a carcajadas–. ¿Estás bien?

–Sí –respondí mientras guardaba el teléfono en la mochila–. Perdón.

Sin embargo, durante el resto de la mañana me obligué a leer algo más de aquel artículo cada vez que tenía oportunidad. En el corto intervalo entre el final de la clase de historia y el timbre. Junto a mi taquilla, cuando tuve que recorrer un pequeño trecho desde el aula de lengua hasta la de cálculo. A la hora de comer, solo me quedaba un párrafo.

A veces, David se rebela contra lo que le ocurrió. Cuando no puede evitar pensar que las cosas podían haber ocurrido de otra manera. Si se hubiera quedado en casa de su primo. Si hubiera salido diez minutos más tarde. Es difícil no seguir esa sucesión de ideas, y todos los finales oscuros a los que conduce. Pero ahora mismo no lo está haciendo. Hoy es un buen día.

–Aquí tienes –dijo el chico que atendía el mostrador de la furgoneta La Gran Parrillada. Levanté la vista y advertí que me estaba tendiendo la bolsa con el bocadillo que le había pedido–. ¿Necesitas algo más?

Hice un signo negativo, segura de que si hablaba podría echarme a llorar. Así que inspiré hondo unas cuantas veces y me dirigí al lugar donde Layla y los demás ya estaban sentados. Estaban hablando sobre nombres de grupos musicales, un tema de conversación que salía con bastante frecuencia durante aquellas charlas. El nuevo concepto de Eh, tío, aseguraba Eric, merecía un cambio de nombre. Pero, por supuesto, tenía que ser perfecto.

—¿Qué te parece La Trayectoria de Logan Oxford? —preguntó Irv—. Como el grupo de Hendrix, pero distinto.

Eric lo miró sin decir palabra.

—Eso está tan alejado de lo que estoy proponiendo que ni siquiera soy capaz de justificarlo con una respuesta.

Irv se encogió de hombros, impertérrito.

—Debería tener algo que ver con una banda de chicos, pero con un nuevo giro —dijo Layla.

—No, no —Eric suspiró, como si nuestra ignorancia colectiva le hiciera sufrir—. Lo que necesito es un nombre acorde con el concepto más amplio, no un truco publicitario. Que sea capaz de explicar el significado, la ironía, porque está claro que la gente no lo va a entender. No puedo permitir que la gente piense que no somos más que una banda de versiones retro.

—Entonces quizá no deberíais tocar versiones de canciones antiguas —indicó Layla.

—No se trata solo de versiones —explicó Eric—. Se trata de la experiencia universal del consumo masivo de música. Cómo una canción puede recordarte algo concreto de tu vida, como si te perteneciera. Pero ¿hasta qué punto puede ser personal si hay un millón de personas que sienten lo mismo con la misma canción? Es como un significado falso, además de un significado artificial, divididos por un significado auténtico.

Hubo un silencio. Luego, Irv preguntó:

–Tío, ¿hoy te has tomado el Ritalin?

En su banco, donde estaba quemándose las pestañas preparando un examen de matemáticas, Mac soltó un resoplido de risa y se tomó un palito de queso. Desde la noche que había aparecido en casa de Jenn, hacía ya una semana, apenas conseguía quitarme de la cabeza el momento en que nuestras manos se unieron sobre el billete de cinco dólares. Pero era un recuerdo que me gustaba rememorar. No como el que tenía ahora en mente y que me estaba quitando algo más que el apetito.

–¿Estás bien? –me preguntó Layla. Señaló con la cabeza la comida que seguía intacta en la bolsa–. No estás comiendo.

–No tengo hambre –contesté.

–¿Y qué se siente? –preguntó Irv, lo cual provocó una carcajada general.

Sin embargo, Layla siguió con sus ojos clavados en mí hasta que abrí la bolsa y saqué el bocadillo. Le di las patatas fritas que venían como acompañamiento sin hacer ningún comentario.

–¿La Gran Parrillada? –preguntó. Yo asentí y ella arrugó la nariz–. Normalmente son demasiado finas para mi gusto. No me gustan las patatas tipo espagueti. Pero ya que me invitas...

Procedió a sus típicos y largos preparativos. De mala gana, di un mordisco al bocadillo y volví a dejarlo, invadida de repente por la urgente necesidad de llamar a mi madre. Desde aquellas primeras intentonas que había cancelado debido a la política de partido, no habíamos vuelto a hablar de David Ibarra. Pero ahora, ahí sentada, de pronto me sentí muy sola. Tenía unas ganas tremendas de hablar con alguien, quien fuera, que pudiera entenderme.

–Oye –dijo una voz. Levanté la vista y vi ante mí a Mac, con los desperdicios de su comida en la mano–. ¿Seguro que estás bien?

–¿Sydney? –se alarmó Layla–. ¿Qué te pasa?

Sacudí la cabeza y me puse en pie. Toda aquella atención, unida a las miradas escrutadoras que había imaginado que me perseguían durante toda la mañana, de repente pesó demasiado.

–Tengo... tengo que irme –dije–. Os veo luego.

Nadie dijo nada mientras me alejaba de ellos. Nadie intentó seguirme. Me metí en los lavabos y me encerré. Por fin estaba sola, justo lo que quería. Me sentía fatal. Como si me mereciera todo aquello.

Cuando llegué a casa más tarde, todo había vuelto a la normalidad. El periódico estaba en el contenedor de reciclaje y las noticias seguían su curso, como nosotros. Sin embargo, mientras mi madre estaba atareada en la cocina preparando la cena y hablando de los mismos temas de siempre, yo seguía sintiéndome rara. No solo por el artículo, sino por cómo me había apartado de Layla y los demás. Ella sabía lo de Peyton; podía haberle hablado del artículo. Y sin embargo, no le había dicho nada. No sabía muy bien por qué.

Fue mientras metía los platos en el lavavajillas cuando vibró el teléfono. Layla.

Mi madre quiere que vengas a cenar mañana. ¿S/N/Q?

Me volví hacia la encimera, donde la mía preparaba el café para la mañana siguiente, como hacía cada noche después de cenar. Esperé a que moliera los granos (orgánicos y de comercio justo, por supuesto) antes de decir:

–Mamá.

–¿Sí? –dijo mientras se acercaba al fregadero.

161

–Mañana voy a cenar a casa de Layla, ¿vale?

La primera mala señal fue cuando dejó la jarra de la cafetera a medio llenar. La segunda fue la expresión de su cara.

–Te necesito aquí –dijo–. Van a venir Conrado y esa otra abogada, Michelle, ¿recuerdas?

No me acordaba, pero de repente me di cuenta. Ante los intentos infructuosos por averiguar qué había hecho Peyton para que le prohibieran las visitas, mi madre había dado con una organización sin ánimo de lucro que ayudaba a las familias de los reclusos a conocer el sistema legal más a fondo. Durante la semana anterior mi madre había tenido dos reuniones con una mujer de aquella organización llamada Michelle, y nos había comentado que era «un salvavidas, informadísima», y «justo la persona que necesitamos tener de nuestra parte».

–Pero, total, solo vais a hablar de Peyton. ¿De verdad necesitas que esté yo también?

Su rostro se tensó, marcando la temible arruga entre las cejas.

–Es importante que nos presentemos como un frente sólido y unido siempre que podamos. Y tú formas parte de él.

Se volvió de nuevo hacia el fregadero. Me mordí el labio y mantuve la vista fija en mis zapatos mientras papá entraba y abría el congelador. Se quedó unos instantes ahí parado antes de decir:

–¿No queda helado de chocolate y nueces? ¿Cómo es posible?

–Sydney no quiere cenar con nosotros mañana –repuso mi madre, como si tuviera que ver con la pregunta–. Por lo visto, prefiere ir a cenar a casa de su nueva amiga.

–¿Qué pasa mañana? –preguntó mi padre mientras apartaba una caja de helado de vainilla para rebuscar detrás.

Mi madre tiró de la tapa del depósito de agua de la cafetera con tanta fuerza que rebotó contra la alacena que había justo detrás.

–¿Conrado? ¿La otra abogada? ¿Cena? ¿Alguien me hace caso cuando hablo de algo?

Mi padre, que había encontrado el helado que andaba buscando, se volvió con la caja en la mano. Estaba tan desconcertado que me dio pena.

–¡Julie! ¿Qué pasa?

–Que estoy harta de ser la única que parece preocuparse por Peyton. –Dejó la jarra de agua en su sitio–. No os pido que vengáis a visitarlo conmigo, no os pido que memoricéis todas las fechas y datos que hay que tener en cuenta. Pero creo que sí puedo pediros que cenéis en vuestra propia casa, si no es mucho problema.

–Mamá, estaré aquí –dije.

–Pues claro que estará. –Mi padre dejó el helado y se acercó a ella para ponerle las manos en los hombros–. No te preocupes, cariño. Haremos todo lo que necesites.

–No se trata de lo que *yo* necesito –dijo con la voz a punto de quebrarse–. Ese es el problema.

No puede ser, escribí a Layla desde mi cuarto. Cosas de familia. Ojalá pudiera.

Nada durante unos minutos. Finalmente, una vibración.

¿Seguro que estás bien?

Dudé, con el dedo encima del teclado. No, escribí, no estoy bien.

Otra pausa, esta vez más corta. Luego: Ven a dormir el sábado. ¿S?

Esta vez no daba la opción de «No» ni «Quizá». A veces es mejor tener menos posibilidades entre las que elegir. Lo intentaré, respondí. Y luego, un instante después: Gracias.

XO, escribió. Y además, como si ya le hubiera dado una respuesta: Hasta el sábado.

Conrado Ambrose era un tipo grande y corpulento con pelo blanco y rizado y las mejillas siempre rojas. Era como Papá Noel, pero con traje de vestir en lugar del rojo ribeteado de piel blanca. Cuando al día siguiente abrí la puerta a las seis y media en punto, él estaba en el umbral con una botella de vino, una tarta de queso y una sonrisa.

—¿Cómo estás, Sydney? —saludó.

—Bien. Pase.

Al hacerme a un lado para dejarlo pasar, el Lexus rojo de Ames entró en el camino de acceso. Se bajó enseguida y me saludó con la mano, y, a menos que yo quisiera darle con la puerta literalmente en las narices, no me quedaba más remedio que quedarme allí mientras terminaba de subir.

—Hola, Sydney —dijo abriendo los brazos—. Cuánto tiempo.

Odiaba sus abrazos. Hacía relativamente poco que había instituido la costumbre, justo después del fin de semana que pasó en casa. La verdad es que no había manera de rechazar un abrazo sin parecer mezquina, pero los suyos eran particularmente largos y apretados. Dejé que pasara conmigo al vestíbulo e intenté no ponerme totalmente tensa cuando deslizó las manos por mis costados.

—Una semana dura, ¿eh? —dijo—. ¿Todo bien?

—Sí —contesté, logrando zafarme—. Mi madre está dentro.

—Genial.

Sonrió y se dirigió al pasillo, donde lo oí saludar a Conrado y a mis padres con su excesiva familiaridad habitual. Me quedé en el vestíbulo con la sensación de necesitar una ducha. Cuando volvió a sonar el timbre, abrí la puerta. Era una mujer delgada con el pelo recogido en una trenza que llevaba un vestido flojo y unos zuecos. Parecía muy sorprendida de verme, como si al llamar al timbre no esperase que acudiera alguien.

—Hola —balbució—. Yo, eeeh... Vengo a...

164

—Michelle, ¿verdad? —dije. Se sonrojó ligeramente y asintió con la cabeza—. Soy Sydney, la hermana de Peyton. Pase, por favor.

Entró e impregnó el ambiente con la fragancia de algún aceite esencial.

—Una casa preciosa —dijo mientras la acompañaba por el pasillo—. No... no había venido nunca por esta zona.

—Nos gusta —repuse, ¿qué otra cosa se podía decir en esos casos? Por suerte, nos quedaban solo dos pasos para llegar a la cocina—. Mamá, ha llegado Michelle.

—¡Hola! —exclamó mi madre. Estaba en modo anfitriona elegante y perfecta, un papel que hacía tiempo que no representaba. Antes de los problemas de Peyton, mis padres solían invitar a mucha gente, tanto de su círculo de amistades como del trabajo de mi padre. Sin embargo, a lo largo del último año las cenas y las fiestas habían pasado de esporádicas a inexistentes. Aquella temporada nadie tenía muchas ganas de fiesta—. Muchas gracias por venir. Es un honor tenerla aquí.

—Tiene una casa preciosa —repitió Michelle.

Cuando pasó, reparé en una fina capa de pelo de mascota —¿perro?, ¿gato?, ¿alguna otra especie?— en la espalda de su vestido.

—Este es Conrado Ambrose, el abogado de la familia —continuó mi madre—. Y mi marido, Peyton, y nuestro amigo Ames Bentley. ¿Ya ha saludado a Sydney?

Michelle hizo un gesto afirmativo.

—Sí. Ella.... Sí.

Yo no era ninguna experta, pero me parecía que para ser abogado en ejercicio había que tener cierta capacidad para hablar con la gente. Michelle, por el contrario, durante el aperitivo consistente en vino y queso que mi madre sirvió antes de cenar, parecía ponerse nerviosa cada vez que alguien se dirigía a ella. Sin inmutarse, mi madre siguió hablando con la abogada y poniendo a

Ames y a mi padre al corriente de las distintas entrevistas que habían mantenido la semana anterior sobre la forma de tratar con el director de la prisión, averiguando datos difíciles de obtener e información sobre la manera de ayudar a Peyton desde el exterior.

—Bueno —me dijo Conrado en un momento de la conversación—, de modo que te has cambiado al instituto Jackson, ¿no es así? ¿Qué tal?

—Bien —contesté.

—Mi hija Isley también estudia allí —continuó mientras se servía una galletita salada y un gran trozo de queso—. Los profesores son buenos. Los chicos, sin embargo, son algo conflictivos. Aunque supongo que eso pasa en todas partes, ¿no?

—Eeeh... sí. —Mi madre había recuperado sus habilidades sociales para la ocasión, pero las mías no aparecían por ninguna parte—. Supongo.

—Este verano salió con un chico que tocaba en una banda. Un auténtico engreído. Andaba por ahí con un afinador en el bolsillo, disertando sobre ironías y matices.

Vaya, eso me sonaba bastante.

—Ah. ¿Cómo se llamaba?

—Eric —contestó con un suspiro—. Al menos mi hija recuperó la cordura antes de que la cosa llegara a más. Si por mí fuera, no saldría con nadie hasta que estuviera en la universidad. Pero eso no depende de mí, claro.

—Conrado —interrumpió mi madre poniéndole una mano en el brazo—, Michelle nos estaba contando que existen oportunidades estupendas para que las familias se involucren en la vida de Lincoln.

—Eso me interesa —intervino Ames de inmediato—. Cuéntame.

—No sé —dijo Conrado tras beber otro sorbo de vino—. Hay que ser discretos. Quizá sea mejor para Peyton que haya una diferencia clara entre su vida allí y esta.

—Bueno, el bienestar de Peyton es nuestra prioridad más absoluta, por supuesto —añadió mi padre, y Conrado hizo un gesto de aprobación.

Michelle se aclaró la garganta antes de hablar:

—Según mi experiencia, en Lincoln están más avanzados que en otros centros penitenciarios. —Una pausa. Larga. Luego, justo cuando mi madre estaba a punto de meter baza, continuó—: El director es nuevo y procede de otro estado; de Nueva York, creo. Tiene fama de ser muy considerado con las familias.

—Bueno, espero que sea así —apuntó mi madre—. Pero antes tengo que conseguir que me devuelva las llamadas.

—¿Has llamado al director? —preguntó Conrado, sorprendido.

—Bueno... —Mi madre miró a mi padre, luego a Michelle—. Sí. Después de esta última infracción, no se nos proporcionó información de ningún tipo. Y me pareció que era importante...

—Julie. Es un centro penitenciario, no la asociación de padres de alumnos.

—Lo sé —manifestó mi madre con un deje de irritación en su voz. También ella debió de notarlo, porque hizo una pausa para recuperar la calma antes de decir—: Solo quería saber qué estaba pasando.

—Lo cual es tu derecho —aseguró Ames—. No pueden ocultarte información así sin más.

—Bueno, lo cierto es que sí pueden —dijo Conrado mientras se limpiaba unas migas de los labios—. Lo mejor que puedes hacer por Peyton es dejar que cumpla su condena e interferir lo menos posible. Tiene que agachar la cabeza y hacer lo que se le diga. Es la única manera de conseguir una reducción de pena.

—No estoy interfiriendo —dijo mi madre.

—Claro que no.

Dios, Ames siempre tan pelota.

–Es importante que las familias se sientan involucradas –añadió Michelle. Al convertirse en el centro de atención, se puso colorada–. Es mejor eso que la impotencia.

–No se lo tome mal, señorita, pero llevo veinte años dedicándome a este oficio. He visto a muchos clientes en la misma situación. Hay cosas que lo hacen más difícil, y cosas que lo hacen más fácil.

–Creo que es hora de cenar –anunció mi madre poniéndose en pie–. Dadme un minuto. ¿Me echas una mano, Sydney?

La seguí hasta la cocina, donde abrió la puerta del horno con más energía de la necesaria.

–¿Estás bien? –pregunté.

–Claro. –Se quitó la manopla agarradora y empuñó una espátula–. Lo único que creo es que debemos examinar todas las opciones, las que ya conocemos y las que no. No hay nada de malo en ello.

Conrado, sin embargo, no estaba de acuerdo y siguió manifestándolo durante toda la cena. Discutió con mi madre, con Ames y con una nerviosa Michelle mientras mi padre se mantenía al margen y daba buena cuenta del trozo de lasaña más grande que le había visto comer en los últimos tiempos.

–La cuestión principal –dijo el abogado en un momento dado, un buen rato después de que yo hubiera terminado mi ración– es que, haga lo que haga Peyton, la verdad de su caso es incuestionable. Los hechos. Habréis visto el periódico esta mañana, supongo.

–No hablemos... –empezó mi padre.

–Un artículo totalmente parcial –dijo Ames.

–¿Parcial? –intervine, lo que hizo que todos volvieran la vista hacia mí–. ¿Cómo puedes...? Hablaba de ese chico.

–Sí, pero esa forma de redactar... –Ames hizo un gesto con la mano, como si con ello completara la idea y la frase–. Solo digo eso.

¿Solo decía qué? Daba igual, estaba segura de no querer oírlo.

–Por supuesto, nos sentimos fatal al pensar en ese pobre chico y su familia –afirmó mi madre–. Pero Peyton es nuestro hijo. Nuestra responsabilidad. Y es nuestro deber mirar por sus intereses.

Qué familiar sonaba aquello.

–Solo puedes hacerlo hasta cierto punto, Julie –dijo Conrado–. Tienes que aceptarlo.

–Bueno, pues creo que estás equivocado –zanjó mi madre. Mi padre y yo intercambiamos una mirada–. ¿Quién quiere postre?

Fue, en una palabra, insoportable. Después de cenar, Ames salió a fumar un cigarrillo mientras mi padre acompañaba a Conrado a su despacho para enseñarle el ordenador que acababa de comprar. Mi madre y Michelle se instalaron en la mesa de la cocina con sendas tazas de café.

–Cada persona que forma parte de este proceso tiene un punto de vista distinto –le dijo Michelle al tiempo que le daba unos golpecitos cariñosos en el brazo. Parecía encontrarse más cómoda hablando de forma individual–. Por eso necesitamos escuchar varias voces. Para poder empezar una conversación y mantenerla en marcha.

Mamá suspiró y pasó el dedo por el borde de la taza.

–Es que... Qué duro es esto. Nunca me sentí tan perdida.

–Es normal. Eres madre. Tu función ha sido siempre protegerlo. Y no puedes olvidar eso así como así, por mucho que alguien te pida que lo hagas.

A las nueve, Conrado y Michelle ya se habían ido. Ames se quedó sentado a la mesa, charlando con mis padres, aunque la que más hablaba era mamá. La irritación que apenas había conseguido ocultar había estallado en forma de furia desatada contra Conrado.

–Con todo lo que le pagamos, cabría esperar que mostrara más apoyo –dijo en un momento de la conversación, mientras se servía directamente de la fuente del horno un trozo de tarta de queso que había sobrado–. Quiero decir que la defensa de una persona no debería terminar en el momento en que acaba el juicio.

–Conrado está de nuestra parte –dijo mi padre–. Lo único que pasa es que ve las cosas de otra manera.

–Bueno, pues entonces a lo mejor es el momento de buscar a alguien que ofrezca un nuevo punto de vista. He oído maravillas de Bill Thomas.

Mi padre suspiró, no del todo convencido.

–El interés principal es Peyton –dijo Ames–. No debemos olvidarlo.

–Exactamente –corroboró mi madre mientras lo señalaba con el tenedor–. Gracias a Dios que alguien está de acuerdo conmigo.

No por primera vez, me pregunté si esa era la razón por la que yo estaba tan obsesionada con David Ibarra, sus secuelas y su historia. Alguien tenía que cargar con la culpa. Y si mis padres no podían –o no querían– hacerlo, solo quedaba yo.

–Aún es temprano –me dijo Ames cuando mi madre terminó de recoger la cocina y mi padre desapareció escaleras arriba–. ¿Te apetece ir a tomar un yogur helado? Yo invito.

–Ay, Ames, qué detalle. –Mientras se secaba las manos con un paño, mi madre le sonrió–. Sé que esta no era precisamente la manera en que a Sydney le habría apetecido pasar la tarde.

De hecho, ella sabía qué habría preferido hacer.

–Gracias –dije–, pero estoy un poco cansada.

–Vamos –insistió Ames–. ¿De verdad vas a rechazar una copa de yogur helado gratis? ¡Por no hablar de la maravillosa compañía!

–Un momento –dijo mi madre sacando el monedero–. Os invito yo.

—La verdad es que no estoy de humor —dije—. Pero gracias de todos modos.

Mi madre me miró y alzó una ceja.

—¿Estás bien?

—Sí. Es que... ha sido una semana muy larga.

Intercambió con Ames una mirada cómplice.

—Sí lo ha sido —reconoció; luego se acercó y me acarició el pelo—. Y una velada también muy larga. Ames, ¿lo dejamos para otra ocasión?

—Claro.

Cuando vi la oportunidad de zafarme, me levanté.

—Creo que voy a subir a acostarme.

Mamá miró el reloj. Eran solo las nueve y media.

—Mañana es todo para ti, ¿vale? —me dijo cuando ya salía de la cocina—. Puedes hacer lo que te apetezca.

Tuve el presentimiento de que al decirme eso no se refería exactamente a ir a dormir a casa de Layla. Pero lo único que yo quería era salir de mi casa y estar en algún sitio en el que el fantasma de mi hermano, que ni siquiera había muerto, no se apoderase de cada rincón.

Ya en mi cuarto, me puse el pijama y me lavé los dientes. Estuve en todo momento pendiente de si Ames se había ido, preguntándome qué más tendría que hablar con mi madre, pero pasó media hora, y después una hora entera, y su coche seguía allí. Al final me aventuré a bajar hasta la mitad de la escalera.

—Lo está llevando bien —decía él—, pero ha tenido que adaptarse a un gran cambio. Imagínate lo que tiene que ser ir a clase y tener que lidiar con eso.

—Ojalá se hubiera quedado en Perkins —repuso mi madre—. Tengo la sensación de que nos estamos alejando, porque hay muchas cosas de su día a día que se me escapan.

—Es un sentimiento que parece habitual en ti.

Hice un gesto de fastidio.

–Lo es. –Una pausa–. Lo único que siempre quise es que fueran felices.

–Ser felices todo el tiempo es pedir mucho.

–No quiero decir todo el tiempo. Ahora ya no. Me conformaría con un rato.

Su voz sonaba tan triste, tan cansada... En ocasiones como esta era difícil incluso recordar cómo había sido mi madre, siempre en ebullición, llena de energía y proyectos. Como eje de la rueda que formaba nuestra familia, siempre se había ocupado de los radios –nosotros– por separado y de mantenerla en movimiento. Ahora, sin embargo, la mayoría del tiempo nos bamboleábamos, y teníamos suerte si lográbamos seguir avanzando.

Antes de apagar la luz, eché un vistazo al teléfono y al último mensaje que me había enviado Layla. Ojalá existiera una manera de contarle todo de golpe, para que supiera lo que sentía en aquel momento y pudiera llegar a entenderme. Abrí de nuevo el artículo del periódico, todavía en mi menú de favoritos, copié el enlace y lo pegué en un mensaje nuevo. Luego, sin pensármelo dos veces, pulsé ENVIAR. Sin explicaciones, sin comentarios. Solo la historia tal como era. Me quedé despierta un rato, preguntándome cuál sería su respuesta. Cuando desperté a la mañana siguiente, no supe si alegrarme o entristecerme cuando comprobé que no había contestado.

11

～つ❁⌒

Yo tenía razón. A pesar de su promesa de la noche anterior, mi madre no se mostró precisamente entusiasmada al averiguar que lo único que me apetecía hacer el sábado era ir a dormir a casa de Layla.

—Pero, cariño —me dijo cuando saqué el tema. Solo eran las nueve de la mañana, pero ya había conseguido que contestara con voz de hastío—, mejor no. Ha sido una semana muy larga, y ni siquiera conozco a esa chica.

—Sin embargo, ella ya se ha quedado a dormir aquí —indiqué con la esperanza de apelar a su sentido de la cortesía y los compromisos sociales—. Dos noches, para ser exactos.

—Es distinto —repuso mientras se servía otra taza de café—. Estabais aquí, y Ames también.

Con lo que estábamos mucho más *seguras,* pensé. Pero era eso lo que ella creía, por supuesto. Me pregunté si mi madre lo vería físicamente distinto, con las facciones completamente diferentes, ya que ambas lo veíamos de maneras tan opuestas.

—Anoche me quedé en casa, tal como me pediste. Y dijiste que hoy era todo para mí y que podría hacer lo que me apeteciera.

—Me refería a algo como ir al cine o salir a comer. No desaparecer la noche entera en un lugar desconocido.

—Mamá. Es otra zona de la ciudad, no el País de Nunca Jamás.

Hizo una mueca y miró a mi padre, que estaba inclinado sobre su habitual platazo de huevos y panceta, leyendo las páginas de deportes.

—Peyton, ¿puedes intervenir?

—Claro. —Se irguió y se limpió las manos con la servilleta—. ¿En qué?

—Sydney quiere quedarse a dormir en casa de su amiga Layla.

Mi padre me miró y después miró a mamá, claramente intentando descifrar cuál era el problema. Me maravilló, como siempre, su habilidad para estar literalmente metido en una conversación y ausente a la vez.

—¿Y el problema es...? —dijo con lentitud.

—Que no la conocemos. Ni a su familia.

—¿Y no podemos conocerlos? —preguntó mi padre.

Mi madre me miró, como si aquel plan fuera a echar atrás mi decisión.

—Claro —respondí—. Sus padres tienen una pizzería cerca del instituto. Estoy segura de que estará abierta a la hora de comer. Su padre suele estar allí.

Mis deseos de llevar a mi madre a La Pizzería de la Costa daban idea de lo desesperada que estaba. Pero no se trataba solo de intentar conseguir lo que quería. Aún resonaba en mi mente lo que la había oído decir a Ames la noche anterior. Que no había nada que pudiera hacer en lo tocante a saber algo más sobre el mundo de Peyton. Quizá yo pudiera ofrecerle una perspectiva más amplia del mío.

Tres horas después yo estaba sentada en el asiento del copiloto del todoterreno híbrido de mi madre, señalándole un sitio donde aparcar. Mi padre tenía un partido de ráquetbol, así que íbamos solas y yo me sentía extrañamente nerviosa, como si aquello fuera algún tipo de examen que tuviera que aprobar. Apagó el motor y bajó el parasol para comprobar en el espejo si tenía los labios bien pintados.

—¿Tienes hambre? —me preguntó.

—Canina —respondí—. Hacen una pizza riquísima.

Ya en el local, vi a Mac detrás del mostrador, vestido con unos vaqueros y una camiseta de LA PIZZERÍA DE LA COSTA, echando salsa en una pizza aún sin hornear. Por primera vez se le veía bien la cadenita de plata que llevaba al cuello y observé que de ella pendía un colgante, algo circular que parecía una moneda, aunque a distancia era difícil de distinguir.

—Hola —saludó—. Ya me dijo Layla que seguramente vendrías.

—¿Anda por aquí?

—Está de camino. Cinco minutos o así.

Miré a mi madre, que observaba en silencio la decoración oscura, las mesas de plástico y las fotografías en blanco y negro que cubrían las paredes.

—Mamá, este es Mac, el hermano de Layla.

—Encantado —dijo el chico; se limpió la mano con un paño y se la tendió. Mi madre extendió el brazo por encima del mostrador para estrechársela—. ¿Les sirvo algo?

Mi madre echó una ojeada a la carta.

—¿Qué tal las ensaladas?

—No tan buenas como las pizzas —respondió Mac.

Al oírlo, ella sonrió y dijo:

—Nunca lo están, ¿verdad?

—No.

Le dirigí una mirada de agradecimiento y me pregunté cuánto le habría contado Layla. Por la mañana le había mandado un mensaje: ¿Está tu padre en la pizzería? Mamá quiere ponerle cara para dejarme ir a tu casa.

Al mediodía, había contestado. No te preocupes. Somos muy limpios.

Es difícil reconocer en qué tono se escriben los mensajes, y al leer eso me pregunté si se habría sentido ofendida. Pero cuando llegó diez minutos después, supe al instante que no tenía por qué haberme preocupado.

–¡Hola! –saludó. Llevaba una falda de vuelo estampada, una camiseta blanca, chanclas y el pelo recogido en una coleta. En su mano brillaba una piruleta YumYum de algodón de azúcar. Su padre entró tras ella con un par de bolsas de la compra. Ella se acercó a mi madre y le tendió la mano–. Soy Layla. Por fin nos conocemos.

–Hola, sí –dijo mi madre estrechándosela–. He oído hablar mucho de ti.

–En buenos términos, espero. –Layla me miró–. Aunque seguro que tendrá que ver sobre todo con la comida.

–A Layla le chiflan las patatas fritas –le expliqué a mi madre–. Y las piruletas.

–Todos los componentes de una dieta saludable –añadió Layla alegremente.

Cuando se volvió hacia su padre, vi que mi madre la escrutaba de arriba abajo y me pregunté qué le parecería. Ropa que no era de marca, un bolso gastado pasado de moda. La piruleta.

–Papá, ven un momento.

El señor Chatham salió de detrás del mostrador, atándose el delantal.

–Usted debe de ser la madre de Sydney –dijo–. Soy Mac Chatham.

–Julie Stanford. ¿Su hijo se llama como usted? –preguntó mi madre mientras le estrechaba la mano.

–Tradición familiar –explicó–. Mi padre también se llamaba Macaulay Chatham.

–Pasa lo mismo con mi marido, mi suegro y el hermano de Sydney. Tres Peytons. Cuando están todos juntos reina la confusión.

–Normalmente sé a quién grita mi mujer, según el tono que emplee. Yo tengo algo más de libertad, por aquello del matrimonio. Tampoco mucha.

–¿Tienen más hijos?

–Una más. Rosie. Dos años mayor que él –respondió al tiempo que señalaba a Mac con el pulgar.

–Patinadora de competición –añadí–. Participó en la gira *Mariposa*.

–¿Ah, sí? Qué maravilla. Deben de estar muy orgullosos.

–Hasta que la pillaron con drogas –terció Layla–. Desde entonces, no tanto.

El señor Chatham la miró sin decir nada, mientras mi madre, visiblemente sorprendida, luchaba por mantener su expresión bajo control. Cerré los ojos.

–Bueno, a ver –continuó Layla–. ¿Necesitan algo? ¿Bebidas? ¿Pan de ajo?

–No te preocupes –le dije–. Lo que estoy deseando es que mi madre pruebe vuestra pizza.

–Me aseguraré de que le sirvan una ración extragrande –dijo el señor Chatham incorporándose a su puesto detrás del mostrador–. Encantado, Julie.

–¡Igualmente! –repuso mi madre.

Luego se sentó mientras Layla lo seguía. Se volvió hacia mí. Cuando estuvo segura de que no podían oírla, preguntó en voz baja:

–¿Drogas?

–Rosie tuvo una lesión que la llevó a tener problemas legales con las prescripciones –expliqué sin perder detalle de su reacción. Antes de los problemas de Peyton, el veredicto habría sido automático, casi reflejo. Ahora, sin embargo, no contemplaba esa opción a menos que quisiera arriesgarse a quedar como una hipócrita. Me di cuenta de que Layla había sido muy inteligente al exponer nuestro denominador común desde el primer momento, para hacerle saber que, pese a todas nuestras diferencias, compartíamos algo–. Ahora ha vuelto a patinar. El otro día la vi entrenar.

–¿Ah, sí?

Asentí.

–Es fantástica.

Mac apareció ante nosotras con dos platos de pizza.

–Una *pepperoni,* una Roma –anunció al dejarlas encima de la mesa–. ¿Algo más?

–De momento creo que no –contesté–. Gracias.

Hizo un gesto de aprobación y volvió junto a la caja registradora, donde Layla estaba apoyada en la barra, contemplándonos con la piruleta en la boca. Su padre le dijo algo y ella asintió y le contestó mientras se sujetaba un mechón de pelo detrás de la oreja.

–¡Caramba! –exclamó mi madre mientras se limpiaba los labios con la servilleta–. Sí que está buena.

–Te lo dije.

Miró la fotografía que había junto a nuestra mesa y que mostraba un paseo de tablones festoneado con símbolos de juegos de azar, con el mar a lo lejos.

–Siento curiosidad por el nombre. No hay mucha costa por aquí.

–Creo que lo trajeron del norte, del otro restaurante que tenía su abuelo.

Mamá asintió y dejó de masticar mientras ladeaba la cabeza.

–¿Estoy oyendo un banjo?

–*Bluegrass* de Kentucky. Es lo único que suena en la sinfonola.

Durante unos instantes comimos en silencio. El teléfono sonó detrás del mostrador. Mac tomó nota de un pedido. El señor Chatham desapareció en el despacho. El sol proyectaba sus rayos sobre los ventanales y hacía bailar las motitas de polvo de la mesa que teníamos al lado.

—¿Cómo me dijiste que habías conocido a Layla? —preguntó mi madre por fin.

Tragué el trozo que tenía en la boca.

—Aquí. Entré a tomar algo al salir de clase. Y nos pusimos a hablar.

Volvió a mirar a Mac, que estaba sacando una pizza del horno.

—Me dijiste que su madre estaba enferma.

—Tiene esclerosis múltiple. Creo que se sacrifican mucho para cuidarla.

—Qué horror. —Se limpió los labios—. ¿Y dónde viven?

—A dos manzanas de aquí.

Presentía que estaba a punto de obtener lo que deseaba, aunque también estaba lo bastante cerca como para preocuparme por si al final se me escapaba. Así que me quedé callada y esperé a que mi madre volviera a hablar. Pero el siguiente sonido provino de su teléfono.

Lo sacó del bolso. Al ver la pantalla, abrió mucho los ojos y se apresuró a descolgar.

—¿Sí?

Oí una voz de fondo distante y mecánica.

—Sí —la voz de mi madre sonó tan alta y clara que Layla y Mac nos miraron—. Sí, acepto la llamada.

Era Peyton. Lo supe por su expresión, por cómo se le llenaron los ojos de lágrimas cuando un segundo después mi hermano empezó a hablar. Yo no oía lo que decía, pero no me hacía falta. Siempre sabía cuándo llamaba mi hermano. Además, solo su voz tenía más presencia que la mayoría de la gente cara a cara.

—¡Oh, cariño! —exclamó mi madre llevándose la mano libre a la cara—. Hola. ¡Hola! ¿Cómo estás? ¡Estaba preocupadísima!

Cuando Peyton contestó, ella se puso en pie y se dirigió a la puerta con el teléfono pegado a la oreja. Una vez fuera, se puso a pasear por la acera, escuchando con atención.

—Parece una llamada importante.

Levanté la vista para ver a Layla frente a mí.

—Mi hermano. Es la primera vez que le permiten llamar por teléfono desde hace bastante tiempo.

Layla seguía observando a mi madre, que se movía de un lado a otro ante el ventanal.

—Qué feliz se la ve.

—Sí. Lo es.

Ninguna de las dos habló durante unos instantes. Después, sin mediar palabra, dejó una piruleta de zarzaparrilla junto a mi plato. ¿Compensación? ¿Un detalle solidario? Podían ser ambas cosas, o ninguna de las dos. En realidad, no importaba. Me sentí agradecida.

Cuando aquella tarde llegué a casa de Layla, me sorprendió ver varios coches aparcados junto al bordillo y en el camino de acceso. Estaba claro que no era la única invitada.

Pero me daba igual. Estaba muy contenta de poder estar allí, aunque hubiera necesitado de la intervención de mi hermano para hacerlo posible. Después de haber hablado un rato con él, mi madre estaba tan encantada que me habría concedido cualquier cosa. Aunque esto era lo único que quería.

Aparqué detrás de un monovolumen que reconocí como el de Ford, el bajista del grupo de Mac y Eric, cuyo nuevo nombre aún estaba por decidir. Antes de Eh, tío eran conocidos como Agua de cocer salchichas, pero a Eric le pareció que ninguno de los dos nombres «hacían justicia a su arte». Había sido el tema de otro largo debate en la hora de la comida del viernes, durante el cual Layla les aconsejó que escogieran un nombre y no lo volvieran a cambiar, aunque solo fuese para que el público pudiera reconocerlos. Eric, sin embargo, mantenía que la identidad de una banda no era una cosa que se pudiera decidir a la ligera: era muy importante el estilo que adoptarían a continuación. Algo que no pasaba con, digamos, Agua de cocer salchichas.

De ahí la conversación derivó a cómo estaban todos ellos, siguió con una discusión más o menos civilizada y terminó con un monólogo que Eric soltó casi a gritos y que nadie consiguió interrumpir. A menudo terminaba la hora de la comida agotada, y aquel día estuve a punto de quedarme dormida en la clase de ecología que tuve justo después.

Sin embargo, si el ruido que oí mientras me acercaba a la casa no me engañaba, el hecho de que la banda aún no tuviera nombre no impedía que siguieran ensayando. La música procedía de uno de los laterales, así que lo seguí y me encontré con un anexo encajado entre una camioneta subida a unos bloques de cemento y un sedán con el techo hundido. La construcción, más pequeña que un garaje pero más grande que una caseta, tenía dos puertas de madera que estaban abiertas. A través de ellas vi a Mac, sentado a la batería, a Eric tras un micrófono y a Ford, que manipulaba un amplificador. Delante de ellos, recostada en una tumbona, estaba Layla. Llevaba gafas de sol.

—¿Veredicto? —estaba diciendo cuando llegué casi a su altura—. Demasiado fuerte. Mal.

Eric le lanzó una mirada cargada de intención.

—No te sientas obligada a ser amable, Chatham.

—No te preocupes. No lo haré.

—Pero se supone que tenemos que tocar fuerte —terció Ford mientras desenchufaba algo para volverlo a enchufar—. Es parte del espíritu, ¿no? Que esta música, en su versión original, estuviera tan controlada y dirigida, incluso informatizada...

Tocar una versión más cruda y fogosa le da la vuelta por completo.

Mac, con las baquetas en la mano, alzó las cejas.

—Tío —dijo—, pasas demasiado tiempo con Eric.

—Todo lo contrario —repuso Eric—. Me parece que por fin hay alguien que habla con sentido común. Ahora solo necesitamos subir al batería a bordo, que capte el mensaje y todo arreglado.

—Dejaos de mensajes —le espetó Layla—. Concentraos en tocar bien.

—Nadie te ha pedido tu opinión. ¿No tienes que inventar alguna fórmula para un nuevo kétchup o algo parecido?

—No. —Layla se recostó aún más y cruzó una pierna sobre la otra—. Ahora mismo tengo todo el tiempo del mundo.

—Qué suerte tenemos —gruñó Eric, y se volvió hacia los chicos—. Bueno, toquemos otra vez *Reina del baile*, desde el principio.

Mac contó hasta cuatro y empezaron a tocar de nuevo, al principio un poco desacompasados, y algo más ajustados antes de que terminara la primera estrofa. A pesar del comentario que había hecho, Layla seguía el ritmo con el pie. Me situé a su lado.

—Asiento de primera fila, ¿eh?

—¡Hola! —Parecía sinceramente encantada de verme—. Bueno, apenas se parece al Logan Oxford de verdad, pero tampoco queda tan lejos. Espera, que te traigo una silla.

—Oh —dije—, no hace...

Pero ella ya había entrado en el cobertizo, pasando con dificultad entre Ford y su bajo para sacar una tumbona deteriorada de color rosa con un estampado de palmeras. Cuando la dejó en el suelo ante mí, cayeron un par de arañas muertas. Pasó de ellas y la limpió con las manos antes de ofrecérmela.

—El mejor asiento de la casa. O de esta casa.

Me senté. La banda seguía tocando, aunque Eric había dejado de cantar y ahora estaba de espaldas a nosotras.

—Así que es aquí donde ensayan.

—A veces —contestó antes de dejarse caer con despreocupación en su tumbona—. También está el sótano de Ford, pero siempre hay ropa tendida y Eric dice que el olor del suavizante le da dolor de cabeza.

—Cosas de estrella del rock.

—Cosas de Eric. —Un suspiro—. Como si fueran primermundistas, pero aún con más privilegios.

Miré a nuestro hombre en cuestión, que ahora había dejado de tocar y estaba afinando su guitarra con expresión de fracaso. Mientras Mac y Ford atacaban el estribillo, me di cuenta de que la verdad era que sonaban mucho mejor sin él. Quizá por eso dije:

—Eres dura con él.

—¿Con Eric? —Asentí—. Sí, supongo. Pero con la mejor intención, te lo juro. Antes de que conociera a Mac y empezara a venir por aquí era un friki y un capullo. Un auténtico fantasma sabelotodo. Pero la cosa es... que en realidad no era culpa suya.

—¿No?

Hizo un gesto negativo.

—Sus padres se pasaron la vida intentando tener hijos. Cientos de problemas de fertilidad, abortos... Básicamente, les dijeron que les iba a resultar imposible. De modo que cuando su madre se quedó embarazada sin tan siquiera habérselo propuesto, fue como... un milagro. Y cuando llegó Eric, lo trataron como correspondía.

—¿Como a un milagro?

—Como a un regalo de Dios. Que fue lo que creyeron que era. —Cambió de posición en la tumbona—. El problema vino cuando él empezó a verse a sí mismo como tal y no había nadie cerca para decirle que estaba equivocado. Entonces conoció a Mac.

–¿Y él sí lo logró?

–A su manera. Es lo que tiene mi hermano. Es sutil, ¿sabes? Y muy buena persona, alguien a quien a uno le apetece caer bien.

Carraspeé, preocupada por si me estaba sonrojando.

–Así que, sencillamente, le dijo a Eric que no tenía por qué intentarlo con tanto afán. Tener la razón en todas las discusiones, hablar más alto que nadie... Ese tipo de cosas. Y Eric le hizo caso, lo que le honra. Ahora ha mejorado un poco, aunque tiene sus momentos. Y cuando recae, considero mi deber dar mi opinión. Todos lo hacemos.

–Por el bien de todos –dije.

–Bueno, dicen que hace falta un pueblo entero para educar a un niño. En su caso, hace falta una ciudad. Una ciudad grande. Con muchos ciudadanos.

Me eché a reír. El micrófono se acopló y Eric gritó algo. Layla gimió.

–Bueno, necesito un descanso. Vamos a comer algo.

Se puso en pie y atravesé tras ella el jardín embarrado en dirección a la casa, donde una hilera de losetas cubiertas de musgo conducía a la puerta trasera. Esta crujió al abrirse, y el sonido pareció convocar a los perros, que se arremolinaron en torno a nuestros tobillos ladrando como locos cuando entramos.

–Ha llegado Sydney –anunció mientras la puerta se cerraba a nuestra espalda.

Tardé unos segundos en acostumbrarme a la penumbra después de la luz brillante del exterior. Pero todo seguía en su sitio: el sofá, el televisor enorme, las mesas abarrotadas de cosas a ambos lados del sillón reclinable... En él estaba sentada la señora Chatham, que llevaba una sudadera en la que se leía MIAMI y unos pantalones de andar por casa. Los perros, que habían perdido su interés en nosotras, saltaron y se metieron bajo la manta que le cubría el regazo.

—Bienvenida —me dijo—. Me han dicho que te quedas a dormir.

—Sí. Muchas gracias por la invitación.

—No nos las des todavía —advirtió Layla—. Quizá cambies de idea en cuanto empiece la música.

—¿La música? —repetí. Miré por la ventana—. Pero si ya están tocando.

—Esa música no. La de mi padre. Resulta que ha invitado a un grupo de personas. Y no es que yo lo sepa porque alguien tuviera el detalle de contármelo —dijo mirando a su madre.

—Estoy segura de que a Sydney le encantará —dijo esta.

—*Bluegrass* de Kentucky —continuó Layla—. Nada más que *bluegrass*. Toda la noche. Si no te gusta la mandolina, tienes un problema.

—Hay una puerta en tu cuarto. Tienes permiso para usarla —dijo la señora Chatham en un tono que, aunque alegre, indicaba que aquel era el final de la discusión—. Y ahora vete a preparar unas palomitas, ¿vale, cariño? Quiero hablar un momento con Sydney.

Layla me miró y se fue a la cocina. Durante unos instantes pensé que quizá me había metido en algún lío, aunque no podía imaginarme cómo. Cuando miré a la señora Chatham, sin embargo, me sonrió. Me senté en una silla cercana mientras Layla encendía el microondas.

—Bueno —empezó mientras uno de los perros cambiaba de postura en su regazo—. He visto el artículo del periódico.

Durante los últimos meses había caído en la cuenta de que para la gente no existía una manera ideal de hablarme de Peyton. Si evitaban el tema, pero claramente estaban pensando en él, resultaba muy incómodo. Cuando lo abordaban de frente, sin embargo, era casi siempre todavía peor, pues yo me sentía como si se me echara encima un tren que no podía parar. La verdad, no existía el tono ideal, pero aquella elegante alusión era lo que hasta el momento más se le podía parecer. Aceptación y solidaridad, pero respetando los hechos. Me pilló tan desprevenida que al principio no fui capaz de hablar. Así que me alegró que fuera ella quien continuara haciéndolo.

—Debió de ser muy duro para ti y para tu familia. No puedo ni imaginármelo.

—Lo es —logré decir por fin—. Duro, quiero decir. Sobre todo para mi madre. Odio lo que le ha hecho.

—Está sufriendo.

Era una afirmación, no una pregunta.

—Sí. —Bajé la vista—. Pero... también ese chico. David Ibarra. Quiero decir que él sí que está sufriendo de verdad.

—Por supuesto.

De nuevo sin juzgar, solo unas palabras para animarme a seguir hablando. Y eso fue lo que hice.

—Creo... —empecé, pero de pronto todo me pareció demasiado desmedido como para expresarlo, e incluso para que existiera fuera de mi cabeza. Una cosa era dejar que aquellos pensamientos me persiguieran como fantasmas por los recovecos más intrincados de mi mente, y otra completamente distinta sacarlos a la luz, hacerlos reales. Pero esa mujer me miraba ahora con plena atención, y aquel lugar, completamente nuevo para mí, no me recordaba para nada al mundo excepto por el hecho de que yo estaba en él—. Creo que en cierto modo mis padres ven a Peyton como la víctima. Y eso es algo que odio. Me pone mala. Es tan... Está muy mal.

—Te sientes culpable.

—Sí. —La vehemencia de ese simple monosílabo me sorprendió. Como si reconocerlo hiciera que mi alma saliera huyendo—. Sí. Mucho. Todos los días.

—Oh, cariño. —La mujer alargó un brazo y me puso la mano encima del mío. En la estancia de al lado, las palomitas explotaban y despedían ese olor a mantequilla que yo asociaba con las películas y con las tardes después de salir del colegio, todas aquellas tardes solitarias–. ¿Por qué te sientes como si tuvieras que cargar con la responsabilidad de tu hermano?

–Porque alguien tiene que hacerlo –respondí. La miré a los ojos, verdes con motitas marrones, idénticos a los de Layla–. Por eso.

En lugar de decir algo, me apretó la mano. Yo sabía que podía apartarla y no pasaría nada. Pero cuando Layla apareció minutos después con las palomitas, fue así como nos encontró. Por fin había confesado. Supongo que tenía sentido que yo quisiera atrapar aquel momento, y que no cambiara.

12

∿

–¿Cuánto falta?

–Siempre preguntas lo mismo.

–Y siempre te lo pregunto para que me lo digas. –Una pausa; después–: En serio, ¿cuánto falta?

En cabeza, Mac se volvió y enfocó a Layla con la luz de la linterna.

–Si lo que quieres es que alguien te lleve a cuestas, deberías decirlo sin más.

Ella sonrió.

–No querría abusar...

Por toda respuesta, Irv, que caminaba junto a Mac, se detuvo para que lo alcanzáramos.

–Sube –indicó al tiempo que se agachaba, y Layla trepó sobre sus hombros inmensos para subirse a caballito. Después continuamos nuestra caminata en la oscuridad.

Estaba tan conmovida después de mi conversación con la señora Chatham que la verdad es que agradecí el caos que vino a continuación. Después de dejar limpio el cuenco de las palomitas y de ver un episodio de *Big Los Angeles* (una pelea de gatas, dos crisis, demasiados atuendos impresionantes como para enumerarlos), Mac, Eric y Ford habían entrado para arrasar la nevera. Después apareció Rosie con un par de amigas del espectáculo *Mariposa* que estaban en la ciudad porque esa semana actuaban en el centro Lakeview. La casa ya se veía abarrotada, incluso antes de que volviera el señor Chatham y de que llegaran sus invitados instrumentos en mano. Acostumbrada al silencio permanente de mi casa desde que Peyton se había ido, supuse que el contraste me abrumaría. Por el contrario, descubrí que me gustaban el murmullo y el ajetreo incesantes, la sensación de casa llena y la cantidad de energía que se concentraba en un espacio tan pequeño. Podía mantenerme al margen y observar, y aun así me sentía parte de todo ello. Era agradable.

La cena consistió en cantidades ingentes de pizza, ensaladas y pan de ajo de La Pizzería de la Costa, que nos comimos en el anexo mientras los padres de Layla y sus amigos llenaban la cocina y la sala. Estaba empezando a oscurecer cuando oí los primeros acordes procedentes de la casa a través de la puerta trasera, que habían dejado abierta. La música sonaba como la de la sinfonola de la pizzería, pero más real. Viva.

Había supuesto que entraríamos a escucharla, pero los demás tenían otros planes. Después de preguntar a su madre si necesitaba algo, Mac volvió con una bolsa de lona que llevó al garaje. Instantes después, con la bolsa visiblemente más llena, volvió y se la echó sobre los hombros. Layla sacó una linterna de una alacena, mientras Irving, que había llegado en el intervalo entre las palomitas y la cena, alcanzó la mochila que había traído. Eric guardó su guitarra en la funda y todos salieron de común y silencioso acuerdo. Los seguí, aunque era la única que no tenía ni idea de adónde nos dirigíamos.

Resultó que íbamos al bosque. Todos enfilaron hacia allá, como si adentrarse de noche por la ancha senda que conducía a la espesura fuera lo más natural del mundo. Me imaginé que para ellos lo era.

—Oye, tranquila —me dijo Layla desde su atalaya—. Vamos.

Cuando Peyton y yo íbamos al bosque que había detrás de nuestra casa, tardábamos unos minutos en salir del jardín y dejar atrás la urbanización. Aquí, sin embargo, era distinto. Apenas pusimos un pie fuera del jardín, fuimos engullidos por la espesura y las luces de la casa de los Chatham se atenuaron hasta desaparecer por completo. Agradecí que Mac llevara una camiseta blanca que casi parecía resplandecer cuando nos internamos cada vez más entre los árboles. Llevábamos unos veinte minutos andando cuando Layla empezó a quejarse. Desde que había subido a la espalda de Irv, había transcurrido más o menos el doble.

—Casi había olvidado lo muchísimo que se tarda —protestó Eric mientras la guitarra le golpeaba las piernas con cada paso que daba.

—¿Quieres que Irv te lleve a ti también? —se burló Layla.

Yo estaba casi sin resuello, tanto por el ritmo que imponía Mac como por la distancia recorrida. Irv, sin embargo, parecía ir bastante cómodo, incluso con cincuenta kilos extra a la espalda. Seguimos caminando.

Y entonces, justo cuando estaba segura de que alguien más —quizá yo misma— estaba a punto de expresar su contrariedad, distinguí un claro ante nosotros. La espesura fue perdiendo densidad hasta que los árboles terminaron por desaparecer y dieron paso a una gran estructura metálica que se alzaba en medio de aquel bosque como si el mismísimo Dios la hubiera puesto allí.

—¡Por fin! —exclamó Layla, como si hubiera recorrido todo el camino a pie. Irv dejó que resbalara por su espalda hasta llegar al suelo—. Que alguien me pase una cerveza.

Mac ya había dejado en el suelo la bolsa que había traído y la abrió. Bajo mi atenta mirada, le lanzó una lata de cerveza que su hermana atrapó con una sola mano, y a continuación le pasó otra a Eric mientras este depositaba la guitarra en el suelo.

Después me ofreció una a mí. Miré a Irv, pues era el que estaba más cerca y tenía más veteranía que yo.

—No bebo —me indicó—. No tiene sentido.

—No puede emborracharse —explicó Layla—. Demasiado grande.

—Por eso lo llamamos PP —terció Mac—. Peso pesado. Opuesto a...

—No lo digas —le advirtió Eric, abriendo su lata.

—... PL —terminó Layla—. Otro de los muchos alias de Eric.

—No soy ningún peso ligero. —Como si quisiera demostrarlo, Eric bebió un largo trago de cerveza y a continuación soltó un ruidoso eructo. Luego me miró—. ¿Quieres una?

Yo apenas bebía, y menos aún después del desastre de la piña colada de Jenn. Pero no tenía que conducir y estábamos a la luz de la luna, así que acepté. Mac se dispuso a lanzarme una lata, pero Eric la alcanzó primero y la abrió antes de ofrecérmela.

—Gracias —dije. El frío me heló la mano.

—Un placer. —Levantó su lata—. Por ti.

Layla puso los ojos en blanco pero se abstuvo de hacer comentarios y dejó que se impusiera su civismo; después se acercó a la estructura metálica del claro y se sentó en el borde. Al principio creí que era un vehículo, quizá un camión viejo, aparcado junto a lo que ahora identifiqué como una pista forestal que serpenteaba entre los árboles. Pero al observarla más de cerca vi algo totalmente distinto: un viejo carrusel metálico, tan oxidado que casi se fundía con la oscuridad. Me quedé inmóvil unos instantes mientras terminaba de asimilarlo. Si hubiera bebido algo más que un simple sorbo de cerveza, habría dado por hecho que eran imaginaciones mías.

—¿A que mola? —dijo Layla. Se había acomodado a los pies de uno de los caballitos—. Lo encontró Mac en uno de sus recorridos para adelgazar.

–Se llaman carreras –puntualizó su hermano.

–Como se llame. El caso es que alguien lo dejó aquí en algún momento. Pero ¿por qué? ¿Y cómo? ¿Lo trajeron en un camión y piensan volver a buscarlo? ¿O lo construyeron aquí mismo?

Recorrí la parte delantera del carrusel mientras contemplaba los caballos y una cuadriga desvencijada e invadida por la hierba que crecía a través de un agujero en su base.

–Es increíble –murmuré–. ¿En serio no sabéis de quién es?

–No hay casas en varios kilómetros a la redonda.

–¿Y esa pista? –pregunté señalándola con un gesto de cabeza.

–Si la sigues, se acaba mucho antes que el bosque. –Layla bebió un trago de cerveza mientras balanceaba las piernas–. Es escalofriante.

Pero a mí no me daba miedo. Al contrario, me parecía mágico, el tipo de cosa que Peyton y yo habríamos soñado con encontrar en nuestras excursiones. La posibilidad de encontrar algo así era lo que hacía que la gente se internara en un bosque.

Con estos pensamientos, me volví hacia Mac. Me sorprendí al ver que me estaba observando por el borde de su lata mientras bebía y le devolví la mirada, recordando aquel billete de cinco dólares que atesoraba en mi monedero. Intacto.

–Deberías ver el otro lado –dijo Eric, que apareció a mi lado de repente. Oí un *pop:* estaba atacando su segunda cerveza–. Es ahí donde está el anillo. Ven, te lo enseñaré.

Lo seguí dando la vuelta, dejando atrás la cuadriga, hacia el lugar donde un caballo se erguía sobre sus patas traseras con la cabeza echada hacia atrás y la boca abierta. Quienquiera que lo hubiera hecho, se había tomado su tiempo.

–Tienes que colocarte en el lugar indicado para verlo –indicó Eric mientras subía y se situaba junto al caballo. Me tendió la mano libre–. Ven, sube.

Volví la cabeza hacia Layla, a la que apenas distinguía en la oscuridad. A Mac lo había perdido de vista por completo. Solo Irv permanecía perfectamente visible, pero es que claro, no era una persona que se mimetizara con facilidad. Le di la mano a Eric y noté cómo sus dedos se cerraban con fuerza sobre los míos cuando me aupó hasta situarme a su lado. El carrusel crujió bajo nuestros pies.

–Muy bien. –Me puso las manos en los hombros y me hizo señas para que me fijara en el techo del carrusel, justo encima de nosotros–. Mira, ¿ves donde la barra se une a la pieza metálica de ahí arriba?

–Sí –contesté.

–Pues ahora mira justo a la izquierda –indicó–. Es pequeño, pero está ahí.

Tardé un minuto, pero conseguí verlo: un aro sencillo, colgado sobre nuestras cabezas lo bastante bajo como para poder alcanzarlo desde el caballo cuando estuviera en lo más alto.

–Me sorprende que nadie se lo haya llevado –dije.

–Oh, lo hemos intentado, créeme. –Bebió otro trago–. Está bien sujeto. El que hizo esto no quería que nadie se lo llevara.

Observé que era bastante tentador. ¿Quién no intenta llevarse el premio si está tan cerca de él?

–De todos modos, ¿cómo se llega hasta ahí arriba?

–Cuando está en movimiento.

Me giré para descubrir que estábamos muy, muy cerca, prácticamente cara a cara. Eric, por su parte, no pareció sorprenderse por ello y de pronto tuve la impresión, si no la certeza, de que aquel chico ya había vivido aquella situación de principio a fin.

–¿Se mueve?

–Solo cuando alguien lo empuja –oí decir a Mac.

De alguna manera se había acercado sin que lo oyéramos y ahora estaba justo delante del caballo. A la luz de la luna, volvió a llamarme la atención la moneda que colgaba de la cadena que llevaba al cuello. Instintivamente, di un paso atrás para zafarme de las manos de Eric, que seguían sobre mis hombros.

—¿Cómo es posible? ¿Pero no...? No sé, ¿no pesa demasiado?

—No mientras no haya demasiada gente subida —respondió—. Ya lo hemos hecho girar más de una vez a un ritmo bastante aceptable. Sobre todo si está Irv.

—No puedo emborracharme, tengo que empujar el tiovivo —dijo la voz de barítono de Irv en la oscuridad—. No sé por qué ando con vosotros.

—Porque nos adoras —contestó Layla, que también se había acercado. Levantó la vista hacia Eric—. Para tu información, tu teléfono está vibrando.

—Ah, debe de ser por el concierto del próximo fin de semana. Será mejor que conteste. —Me dio una palmadita en el hombro—. Ahora vuelvo.

Layla lo observó alejarse hacia el otro lado del carrusel. Después, sin mediar palabra, lo siguió y me dejó sola con Mac. Permanecimos en silencio unos segundos. Oí a Layla hablar con Irv y el chasquido de otra lata al abrirse. Por fin acerté a decir:

—Me encantaría haber encontrado algo así cuando íbamos al bosque.

Mac levantó la vista.

—¿En serio?

Asentí.

—Lo más guay que encontré en mi vida fue una punta de flecha. Ah, y la calavera de un murciélago.

—Por lo que veo, ibas al bosque con frecuencia.

—Con mi hermano. Cuando éramos pequeños. —Volví a fijarme en el anillo. Cuando le daba bien la luz y la luna iluminaba un agujero de óxido cercano, se veía perfectamente. Bebí un sorbo de cerveza—. La verdad es que el explorador era él. Yo me pegaba como una lapa. Quería hacer todo lo que él hacía.

Otra pausa. Oí la risa de Layla. Luego, Mac dijo:

–Ya me he enterado de lo que le pasó a tu hermano. Lo siento.

–No le pasó a él. Fue él quien lo hizo. Hay una pequeña diferencia.

Apenas pronuncié estas palabras, me di cuenta de que habían sonado a enfado.

–No quería... –empezó a decir Mac.

–No, no te preocupes –me apresuré a decir–. Es que... es un tema delicado y estoy algo sensible. Supongo.

Nada más decir eso, me quedé horrorizada. No sabía en qué estaría pensando para decir que estaba «sensible» al lado de un chico tan guapo. No tenía ni idea. Bebí un largo trago de cerveza, y luego otro.

–Bueno –dijo Mac instantes después–, todo el mundo tiene uno.

Mientras pronunciaba estas palabras había mantenido la vista fija en las copas de los árboles. La luna iluminaba su rostro. Quizá fue la cerveza, o el hecho de que hubiera metido la pata dos veces ya; lo cierto es que me pareció que poco más tenía que perder. Así que dije:

–Incluso tú, ¿no?

Ahora sí me miró.

–Hasta hace bien poco, yo era el chico regordete de los granos. No lo olvides.

Sacudí la cabeza.

–Me sigue resultando difícil de creer.

–Está documentado. –Otro sorbo–. A pesar de todos mis esfuerzos para destruir todas y cada una de las pruebas.

Oí a Layla reírse a lo lejos.

–Pues a mí me parece que quizá te vendría bien conservarlas. Que quizá..., no sé, te harían sentirte orgulloso. Al ver cómo eras antes.

–Me sentiría más orgulloso si nunca me hubiera permitido llegar hasta ese punto.

–No se puede cambiar el pasado.

Mac levantó una mano y deslizó un dedo por la cadenita que colgaba de su cuello.

–Eso no significa que haya que aferrarse a él.

Eric no era el único peso ligero: el alcohol me estaba haciendo efecto y me sentía liviana. Terminé la cerveza y dejé la lata en el suelo, a mi lado.

–¿Cuál es la historia de esa moneda?

–¿Moneda? –Asentí, señalándola. Él bajó la vista–. Ah. En realidad es una medalla de una santa. Mi madre nos regaló una a cada uno cuando éramos pequeños.

–¿Una santa?

–Sí. –La movió un poco para que se viera bien a la luz de la luna–. Santa Batilde, patrona de los niños. Me imagino que pensaba que necesitábamos toda la ayuda posible.

Me acerqué más a él y a duras penas distinguí una figura y unas palabras escritas con una letra diminuta en la medalla.

–Qué bonita.

–Sí. Pero también es un recordatorio.

–¿De qué?

–Cuando más gordo estuve, esta cadena me ahogaba. De verdad, lo digo en serio. Me dejaba marcas. No quería quitármela. Me negaba. Necesitaba toda la ayuda que pudiera conseguir.

–Protección –sugerí.

–Algo así. –Pareció dar el tema por zanjado–. Ahora la llevo para no olvidarme de lo que perdí.

Era extraño oír aquello. Como si dejar de tener algo fuera bueno, y también su prueba. Yo estaba habituada a todo lo contrario, cuando la ausencia equivalía a sufrimiento. De repente, millones de preguntas se agolparon en mi cabeza, y entre la cerveza y la oscuridad me pareció que podía hacérselas. Pero entonces apareció Eric, guitarra en mano.

—Siento interrumpir —dijo arrastrando las palabras—. Pero estáis siendo un poco maleducados quedándoos aquí escondidos.

—¿Cuántas cervezas te has bebido? —le preguntó Mac mientras yo me bajaba del carrusel con mi lata vacía en la mano.

—Una cantidad infinitesimal —contestó Eric. Pero al caminar tras él me fijé en que sus pasos eran de todo menos firmes.

—Eric está utilizando sus palabras grandilocuentes —informó Mac a su hermana y a Irv, que estaban sentados frente a frente en una cuadriga. A ella le sobraba espacio, él estaba encajonado y daba la impresión de que el metal iba a ceder en cualquier momento.

—Señal más que reveladora —dijo Layla—. Se acabó la cerveza para ti, Bates.

—Se pone superampuloso cuando ha bebido de más —explicó Irv—. Es uno de sus síntomas.

—Estoy perfectamente *compos mentis* —protestó Eric, sentándose casi de golpe sobre la hierba. Se puso a rasguear la guitarra—. Os lo voy a demostrar entreteniéndoos con un interludio musical. Sydney, siéntate aquí conmigo en la *terra firma* y dime qué quieres oír.

—Oh, por el amor de Dios. —Layla levantó una mano—. Por favor, para antes de que te avergüences de ti mismo.

—Demasiado tarde —dijo Irv.

Eric, imperturbable, dio unos golpecitos en la hierba a su lado.

—Ven. Disfruta de mi estilo acústico.

Me sentí tan mal por él que al final acudí. En cuanto me senté, se inclinó hacia mí rasgueando la guitarra:

—Conocí a una chica que se llamaba Sydney, era tan guapa que me volvió loco...

–¿Me pasáis otra cerveza? –pregunté. Irv soltó una carcajada y Mac me lanzó una lata.

–La conocí en la escuela, junto al muro –siguió canturreando–. Me senté junto a ella, le di...

–Bueno –dijo Layla levantándose de la cuadriga–, me parece que ya es hora de ir volviendo. Mamá se va a preguntar por dónde andamos.

–Estoy en plena composición original –refunfuñó Eric.

–Con el tiempo me lo agradecerás –le dijo ella mientras Mac recogía su bolsa y la llenaba con las latas vacías. Irv se bajó del carrusel y este hizo un ruido que me recordó a un suspiro de alivio. Por suerte, Eric había dejado de cantar, aunque seguía arrancando acordes chapuceros–. Pero antes de irnos... ¿damos una vuelta?

–Una vuelta –farfulló Eric–. Por el interior. Cásate conmigo y que gire...

Irv miró a Mac, que se encogió de hombros.

–De acuerdo, sube.

Layla aplaudió y montó de nuevo en el carrusel para subirse a uno de los caballos.

–¡Ven, Sydney, tienes que probarlo! –exclamó.

Yo estaba un poco mareada. Noté el efecto de la cerveza y media que me había bebido cuando me acerqué y subí. Mi caballo era pequeño. Me sentí inestable mientras intentaba recordar cuándo había sido la última vez que había montado en un tiovivo.

–¿Listas? –preguntó Irv.

–¡Listas! –gritó Layla al tiempo que se giraba y me sonreía. Le devolví la sonrisa, aunque aún no habíamos arrancado.

Mac e Irv se situaron en lados opuestos del carrusel y empezaron a empujar. Al principio giró despacio y con una buena dosis de crujidos, pero poco más de un minuto después ya nos movíamos a buen ritmo. Cuando mi caballo se alzaba, notaba el viento en la cara; delante de mí, Layla reía cuando el suyo se encabritaba. Girábamos rápido, luego aún más rápido, y la noche y el bosque parecían aún más inmensos a nuestro alrededor. Mientras girábamos, supe que ese era uno de esos momentos que recordaría siempre, incluso antes de que el anillo apareciera ante mis ojos y se pusiera a mi alcance. Sin embargo, no intenté llevármelo. No me hacía falta. Ya me sentía como si hubiera ganado el premio.

Oímos la música antes de ver la casa. Durante el regreso, el único sonido había sido el de nuestros pasos haciendo crujir la hojarasca. Después se empezaron a oír instrumentos y una sola voz seductora.

Layla se detuvo a escuchar justo cuando terminaban los árboles.

—Rosie está cantando. Caray. Me pregunto cómo la habrán convencido.

La casa estaba completamente iluminada, y a través de la puerta trasera, que había quedado abierta, vi que el salón estaba lleno de gente. Mientras tanto, la voz continuó, alta y suave. No fui capaz de entender la letra, pero me sobrecogió.

—Bueno, ¿y ahora qué hacemos? —preguntó Mac.

Layla miró a Irv, que llevaba a cuestas a Eric, ahora dormido. A medio camino, había empezado a tambalearse peligrosamente y había anunciado que necesitaba un descanso antes de tumbarse sobre un lecho de agujas de pino. Por lo visto, al igual que la ampulosidad, no era una situación inusual, de modo que Irv lo había recogido y se lo había echado a la espalda sin hacer comentarios. Seguimos andando. Ahora, con la cara apoyada en la sudadera de Irv, la expresión de Eric parecía casi tierna, como el bebé milagro que fue en su día.

—Que duerma la mona —respondió Layla—. Ya nos encontrará cuando despierte.

La seguí hacia el anexo donde habían ensayado y retiramos varios periódicos y un par de baquetas de un sofá bastante ajado. Irv depositó a Eric encima, y Layla lo tapó con un saco de dormir. Mientras lo remetía por los lados, él murmuró algo en sueños. Los otros ya se encaminaban hacia la casa, así que fui la única que la vio acariciarle la frente despacito mientras lo acallaba con un «chsssssss».

La casa no estaba llena: estaba abarrotada. Entramos con dificultad entre la gente, y tuvimos que disculparnos y esquivar codos y pies hasta llegar a la cocina, donde había más espacio para respirar. Una vez allí, volví la vista atrás y distinguí a la señora Chatham en su sillón reclinable y a su marido en el sofá con la cabeza inclinada sobre el banjo que tenía entre las manos. Estaba acompañado por otros dos hombres que también estaban tocando y por una mujer pelirroja sentada cerca en una silla con un violín apoyado en el hombro. Pero era en Rosie donde estaban puestas todas las miradas.

Estaba de pie junto al sofá, vestida con vaqueros y una camiseta de tirantes. Lucía su característica cola de caballo y tenía los ojos cerrados. Yo no conocía la canción que estaba interpretando, como tampoco conocía ninguna de las que había oído en la sinfonola de la pizzería. Pero era fascinante; hablaba de una montaña, de una chica y un recuerdo, y solo cuando terminó me di cuenta de que había estado todo el rato conteniendo la respiración.

—Caramba —le dije a Layla mientras todo el mundo aplaudía a rabiar. Rosie, con las mejillas sonrosadas, les dedicó una de sus escasas sonrisas y después se apoyó en una pared y cruzó los brazos sobre el pecho—. No exagerabas. Es increíble.

—Lo sé. No es frecuente que acepte cantar. Pero cuando lo hace, me transporta a los cielos.

A nuestra espalda, los chicos prestaban más atención a la comida y estaban atareados revolviendo las alacenas.

–Necesito algo rico –dijo Irv–. Y en cantidad.

–¿Bastones de zanahoria? –sugirió Mac–. ¿Chorradas vegetarianas?

Irv, que tenía la vista puesta en una colección de especieros, volvió la cabeza muy despacio:

–¿Estás hablando en serio? ¿Te parece que tengo pinta de vegetariano?

–¿Qué pinta tienen los vegetarianos?

–No la mía. –Cerró la alacena y abrió otra para descubrir una caja de tartas precocinadas–. Bien. Ahora comenzamos a entendernos.

–¡Quiero una! –exclamó Layla–. Déjame ver si tenemos alguna cobertura para echarles por encima.

Irv hizo chasquear los dedos y la señaló:

–Me gusta tu manera de pensar.

Mac, inclinado sobre el fregadero, suspiró. Vi cómo abría una alacena más pequeña situada en lo alto. Había una nota pegada por dentro: comida de mac. ¡no tocar!

–Como si le fuera a apetecer a alguien –dijo Layla mientras comía jarabe de fresa directamente del tarro con una cuchara y se acercaba a mí. Irv estaba frente al horno de sobremesa, colocando filas de tartas en la rejilla–. Tenemos ratones y ni siquiera ellos tocan lo de ahí arriba.

Mac, sin hacerle caso, sacó una caja de galletas saladas y rebuscó un minuto en la nevera hasta encontrar una especie de pasta para untar. Sacó un cuchillo y tomó asiento frente a la mesa de la cocina justo cuando la música empezaba a sonar de nuevo. Cuando Layla se reunió con Irv para consultarle sobre la temperatura del horno, me senté en un taburete frente a él. Me ofreció la caja, ya abierta.

–Ni se te ocurra probarlo –me advirtió Layla–. Confía en mí. Resérvate para las tartas con cobertura.

De todos modos, me pareció descortés decir que no, así que alcancé una galleta. Tenía forma octogonal y muchas semillas y granos. Mac me observó mientras le daba un mordisco. Era tan compacta que me costó trabajo masticarla. Y seca. Muy, muy seca.

–Gracias –logré decir a medias antes de que me diera un ataque de tos. A modo de respuesta, Layla me trajo un vaso de agua. Aquella chica estaba en todo.

–Están mejor con *hummus* –me dijo Mac mientras yo intentaba recobrar la respiración. Era como si aquel trozo de galleta se hubiera aferrado a mi esófago con un abrazo mortal. Me acercó la pasta con el cuchillo en equilibrio encima del tarro–. Toma.

Sonreí y tragué un sorbo de agua. Al otro lado de la cocina, el horno emitió un sonido metálico.

–¡Salvados! –exclamó Irv al tiempo que abría la puerta. Metió la mano y se quemó los dedos–. ¡Mierda, quema!

–¿Nunca aprenderás, Irv? –Layla alcanzó una espátula de madera que utilizó para sacar las tartas y apilarlas en un plato–. Trae la cobertura. Esto ya está.

Se sentaron uno a cada lado. Layla cortó dos trozos de papel de cocina, le dio uno a Irv y colocó una tarta en cada uno de ellos, además de una generosa cucharada de cobertura. Las probaron y brindaron. Yo miré lo que me quedaba de galleta. Luego, por pura cortesía, la unté con *hummus*.

Mejor. No buena, cuidado, pero mejor. Solo tosí un poquito.

–¿Qué son? –le pregunté a Mac.

–Kwackers –me dijo mientras le daba la vuelta a la caja para que pudiera leer la etiqueta–. Sin azúcar, bajas en hidratos de carbono y enriquecidas con semillas de *kwist,* que son como la soja, pero más sanas.

—Ñam, ñam. —Layla colocó una tarta sobre un trozo de papel de cocina y me lo sirvió—. No te martirices, Sydney. Ni siquiera por Mac.

—¿Esas son mis tartas?

Alcé la cabeza y vi que Rosie estaba abriéndose paso entre la gente para entrar en la cocina, seguida de dos chicas de su misma estatura y complexión, una rubia y otra morena. La morena llevaba mallas y una sudadera de *Mariposa,* con ese logo de la mariposa rosa que me recordó a los dibujos animados que veía los sábados por la mañana cuando era pequeña. La rubia vestía pantalones cortos y una camiseta corta que exhibía los abdominales más perfectos que yo hubiera visto jamás.

—No tenían tu nombre escrito —replicó Layla—. Pero sírvete si quieres.

Rosie se acercó y ofreció una a sus amigas. Cuando ambas rehusaron, ella cortó un trozo, lo untó con el *hummus* de Mac y le dio un mordisco.

—Puaj —dijo Irv.

—Pues la verdad es que no está tan mal —informó Layla.

—¿Lo has probado?

—Ante situaciones desesperadas, medidas desesperadas.

La chica morena salió desde detrás de Rosie y le tendió la mano a Mac.

—Hola, soy Lucy. Y tú eres...

—Mi hermano —dijo Rosie en tono seco mientras se saludaban—. Tiene diecisiete años.

—Me encantan los de diecisiete —sonrió Lucy.

—Yo soy Layla —se presentó, tendiéndole la mano—. Y tengo dieciséis.

Lucy se la estrechó con mucho menos entusiasmo.

—Hola.

La chica de los abdominales, por la razón que fuera, no fue presentada, ni tampoco los demás. Alargué la mano hacia la caja de Kwackers para tomar otra, y Mac me la acercó. Esta vez fui plenamente consciente de que Layla y los demás estaban mirando.

–Para tu información, vamos a dormir en tu cuarto –le dijo Rosie a su hermana mientras bañaba la otra mitad de su tarta en la pasta.

–¿Qué? –preguntó Layla.

–Mamá dijo que podíamos –respondió Rosie al tiempo que la música dejaba de sonar en la sala. Se oyó un estallido de carcajadas seguido de algunos aplausos aislados.

–El cuarto no es suyo. Y además está Sydney.

–Ya sabes que prácticamente duermo en un armario. No hay sitio para las tres.

–¿Y dónde se supone que vamos a dormir nosotras?

–No lo sé. ¿En el sofá?

–Pero si van a estar ahí casi toda la noche.

–¡Rosie! –llamó el señor Chatham desde la sala–. Ven, chiquilla, y cántanos otra. Cántale a tu pobre y viejo padre.

Mac suspiró.

–¿Cuántas cervezas se ha bebido? –preguntó Irv.

–Menos de las que se va a beber –respondió Mac.

Se levantó y me ofreció la caja de galletas por última vez. Rehusé mientras Rosie salía de la cocina seguida por la chica rubia. Lucy, sin embargo, remoloneó junto a la puerta sin quitarle ojo a Mac mientras este volvía a guardar las Kwackers en la alacena. Tuvo que estirarse y se le subió la camiseta unos centímetros, dejando al descubierto el cinturón y una pequeña parte del abdomen.

–Podéis quedaros con mi cuarto, chicas. Yo dormiré en el sofá.

–Y además es un caballero –comentó Lucy.

–Frena, bonita –le espetó Layla.

Lucy, que no la oyó o no quiso oírla, salió por fin de la cocina. Pero, en mi opinión, con demasiada lentitud.

—Ufff —dijo Layla cuando su hermana comenzó a cantar de nuevo—. Esas chicas de *Mariposa* son todas unas descaradas, te lo juro. Ay, si lo supieran todas esas niñitas que compran las entradas...

—Tampoco es para tanto —dijo Mac cerrando la alacena.

Layla hizo un gesto de hartazgo, pero no dijo nada mientras la voz de Rosie, que al principio sonó apagada, comenzaba a elevarse para llenar el salón y después nuestros oídos. El ritmo de aquella canción era más rápido, más del tipo de música que hace que te entren ganas de bailar. La señora Chatham, en su sillón reclinable, estaba sofocada y sonriente y llevaba el ritmo con un pie; la violinista tocaba con los ojos cerrados, acariciando con el arco las cuerdas de su instrumento de un lado a otro. Me pareció asombroso que una sola noche pudiera abarcar tantas sorpresas: el carrusel, las tartas con cobertura, y ahora la voz más maravillosa que había escuchado en mi vida. Pensé en mi casa, al otro extremo de la ciudad; encaramada en un alto, con todas las luces apagadas excepto las necesarias, y solo mis padres y yo dando tumbos en aquel espacio enorme.

La voz de Rosie se elevó y la violinista empezó a tocar aún más rápido. Alguien golpeaba el suelo con los pies, y noté que yo también me estaba sofocando. Era increíble sentirse tan como en casa en un lugar donde no era más que una recién llegada. La noche acababa de empezar. Pero mi único pensamiento era un deseo ferviente de que no acabara nunca.

—Para tu información —dijo Layla mientras estiraba la sábana sobre la cama—, te diré que no era precisamente esto lo que tenía en mente cuando te invité.

Habían pasado cerca de dos horas y estábamos en el cuarto de Mac. Después de escuchar música durante un rato, habíamos ido al garaje, donde despertamos a Eric para que diera unas vueltas alrededor de la casa y así se despejase del todo antes de que Irv lo llevara a casa.

—Ha sido genial —dije.

—No sé yo. —Metió la almohada en una funda limpia y la ahuecó—. Es tan típico que Rosie me robe mi habitación... Siempre consigue lo que quiere.

—De verdad que no me importa dormir en el sofá.

—Ni hablar. Eres mi invitada. Mac dormirá perfectamente.

Se volvió, alcanzó uno de los dos sacos de dormir que habíamos traído del garaje y lo sacó de su funda. Me senté en la cama; la cama de Mac, recordé de repente, lo cual la hizo especial. Mientras Layla extendía una manta sobre el saco de dormir, eché un vistazo a la habitación. Era pequeña, con una cama individual y una cajonera, ambas hechas de la misma madera amarillenta y avejentada. Dos pósters de coches —un Audi, un BMW— colgaban de la pared, además de un mapa de lo que me pareció Lakeview, con varios lugares marcados con lápiz. Encima de una mesa de metal llena de abolladuras había un ordenador, un par de altavoces y una hilera de libros, casi todos sobre ejercicio físico. En el otro extremo vi varios radiodespertadores, cada uno en una etapa distinta de deterioro; a algunos les faltaba algún botón, a otros la pantalla de cristal, y uno tenía varios muelles que sobresalían como si acabara de explotar.

—Es como un científico chiflado —dijo Layla. La miré e hizo un gesto en dirección a la mesa—. O quizá no tan chiflado. Solo curioso. Le gusta ver cómo funcionan las cosas.

—¿De dónde saca todas esas radios?

—De mercadillos —contestó, ahuecando su almohada—. De tiendas de segunda mano. De los mismos lugares de donde mi madre saca todas esas cosas que colecciona. Pasa el tiempo necesario en alguno de esos sitios y seguro que encontrarás algo que te interese. Es inevitable. Con Mac, es Frankenchismes.

—¿Frankenqué?

—Así es como lo llamo. Él prefiere llamarlo «mejoras de diseño». Como si pudieras conseguir que cualquier cosa funcionara mejor. Solo tienes que descubrir lo que le hace falta y añadírselo. ¿Ves ese reloj?

Miré el lugar que señalaba, en la mesilla de noche, justo a mi lado. Había un radiodespertador que a primera vista parecía totalmente normal. Cuando me fijé con más atención, vi que había sido reformado con una gran lente circular que apuntaba hacia el techo y con un pequeño teclado unido a la parte de atrás.

—Sí... —contesté despacio.

—Sería genial si no fuera porque había que resetearlo todo el tiempo. Además, Mac quería que proyectara la hora en el techo. Tenía otro que sí lo hacía, pero no con el brillo suficiente como para ver bien la hora. De modo que creó una mezcla de ambos y añadió un aparato tuneado para ajustar la hora...

—¿Un... qué?

—Así es como lo llama él. Bueno, el caso es que ese es el resultado final. Siempre marca la hora exacta y la refleja en el techo con un brillo deslumbrante. Ya te lo dije: es un poco rarito.

Volví a mirar el reloj y observé la unión limpia y delicada del teclado. Era como si la lente de proyección hubiera estado ahí desde siempre.

—Pero se le da bien.

—Lo sé. Claramente, debería hacerse ingeniero o construir aviones o algo así. Lástima que su futuro esté entre masas de pizza.

Pestañeé, sorprendida.

—¿Qué quieres decir?

—La Pizzería de la Costa. —Colocó bien la manta y la estiró un poco hacia la derecha—. Según los planes de mi padre, Mac se hará cargo del negocio, como hizo él cuando se jubiló mi abuelo. No hace falta ir a la universidad para aprender a voltear la masa.

—Entonces... ¿no va a ir?

—Lo dudo. —Mi amiga contempló de nuevo la mesa, con todas aquellas piezas estropeadas—. Fatal, ¿verdad? Por eso siempre le digo que debería ser yo quien se hiciera cargo del negocio. Soy la alternativa más lógica, ¿sabes? Con un poco de suerte, Rosie volverá a dedicarse al patinaje, y lo que más deseo en el mundo es terminar el instituto. Pero Mac es distinto. Siempre ha sido el más inteligente.

Pensé en Mac, siempre con un libro al lado a la hora de comer, o mientras —sí— volteaba la masa en la pizzería. Me parecía un despropósito que una persona tan curiosa y lo bastante resuelta como para perfeccionar el diseño de un radiodespertador básico no tuviera la oportunidad de ir a la universidad y dedicarse a ello a mayor y mejor escala. Desde el primer momento me había dado cuenta de que la familia Chatham era muy distinta de la mía. Y no hacía más que encontrarme con una nueva prueba tras otra.

El salón estaba ahora muy tranquilo; la mayoría de los invitados se habían marchado ya. La madre de Layla se había retirado a su habitación más temprano, más o menos a la misma hora a la que desaparecieron Rosie y sus amigas de *Mariposa*. Ahora solo oía a una persona tocando el banjo, que sonaba lejano y lastimero.

—Hablando de hermanos... Leí el artículo que me mandaste —dijo de pronto—. Sobre ese chico. Y también se lo enseñé a Mac.

—Me quedé preocupada cuando te lo envié —dije bajando la vista.

—¿De verdad?

Asentí.

—Creí que podríais juzgarnos.

—¿Por qué?

—No lo sé. —Me encogí de hombros—. Eso fue lo que hizo todo el mundo.

—Sydney —dijo Layla en un tono que dejaba claro que debía mirarla, de modo que eso fue lo que hice—. Nosotros no somos como todo el mundo. ¿O es que aún no te has dado cuenta?

Sonreí.

—Me hago una ligera idea...

—Yo en tu lugar —continuó, colocando bien el saco de dormir— querría hablar con ese chico. Pedirle perdón.

—Y yo —repuse, sorprendida de que hubiera captado mi idea tan rápido—. Pero me parece egoísta. Porque, ¿qué puedo hacer yo por él? El que le pida perdón no va a hacer que él recupere sus piernas.

—Si fuera una película —meditó Layla con la vista fija en el techo—, os haríais amigos íntimos, forjaríais un vínculo gracias a una afición común, como, por ejemplo, a ver quién come más en menos tiempo, y lo ayudarías a aprender a andar de nuevo. Y eso daría paso a un final feliz.

La miré, confusa.

—¿A ver quién come más en menos tiempo?

—¡Es que me vino a la cabeza la película esa! —exclamó. A mí me dio la risa—. No me juzgues mal.

Nos quedamos en silencio unos instantes mientras el banjo seguía sonando en el salón.

—Pero esto no es una película —murmuré—. Y no hay final feliz. Solo... un final. Supongo.

Layla se sujetó un mechón de pelo detrás de la oreja.

—Odio cuando ocurre eso —dijo en voz baja—. ¿Tú no?

Antes de que me diera tiempo a contestar, oímos unos golpecitos en la puerta y Mac asomó la cabeza.

—Te llama mamá —dijo.

Layla se puso en pie al instante.

—¿Pasa algo?

En lugar de responder, su hermano abrió la puerta del todo y ella salió deprisa al pasillo. En el salón vi al señor Chatham de pie, con el banjo en la mano. Estaba muy colorado, y creo que al verme pasó unos segundos sin tener ni idea de quién era.

—¿Quieres agua? —le preguntó Mac. Su padre dio un respingo y apartó la vista de mí.

—Ya voy yo a buscarla —contestó.

Dejó el banjo en el sofá y dio un paso atrás. Mac me lanzó una mirada y cerró la puerta despacio.

Tuve la impresión de que me había quedado sola un buen rato. Pero el reloj que tenía al lado solo marcaba dos minutos más cuando Layla volvió.

—Nada preocupante. Solo estaba grogui.

—¿Grogui?

Asintió y volvió a sentarse con las piernas cruzadas.

—Mi madre toma un montón de medicación. Casi no somos capaces de llevar la cuenta de cuánta toma, y con qué frecuencia. A veces, cuando está demasiado cansada o se acuesta muy tarde, la aturde y se despierta desorientada. A veces llama a Rosie. Esta noche me ha tocado a mí.

Había dejado la puerta abierta. El salón estaba vacío; la mesa para el café, atestada de latas de cerveza y envoltorios de comida.

—¿Desde cuándo está enferma?

—Desde que empecé sexto de primaria. —Entrelazó los dedos y se examinó las uñas—. Al principio no estaba tan mal. Seguía andando con normalidad, tan mandona como siempre, recorriendo todos los mercadillos los sábados por la mañana. Pero es una enfermedad degenerativa. Este último año lo ha pasado muy mal, e irá a peor.

—¿No hay cura?

—No. —Dejó caer las manos—. Las medicinas la ayudan mucho, pero al final su cuerpo llegará a un punto en que dejará de funcionar. Con un poco de suerte, eso no pasará hasta dentro de bastante tiempo.

Hacía poco que conocía a aquella familia, y prueba de la fuerza de la personalidad de la señora Chatham era que yo no era capaz de imaginármela sin ella. Como mi madre, era el eje de la rueda, de donde obtenían la energía todos los que estaban conectados a ella. Necesitaba su propio santo patrón.

—Lo siento —musité.

—Ya —repuso Layla con la firmeza triste de ese tono que indica la aceptación de una situación dolorosa. Aunque solo sea una palabra, uno puede imaginar un millón de pensamientos que no llegan a expresarse en voz alta—. Y yo.

La casa se estaba quedando en silencio. Layla fue a su cuarto a ponerse el pijama y lavarse los dientes, y me indicó un pequeño cuarto de baño donde yo podía hacer lo mismo. Cuando terminé, el único que quedaba por allí era Mac, de pie ante la mesa de café, metiendo los desperdicios en una enorme bolsa de basura.

—¿Necesitas ayuda? —le pregunté.

—No tienes por qué hacerlo.

De todos modos, recogí unas cuantas servilletas arrugadas y un par de vasos medio vacíos de una mesita auxiliar y los dejé caer con cuidado en la bolsa.

—Una fiesta muy animada.

—Si lo dejo como está, por la mañana apestará —repuso mientras tiraba un puñado de chapas—. Además, parecería que he dormido en un contenedor de reciclaje.

—Pegajoso.

—Y apestoso. —Levantó un trozo de manta y dejó al descubierto a uno de los perros, que intentó morderlo. Sin inmutarse, lo alzó y lo dejó en el suelo, y el animal se escabulló y nos lanzó una mirada asesina desde debajo del sofá.

–Siento haberte quitado la habitación –le dije.

–No es culpa tuya. –Alcanzó un montoncito de servilletas húmedas con una mueca–. Rosie siempre se ha creído con derecho a todo. Es curioso, pero ella nunca termina durmiendo en el sofá.

–Ya le dije a Layla que podía dormir yo aquí. En serio, no me importa.

–Los perros te comerían viva.

–¿Qué?

La expresión de mi cara lo hizo sonreír. Tenía una bonita sonrisa. Al verla, me sentí como si hubiera ganado un premio, pues no las prodigaba.

–Hablo en sentido figurado. Aunque a veces sus gases son letales.

–¿Quién tiene gases? –preguntó Layla, que volvía de su cuarto de baño.

–Los perros –respondí.

–Dios, no es broma –aseguró con un estremecimiento–. Que no se te ocurra dejar que se metan debajo de la manta. Soñarás que te estás asfixiando. Totalmente cierto. ¿Necesitas otra bolsa de basura?

Mac asintió y su hermana fue a la cocina a buscar una sin hacer ruido. Seguimos recogiendo y haciéndonos compañía en silencio hasta que la trajo y terminamos el trabajo entre los tres. Cuando Mac se llevó el otro saco de dormir y la otra almohada al sofá y apagamos la luz, era más de la una.

Layla insistió en que yo durmiera en la cama, aunque le aseguré que no me importaba nada dormir en el suelo. Sabía que me lo decía para cumplir con su deber de buena anfitriona. De todos modos, saber que era allí donde Mac dormía era extraño y emocionante al mismo tiempo. Dios, qué boba.

Cuando apagamos la luz, se revolvió para ponerse cómoda.

–Soy como una máquina trilladora –me había dicho cuando se quedó a dormir en mi casa, antes de hacer las mismas maniobras–, pero cuando caigo, caigo. Si me necesitas para algo, dame una patada. Fuerte, ¿vale?

–Eso haré –le había contestado.

A diferencia de Layla, yo estaba muy quieta, con las manos cruzadas sobre el pecho. Intenté imaginarme a Mac en aquel mismo lugar cada noche, mirando al mismo techo, donde su despertador híbrido proyectaba la hora exacta con un brillo deslumbrante: la 1.22.

–Dios, me espanta esa cosa –protestó Layla. Por la voz, me di cuenta de que ya estaba quedándose dormida–. Lo que menos me apetece que me recuerden cada vez que me despierto de noche es cuánto tiempo me queda antes de tener que levantarme.

–Pero si mañana es domingo –le recordé.

–Ya, pero por las mañanas me ocupo de mi madre. –Oí un sonoro bostezo–. Así que me levanto a las seis, cuando lo hace ella.

–Ah. Ya.

Silencio. Después dijo sin expresión en su voz:

–La una y veintitrés. Duérmete ya, petarda, o mañana estarás hecha un trapo.

Me reí y ella se revolvió un poco más hasta que me dio las buenas noches. Instantes después –en realidad, tres minutos: a la 1.26– oí su respiración profunda y regular.

Sin embargo, yo no tenía ni pizca de sueño. Así que a la 1.45 oí perfectamente que alguien empezaba a hablar en el salón.

Primero fue una voz femenina. Lo supe por el tono, aunque no fui capaz de entender lo que decía. Después, tras una pausa, un timbre más grave. Giré sobre mí misma y miré a Layla, que dormía como un tronco, con las rodillas flexionadas pegadas al pecho.

A la 1.50 todo estaba en silencio, y de repente me di cuenta de que necesitaba imperiosamente hacer pis. Era incómodo brujulear por una casa ajena, sobre todo a aquellas horas de la noche. A la 1.59 supe que no me quedaba otro remedio. Me levanté, pasé con cuidado por encima de Layla y me acerqué a la puerta para hacer girar el pomo con el mayor sigilo posible.

Lo primero que vi fue a Lucy, la amiga de Rosie del espectáculo *Mariposa,* sentada en el sofá. Llevaba un pijama corto de tirantes y el pelo suelto sobre los hombros. Mac, junto a ella, tenía la vista fija en el televisor, donde estaban poniendo un publirreportaje que yo ya había visto sobre un producto que cortaba la fruta con formas originales y divertidas. Por su expresión concentrada y seria, se diría que estaba viendo las últimas noticias.

Ambos se volvieron hacia mí cuando salí al pasillo.

–¿Todo bien? –me preguntó Mac.

–Sí. Es que...

Señalé el baño y me dirigí hacia él, sintiéndome terriblemente incómoda. Cuando entré y cerré la puerta, oí que Lucy decía algo y se reía. No tenía manera de saber si tenía algo que ver conmigo, pero aun así noté que me estaba sonrojando.

Hice lo que tenía que hacer, me lavé las manos y me pasé una mano por el pelo, que, teniendo en cuenta que aún no me había dormido, presentaba serios signos de enmarañamiento, casi como cuando me levantaba por las mañanas. Después abrí la puerta, procurando hacer ruido para anunciarme. Quería que supieran que estaba saliendo al pasillo.

El publirreportaje aún no había terminado –«¡aún hay más!»–, y Mac seguía prestándole toda su atención. Lucy, sin embargo, se había acercado más a él y tenía la cabeza apoyada en su hombro. Esta vez no me miró.

–Buenas noches –le dije a Mac, y a continuación empujé la puerta del dormitorio. Estaba a punto de entrar cuando me dijo:

–¿Te molesta?

Me volví hacia él.

—¿El qué?

—El reloj —respondió haciendo un gesto en dirección a su cuarto—. Brilla bastante. Si quieres puedo apagarlo.

Lucy se revolvió y se apretó más contra él. En la pantalla, una mujer mostraba un entusiasmo exagerado ante la perspectiva de poder cortar el melón en trozos con forma de estrella. Miré a Mac, que me sostuvo la mirada de una manera que, de algún modo, me hizo pensar que debía decirle que sí.

—La verdad es que me estaba preguntando cómo...

Sin darme tiempo a terminar, se puso en pie, sobresaltando a Lucy, que ahora sí se volvió hacia mí con evidentes signos de irritación. Di un paso atrás para que Mac entrara en el dormitorio. Después, sin que Lucy me quitara ojo, cerré la puerta.

Estaba muy oscura y me quedé inmóvil unos instantes mientras mis ojos se acostumbraban a la penumbra. Mac, sin embargo, se dirigió derecho a la cama, se sentó y alcanzó el reloj. Cuando apretó el botón e hizo desaparecer la hora proyectada en el techo, dijo:

—Gracias. Por rescatarme.

—Es un poco... —Mi voz se apagó, insegura del calificativo que estaba buscando—. Intensa.

—Si quieres llamarlo así... —Dejó el despertador encima de la mesilla y se puso en pie—. ¿Necesitas algo?

—No —respondí—. Gracias.

Hizo un gesto de asentimiento y pasó con cuidado por encima de Layla, que estaba roncando ligeramente. Cuando Mac puso la mano en el picaporte, me sorprendí a mí misma diciendo:

—Puedes quedarte si quieres. Hasta que Lucy se acueste. Al fin y al cabo, es tu habitación. No me importa dormir en el suelo.

Me di cuenta demasiado tarde de la impresión que podía estar causando: ahora era yo la chica que tomaba una iniciativa un tanto audaz. Pero Mac parecía aliviado cuando se dio la vuelta.

—Dormiré yo en el suelo.

Mientras sacaba una manta del armario y la extendía encima de la alfombra, me metí en la cama y me tapé. Como Layla estaba justo en el centro de la habitación, no le quedaba más remedio que colocarse en paralelo a donde yo me encontraba. De todos modos, dejó el hueco más grande que pudo, aunque ello supusiera apoyar la cabeza contra la mesa, directamente.

—¿Quieres esta almohada? —le pregunté mientras se acomodaba intentando hacerse hueco.

—No, quédate tú con ella.

—No me hace falta. Y tú estás en el suelo.

—Estoy bien. —Volvió a cambiar de postura y oí un golpe sordo—. ¡Ay!

Se me escapó un resoplido y luego me reí sin disimulo.

—Ah, muy bonito. Riéndote de mi dolor.

—Ya te he dicho que te doy la almohada.

—No me hace falta. —Otro golpe—. Mierda.

Me incorporé y le lancé la almohada. Le golpeó justo en la cara. Ups.

—Lo siento —dije—, no quería...

Sin darme tiempo a terminar la frase, la almohada voló de vuelta hacia mí al doble de velocidad que a la ida. La esquivé, lo que hizo que rebotara contra la pared y aterrizara encima del reloj, que inmediatamente volvió a proyectar la hora en el techo, tan brillante como la luz del día.

—¿Ves lo que has hecho? —dijo Mac.

—Son las dos y cuarto —repuse, y volví a lanzarle la almohada a la cabeza—. Hora de colocar tu almohada.

De pronto, se oyó un golpecito suave en la puerta y ambos nos quedamos callados. Un instante después se abrió, y un pequeño haz de luz se coló en el cuarto.

—¿Mac? —dijo una voz. Lucy—. ¿Hola?

Cerré los ojos. Por un momento, lo único que oí fue la respiración de Layla. Después, la puerta se cerró con un chasquido.

Sin embargo, permanecimos en silencio dos minutos enteros, según el reloj. Estaba empezando a pensar que quizá se había quedado dormido cuando la almohada me golpeó justo en la cara.

—No te la voy a devolver —susurré—. Ahora has renunciado a ella oficialmente.

—No la quise en ningún momento.

—Duérmete antes de que vuelva Lucy —le aconsejé.

—Eres tú la que no se calla.

Sentí que esbozaba una sonrisa amplia en la oscuridad. Eran las 2.22.

—Buenas noches, Mac.

—Buenas noches, Sydney. Que duermas bien.

Pero en aquel momento, teniéndolo a solo medio metro de distancia, eso me parecía del todo imposible. Así que me sorprendí cuando a las 4.32 me desperté tras un sueño profundo y consistente cuyos detalles desaparecieron en el mismo instante en que abrí los ojos. Parpadeé y me giré para mirar a Layla, que seguía acurrucada, y luego a Mac, que se había apartado un poco de la mesa y ahora dormía de lado, con una mano extendida en mi dirección. Me di cuenta de que estaba profundamente dormido, sin enterarse de nada. Nunca eliges lo que haces en sueños. Pero me hizo feliz de todos modos.

13

～⁓

Pensé que me había librado del Día de la Familia en Lincoln. Un par de semanas después, sin embargo, surgió otro problema. Qué suerte la mía.

–Tengo una noticia fantástica –anunció mi madre una noche mientras cenábamos. De pronto todo cobró sentido: su manera de canturrear mientras ponía la mesa, la alegría poco común con la que me preguntó qué tal me había ido el día en el instituto–. Vamos a ir a ver a Peyton. Todos juntos.

–¿En serio? –se extrañó mi padre.

Mi madre asintió. Era evidente que no quería desvelar todo de golpe; una noticia tan buena lo merecía.

–Me han llamado hoy. Acaba de terminar su primer curso y van a celebrar una ceremonia de graduación a la que invitan a las familias.

Lo dijo con tal orgullo que cualquiera habría pensado que estaba hablando de un diploma de una universidad de prestigio, y no de un certificado de un curso de la prisión que, por otra parte, era obligatorio. Pero así era mamá. Cuando se trataba de Peyton, solo necesitaba un destello de algo bueno para convertirlo en espectacular.

–¿El curso de educación cívica? –preguntó mi padre mientras se servía más pan.

—Educación cívica y derecho. —Bebió un sorbo de vino—. Es fantástico. Ha aprendido un montón de cosas, y ahora que ha terminado puede escoger otras clases. La verdad es que hay una oferta muy amplia. Michelle dice que Lincoln es muy bueno en ese sentido. El director cree firmemente en la importancia de aprender in situ.

—¿Y eso cuándo es? —preguntó mi padre.

—A finales de noviembre. Estoy pensando que podemos ir el día antes y quedarnos en ese hotel que hay cerca de allí. Así no tendremos que salir al amanecer.

—Pero yo tengo clase —dije maquinalmente.

Por primera vez en todo el día, la alegría de mi madre decayó.

—Puedes faltar un día. Esto es importante, Sydney.

Fin de la discusión. Mi padre me dirigió una mirada como si fuera a decir algo, pero siguió comiendo. Y así empezó la cuenta atrás.

Se planeó el viaje y se reservaron dos habitaciones: una para mamá y para mí y otra para mi padre y para Ames, que por supuesto también iría con nosotros. Mi madre, en modo red de contactos, se puso de acuerdo con otras familias de «graduados» (como insistía en llamarlos) para organizarse y llevar café y distintos postres para después de la ceremonia. En apenas un momento había vuelto a su zona de confort. De hecho, estaba tan atareada que apenas se daba cuenta de que yo pasaba casi todas las tardes en La Pizzería de la Costa. Cosa que a mí me venía de perlas.

—Entonces, ¿ha asistido a unas clases? —me preguntó Layla un día mientras hacíamos los deberes—. No sabía que hubiera clases en la cárcel. Estar encerrado ya parece suficiente castigo.

A diferencia de Jenn y Meredith, con las que siempre había compartido un interés común en obtener buenos resultados académicos, Layla prácticamente se pasaba el día en el instituto contando los minutos que faltaban para que sonara el timbre de salida. Los deberes incluso la convertían en una persona gruñona, nada propio de ella, y casi siempre necesitaba dos o tres piruletas para terminarlos.

—Es un curso sobre leyes al que es obligatorio asistir. —Pasé la página de mi libro de cálculo—. ¿Para recordarles que no deben volver a infringirlas, quizá?

—Creía que para eso servía lo de estar entre rejas. —Se metió la piruleta en la boca y volvió a sacarla—. Pero la verdad es que le veo sentido. Si ir a clase fuera la única actividad permitida, a mí probablemente me encantaría.

La miré con una ceja levantada. Llevábamos allí sentadas una hora entera, y lo único que había hecho era garabatear su nombre y unos corazones en la página que tenía delante.

—Vale, puede que no —suspiró—. Creo que es hora de tomarnos un descanso. ¿Te apetece ir a SuperThrift?

—Layla.

—Quince minutos.

—No.

—Diez. Te juro que nos iremos cuando tú lo digas. —La miré con evidente gesto de duda—. ¡En serio! Venga.

Totalmente en contra de mi buen criterio, guardé mis libros y dejé la mochila detrás del mostrador, donde Mac estaba preparando verduras con el libro de química apoyado en el expositor que tenía delante.

—¿Adónde vais vosotras dos? —preguntó.

—A ningún sitio —contestó su hermana.

—A SuperThrift —respondí yo al mismo tiempo.

Mac movió la cabeza y me miró.

—No va a irse cuando tú quieras, aunque te diga lo contrario.

—Volvemos dentro de diez minutos —voceó Layla desde la puerta. Suspiré y salí tras ella.

SuperThrift estaba en un edificio pequeño y anodino justo a la vuelta de la esquina. Había pasado por delante en coche un millón de veces y jamás me había parado a mirarlo, pues en casa no éramos aficionados a las tiendas de segunda mano. Donábamos cosas –mi madre no hacía más que revisar mi armario, bolsa en mano, preguntándome si me había puesto esta prenda o aquella durante el último año–, pero más a Goodwill o a otras organizaciones sin ánimo de lucro. SuperThrift era un negocio.

Lo primero que se percibía al entrar era un olor fuerte y penetrante a ambientador de arándanos. Era como un muro de efluvios que se alzaba a lo largo de la zona de entrada. Una vez que lo cruzabas, te dabas cuenta de por qué: el tufillo que se notaba a continuación era el del moho y la naftalina.

–Me encanta el olor de las gangas por la tarde –declaró Layla. Aquella transición siempre hacía que me picara la nariz, pero a ella parecía insuflarle energía: tuve que apurar el paso para no quedarme atrás–. ¡Ooooh! ¡Mira eso!

Cuando vi por primera vez los percheros llenos de ropa que llegaban hasta el otro extremo del local, me entró cansancio. Había demasiadas prendas, distribuidas de una manera que costaba trabajo buscar alguna concreta, sin secciones ni orden alguno. Podías ver un abrigo grueso de invierno apretujado contra una camisa cutre de rayón con hombreras flanqueada por dos espantosos vestidos para el baile de graduación. Y eso era solo una mínima muestra de lo que había allí.

Layla, sin embargo, tenía un don. No sé cómo, era capaz de localizar las prendas buenas por muy al azar que estuvieran colocadas. Yo podía estar atascada intentando dejar atrás unos pantalones de *tweed* extralargos de 1950, más o menos, pero ella ya había encontrado una cazadora corta de cuero y una camisa blanca de vestir que solo necesitaba un buen planchado para parecer igual que las que llevaban mis amigos de Perkins.

–Es cuestión de práctica –me explicó la primera vez que me quejé–. Mi madre es un auténtico lince para las gangas. Antes veníamos aquí, a todas las demás tiendas de segunda mano y a los mercadillos todos los fines de semana. Siempre dice que hay que mirar y moverse rápido. Hazlo las veces que sean necesarias y se convertirá en un acto instintivo. Como Mac con sus relojes.

Cuando la conocí, no me percaté de la cantidad de ropa de segunda mano que tenía Layla. Solo cuando Rosie y sus amigas por fin dejaron libre su dormitorio la mañana siguiente a la noche que pasé en su casa vi por primera vez lo que guardaba en su armario. A pesar de ser pequeño, estaba lleno hasta los topes, y además meticulosamente ordenado. Cuando vio que me estaba fijando, resultó evidente que para ella era motivo de orgullo.

–Estos pantalones –me contó durante la visita guiada que me brindó a continuación mientras sacaba unos vaqueros colgados cuidadosamente de una percha– los encontré en Thrift World. ¡Son unos Courtney Amanda! Casi sin usar, y lo único que tuve que hacer fue meterles el bajo. Fue un buen día.

Pronto me di cuenta de que toda la ropa de Layla tenía un origen similar. Yo no era capaz de decir dónde había comprado la camiseta que llevaba puesta, pero ella recordaba el origen de cada una de sus prendas. Me dio vergüenza, más aún que el hecho de no tener nada que no fuera nuevo. Pero a Layla no parecían importarle lo más mínimo las diferencias que había entre nosotras. Era... Bueno, era así. Una cosa más en la que me encantaría parecerme a ella.

Cada vez que íbamos a SuperThrift, Layla también buscaba cosas para mí. Yo todavía estaba tratando de perder de vista un montón de batas de casa con distintos estampados y de contener el inevitable estornudo cuando aparecía a mi lado y me lanzaba un vestido *vintage,* unas botas casi sin usar de mi número o un jersey de cachemir «justo del color que te va», antes de desaparecer de nuevo. Después de un par de visitas, ya ni siquiera me molestaba en buscar y mataba el tiempo dando vueltas sin hacer nada, segura de que si había algo que me sentara bien, Layla lo encontraría.

El hallazgo del día consistió en unos pantalones pirata negros y una bolsa de arpillera gruesa que me trajo en cuanto llegamos.

—Seis minutos —le recordé, pero ella hizo como si no me oyera.

Para entonces yo ya estaba moqueando. Después de rebuscar un pañuelo en el bolso, me fui hacia el fondo de la tienda. Los zapatos, a diferencia de la ropa, estaban clasificados según género y talla, aunque no sabría decir quién lo había hecho. La verdad es que nunca había visto a nadie trabajando en Super Thrift, aparte de las mujeres que al llamar al timbre de AYUDA de la caja registradora salían de una sala con cristales tintados donde estaban viendo la televisión. E incluso entonces se comportaban como si su trabajo consistiera en demostrarte cuánto les disgustaba tener que atenderte.

Los zapatos de mujer y de niño estaban a la izquierda, y los de hombre a la derecha (de estos había menos y, por alguna razón desconocida, muchos eran zapatos de bolera). Había una última sección denominada ETCÉTERA. Ese día estaba llena de botas katiuskas.

Eso era lo que tenía SuperThrift. Según me había explicado Layla, normalmente su inventario se componía de donaciones, desechos de mercadillo y cosas de las que las tiendas de segunda mano no eran capaces de deshacerse. De vez en cuando, sin embargo, había remesas que les habían regalado, procedentes de negocios a punto de cerrar o del patrimonio personal de alguna persona fallecida. Eso explicaba por qué, en una de mis primeras visitas, había visto un perchero entero de viejos trajes de tres piezas, grandes y largos, de distintos modelos y colores. También fue esa probablemente la razón por la cual un día apareció una caja llena de monos de gasolinera sin estrenar.

La procedencia de las katiuskas, sin embargo, era más difícil de determinar. Eran de colores vivos y de talla de niño: pequeñas y verdes, amarillas, rojas y de lunares. Era evidente que estaban usadas (tenían algunos arañazos y marcas poco visibles), pero ¿quién tenía tantos hijos? Conté por lo menos diez pares, y seguía en ello cuando oí una voz a mi espalda.

—¡Madre mía! Qué cantidad de botas, ¿eh?

Si me hubieran preguntado al dirigirme a la sección de zapatería de SuperThrift a quién me iba a encontrar al darme la vuelta, la última persona que me habría venido a la mente sería David Ibarra. Y sin embargo allí estaba, vestido con unos vaqueros y un jersey rojo, en su silla de ruedas. Sonriéndome.

Durante un segundo me sentí como aturdida. Después me quedé mirándolo con la boca abierta. Todos aquellos meses contemplando su cara, empapándome de cada detalle que pudiera conseguir sobre él, y ahora lo tenía delante de mí, en carne y hueso. Se me ocurrió pensar que él debería saber quién era yo, como si la relación con mi hermano despidiera un olor penetrante que lo pusiera en fuga.

—Madre mía. ¿Cómo habrá hoy tantas botas?

Era Layla, que se acercaba con los brazos llenos de ropa. Echó una mirada rápida a las katiuskas y después miró a David Ibarra. Al instante, abrió los ojos como platos. Había leído el artículo, y ella nunca olvidaba una cara.

—Eso mismo acabo de decir yo —dijo David mientras accionaba el mando de su silla para acercarse más al contenedor—. Supongo que esto significa que en alguna parte hay un grupo de niños que acabarán con los pies mojados la próxima vez que llueva.

—Cuando veo este tipo de cosas —dijo Layla despacio, sin dejar de mirarme—, me dan ganas de comprarlas solo por la historia que hay detrás de ellas.

—A mí no —dijo el chico, retrocediendo—. El hecho de que alguien haya decidido donar todos esos albornoces que hay ahí detrás no quiere decir que tenga que interesarme por qué lo hizo.

—¡Hermano! —llamó una voz desde detrás de un perchero lleno de vestidos—. ¿Dónde estás?

—¡Voy! —exclamó, y viró hacia allí.

Yo seguía muda; no había sido capaz de decir una palabra. Pero quizá él ya estaba acostumbrado a que la gente se quedase mirándolo sin decir nada, porque se despidió con un gesto amistoso y se marchó.

—Sydney —dijo Layla, dejando caer las cosas al suelo y acercándose a mí—. Oye, pareces mareada.

—Ese... era...

Me puso una mano en el hombro.

—Lo sé. Respira hondo. En serio, me estás asustando.

Hice lo que me decía y aspiré aquel olor espantoso. En la distancia, oí un zumbido cuando Ibarra y su acompañante se dirigieron a la parte delantera de la tienda. Un instante después, Layla se separó de mí y se asomó al pasillo para verlos. Hice que jurara por su madre, dos veces, que se habían ido no solo de la tienda, sino también del aparcamiento. Solo entonces estuve dispuesta a moverme de allí.

Cuando por fin salí, me apoyé en el escaparate con los ojos cerrados. Layla pagó sus cosas y volvimos a la pizzería, donde nos volvimos a instalar en nuestro reservado y continuamos con los deberes. Esta vez, sin embargo, solo Layla fue capaz de terminarlos. Yo permanecí ahí sentada sin hacer nada, con el libro abierto delante de mí. Si intentaba concentrarme no veía palabras, ni siquiera la cara de David Ibarra, sino aquel arco iris de katiuskas desechadas que nada tenían que ver entre sí.

Solo cuando me estaba despidiendo y Layla me entregó una bolsa me di cuenta de que ella había recogido las cosas que había encontrado para mí en SuperThrift y que yo había dejado caer y las había pagado junto con las suyas. No quise parecer una maleducada, así que me las llevé. Cuando llegué a casa, las escondí en el fondo de mi armario. Sabía que mi madre, al entrar en modo donaciones, terminaría por encontrarlas y preguntarme si eran importantes. Y entonces tendría que decirle que sí. Como tantas otras cosas, por mucho que quisiera deshacerme de ellas, ahora estaban conmigo para bien.

Por razones obvias, durante esa semana se me quitaron las ganas de ir de compras. Layla, sin embargo, les había echado el ojo a unas cuantas cosas en su tienda de segunda mano favorita. Lo cual significaba que además tenía un plan.

—Repartidoras de pizza por parejas —anunció a su padre una tarde. Le había pedido que se sentara para poder exponerle lo que llamó «una propuesta interesante para el negocio»—. Imagínate: un nicho de mercado. Crearemos una marca visual y específica de atención al cliente.

Alcé las cejas. Hacía poco, Layla había encontrado un libro sobre gestión de pequeños negocios en la venta anual de la biblioteca. Pese a que no le gustaba ir a clase, devoraba en cuestión de horas cualquier manual de instrucciones o novela romántica que cayeran en sus manos.

—Mala idea —dijo Mac, que no había sido invitado a unirse pero estaba escuchando, como siempre.

—Nadie te ha pedido tu opinión —le espetó Layla.

—Me da igual. No es seguro —insistió—. Hay que ir a casas apartadas, apartamentos raros...

—Pero iremos Sydney y yo juntas —le dijo. Parpadeé; no tenía ni idea de que el plan me incluía a mí—. Y te dejaremos a ti los repartos de las zonas complicadas.

–¿Y si todos los pedidos son para zonas complicadas?

–Entonces probablemente deberíamos replantearnos nuestras técnicas de mercado, ¿no te parece? –Se volvió hacia su padre–. Dijiste que están aumentando los pedidos a domicilio, sobre todo los fines de semana que hay partidos televisados. Podemos ayudar. Que todo quede en casa. Además, necesito más experiencia en el negocio si voy a dedicarme a él a tiempo completo cuando termine el instituto.

Al oír esas palabras, Mac levantó la vista.

–Nadie ha hablado de que eso vaya a ocurrir, que yo sepa.

–Precisamente por eso deberíamos hablar –replicó Layla de inmediato–. Es bastante sexista dar por sentado sin más que una chica no puede ascender a puestos de liderazgo, ¿no te parece?

–¿Liderazgo? –preguntó el señor Chatham–. Pensaba que estábamos hablando de repartir pizzas.

–Estamos hablando del negocio –respondió Layla con un suspiro–. En resumidas cuentas, vosotros necesitáis ayuda con el reparto. Yo necesito experiencia práctica. Todos ganamos.

El hombre se pasó la mano por la cara. Aún no había dicho que no, pero desde luego parecía estar lejos de dar su aprobación.

–Si tuviéramos que considerar la cuestión del reparto...

–No deberías –advirtió Mac.

–... tendría que haber unas reglas, desde luego.

Layla, sintiéndose victoriosa pese a todo, me dedicó una sonrisa.

–Como ya he dicho, iríamos siempre las dos juntas. Y llamaríamos las dos a la puerta de cada casa.

Su padre meditó la idea mientras Mac, sacudiendo la cabeza, extendía salsa sobre una masa recién hecha.

–Oficinas, puede ser –dijo por fin el señor Chatham–. Y quizá determinadas zonas residenciales los fines de semana, mientras sea de día. Pero de noche no, ni tampoco edificios de apartamentos.

–¡Genial, papá! ¡Gracias!

–Pero –puntualizó el hombre alzando la voz– primero tendrá que instruiros Mac, y haremos una prueba el sábado, durante el partido, sin ningún compromiso por mi parte. ¿Entendido?

–Sí –contestó Layla con voz firme. Luego me dio una patadita por debajo de la mesa para que yo también diera mi aprobación.

De modo que quedó decidido. Nuestra formación empezó dos días después, el jueves por la noche. Le dije a mi madre que iba a casa de Jenn, dando por hecho que no le haría demasiada gracia que yo fuera a aceptar un trabajo, y mucho menos aquel. En realidad solo había aceptado por Layla, así que me sorprendí al ver lo mucho que lo disfruté.

No sería capaz de explicar exactamente por qué. Estábamos con Mac: imposible que no me gustara ese detalle, al menos a mí. Desde la noche que había pasado en su casa, nuestra amistad se había estrechado, aunque era consciente de que él prefería guardar una distancia prudente cuando Layla estaba delante. No me había olvidado de la furia con que habló de Kimmie Crandall, la chica que había empezado a salir con Mac para luego dejarlo. Yo no quería romper ninguna regla, cosa nada fácil cuando una no sabía exactamente cuáles eran esas reglas.

Pero no era solo por Mac. Cuando nos instruyó con todo lujo de detalles sobre las distintas normas y maneras de actuar, Layla –pese a sus aspiraciones de liderazgo– se aburrió soberanamente. A mí, sin embargo, me fascinaba la idea del reparto. Había algo que me atraía en el hecho de ir a casa de gente desconocida, de atisbar una pequeña parte de otros lugares y de las vidas de sus moradores. Quizá fuese porque había gente ajena a mi familia que llevaba mucho tiempo escudriñando la nuestra. Sería agradable, por una vez, estar al otro lado.

En nuestra primera parada, el dueño abrió la puerta en albornoz. A su espalda, el salón estaba a oscuras y la única luz provenía de dos televisores en los que se veía el mismo canal y una serie de ordenadores portátiles alineados encima de la mesa de café. Parpadeó como un topo cuando salió a la luz, como si le hiciera daño a la vista, antes de pagar, tomar la caja de pizza sin decir una sola palabra y cerrarnos la puerta en las narices.

En la siguiente casa, interrumpimos un coloquio de adolescentes sobre la Biblia. Nos abrió la puerta una chica rebosante de alegría que llevaba un aparato en los dientes y que nos invitó a pasar para tomar un trozo y compartir un testimonio. Aunque declinamos la invitación, nos dio una generosa propina. Jesús se habría sentido muy satisfecho.

Después fuimos al hotel Walker, donde tuvimos que esperar a la puerta con tres pizzas grandes hasta que el huésped que había hecho el pedido bajó a recogerlas. (Mac nos explicó que, al tener su propio servicio de habitaciones, el Walker no veía con buenos ojos que la entrega se realizara en los cuartos de los huéspedes.) Mientras esperábamos, Mac bromeó con los aparcacoches de chaqueta roja que estaban de palique junto al casillero de las llaves.

En apenas una hora habíamos visto retazos de vidas muy distintas, como un *collage* del propio Lakeview. Layla, que se seguía aburriendo, se pasó la mayor parte del tiempo jugueteando con su teléfono, aunque al llegar al hotel se espabiló un poco porque los aparcacoches eran muy guapos. Pero cuando a las ocho en punto tuvo que volver a casa para ayudar a su madre, casi me entraron ganas de poder seguir con el reparto.

Mac debió de presentar a su padre un informe positivo, porque el fin de semana nos permitió retomar las prácticas. El sábado, a las once y media de la mañana en punto, Layla y yo estábamos en el aparcamiento esperando a que nos trajera de la oficina un cartel magnético para mi coche. Diez minutos después, aún no había salido.

—Te juro que parece que está haciendo todo lo posible por impedir que me lleve una parte de las propinas —se quejó Layla mientras se colocaba bien su atuendo (camiseta de LA PIZZERÍA DE LA COSTA, vaqueros y botas negras de motera). Gracias a su manual sobre pequeños negocios, había enfatizado la importancia de la «imagen de marca». Como yo no tenía botas de motera, llevaba unas de Rosie que eran fácilmente un número menos del que yo necesitaba. Mi imagen de marca, por lo visto, era una casi imperceptible cojera.

—A largo plazo, esto es una buena ayuda para él en lo relativo a la universidad. Lo más lógico sería pensar que está encantado de compartir los beneficios.

—Creo que tiene más que ver con el instinto protector. Se preocupa por ti.

—Bueno, pues no debería. Se trata de repartir pizzas, no de ir a la guerra.

Me eché a reír, pero cuando Mac llegó no pude evitar preguntarme si Layla no tendría algo de razón. Para empezar, nos volvió a repetir lo que nos había dicho el primer día sobre tener cuidado con el dinero y cerrar siempre el coche, aunque solo fuéramos a bajar un segundo. Después pasó a recordarnos la importancia de mantenerse a una distancia prudente después de llamar a la puerta, de manera que no pudieran tocarnos al abrir. Iba a continuar con la narración de varias experiencias personales admonitorias para enfatizar estos puntos cuando Layla se miró la muñeca y preguntó:

—¿Podemos empezar ya?

Su hermano hizo una mueca.

—No llevas reloj.

—Cierto. Pero si lo llevara, indicaría que llevas demasiado tiempo hablando. —Giró sobre sus talones hacia la pizzería—. Voy a recoger nuestro primer pedido, Sydney. ¡Ve calentando motores!

La observamos caminar a paso ligero. Estaba más animada de lo que había estado durante las prácticas.

—No dejes que llame sola a ninguna puerta, aunque te diga que no te preocupes —me advirtió su hermano en cuanto ella entró en el local—. Y si habla demasiado con los clientes, córtala. Tomad el dinero, entregad la pizza y marchaos. No debería llevaros más de cinco minutos.

—De acuerdo —dije, sintiéndome de nuevo como si nos estuviera instruyendo para infiltrarnos tras las líneas enemigas.

—Y llevad solo el dinero necesario. Si tenéis que devolver cambio, volveos de espaldas al cliente.

—Entendido.

—Si en algún momento sospecháis o notáis algo extraño, dejad la pizza sin más. No vale la pena.

Asentí justo cuando Layla salía con una bolsa isotérmica en las manos. Estaba radiante.

—¡Nuestro viaje inaugural! Y a tu urbanización, Sydney.

—¿En serio? —Me enseñó la nota. En efecto, era una casa de Las Pérgolas, aunque no sabía de quién.

—Pero debemos tener cuidado —continuó mientras miraba muy seria a su hermano—. Ya sabes lo peligrosos que pueden llegar a ser los ricos.

—Ja, ja —rio él mientras Layla abría la puerta trasera y dejaba la pizza en el suelo, tal y como nos había enseñado (así había menos riesgo de que se deslizara el queso, lo que por lo visto era un pecado capital en el mundo del reparto a domicilio). Después se dirigió a mí—: Conduce con cuidado.

—Lo haré.

El viaje transcurrió sin nada digno de mención, más allá de los grandes planes que iba imaginando Layla sobre todo lo que podríamos hacer con el dinero de las propinas en cuanto estas empezaran a acumularse. Cuando llegamos a una gran casa de estilo colonial de mi urbanización, ella ya había gastado más de lo que yo imaginaba que llegaríamos a ganar, a menos que tuviéramos intención de seguir dedicándonos al reparto de pizzas hasta bien pasados los treinta. Yo aún no sospechaba que en cuanto se abriera la puerta nuestra empresa correría el peligro de terminar incluso antes de haber empezado.

–¡Ya está aquí la pizza! –exclamó una voz.

Se oyeron unos pasos, seguidos del ruido de un pestillo al abrirse. Ambas dimos un paso atrás –Mac estaría orgulloso de nosotras– mientras la puerta se abría y dejaba ver a un chico más o menos de nuestra edad, rubio, con ojos azules y hombros anchos, que llevaba una camiseta de fútbol de la universidad. Al vernos, sonrió.

–¿Quieres que baje a pagar? –preguntó una voz de mujer madura desde el pasillo.

–No, ya lo hago yo –respondió él, y salió al exterior cerrando la puerta a su espalda. Retrocedí otro paso, pero Layla se quedó donde estaba.

–Extragrande, mitad queso, mitad jamón y piña –dije–. Quince dólares con nueve centavos, impuestos incluidos.

(«Recitad el pedido y el precio en cuanto abran, aunque ya hayan pagado por teléfono. Es una especie de contrato verbal que no pueden incumplir, y además así sabrán cuánta propina deberían daros.»)

Aunque había hablado yo, fue a Layla a quien miró cuando sacó los billetes.

–¿Cuánto es el servicio a domicilio?

–Para ti es gratis –respondió Layla.

–Entonces es mi día de suerte –dijo, apartando y entregándole un billete de veinte dólares–. Quedaos con la vuelta.

—¡Gracias! —exclamó encantada, guardándolo mientras yo abría la bolsa y le daba la pizza—. Que disfrutes de la comida.

—Lo haría si eso significara que no os tenéis que ir.

—El deber nos llama —repuso ella. Pero estoy segura de que se ruborizó—. Pizzas que repartir, dinero que ganar.

Me di la vuelta, con la esperanza de que sirviera de señal para que ella hiciera lo mismo. Pero, por supuesto, se quedó remoloneando y bajó un escalón, pero no el siguiente.

—Si quisiera pedir otra —dijo el chico con la mano en el picaporte—, ¿me la traeríais vosotras?

—Puede ser —respondió sujetándose un mechón de pelo detrás de la oreja—. O quizá venga mi hermano mayor.

—¿Existen las mismas posibilidades? —Sonrió—. Probaré suerte.

Layla no respondió a estas palabras y me siguió hasta el coche. Una vez a salvo en el interior y con el motor encendido, dije:

—Te habrás dado cuenta de que has infringido todas y cada una de las reglas que nos enseñó Mac.

—¿Lo conoces? —me preguntó—. De la urbanización y eso.

—No —respondí, seca. El chico continuaba en los escalones de entrada, mirándonos como si también él fuera a subir al coche. Me apresuré a dar marcha atrás y salí del camino de acceso—. No lo he visto en mi vida.

Cuando llegamos a la pizzería habían recibido un pedido de la misma dirección, de modo que tuvimos que volver a cruzar la ciudad. Esta vez, Layla no paró de retocarse. Más coqueteo y nueva propina de cinco dólares mientras yo me sentía incomodísima, por decirlo de manera suave. Cuando volvimos, Mac nos estaba esperando con la bolsa isotérmica en la mano.

—¿Misma dirección? —preguntó—. ¿Tres pizzas?

—Tienen mucho apetito —repuso su hermana mientras extendía el brazo para recogerla.

Mac la apartó fuera de su alcance.

—Esto es un restaurante, no una página de contactos.

—Es un pedido, y yo soy una profesional. ¡Hay que llevárselo!

Mac la miró muy serio.

—Entonces se lo llevo yo. Ya habéis terminado por hoy.

—¡Mac! —protestó ella, aunque yo me di cuenta de que su hermano no iba a ceder—. A ver qué dice papá.

Dicho esto, entró en la pizzería.

—Dime que al menos el chico es de su edad —me dijo Mac.

—Lo es —respondí mientras echaba una mirada al reloj—. Oye, puedo llevarla yo de camino a casa. Te ahorrará un viaje.

—No.

—Está en mi urbanización. Y ya ha tenido dos oportunidades de matarnos, si era eso lo que quería.

Mac alzó las cejas.

—¿Es así como lo vendéis? ¿En serio?

—Tú dame la pizza.

Tras dudarlo unos instantes, sacó un bolígrafo del bolsillo trasero y garabateó algo en el reverso de la nota.

—Este es mi número. Mándame un mensaje cuando termines. ¿Entendido?

—Entendido.

Me entregó la bolsa isotérmica y observó cómo la depositaba en la parte de atrás. Después entré a despedirme de Layla, que estaba enfurruñada y sentada frente a una mesa con una YumYum de fresa en la boca. Cuando le di la mitad de las propinas, se le pasó un poco el enfado.

—La próxima vez nos salimos —le dije—. Qué cantidad de dinero.

—Sí, ya —repuso moviendo la piruleta en el aire—. Lo que tú digas.

De nuevo en Las Pérgolas, llamé al timbre y esperé a que la puerta se abriera. Apareció el mismo chico, aunque había cambiado la camiseta por una camisa de vestir y se había puesto unos zapatos. Al verme, no intentó disimular su decepción.

—Quince dólares, cinco centavos, impuestos incluidos —anuncié con voz cantarina de todos modos—. Gracias por confiar en nosotros.

Me lanzó una mirada poco amistosa y sacó otros veinte dólares del bolsillo.

—Tu amiga... —dijo—, ¿cómo se llama?

Hice un gesto negativo.

—No puedo.

Se quedó pensativo unos instantes.

—Vale. Pero si se pregunta si la eché en falta —dijo mientras escribía un número y su nombre en una solapa de la caja de cartón que arrancó y me entregó—, dale esto.

No le prometí nada, pero tampoco me negué. Me limité a guardar el número y regresé al coche, desde donde le mandé un mensaje a Mac.

Saliendo, escribí. Sana y salva.

Ya estaba arrancando para irme a casa cuando recibí su respuesta: Quiere saber si te pidió su número de teléfono.

Me quedé pensando unos instantes e intenté discurrir hasta qué punto debía ser leal en una situación como aquella. Luego escribí no, que no era una mentira. Y esperé. Mi teléfono volvió a vibrar. Esta vez era Layla.

¿Te dio el suyo para que me lo dieras?

Sonreí. Por muy avispada que me creyera, ella siempre iba un paso por delante. Pero si yo me tenía que quedar en segundo lugar, prefería que fuese Layla quien me precediera, y no otra persona.

Sí.

Otra vibración. Una hilera de caritas sonrientes llenó la pantalla, y luego otra. Pero fue en el mensaje de Mac en el que centré mi atención al apagar el motor. ¿AÑADIR A CONTACTOS?, me preguntaba el teléfono, como cada vez que recibía una llamada o un mensaje de un número desconocido. Mientras escribía su nombre y pulsaba GUARDAR volví a mirar la hilera de caritas sonrientes, y yo también sonreí.

14

Se llamaba Mason Albert Spencer, pero todo el mundo lo llamaba Spence. Acababa de mudarse a Lakeview e iba a W. Hunt, la academia militar situada a las afueras de la ciudad. Cuando se convirtió en el novio oficial de Layla, todo empezó a cambiar.

Bueno, todo no. Seguíamos pasando juntas la hora de comer y las tardes en la pizzería al salir de clase. Spence tenía una agenda extraescolar muy apretada todas las tardes, de manera que solo podía ver a Layla los fines de semana, e incluso entonces tenía una hora de llegada muy estricta. Al principio yo había dado por hecho que él sería como tantos otros chicos de Las Pérgolas, donde el número de actividades a las que te apuntabas era indicativo del dinero que tenías para pagarlas. Y el marido de la madre de Spence, cirujano plástico, podía permitirse casi cualquier cosa. Sin embargo, enseguida empecé a descubrir distintos aspectos de Spence que me dieron que pensar. Pero no quise decirle nada a Layla. Estaba feliz.

—Es un verdadero cielo —me dijo un día cuando estábamos sentadas en el reservado de siempre, con los platos de pizza ante nosotras en los que solo quedaban los bordes. Su teléfono, que siempre tenía a mano, era ahora un miembro más de nuestras reuniones. Lo miraba continuamente, con la esperanza de haber recibido algún mensaje por nimio que fuera–. O sea, me refiero a que es caballeroso. ¿Cuánta gente así queda? Y... ¿te he contado cómo come las patatas fritas?

Me lo había contado: con mostaza, cuchillo y tenedor. Solo por eso, quedaba claro que estaban hechos el uno para el otro. Por desgracia, existían otros detalles.

Como, por ejemplo, que W. Hunt era el tercer centro al que iba en tres años. Había terminado allí después de pasar por dos internados. Le dijo a Layla que «las cosas no le habían ido bien», pero me recordaba demasiado a la historia de Peyton como para sentirme tranquila. Además, realizaba trabajo de voluntariado varias horas a la semana –en el centro de mayores, en un refugio para animales abandonados y en un centro cívico, ayudando a los niños con sus deberes después de clase–, más incluso que Jenn, que era la persona más altruista que conocía. Vale, quizá tuviera un gran corazón y quisiera dar lo mejor de sí. Pero yo reconocía un servicio obligatorio a la comunidad en cuanto lo veía.

Y además estaba su encanto. Había visto un atisbo de él aquel día a la puerta de su casa, pero la segunda vez que nuestros caminos se cruzaron, una tarde que quedamos en El Horno de Frazier, lo desplegó en toda su plenitud. Cualquiera que lo hubiera visto llegar, con su amplia sonrisa y un ramo de flores, probablemente se habría emocionado tanto como Layla. Pero yo sabía reconocer aquella mezcla de seguridad en uno mismo y convicción de tener derecho a todo.

–Tú estás loco –le dijo Layla cuando se sentó a su lado y le entregó las flores con gesto ceremonioso.

–Loco por ti –repuso él, y a continuación se inclinó hacia ella y le dio un beso en los labios. Cuando se separaron (dos segundos más tarde de lo normal que bastaron para hacer que me sintiera incómoda), se fijó en mí–. Hola, Sydney.

–Hola.

Tras este saludo de cortesía se volvió hacia Layla, que se sonrojó feliz. Había sido idea suya quedar en Frazier y no en La Pizzería de la Costa, pues aseguraba que ni su padre ni Mac solían mirar con buenos ojos a los chicos que salían con ella cuando los conocían. Me pareció recordar que Mac había dicho que no había sido el caso con su anterior novio, aunque el señor Chatham no hubiera querido reconocerlo. Era solo un pequeño detalle. Pero aquel secretismo no ayudaba a que disminuyera mi recelo.

Enseguida fue evidente que Spence sentía el mismo entusiasmo por mí que yo por él. Al principio no parecía importarle que yo siempre estuviera presente cada vez que quedaban. Un par de semanas después, sin embargo, me di cuenta de que preferían pasar solos el poco tiempo que tenían entre la apretada agenda de él y el trabajo de Layla. Quizá debí haber pillado antes la indirecta y haberlos dejado a su aire. Por el contrario, forcé la situación para que ella me lo dijera con claridad.

—Es que... —me dijo un día en la pausa para la comida mientras Eric, Mac e Irv mantenían otro acalorado debate sobre los posibles nombres para la banda— a Spence le caes bien. O sea, dice que le pareces divertida e inteligente. Bueno, es que lo eres.

Levanté una ceja. Aquel tipo de peloteo siempre anunciaba una zancadilla.

—Pero... —continuó bajando la vista— los dos queremos..., ya sabes, poder conocernos mejor. Solos.

Le eché una mirada a Mac, pero él estaba comiendo pipas de girasol mientras escuchaba la defensa que Eric hacía del nombre Cromagnon como referencia al carácter «evolutivo» de la trayectoria del grupo.

—¿Y cómo piensas hacerlo?

—Bueno —carraspeó—. Si de vez en cuando fuera a tu casa...

—¿Quieres montártelo en mi casa?

–¡No! –Miró a los chicos y bajó aún más la voz–. Podíamos quedar allí, que él me recogiera. Y luego me volvería a llevar. Más tarde.

–¿Quieres que mienta también a Mac?

–Sydney, eso no es mentir. –Le eché una mirada elocuente–. ¡No lo es! Estaré en tu casa. Solo que... no todo el tiempo.

Sabía que debía negarme: ese tipo de cosas nunca terminaban bien. Pero era Layla quien me lo pedía, y ella había hecho mucho por mí. Así que accedí.

La primera vez, todo salió según el plan previsto. Fuimos a mi casa al salir del instituto, donde mi madre inmediatamente entró en modo merienda-y-resumen-del-día-en-el-instituto. Cuando se fue al Centro de Operaciones a preparar unas cosas para la graduación de Lincoln, salimos a dar un paseo, en teoría a comprar un helado a la tienda que hay al salir de la urbanización. Spence esperaba a dos manzanas de mi casa.

–Nos vemos dentro de una hora –le recordé cuando ella se instaló alegremente en el asiento del copiloto de su enorme Chevrolet Suburban–. Aquí mismo. ¿De acuerdo?

–¡Sí! –exclamó. Spence ya le había puesto la mano en la rodilla–. ¡Gracias!

Y habían aparecido a la hora en punto; se despidieron con un beso tan largo que tuve que distraerme observando la poda artística de un jardín cercano. Mientras recorríamos las dos manzanas de vuelta, estaba más feliz de lo que la había visto nunca. Fue suficiente para convencerme de que, fuera lo que fuera, nada de lo que hiciéramos podía ser tan malo.

La semana siguiente repetimos la operación, siguiendo los mismos pasos. Esta vez, sin embargo, sucedieron dos cosas: Layla se retrasó y Mac apareció de improviso.

Yo estaba sentada en el bordillo cuando lo vi venir. Al principio sentí la misma explosión de nerviosismo y felicidad que siempre experimentaba en su presencia, pero esta sensación disminuyó y terminó por esfumarse cuando recordé no solo que su hermana no estaba conmigo ni por las inmediaciones, sino que yo ni siquiera sabía por dónde andaba.

Era demasiado tarde para intentar darle esquinazo, de modo que me quedé sentada cuando se detuvo a mi lado. Llevaba una camiseta azul de manga larga; cuando se asomó por la ventanilla, su medalla de Santa Batilde se deslizó por la cadena y pude verla con claridad. Cada vez que me fijaba en ella, intentaba imaginar cómo sería su cuello en los tiempos en que estaba tan gordo que la cadena le apretaba. Todavía no había sido capaz.

–Hola –saludó–. ¿Qué haces ahí?

Era una pregunta lógica. Por desgracia, no tenía respuesta.

–Eeeeh.... Nada, aquí sentada, esperando.

–¿A quién?

No lo preguntó con tono acusatorio. Su voz no había sonado incisiva, ni suspicaz. A pesar de ello, me rendí al momento y por completo.

–A Layla.

Por alguna razón, no pareció sorprenderse demasiado. Apagó el motor y se apoyó en el respaldo.

–Está con el tipo ese, ¿no? El que se come las pizzas de tres en tres.

Ahí sí que me dejó de piedra.

–¿Lo sabes?

Me dirigió una mirada elocuente.

–Sydney, por favor. No sois tan hábiles disimulando.

–¡Oye! –protesté.

–¿Qué pasa? ¿Preferirías saber mentir bien?

Tenía razón.

–Parece que le gusta de verdad.

–Debe de gustarle, si te deja sola ahí sentada. –Bajé la vista, sin saber qué decir–. Tengo que entregar un pedido. ¿Me acompañas?

–¿Puedo?

Por toda respuesta, arrancó el motor y despejó el asiento para que pudiera sentarme. Fui al otro lado de la camioneta, abrí la puerta y subí.

Ha aparecido Mac, escribí a Layla cuando giró y salimos de la urbanización.

Respondió al instante: Mierda.

Vamos a entregar un pedido, escribí luego. ¿Dentro de 20 minutos en el mismo sitio?

Vale. Después, justo cuando iba a guardar el teléfono, un mensaje más: Lo siento.

Pero yo no lo sentía. De hecho, en cuanto Mac y yo salimos de Las Pérgolas, me sentí más feliz de lo que me había sentido en una buena temporada. Y, por extraño que parezca, nada nerviosa. Como si el escenario –el asiento del copiloto de una camioneta llena de polvo, con la radio muy baja– no fuera nuevo para mí, sino un lugar conocido adonde hubiera regresado tras una larga ausencia.

Prueba de que estar con Mac hacía que apenas prestara atención a otra cosa fue que al principio ni me enteré de lo que pasaba con el contacto. Sin embargo, cuando viramos hacia una bocacalle, algo me golpeó la pierna. Al bajar la vista, me sorprendió descubrir unos alicates enganchados a unos alambres retorcidos, colgados allí sin más.

–Vaya –dije en un tono que esperaba no revelara el pánico que estaba empezando a sentir–. Creo que tu camioneta se está empezando a descuajeringar.

Mac me miró, y luego miró los alicates.

–No –repuso–. Es el estárter.

Explicación aceptada, no entendía nada de coches. Pero dije con relativo aplomo:

–Creía que eso estaba en el contacto.

—En un mundo perfecto, sí. —Puso el intermitente y aminoró la velocidad—. Pero esta es una camioneta vieja. A veces hay que hacer alguna modificación para... Bueno, para que ande.

Tuve una visión fugaz de todos aquellos radiodespertadores que tenía encima de la mesa, con todos esos muelles que sobresalían.

—Ya me contó Layla que te gusta enredar con cosas así.

—Yo no enredo —replicó en un tono que parecía ofendido—. Eso es para abuelos con delantales de lona.

Ufffff.

—Perdona —dije.

Me miró de nuevo.

—No te preocupes. Es un tema delicado.

—Todo el mundo tiene el suyo —dije con una sonrisa.

—Eso parece. —Se apoyó en el respaldo—. Layla tiene tendencia a hacer que todo lo que yo hago suene cursi. «Enredar.» «Pasear por el bosque.» Es como si fuera su duende personal o algo parecido.

Eso estaba tan lejos de la imagen que yo tenía de él que estuve a punto de echarme a reír. Gracias a Dios, logré contenerme y decir:

—Por si te sirve de algo, me quedé muy impresionada con tu radiodespertador. Y si a mí se me estropeara el estárter, tendría que ir andando. Fin de la historia.

—Bueno, gracias. —Volvió a frenar antes de hacer un nuevo giro—. No hay nada vergonzoso en intentar hacer que las cosas funcionen. Al menos, esa es mi opinión. Es mejor que darlas por inservibles.

Quise decirle que tenía suerte de poder elegir. Que, para la mayoría de nosotros, el hecho de que algo se estropeara suponía el fin de la partida. Me habría encantado saber qué se siente, aunque solo fuera una vez, cuando algo se rompe y hay opciones en lugar de finales.

El pedido era para una escuela de gimnasia, y se trataba de uno de los grandes: siete pizzas, cuatro ensaladas y una cantidad de pan de ajo suficiente como para percibir su olor por muy envuelto en plástico que estuviera. Yo me ocupé de las cosas frías y de una pizza, él se encargó del resto y lo seguí hasta el edificio. En el interior había una ventana que se abría al propio gimnasio, una enorme sala llena de alfombrillas con una barra de equilibrio, barras asimétricas y un potro. Niñas de todas las edades hacían sus ejercicios por allí vestidas con mallas de colores y peinadas con cola de caballo, como un ejército de pequeñas Merediths.

—Puedes dejar eso ahí —dijo Mac al tiempo que se acercaba a un mostrador y apoyaba la bolsa isotérmica. Coloqué la pizza y las bolsas de las ensaladas mientras él sacaba las otras de la bolsa. Casi había terminado cuando oí el primer chillido.

Sonó agudo, como un aullido, y me sobresaltó. Cuando me volví hacia el lugar de donde parecía proceder, que era un ventanal grande, vi que se habían congregado allí unas cuatro niñas, dos de ellas muy menudas, las otras dos algo más altas, todas ellas muy delgadas. Nos estaban mirando. Una de ellas —¿la del chillido, quizá?— se estaba poniendo coloradísima.

—Hola, Mac —exclamaron dos de ellas con voz cantarina desde el otro lado del cristal, y luego prorrumpieron en risitas nerviosas. Mac, que seguía apilando pizzas, correspondió con un gesto.

—¡Entrenadora Washington! —gritó una de las pequeñas—. ¡Mac está aquí!

Más risitas. Otras gimnastas se acercaron corriendo, y la que se había puesto colorada estaba alcanzando una tonalidad roja tan intensa que por un momento me pregunté si habría algún desfibrilador por allí.

—Muy bien, chicas, abrid paso, por favor —dijo una voz, y el grupo cada vez más numeroso se dispersó lo bastante como para dejar pasar a una mujer rubia con el pelo corto y de punta que vestía un pantalón de chándal y una camiseta sin mangas. Llevaba un silbato colgado del cuello, pero aun sin él era fácil adivinar que era quien estaba al mando. Abrió la puerta del gimnasio y comenzó a andar hacia nosotros, con un par de niñas pegadas a sus talones–. Vaya, nuestro repartidor de pizzas favorito provocando la habitual avalancha de hormonas.

Mac, visiblemente incómodo, dejó la última pizza encima del mostrador.

–Un pedido grande el de hoy –comentó.

–Escaramuza compite contra Sueños en la Barra –dijo la mujer, deteniéndose frente a nosotros. Apoyó las manos en las caderas en perfecta pose. Procuré erguirme un poco–. ¿Y esta quién es?

–¿Tienes novia? –preguntó una de las niñas. Más risitas.

–En realidad, soy empleada en prácticas –le expliqué a la entrenadora–. Acabo de empezar.

–Ya era hora de que contase con ayuda –dijo ella–. Un momento, chicos, voy a buscar el dinero.

Cuando desapareció en la oficina que había al fondo, las niñas volvieron a pegarse a la ventana, claramente hablando de nosotros. Me volví de espaldas y pregunté:

–¿Siempre es así?

–No –respondió, pero de un modo tan escueto que supe que sí.

La entrenadora volvió, le dio a Mac una propina y las gracias y nos encaminamos hacia la salida. Cuando abrió la puerta y me cedió el paso, un coro de voces se elevó a nuestra espalda.

–¡Adiós, Mac!

Esta vez, las risitas fueron estruendosas.

Me mordí el labio para contener la risa al volver a la camioneta. Recordaba aquella sensación de cuando era preadolescente y el mero hecho de estar cerca de un chico mayor que fuera guapo nos hacía sentir a punto de estallar. Si lo único que habías experimentado era volverte loca con algún famoso de la televisión, como Logan Oxford, encontrarte con su equivalente en la vida real era casi más de lo que podías soportar.

Mac arrancó el motor y salimos marcha atrás, todavía en silencio. Por fin habló:

—Es el único caso en el que desearía que hubiera otro repartidor. Cuando veo que hay un pedido del gimnasio.

—Eres muy popular —admití. Por su expresión, no era el adjetivo que él habría deseado que yo emplease—. ¿Qué? Hay gente que se sentiría complacida al verse tan admirada.

—¿Ah, sí? ¿Te sentirías tú así?

Medité unos instantes.

—Probablemente no, la verdad.

Hizo un gesto de aprobación, como si fuera la respuesta que esperaba.

—Pero yo estoy más o menos acostumbrada a ser invisible —continué—. Así que cualquier muestra de atención me pone nerviosa.

Lo había pensado muchas veces, pero jamás lo había expresado en voz alta. Aquella fue la primera vez, aunque no sería la última, que comprendía el extraordinario efecto que obraba la compañía de Mac. Antes de darme tiempo a rehacerme, fue él quien continuó hablando.

—¿Tú? ¿Invisible? —Me echó una mirada y encendió el intermitente—. ¿En serio?

—¿Qué?

—Es que... Nunca habría pensado en ti en esos términos, eso es todo.

Al oír aquello, vi mi imagen reflejada en el retrovisor lateral y me pregunté cómo me veía él exactamente.

—Bueno —dije—, es que no conoces a mi hermano.

Habíamos llegado a un semáforo en rojo y Mac frenó hasta detenerse.

–Una personalidad fuerte, ¿eh?

Miré por la ventanilla, y esta vez procuré no mirar al espejo.

–Es... Cuando está presente, lo llena todo. No puedes mirar nada más. A mí me pasa lo mismo.

–Sin embargo, a veces es preferible pasar desapercibido. Antes de adelgazar, la gente se me quedaba mirando o hacía un esfuerzo exagerado por no mirarme. Yo prefería la segunda opción. Y la sigo prefiriendo.

Pensé en todas aquellas niñas que lo observaban desde la ventana del gimnasio. Qué curioso debía de ser pasar de tener un aspecto determinado a otro totalmente distinto. Que cambie el motivo por el que te prestan atención y no sentirte mejor. Quizá lo de ser invisible no siempre fuera tan malo.

–Creo que lo mejor sería un término medio –dije–. Ya sabes, que sepan que estás ahí pero no sentirte el blanco de sus miradas.

–Sí –admitió justo cuando el semáforo se ponía en verde–. Me quedaría con eso.

De repente, un coche se metió delante de nosotros y Mac tocó el claxon. La señora que iba al volante nos hizo una peineta. Qué bonito.

–Aún no me puedo creer que el chico de esas fotos fueras tú. ¿Adelgazaste solo a base de dieta y ejercicio?

–Una dieta estricta –puntualizó–. Ya probaste las Kwackers. Eran mi postre. Y mucho ejercicio.

–Como pasear por el bosque.

Me fulminó con la mirada, y luego sonrió y estiró los dedos sobre el volante.

–Era un buen entrenamiento, y justo a la puerta de casa. No había excusa. En cuanto tenía tiempo, salía al bosque. Llevaba conmigo un GPS y registraba la ruta para saber cuántos kilómetros había recorrido.

Pensé en el mapa que había visto en su cuarto con las marcas hechas a lápiz. Registrando el camino de ida y vuelta.

—Y encontraste el carrusel.

—Ese sí que fue un buen día. Tomé un sendero y allí estaba. Durante mucho tiempo no le dije nada a nadie, ni siquiera a Layla. Pero con el tiempo se convirtió en un secreto demasiado bueno como para no compartirlo.

Buenos secretos, pensé. Qué idea tan original.

—Echo de menos salir a explorar el bosque. Mi hermano y yo lo hacíamos muy a menudo.

—Bueno, el bosque no se va a mover de su sitio —señaló.

—Cierto. —Recordé a Peyton caminando delante de mí, la hojarasca crujiendo bajo nuestros pies—. Pero ahora parece distinto. Me da más miedo.

—¿En serio?

Asentí, mirando su medalla.

—Quizá necesite un santo protector. De los caminantes. O de los bosques.

—Seguro que existen —afirmó—. Los hay para todo tipo de gente. Fontaneros, economistas. Divorciados. Lo que se te ocurra.

—Vaya, eres un experto, ¿eh?

—La experta es mi madre. —Se apoyó en el respaldo al parar en otro semáforo—. Siempre le gustó la idea de la protección, pero sobre todo a partir de su enfermedad. Yo no estoy del todo convencido. Pero supongo que tampoco hace daño, ¿entiendes?

A veces era lo mejor que se podía esperar. Ni un beneficio ni un castigo, sino un término medio.

—Sí —contesté—. Entiendo.

Al llegar a nuestro punto de encuentro Layla aún no había aparecido, de modo que aparcamos junto al bordillo para esperarla. Mac abrió los alicates para apagar el motor.

–Por cierto, gracias –le dije tras una pausa de un minuto–. Por llevarme contigo.

–¿Te gusta repartir pizzas?

Me volví hacia él.

–Pues... sí, la verdad.

–¿Sí?

–Sí. –Hice una pausa y bajé la vista–. Hay algo en eso de ver a toda esa gente en sitios tan distintos. Como instantáneas de lo que está ocurriendo simultáneamente en todo el mundo. ¿Te parece raro verlo así?

–Sí. Mucho –respondió con expresión seria.

–Vaya, qué bonito.

–Estoy de broma, te estoy tomando el pelo. –Extendió el brazo hasta alcanzar mi muñeca, y sus dedos la tocaron de la manera más suave–. Entiendo a qué te refieres.

–Pero te parece absurdo extraer un simbolismo profundo del hecho de repartir pizzas.

–Un poco –admitió. Torcí el gesto–. Pero creo que me gusta. Hace que el trabajo parezca más noble, o importante, o algo parecido.

–Qué boba soy –dije, de nuevo expresando en voz alta un pensamiento tantas veces repetido que había labrado un surco en mi mente.

–No –protestó, dándome un apretón en la muñeca–. No eres nada boba.

Durante unos instantes nos miramos sin hablar. Era un atardecer de otoño y el cielo tenía ese precioso color rosado que solo se ve justo antes de que el sol se oculte, como si el día quisiera despedirse. Estaba en un escenario nuevo, con alguien a quien aún no conocía demasiado, y sin embargo me pareció lo más natural del mundo, otro surco que labrar, que nos inclináramos el uno hacia el otro mientras sus dedos todavía descansaban sobre mi brazo. Y entonces Layla y Spence aparecieron a nuestro lado.

Nos echamos hacia atrás mientras Layla bajaba su ventanilla. Enseguida me sentí culpable; no sabía si ella lo había visto. Pero fue Layla quien dijo:

–Hola. Lo siento.

Spence sonrió y dijo:

–Tú debes de ser Mac.

–Sí.

Un silencio. Solo roto por mi corazón, que latía desaforado y retumbaba en mis oídos. Aunque nadie más que yo podía oírlo. O eso esperaba.

–¿A que tiene un coche fantástico? Es como ese al que le echaste el ojo –le dijo Layla a Mac, quizá con demasiado entusiasmo. Cuando vio que su hermano no contestaba, suspiró–. Oye, no es culpa suya que yo no te haya hablado de él. Estaba preocupada por cómo reaccionaría papá.

–¿Ante lo de guardar secretos y mentir? –preguntó Mac–. Me imagino que no demasiado bien.

–Vale –dijo Layla levantando las manos–. Mañana lo llevo a la pizzería, ¿de acuerdo? ¿Satisfecho?

–No se trata de lo que piense yo –indicó Mac–. Deberíamos irnos. Mamá estará esperando.

Layla volvió a mirar a Spence, y luego a nosotros.

–Deja que me despida, ¿vale?

Sin darle tiempo a responder, aparcaron justo delante de nosotros. Con el paso de los minutos, me imaginé lo que estarían haciendo tras los cristales tintados. Mac, tan incómodo como yo, jugueteó con un hilillo suelto del volante. ¿De verdad había estado a punto de besarlo? Ahora me parecía irreal, como si lo hubiera soñado. Y si no lo había soñado, era el mejor de los secretos.

–Bueno –dije por fin–. Supongo que yo también debería irme a casa.

–¿Quieres que te lleve?

—No, es poco más de una manzana. —Abrí la puerta—. Gracias por llevarme contigo, en serio. Me lo he pasado muy bien.

—Cuando quieras —dijo. Sonreí y me bajé de un salto. Cuando cerré la puerta y ya estaba a punto de irme, lo oí decir—: Oye, Sydney.

—¿Sí?

—Llevabas una blusa con un estampado de setas y el pelo recogido. Pendientes de plata. Una ración de *pepperoni*. No te decidiste por ninguna piruleta.

Lo miré en silencio, desconcertada. Layla ya se estaba acercando.

—La primera vez que entraste en La Pizzería de la Costa —indicó Mac—. No eras invisible, al menos para mí. Para que lo sepas.

No supe qué decir. Me quedé inmóvil mientras Spence arrancaba con un toque de claxon y Layla ocupaba el mismo sitio donde yo había estado sentada.

—Vámonos —le dijo a su hermano, y después me miró—. ¿Nos vemos mañana?

Mac arrancó el motor y nuestras miradas volvieron a cruzarse. Layla rebuscaba en su bolso, distraída ya con otra cosa, así que no se dio cuenta de que le contesté a él, y solo a él.

—Sí. Nos vemos mañana.

15

Intenté mantenerme apartada de Mac. De verdad. Pero eso era algo difícil, porque Layla no hacía más que empujarnos para que estuviésemos juntos.

—Me siento fatal —me dijo una tarde en la pizzería, una semana después de que trajera a Spence para presentárselo a su padre y así hacer oficial su relación. Él ya no hacía tanto trabajo de voluntariado por las tardes (Layla aseguraba que estaba demasiado comprometido y que había decidido tomárselo con más calma, pero yo me preguntaba si no sería que ya había cumplido las horas impuestas), así que yo solo la veía los días que él tenía otras obligaciones que atender—. Nunca quise ser la clase de chica que deja tirada a su mejor amiga por su novio.

—No me has dejado tirada. Estamos aquí, ¿no?

Asintió y alcanzó un trozo del borde de su pizza, pero se lo pensó mejor y volvió a dejarlo en el plato.

—Pero cuando yo no esté, puedes ir a hacer los repartos con Mac. Él me dijo que te gustaba.

—Layla —dije al tiempo que dejaba mi lápiz encima de la mesa—. No tienes que ocuparte de quién tiene que cuidarme. Estoy bien.

—Lo sé, lo sé —dijo levantando las manos—. Yo solo...

Se oyó un pitido y su móvil se iluminó. Echó un vistazo a la pantalla con una sonrisa y escribió una respuesta. Es curioso cómo un par de palabras de una persona pueden hacer tan feliz a otra. Pero lo entendía, sobre todo últimamente.

Desde que Mac me había confesado que recordaba muy bien la primera vez que me había visto, algo había cambiado. Antes, la idea de que pudiéramos salir juntos era una fantasía inverosímil, la más ridícula de las ilusiones. Pero ahora que Layla estaba volcada en Spence y que nosotros pasábamos más tiempo juntos, sin olvidar lo que había estado a punto de ocurrir en la camioneta, se podía decir que existía un presagio de inevitabilidad. La cuestión ya no era si ocurriría, sino cuándo.

—Veintiséis dólares con cuarenta y dos centavos con cargo a su tarjeta —anuncié a la mujer que me había abierto la puerta vestida con un pantalón de chándal y una chaqueta arrugada. Tenía cara de agotamiento. Tras ella, varios niños saltaban encima del sofá delante de un televisor donde estaban viendo dibujos animados.

Sin decir nada, alcanzó las dos pizzas que le tendía. Cuando se las entregué y me dio la propina, uno de los niños se cayó del sofá y aterrizó sobre la alfombra con un golpe sordo. Se produjo una pausa. Cuando comenzó a lloriquear, la mujer cerró la puerta.

—Cinco pavos —le dije a Mac cuando subí de nuevo a la camioneta—. Y tenía razón yo: pizzas solo de queso significa que hay niños, y además un montón. Te perdiste a uno cayéndose de narices encima de la alfombra.

—Qué pena —respondió. Luego dio marcha atrás y, cuando yo iba a meter el billete en el vaso de plástico del tablero de mandos, dijo—: Quédate con ellos. Tú has hecho el trabajo.

Lo miré, sorprendida.

—Solo fui hasta la puerta.

—Eso cuenta.

De todos modos, lo dejé con el resto de las propinas.

Después de algunos días repartiendo juntos, habíamos organizado un sistema. Mac conducía y tomaba nota de los pedidos que esperaban en la pizzería, y yo me ocupaba de mover las piernas: entraba corriendo en la pizzería para recoger la comida y luego se la entregaba a los clientes. Mac aseguraba que el método era muy eficiente, que aprovechaba mejor el tiempo coordinando la entrega siguiente y los viajes de vuelta para recoger más pedidos. Pero yo estaba segura de que lo hacía para que yo pudiera satisfacer mi interés por ver qué había detrás de cada puerta.

—Chicas de una hermandad —le informé tras la siguiente entrega en una gran casa amarilla enfrente de la universidad—. Debería haberlo supuesto, con tantas ensaladas.

—Mírate. Eres como la pitonisa de los pedidos.

—Hay un componente científico en todo ello —admití mientras metía la propina en el vaso. Al reclinarme en mi asiento, me di cuenta de que me estaba mirando—. ¿Qué?

—Nada —dijo con una sonrisa y un movimiento de cabeza.

Pasábamos así un par de horas en tardes alternas, más o menos, pero no importaba: esos ratos se habían convertido en los mejores de la semana. Quizá Layla sintiera la necesidad de disculparse por haberse enamorado tan profundamente y en tan poco tiempo. No se daba cuenta de que a mí me había pasado lo mismo.

Justo en aquel momento, mi teléfono emitió un pitido. Era el más reciente mensaje de Jenn, uno de los varios que intercambiábamos cuando intentábamos fijar una hora para quedar. Entre sus horas de voluntariado después de clase, sus actividades y mi nueva ocupación con Mac, habíamos pasado de quedar al menos una vez por semana a prácticamente no vernos nunca.

¿En Frazier a las 5?, preguntaba. *Salgo a las 4.30. Mer puede venir más tarde.*

Miré el reloj. Eran las cuatro, con lo que me quedaban otras dos horas con Mac antes de tener que irme a casa. Pensé en Layla, en sus disculpas, y yo también me sentí culpable por relegar a mis amigas a un segundo plano por detrás de un chico, especialmente porque además no era mi novio. Pero lo hacía de todos modos.

No puedo. ¿Mañana?, escribí.

Estoy fuera hasta el lunes, respondió. *La semana que viene sin falta.*

Lo cual significaba dos tardes enteras más sin otros compromisos. Jenn era una buena amiga, aunque no se diera cuenta.

Sin falta, escribí. *XXOO*

La última entrega del día era en Las Pérgolas, nada más pasar la entrada de la urbanización. Eran dos pizzas extragrandes de salchicha y *pepperoni* con extra de queso; lo había etiquetado como pedido para chicos, quienes probablemente estarían bebiendo cerveza. Sin embargo, abrió la puerta una mujer menuda y muy bronceada vestida con ropa de tenis que me llamó «cari» y me dio diez dólares de propina. Empezaba a pensar que estaba perdiendo facultades cuando, al bajar el camino de acceso, me fijé en el rótulo del camión que estaba aparcado delante de nosotros. CARPINTERÍA BASSETT, decía. ESPECIALISTAS EN SUELOS. Cuando me volví para echar una mirada al patio, vi a un grupo de chicos sacando las pizzas de las cajas. Estaban bebiendo cerveza.

—Eres como Layla con lo de las caras —me dijo Mac cuando se lo conté—. Pero asegúrate de utilizar tus poderes para hacer el bien, no el mal.

—Lo intentaré —repuse mientras nos incorporábamos a la calzada. Apenas habíamos recorrido unos metros cuando vi algo—. Espera. Para un momento.

Así lo hizo, y me volví hacia la ventanilla observando con atención. Allí, justo al otro lado de la calle y más allá de la acera, se abría una pequeña oquedad entre los arbustos.

–¿Qué pasa? –preguntó Mac.

–¿Ves ese hueco? ¿Entre ese árbol delgadito y el tocón?

Se inclinó hacia mi lado.

–Sí.

–Era el mejor camino para adentrarse en el bosque desde esta zona. Se podía entrar justo por ahí, donde empiezan las casas, y seguirlo durante varios kilómetros hasta llegar a la nuestra. Siempre nos preguntábamos quién lo habría hecho.

–Probablemente unos niños como vosotros.

–Y había una parte –continué mientras un coche aminoraba la velocidad y nos adelantaba– con una zanja enorme. Gigantesca. Alguien logró poner un árbol caído encima, y nos retábamos a cruzarla.

–¿Y la cruzaste?

–Ni de broma –dije, estremeciéndome–. Pero Peyton sí. Fue el único a quien vi hacerlo.

Nada más decirlo, visualicé la imagen con toda claridad. La desnudez de los árboles a finales de otoño. El cielo azul y despejado. Y yo y aquellos chicos mayores que nos habíamos encontrado en el bosque aquel día contemplando cómo mi hermano colocaba un pie delante del otro, despacio y con aplomo, hasta llegar al otro lado.

–Si quieres, podemos ir –dijo Mac. Me volví hacia él, distraída–. Tenemos tiempo. Podrías enseñármelo.

Volví a mirar el camino, apenas visible. Quién sabía cómo estaría ahora, qué habría allí. Parte de mí quería verlo, sobre todo si no iba a estar sola. Pero otra parte, con más peso, me decía que no estaba preparada. Todavía.

–Quizá en otra ocasión –concluí.

A las seis en punto, como siempre, estábamos de vuelta en la pizzería para que yo pudiera llegar a casa a mi hora mientras Mac continuaba repartiendo hasta la hora de cerrar. Normalmente pasaba el resto de la noche preguntándome qué estaría haciendo él. No se me había ocurrido que él podía estar haciendo lo mismo. Pero aquella noche, cuando estaba sentada en la cama leyendo unas cosas para clase de lengua, mi teléfono vibró.

3 deluxe, 2 de setas y pepperoni, 6 panes de ajo. Dime.

Sonreí. Tiene que ser un equipo. Masculino.

Una pausa. Intenté concentrarme otra vez en el libro. Por fin llegó la respuesta: una foto del letrero que había a la entrada de la Bolera 7-10. Impresionante, se leía debajo.

Hago lo que puedo, contesté.

Con el tiempo, lograré sorprenderte, escribió él.

Solté una carcajada, sola en mi cuarto. A ver si es verdad.

Así fue como empezó el intercambio de mensajes. Layla ya no era la única en tener el teléfono a mano a todas horas. Por la noche, mientras yo cenaba y hacía los deberes y Mac cruzaba la ciudad de un extremo al otro, nos manteníamos en contacto. Era lo más parecido a estar juntos. O quizá fuese lo mejor. Punto.

—Esta es una llamada a cobro revertido de un interno del centro penitenciario de Lincoln. ¿La acepta?

Oí cómo se abría la puerta del garaje mientras mamá esperaba al ralentí en el camino de acceso. Cinco minutos y estaría dentro. Pero Peyton estaba llamando ahora.

—Sí —dije.

Se oyó un chasquido, y después la voz de mi hermano.

–¿Hola?

–Hola. Soy Sydney.

–Ah. Hola –carraspeó–. ¿Cómo estás?

–Bien. Mamá está justo entrando en el garaje. Estará aquí dentro de un momento.

–Vale.

Nos quedamos callados mientras sonaba el zumbido vacío de la línea. Al final dijo:

–Bueno, ¿qué tal las clases? Ya sé que ahora vas a Jackson.

–Bien. Distinto. Pero ya he hecho varios amigos.

–Más o menos lo mismo que puedo decir yo de este lugar –dijo con una risa suave–. Aunque ahora escogería el colegio sin dudarlo. Y eso que lo odiaba.

–¿En serio?

Mi sorpresa era sincera. Hasta donde yo sabía, jamás había dudado que Peyton lo había pasado bien allí, al menos hasta que empezó a meterse en líos.

–Oh, sí –respondió–. Probablemente por eso me convertí en un idiota. Estar a disgusto hace que uno empiece a hacer tonterías.

Qué raro se me hacía oírlo hablar así. Como si fuera un completo desconocido.

–¿Y por qué te disgustaba tanto?

Se quedó callado unos instantes.

–No lo sé. Lo de siempre. Malas notas, presión de papá y mamá. Ya sabes.

No, en realidad no lo sabía. Yo siempre había dado por hecho que ser el mayor significaba disfrutar de ciertos privilegios. No se me había ocurrido pensar que además pudiera estar unido a otro escalafón que implicaba más responsabilidad, así como el hecho de que te ocurrieran las cosas antes que a tus hermanos.

Al pensar en esto, dije:

–Vi aquel camino el otro día, el que solíamos seguir para ir al bosque, ¿te acuerdas?

Peyton se quedó callado unos instantes.

–Sí. El de la zanja.

–Eso es –repetí–. La que cruzaste aquella vez porque te habían retado.

Al decir estas palabras, me di cuenta de lo mucho que quería que él también lo recordara. Hizo una pausa y dijo:

–No fue mi momento más lúcido.

De nuevo me sorprendí. ¿Cuántas cosas más veíamos de forma distinta?

–Pero lo hiciste –insistí.

–Sí –suspiró–. Como te dije, hice un montón de tonterías.

Ninguno de los dos habló durante lo que me pareció un largo rato. Se me hizo tan incómodo que al final dije:

–Estoy deseando ir a visitarte. Todos lo estamos.

–¿A visitarme?

–Por la graduación. De tu clase –expliqué–. Mamá lleva un montón de tiempo hablando de ello.

–¿Vas a venir? –preguntó sorprendido.

–Sí.

–Ah. –Pausa–. Pero no hace falta.

–No te preocupes. Mamá dijo que habías rellenado un impreso que me autoriza a visitarte.

–Sí. Pero fue solo por... –Su voz se apagó–. La verdad es que no es para tanto. Dudo que vengan más familias.

–Pues mamá está organizándolo todo.

–¿Ah, sí?

–Sí. –En ese momento oí a mi madre meter la llave en la cerradura–. Oye... Será agradable verte. Por fin.

Otro silencio, esta vez diferente. De esos que no solo indican que nadie está hablando, sino también que hay algo muy concreto que no se está diciendo. Mi madre entró en la cocina con dos bolsas de comida y el bolso al hombro.

–¡Hola, Sydney! ¡Ya estás en casa!

–¿Es mamá? –preguntó Peyton.

–Sí.

–¿Puedo hablar con ella?

–Claro. –Me acerqué a ella, que ya había empezado a vaciar las bolsas–. Mamá, es Peyton.

–¡Ah! –Se volvió, sonriente, y me arrebató el teléfono de las manos–. ¡Hola, cariño, qué sorpresa! ¿Cómo estás?

Volví a la mesa, donde recogí el plato, ahora vacío, que había usado para poner la ración de pizza que había traído de la pizzería. Había entrado solo un momento, pues Layla había salido con Spence y Mac estaba ensayando con la banda. Sin embargo, mi trozo de pizza de después de clase se había convertido en una costumbre que no podía perder aunque ellos no estuvieran.

–Bueno, ya te lo dije. Me enteré por Michelle. –Mi madre se estiró para guardar una lata de sopa en la alacena que tenía delante–. La mediadora con la que me he estado entrevistando y que me está ayudando a mejorar la comunicación con la dirección de Lincoln.

Yo estaba metiendo el plato en el lavavajillas. Algo en su tono de voz, de repente a la defensiva, hizo que optara por cerrar la puerta despacio y sin hacer ruido.

–Sí, Peyton, te lo dije. De hecho, varias veces. –Sacó otra lata de sopa, pero esta vez se quedó con ella en la mano–. No. Recuerdo esa discusión. Pero dijiste que en algún momento estarías preparado, y por eso rellenaste ese impreso. Y me pareció que esta sería una gran oportunidad para...

Pude oír la voz distante de mi hermano. Y hablaba mucho.

–Soy perfectamente consciente de ello –dijo mi madre un instante después, de manera tan abrupta que era evidente que había tenido que interrumpirlo–. Porque no estoy de acuerdo con que eso signifique que deberíamos abandonarte y no celebrar tus éxitos. Y...

Recogí mi mochila, convencida de que había llegado el momento de retirarme.

—Bueno, no es eso lo que piensa Michelle. Ni lo que creo yo. —Dejó la lata en la encimera con un golpe metálico–. Bueno, pues espero que lo hagas. Me parece que si lo piensas con calma...

Otra interrupción de Peyton, esta vez con voz más alterada.

—Creo que será mejor que hablemos en otro momento. Está claro que te has disgustado y... –La observé y vi que se llevaba la mano a la cara–. Vale. Sí. Muy bien. Ya hablaremos.

Oí el chasquido del teléfono al colgar y un suspiro de mi madre. Sin saber muy bien qué hacer, me volví hacia la ventana y me eché la mochila al hombro mientras miraba al exterior. Un instante de silencio. Otro. Después salió de la cocina y oí sus pasos escaleras arriba.

Por lo que recordaba, así era como solían terminar muchas de sus discusiones, aunque por lo general yo siempre desaparecía cuando empezaban a hablar. Pero llevaba una temporada sin ver a mi madre tan disgustada, y me pregunté si debería ir a su lado. Yo no sabría escoger las palabras adecuadas: ni siquiera sabía cuáles eran. De manera que opté por guardar el resto de la compra. De este modo, cuando bajara, al menos una cosa habría salido como ella quería.

—Escuchadme todos. Tengo un notición –anunció Eric.

Fui la única que levantó la vista. Eric era muy aficionado a comunicar así anuncios y declaraciones: nunca se trataba de simple información, sino de una gran exclusiva. Todos los demás lo conocían lo bastante como para no sucumbir ante sus despliegues publicitarios.

—¿Es sobre la señorita? –preguntó Irv.

Eric lo miró.

—¿Quién?

Mac, que hacía sus deberes de historia en su banco mientras comía una Kwacker, tragó.

–¿Sobre la chica de tu clase de español? ¿Esa que dices que está colada por ti?

–Ah, no. –Hizo un gesto con la mano: la señorita, olvidada–. Mejor. Es sobre el grupo.

Ahora, al menos, consiguió la atención de Mac, si no la del resto.

–¿Sobre el grupo?

Eric, sonriente, se sentó en el banco donde estaba Mac.

–Bueno, tiene que ver algo con Layla. Pero también con el grupo.

–¿Eh? –preguntó Layla a mi lado. Como siempre últimamente, tenía el teléfono en la mano, decidida a no perder una posible oportunidad de intercambiar mensajes con Spence durante la hora de comer. En la academia W. Hunt los móviles estaban prohibidos, pero la mayoría de los días lograba ponerse en contacto con ella–. ¿Qué pasa conmigo?

Ahora que había conseguido llamar la atención, Eric estaba decidido a mantenerla el mayor tiempo posible. Así que todos tuvimos que mirar mientras sacaba un folleto del bolsillo y lo desdoblaba con calma antes de enseñárnoslo.

–Vamos a participar en esto. Y tú nos vas a ayudar.

El texto, impreso en letras negras, decía:

LUGAREÑOS: UN CERTAMEN.

CINCO BANDAS, UN PREMIO.

¡INSCRIBÍOS YA! MÁS INFORMACIÓN:

BENDOVENUE.COM/LOCALS

–¿Y ese es el notición? –preguntó Mac–. Ya hemos participado en concursos antes.

—Este no es un concurso más —insistió Eric—. Es un certamen, y el premio es la grabación de un disco.

—Bueno, ¿y eso qué tiene que ver conmigo? —quiso saber Layla.

—Te lo diré. —Una pausa. Mac me miró y suspiró; todos esperamos mientras Eric hacía exactamente lo mismo. Por fin habló—: Eres nuestra arma secreta.

—¿Ah, sí? ¿Desde cuándo? —preguntó Layla.

—Desde que hice mis averiguaciones y me di cuenta de los pocos grupos que tienen vocalistas femeninas, o chicas que tocan en ellos, si vamos al caso. Todos son como nosotros: todo tíos. Contigo al frente, lograremos destacar. Mejoraremos nuestras posibilidades.

—Un momento. —Layla dejó el teléfono encima del banco, lo que significaba que se había puesto seria—. ¿Me estás diciendo que me vas a dejar cantar y ser la líder del grupo? Porque, conociéndote, eso no me cuadra. A menos que te hayas dado un golpe en la cabeza sin que yo me haya enterado.

—Esa insinuación me ofende —protestó Eric—. Siempre he sido un jugador de equipo.

Al oír esto, Irv se echó a reír a carcajadas. Mac preguntó:

—¿Dónde está el truco?

—No hay truco. Quiero ganar. De todos modos, Layla no cantaría todo el tiempo. Cantaría ella sola en una canción nueva que tocaríamos entre dos de las habituales.

—¿Así que soy una vocalista invitada?

—¡Eres una componente de la banda! ¡Como todos los demás!

—Ya, solo que no lo soy.

—Pero ellos —puntualizó Eric, blandiendo el folleto— no lo saben. Ni tienen por qué enterarse. Ganamos, nos llevamos el premio y luego grabamos lo que queramos.

—No sé —dudó, mientras alcanzaba de nuevo el teléfono—. Últimamente no me interesa mucho cantar.

Eric la miró muy serio.

–Tienes que ayudarnos.

–Bueno, no tengo por qué. –Se puso a teclear en la pantalla–. Pídeselo a Rosie. Además, ella es la que tiene mejor voz.

–No quiero a Rosie. Te quiero a ti.

Ahora sí que había logrado captar toda nuestra atención. No importaba que pareciera que estaba hablando sobre el grupo. El hecho de que Eric siguiera suspirando por ella meses después de su corta relación y subsiguiente ruptura era tan conocido por todos como su ego y su afición a alardear. Pero, que yo supiera, era la primera vez que había estado a punto de reconocerlo en voz alta. Él también se percató: estaba empezando a sonrojarse.

–Tú das por hecho que estamos preparados para ello. –Mac rompió el silencio incómodo que siguió a sus palabras–. Acabamos de empezar los horarios normales de ensayo. Y ni siquiera tenemos nombre.

–Son tres canciones –dijo Eric–. Y solo una nueva.

–¿Cuándo es la prueba?

–No hay prueba. Quieren una maqueta.

–¿Qué? –Mac sacudió la cabeza–. Entonces esta discusión no tiene sentido.

–¿Por qué?

–¿Porque no tenemos maqueta? ¿Ni manera de pagarla?

–No pueden costar tanto.

–No son baratas.

–Bueno, a mí me queda un poco del dinero de mi cumpleaños. Tú trabajas. Y seguro que los padres de Ford pueden contribuir...

Sin embargo, su voz se fue apagando ante su evidente inseguridad sobre aquella parte del plan. Layla, que había vuelto a concentrarse en el teléfono, le dirigió una mirada comprensiva.

Sonó el timbre y empezamos a recoger nuestras cosas. Eric permaneció en el banco, taciturno, mientras todos los demás nos levantábamos para irnos en distintas direcciones.

—Habrá más certámenes —le dijo Irv dándole una palmadita en el hombro—. Con pruebas de audición. Te lo prometo.

—Sí, ya —repuso Eric encogiéndose de hombros.

Recogí mi mochila y eché a andar, despacio, hacia los escalones que conducían al edificio de humanidades, donde tenía la siguiente clase. La sexta clase de Mac estaba en la misma dirección, así que se vino conmigo y empezamos a subir la escalera. Eric, que tenía hora libre, se quedó en el banco con la funda de la guitarra a sus pies.

—Pobre —comenté—. Está como un niño al que se le hubiera caído un helado al suelo.

—Sobrevivirá. Además, esto podría inspirarle para que se busque un trabajo. Entonces tendríamos dinero para hacer la maqueta.

—¿De verdad son tan caras?

Se echó la mochila al hombro.

—La maqueta en sí no lo es. Lo que sube es el alquiler del estudio de grabación.

Durante la clase de ecología y el examen de cálculo que tenía a continuación me olvidé por completo del asunto. En la última hora, mientras la señorita Feldman, mi profesora de lengua, nos hablaba de las metáforas, se me ocurrió una idea. Algo que por fin me brindaría la oportunidad de ayudarlos.

Aquella tarde, cuando fui a la pizzería después de que sonara el timbre de salida, era yo la que tenía un plan.

—Un momento —dijo Mac—. ¿Tienes un estudio de grabación en tu casa?

—Parte de él. Mis padres lo estaban construyendo para mi hermano.

—¡Dios mío, es verdad! —exclamó Layla apartándose del ventanal, donde se encontraba en su sitio de siempre esperando a que llegara Spence—. ¡Yo estuve allí! ¿Cómo se me puede haber olvidado?

–Bueno –dije–, recuerda que fue una noche un poco extraña.

Pensó unos instantes, y después admitió:

–Ah, ya. La habría borrado de mi mente, seguro.

Mac me miró.

–¿Qué pasa, está encantado o algo así?

–No exactamente –contesté–. Estaba aquel tipo, el amigo de mi hermano, ¿recuerdas?

–Ah. –Me miró a los ojos–. Cierto. El rarito.

Yo creía que Mac no me podía gustar más de lo que ya me gustaba. Me equivocaba.

–Seguro que no hay problema –dije–. No lo usa nadie.

–Aun así, necesitaríamos a algún técnico de sonido para producir la maqueta –dijo Mac.

–¿No es eso lo que Eric se pasó todo el verano haciendo en ese campamento? –intervino Layla–. Por lo menos, a la vuelta parecía que sabía hacerlo.

–Estamos hablando de Eric. Él siempre se comporta como si supiera hacer cualquier cosa.

–Mándale un mensaje y pregúntaselo.

Mac sacó su teléfono y me miró.

–¿Seguro que no hay problema? Porque si se lo digo, se va a poner como un perro con un hueso. Nunca deja escapar nada, aunque sea lo más conveniente.

Justo en aquel momento, un enorme todoterreno de color negro paró junto al bordillo.

–¡Ya está aquí Spence! –anunció Layla en voz alta para que se enterase también su padre, que estaba en la cocina–. ¡Me voy!

–De vuelta a las cinco y media –advirtió el señor Chatham.

–¡A las seis como muy tarde! –respondió ella, y salió como una bala antes de que el hombre pudiera decir nada.

Mac la observó con expresión desconfiada mientras ella se instalaba en el asiento del copiloto. Según Layla, él era así con todos los chicos que habían salido con ella, demasiado protector y prejuicioso desde el primer momento. Se le notaba. Pero ella había tensado demasiado la cuerda desde que Spence empezó a tener más tiempo libre: llegaba tarde, y al día siguiente se retrasaba un poco más. Respondía con evasivas, incluso a mí, cuando le preguntaban dónde habían ido o qué habían hecho. Si yo me daba cuenta, seguro que Mac también.

—Preguntaré a mis padres, pero estoy segura de que no pondrán pegas —le aseguré cuando se fueron—. Además, quiero echaros una mano.

—No tienes por qué.

—Lo sé. —Hice un gesto señalando su teléfono—. Mándale un mensaje. Enséñale el hueso.

Por supuesto, Eric aseguró que podría encargarse de todo si tenía un estudio a su disposición y sugirió que probáramos al día siguiente o, salvo imprevistos, el fin de semana. Lo único que quedaba era conseguir el permiso oficial. ¿Me costaría mucho obtenerlo?

Dos horas después, entré en la cocina de mi casa. Normalmente, a las seis mi madre se había servido su habitual copa de vino mientras terminaba de hacer la cena y tenía preparadas las consabidas preguntas sobre mi día en el instituto. Pero hoy no la veía por ninguna parte. Dejé la mochila, subí la escalera y me dirigí al Centro de Operaciones. La puerta estaba entornada y la oí hablar.

—Me da la impresión de que hay algo más —decía—. Las últimas veces que hablamos se disgustó con facilidad, y no quiere hablar de nada. Y luego está lo de la graduación...

Guardó silencio mientras su interlocutor —quienquiera que fuese— hablaba. Abajo, mi padre acababa de llegar.

—Sí, leí que el hito de los tres meses puede resultar una especie de transición. Como que la sensación de novedad desaparece y sin embargo aún queda mucha condena por cumplir.

–Otra pausa–. Bueno, tiene sentido. A Peyton nunca se le dio bien expresar sus sentimientos. De hecho, a eso achaco buena parte de sus problemas. Ojalá hubiera sido capaz de sincerarse sobre el sufrimiento que estaba soportando...

–¡Julie! –La voz de mi padre se oyó desde arriba–. ¿Estás ahí?

Me asomé a la escalera.

–Está hablando por teléfono.

–Ah. –Volvió a mirar la cocina vacía; estaba claro que también él se preguntaba qué pasaba con la cena–. Vale.

–Dios mío, pero ¿ya es tan tarde? –exclamó mi madre al salir de su despacho. Al verme, esbozó una sonrisa cansada–. No sé cómo se me ha ido la tarde entera. Supongo que deberíamos pensar qué apañamos para cenar, ¿no?

Asentí y la seguí a la cocina, donde mi padre estaba abriendo una cerveza.

–¿Un día largo? –le preguntó.

–Épico –contestó ella mientras se acercaba y abría la nevera–. Bueno, veamos. Pensaba hacer costillas de cerdo antes de que se me fuera el santo al cielo. Creo que tengo un poco de pollo por aquí...

–También podríamos pedir algo –sugirió mi padre, que nunca había probado comida para llevar que no le gustara.

–Podría ser –corroboró mi madre. Luego cerró la puerta del frigorífico y me miró–. ¿Os apetece pizza? La del sitio al que me llevó Sydney es deliciosa. Sirven a domicilio, ¿verdad?

–Sí –respondí sorprendida–, claro.

–Perfecto. ¿Qué te parece, Peyton? ¿Una grande, mitad Deluxe y mitad Roma?

–¿Y si pedimos una grande de cada? –propuso mi padre–. Y así mañana me llevo las sobras para el almuerzo.

No me sorprendió nada. Mi padre era capaz de comer pizza a cualquier hora del día y de la noche, y cuando lo hacía parecía tener un apetito insaciable. Las sobras jamás duraban en nuestra nevera, aunque las colocases aparte con tu nombre. Lo sabía por experiencia.

—Genial —dijo mi madre—. Llama.

Eso hice. Contestó el señor Chatham.

—¡Sydney! ¡Cuánto tiempo sin verte! Si llamas a Layla, no está. Media hora tarde, y subiendo. Otra vez.

Oh, no, pensé.

—En realidad llamo para hacer un pedido.

—¿Ah, sí? —Parecía satisfecho—. Estupendo. ¿Qué te preparo?

Le dije lo que queríamos. Anotó el número de la tarjeta de mi madre y me dijo que también nos mandaría pan de ajo, a pesar de que le dije que no se molestara. Mac lo llevaría todo dentro de veinte minutos.

Después de colgar, subí a mi cuarto y me cepillé el pelo, me cambié de blusa y me puse un poco de brillo en los labios. Cuando bajé, mi padre preguntó:

—¿Qué celebramos?

—Nada —respondí mientras mi madre también se fijaba en mí—. Es que me sentía sucia al volver de clase.

—Mmm... Demasiado arreglada para comer pizza —comentó mientras hojeaba el periódico de la mañana.

—Pues yo la veo muy guapa —aseguró mi madre con una sonrisa.

Fingí un gesto de fastidio. Fue solo un instante, pero me pareció tan maravillosamente cotidiano que deseé poder atesorarlo en el bolsillo. Mis padres y yo, una pizza un día entre semana, una familia normal. Al menos durante unos minutos.

Quizá fuese eso lo que me decidió, en aquel mismo momento, a sacar el tema del estudio de grabación.

—Oye, mamá, tengo que pediros un favor.

—Muy bien. ¿Cuál?

–El hermano de Layla, Mac, ¿te acuerdas? Lo conociste en la pizzería...

–Sí. Lo recuerdo.

–Toca en una banda. Y necesitan grabar una maqueta para un certamen en el que esperan poder participar. Me preguntaba si podrían utilizar el estudio del sótano.

Ella miró a mi padre, que estaba leyendo las páginas de deportes.

–No veo por qué no.

–¿En serio?

–Para lo que lo usamos, mejor que lo aproveche alguien, ¿no te parece, Peyton?

–Por supuesto –respondió mi padre en un tono que me hizo saber de inmediato que ni siquiera estaba prestando atención.

–Genial –dije–. Gracias. De corazón.

Me miró sorprendida y sonrió.

–De nada.

Justo en aquel momento sonó el teléfono. Pensando que podía ser de la pizzería con alguna pregunta sobre el pedido, respondí al instante.

–¿Diga?

–Esta es una llamada a cobro revertido de un interno del centro penitenciario de Lincoln. ¿La acepta?

–Sí –contesté, y esperé a oír el zumbido y el clic–. ¿Peyton?

Al oír su nombre, mi madre levantó la vista, repentinamente alerta y pendiente.

–Hola –dijo mi hermano–. ¿Qué hacéis?

–Nada especial. Esperando a que llegue la cena.

–¿Está mamá por ahí?

–Sí. Espera un momento.

Ella ya estaba a mi lado, con la mano preparada para recoger el teléfono. Cuando se lo di, me pasó la mano por el pelo antes de llevárselo a la oreja.

–¡Hola! ¿Qué tal? ¿Nervioso por la graduación?

Mientras ella recorría la cocina, mi padre abrió la nevera, escrutó su contenido y bebió un sorbo de cerveza. Miré el reloj: habían pasado diez minutos. Mac llegaría enseguida y podría no solo hablarle del estudio, sino presentarle a mi padre. Después de tanto tiempo inconexas y sin sintonía, parecía que las cosas volvían a su cauce. En otra época, aquello me habría parecido lo más normal del mundo. Pero ahora sabía no solo apreciarlo, sino además saborearlo. Lo cual probablemente fue un error.

–Sinceramente, no sé de dónde sacas eso –dijo mi madre. Solo habían pasado unos segundos desde que la había oído responder al teléfono, pero en aquel intervalo había pasado de estar relajada a mostrarse tensa. Muy tensa. Al oírla, también mi padre la miró–. Creía que ya habíamos hablado de esto.

Una pausa mientras Peyton hablaba.

–Porque se trata de un logro y debe ser reconocido. Y los mediadores y todo lo que he leído sobre ello dicen que... –Se calló de pronto; ahora fue mi hermano quien la interrumpió–. Bueno, pues no estoy de acuerdo. Ni creo que las demás familias lo estén.

–Julie, ¿qué pasa? –preguntó mi padre.

–Es que no entiendo por qué nos haces esto. ¿Qué? No estoy de acuerdo. Soy una madre que se involucra, Peyton. Y lo único que quiero...

Por el rabillo del ojo divisé una silueta difusa en el exterior. Me volví hacia la ventana y vi que Mac estaba aparcando en el camino de acceso.

–Bueno, no se puede hablar contigo cuando te pones así –dijo mi madre moviendo la cabeza–. Ni siquiera me dejas...

Mi padre se acercó a ella y extendió la mano.

–Dame el teléfono.

Mi madre hizo un gesto negativo. Delante de casa, Mac estaba saliendo de la camioneta.

—Julie. —Mi padre le puso una mano en el hombro. Después, con delicadeza, extendió el brazo e hizo que le diera el teléfono. Se lo llevó a la oreja y dijo—: Peyton, soy yo. ¿De qué va todo esto?

Mamá tenía lágrimas en los ojos cuando se apoyó en la encimera, pendiente de él mientras mi hermano respondía. Cuando sonó el timbre un instante después, tuve la completa seguridad de que yo había sido la única en oírlo.

Apenas unos minutos antes, lo único que quería era hacer pasar a Mac y presentárselo a mi padre. Ahora, sin embargo, al verlo en el umbral con la bolsa isotérmica en una mano y una bolsa de papel en la otra, deseé poder salir de ahí e irme con él.

—Hola —saludó, levantando la bolsa—. Espero que os apetezca pan de ajo. Mi padre os ha enviado... Yo qué sé, una hornada entera.

Antes de que yo pudiera responder, movió los ojos siguiendo a alguien a mi espalda. Me volví justo a tiempo de ver a mi madre subiendo los escalones de dos en dos.

—Estupendo —dije dando un paso atrás—. Pasa.

Entró y me siguió hasta la cocina, donde en ese momento mi padre colgaba el teléfono. Estaba de espaldas a mí y dijo:

—Tu madre está.... disgustada. Ha...

—Ha llegado la pizza —dije inmediatamente.

Mi padre se giró y nos vio.

—Ah. Muy bien.

—Papá, este es Mac, un amigo del instituto.

—Encantado de conocerlo —dijo Mac mientras dejaba la bolsa encima de la mesa y le tendía la mano.

—Lo mismo digo —respondió. Se estrecharon las manos—. Tengo entendido que esta pizza es una auténtica delicia.

—Lo es —aseguré—. Te va a encantar.

Arriba se cerró una puerta. No fue un portazo propiamente dicho, pero se oyó.

—Bueno, ¿cuánto te debo? —preguntó mi padre sacando la billetera.

—Les di el número de tarjeta —dije—. El total era de veintitrés dólares con cuarenta y dos.

Sacó un billete de cinco dólares y dos de uno y se los entregó a Mac.

—Para ti, entonces.

—Gracias.

—Mis padres —dije mientras dirigía una mirada a mi padre— dicen que no hay problema en que uséis el estudio.

—¿En serio? ¡Caray! Genial. Eric se va a volver loco.

—Eric es el cantante —expliqué—. Mac toca la batería.

—Estupendo —repuso mi padre, claramente distraído—. Bueno, voy a ver cómo está tu madre. Pon la mesa, ¿vale? Me alegro de conocerte, Mac.

—Yo también.

Mientras él subía, abrí la alacena y saqué unos platos, aunque estaba completamente segura de que no íbamos a tener una típica cena en familia.

—Acaba de llamar mi hermano —dije—. Estaba furioso por algo. Por eso mi madre se ha disgustado.

—Ah, vaya. Lo siento.

—Por lo que parece, no debe de ser para tanto. Pero prometía ser una noche tranquila, ¿sabes? Por una vez.

Mac no dijo nada mientras yo colocaba los platos en la encimera. Arriba se oyó cerrarse otra puerta.

—Les pregunté lo del estudio y les pareció perfecto, y luego ibas a venir tú... —Tragué saliva y abrí el cajón de las servilletas—. Estoy tan cansada de esto. De que mi hermano esté de una manera o de otra.

Mac me observó acercarme al cajón de los cubiertos. Mientras sacaba tres tenedores, sentí que estaba a punto de llorar. Y entonces, de pronto, exploté.

No eran solo esas lágrimas que te humedecen los ojos, ni ese nudo que se forma lentamente en la garganta y te avisa de que tienes que respirar hondo y quizá intentar controlarte. Por el contrario, en cuestión de segundos me vi sollozando: jadeaba, moqueaba y hacía unos ruidos que parecían casi guturales. Me agarré al borde de la encimera, dejé caer la cabeza e intenté tomar algo de aire y tranquilizarme. Estaba pensando en lo embarazoso que resultaba todo cuando sentí las manos de Mac sobre mis hombros.

–Eh, tranquila –dijo; sus palmas estaban cálidas–. Tranquila, Sydney.

Pero no me tranquilicé. Desde hacía mucho nunca ocurría nada que me pudiera tranquilizar. Y cada vez que pensaba que quizá lo estaba consiguiendo, como la escena vivida minutos antes, el universo parecía recordarme que aún no me lo merecía. Todavía no.

¿Qué era lo que me esperaba, entonces? ¿Unos pocos momentos aislados en los que las cosas parecerían ir bien, lo bastante pasajeros como para hacerme ansiar más? ¿Era eso? Empezaba a creer que nunca iba a poder conseguir lo que quería. O quizá ni siquiera llegaría a saber lo que quería. Sin embargo, cuando Mac me dio la vuelta hacia él y yo lo miré a los ojos, me di cuenta de que estaba equivocada. De modo que di un solo paso –primero un pie, luego otro–, y entonces sus brazos me rodearon y me estrecharon contra su cuerpo.

16

Peyton no quería que yo fuese a su graduación. Bueno, en realidad no quería que fuese nadie. Pero mamá solo estaba dispuesta a ceder hasta cierto punto.

–No es que no quiera verte, ni que no te eche de menos –me explicó a la mañana siguiente–. Es solo que prefiere no interactuar contigo todavía en ese ambiente. Yo creía que eso ya habría cambiado..., pero sigue igual. Lo cierto es que se trata de un sentimiento muy común entre los reclusos, en lo concerniente a la familia y sobre todo a los niños.

Hablaba despacio, escogiendo las palabras con cuidado. Qué distintas podían ser las cosas en un intervalo de doce horas. La última imagen que tenía de ella era cuando desapareció entre lágrimas escaleras arriba; esta mañana, ahí de pie junto a la cafetera, parecía tranquila, descansada y centrada. Era evidente que también estaba preocupada por cómo me tomaría yo la noticia, sin recordar que en realidad yo jamás había querido ir a Lincoln.

–Lo entiendo –dije–. No pasa nada.

Siguió observándome cuando di los primeros mordiscos a mi desayuno. De pronto, mi bienestar era muy importante, lo que habría sido agradable si no supiera la verdadera razón por la cual estaba tan involucrada. Al centrarse en la negativa de

Peyton a verme, podía esquivar la cuestión más amplia de cómo se sentía de verdad mi hermano ante el hecho de que ella fuera a verlo. A mamá siempre se le había dado muy bien lo de minimizar problemas.

—Como ya te dije —continuó—, el tiempo que Peyton pase en Lincoln estará marcado por una serie de transiciones. Es muy posible que la necesidad emocional que tiene de nosotros se manifieste en algún momento haciéndole pensar que debe apartar esa idea de su mente. Así que la clave es permitirle hacer lo que crea necesario, y al mismo tiempo dejarle claro que estamos aquí y no nos vamos a ir a ningún sitio.

En una de esas raras mañanas en que entraba más tarde a trabajar, papá entró en la cocina ajustándose la corbata. Ya había desayunado, pero aun así se detuvo ante los huevos en los fogones y se comió una pizca que tomó con los dedos.

—Entonces, ¿al final vais? —pregunté—. ¿A la graduación?

—Iremos tu padre y yo. Les pediremos a Ames y a Marla que vengan y se queden contigo. Probablemente ese será el mejor plan.

—Pero yo no necesito que se quede nadie conmigo —protesté de inmediato—. Quiero decir, solo es una noche.

—Ya hemos quedado en ello —me dijo mientras le echaba una mirada a mi padre—. ¿No es así?

—Se lo mencioné anoche. —Se limpió las manos con un paño—. Por lo visto, las cosas con Marla se han... enfriado. Pero estará encantado de venir.

—¿Sí? —Mamá lo miró extrañada. Se sentó—. ¡No tenía ni idea! No me ha comentado nada de que hubieran roto.

Teniendo en cuenta lo mucho que Ames hablaba con mi madre, era bastante sorprendente. Pero yo había aprendido a esperar cualquier cosa de él.

—No parecía demasiado afligido —dijo mi padre mientras comía otro trozo de huevo—. De todos modos, esa noche tiene que trabajar, pero va a intentar salir pronto.

—No debería molestarse —intervine, y quizá fui demasiado categórica, pues ambos me miraron sorprendidos—. Estaré bien.

—Sydney, ya hemos mantenido esta misma conversación antes. No quiero que te quedes aquí tú sola —dijo mi madre—. Ames se quedó contigo la última vez y todo salió bien, ¿no?

—Me quedaré en casa de Layla —repuse en vez de contestar.

—¿Una noche entre semana? Ni hablar. —Se apoyó en el respaldo de la silla—. Además, con todo el tiempo que pasas en su casa y en la pizzería, me preocupa que parezca que se lo estamos imponiendo.

—Pues entonces déjame invitarla. —Pensé durante un instante—. De hecho, esa noche vamos a utilizar el estudio. Así ni siquiera os molestaremos.

Mamá parpadeó, sorprendida.

—¿El estudio? ¿El estudio de Peyton?

—Sí —respondí mirando a mi padre, que se encogió de hombros—. Dijiste que el grupo de Mac podía usarlo para grabar la maqueta.

—¿Mac? —repitió como si estuviera intentando evocar un recuerdo vago y lejano—. Yo no...

—El hermano de Layla. Mi amiga. —Me volví hacia mi padre—. Lo conociste anoche. Os pregunté si su grupo podía utilizar el estudio para grabar la maqueta y dijisteis que sí.

—Ay, no sé, Sydney —dijo mi madre—. Aunque Peyton estuviera de acuerdo (y, la verdad, tendríamos que preguntárselo), no podría ser si nosotros estamos fuera.

—Pero tú dijiste...

—Si te lo dije, sería sin pensar —afirmó, mirando de nuevo a mi padre—. O lo diríamos. Pero, sea como sea, hasta que no pase la graduación no puedo centrarme en otra cosa.

—No es simplemente «otra cosa». Es una cosa mía. Y son mis amigos.

Noté que los había sorprendido. Siempre había aceptado ser la segundona; era mi lugar dentro de la jerarquía. Pero al tocar ese tema −el de Mac−, me mostré dispuesta a luchar. Como si al final me hubiera dado cuenta de que tenía un auténtico motivo. Habría sido mejor si lo hubiese hecho simplemente por mí, por mí misma. Pero también lo aceptaría.

−Hace tres meses, ni siquiera conocías a esa gente. Me cuesta creer que de pronto sean más importantes que tu propia familia.

−Mamá...

−No pienso hablar más sobre este tema −zanjó, poniéndose en pie y colocando la silla en su sitio−. Vamos a ir a arropar a tu hermano porque nos necesita, quiera o no reconocerlo en este momento. Después ya habrá tiempo para hablar de todo lo demás.

Se acercó a la cafetera y me dio la espalda mientras rellenaba su taza. Mi padre la siguió con la vista y me dirigió una mirada comprensiva. Pero, una vez más, no hizo nada. Como si aquello fuera únicamente cosa de mi madre, estuviera todo decidido y él no pudiera llevarle la contraria por mucho que yo lo deseara.

Aunque siempre pasaba lo mismo, noté que me invadía una oleada de furia inesperada y sin precedentes. Algo había cambiado. Primero, me había metido en la categoría de «otra cosa». Ahora, de «todo lo demás». Yo siempre había sido «la otra», la que no era Peyton; había terminado por aceptarlo. Pero por fin había conocido a personas que me veían de otro modo. Y ahora que existía para alguien y ocupaba el primer lugar, no quería volver a ser invisible.

—Bueno, lo que estoy pensando —dijo Eric— es que podríamos empezar fuerte con un tema de Logan Oxford y terminar a lo grande con *Six of One* y mi solo de guitarra. Y en medio tocamos otra en la que cante Layla para introducir un cambio radical.

—Sí, pero ¿cuál? —quiso saber Mac mientras pelaba otra mandarina. Tenía ante él el teléfono de Irv desarmado para cambiarle la pantalla, que se había roto porque su dueño se había sentado encima. La simple visión de todos aquellos tornillos diminutos me daba dolor de cabeza—. No hemos ensayado nada con ella.

—No es complicado, es música pop —repuso Eric—. Además, ella ya se sabe todas las canciones. Solo es cuestión de escoger la que encierre el significado perfecto.

—Pero dijiste que sería algo simple —terció Irv, que, según mis cuentas, estaba terminando su tercer muslo de pollo—, así que ¿cómo puede tener algún significado?

—Ahí es donde entra la ironía —respondió Eric con un suspiro; una vez más, nadie parecía ser capaz de seguirlo—. Voy a escoger una canción que con toda claridad muestre el punto de vista de un tío para después darle la vuelta tanto con arreglos originales (estoy pensando en una versión acústica, quizá) como con la interpretación de una cantante femenina.

—Vamos —dijo Mac en voz baja mientras seleccionaba otro tornillo—. *Vamos* a escoger una canción.

—De acuerdo, de acuerdo —repuso Eric agitando las manos—. Siempre por consenso. Pero seamos sinceros: yo soy el que de verdad va a pilotar la profundidad de nuestro mensaje.

—¿«La profundidad de vuestro mensaje»? —repitió Irv, que a continuación se echó a reír—. Tío, te estás superando a ti mismo.

A mi lado, Mac también se rio. Yo esbocé una sonrisa forzada, intentando sumarme. Todavía no había encontrado la manera de comunicarles que a mis padres no les parecía bien que utilizaran el estudio de grabación. Así que aún no les había dicho nada y me había limitado a quedarme allí sentada, cada vez más nerviosa, mientras ellos hacían planes precisamente para utilizarlo.

No era la única que no estaba de humor. A pesar de ser parte de uno de los temas de la conversación, Layla no estaba atenta. Por el contrario, estaba totalmente volcada en su móvil. Por la expresión de su rostro parecía evidente que no estaba muy satisfecha, pero la prueba irrefutable era el hecho de que no hubiera tocado la comida.

–¿Estás bien? –le pregunté por segunda vez aquel día. Me había tropezado con ella en el pasillo al salir de tutoría, justo a tiempo para ver cómo colgaba el teléfono con gesto de enfado. Las dos íbamos con retraso y en direcciones opuestas, así que cuando me dijo que estaba bien, la creí.

–Sí –contestó sin mirarme–. Solo... Bueno, cosas de Spence. Una bobada.

Dudé, sin saber muy bien si debía ahondar en el asunto. Desde que ella y Spence pasaban más tiempo juntos, solo me contaba cosillas sueltas de su relación. Yo había notado que la fase de embeleso y de «¡oh, es un cielo!» estaba en declive. Por lo visto, no me había equivocado al sospechar que su novio perfecto tenía detrás una historia complicada. Tras tirarle un poco de la lengua, me había confesado que no solo estaba cumpliendo una sanción de servicios a la comunidad, sino que además lo habían expulsado de tres centros de enseñanza antes de aterrizar en W. Hunt. Cuando se conocieron, él estaba en un momento de plenitud y de buen comportamiento. Pero a la gente como Spence siempre le esperaba una cuesta abajo.

–Me inclino por un tema de Paulie Prescott para la actuación de Layla –continuó Eric.

–¿Paulie Prescott? ¿No era el tipo ese del pelo? –preguntó Irv.

–Vas a tener que ser un poco más preciso –indicó Mac.

–*El* pelo. –Irv levantó una mano y se la pasó por la cabeza–. ¿No os acordáis? Un tío que siempre parecía que acababa de salir de un túnel de viento.

–No, ese era otro –dijo Eric–. Ese otro de la voz tan aguda.

–Abe Rabe –respondimos Layla y yo al mismo tiempo. Ella ni siquiera levantó la vista.

Mac levantó las cejas con la pantalla nueva en la mano.

–Caramba. Eso sí que ha estado bien.

Le sonreí, pensando de nuevo en lo ocurrido la noche anterior. A pesar de mi nerviosismo inicial, el gesto de atraerme hacia sí me había parecido casi familiar, como si lo hubiéramos hecho un millón de veces. Sin incomodidad, sin necesidad de movernos. Me limité a acurrucarme contra su pecho, la medalla que llevaba al cuello bajo mi mejilla, y a aspirar su fragancia. Podía afirmar pocas cosas con rotundidad, pero estaba casi segura de que si mi padre no hubiera bajado instantes después, lo habría besado. Tan segura que ahora, sentada cerca de él pero no demasiado y observando su sonrisa, me sentía como si lo hubiera hecho.

–Paulie Prescott era aquel falso pandillero –nos recordó Eric–. Un niño rico de una zona residencial que cantaba sobre su pasado en la calle. Vendía la imagen de chico-malo-que-intenta-ser-bueno. Y las chicas se lo tragaban.

–Ah, sí –dijo Irv–. Me horrorizaba ese tío.

–Como a todo el mundo. –Eric no tenía problemas en alzarse en portavoz del mundo entero–. Pero por eso me parece que hay un componente intrigante en el hecho de que Layla cante una de sus canciones. ¿Dejar a un lado la producción, la fachada, y enfocar su petulancia desde un punto de vista femenino? Va a ser intenso. Épico.

—¿Acabas de utilizar la palabra «petulancia»? —se extrañó Mac—. ¿Has bebido?

De repente, Layla se puso en pie, se echó la mochila al hombro y se encaminó a paso ligero al edificio principal. Todos la contemplamos en silencio. Luego, Irv preguntó:

—Por el amor de Dios, ¿qué le has hecho, Mac?

—¿Yo?

Mac me miró mientras se levantaba.

—¿Sabes qué le pasa? —me preguntó.

—No —respondí al tiempo que alcanzaba mi mochila—. Pero tengo una corazonada.

Miré primero en los lavabos de chicas, pues solían ser mi lugar favorito donde refugiarme, pero las únicas chicas que había allí eran unas del grupo de baile que estaban ensayando un tutorial sobre maquillaje. Salí al pasillo, pensé unos segundos y a continuación me dirigí a la taquilla de Layla, mi siguiente apuesta. Me la encontré por el camino, sentada en la escalera. Cuando me vio, se mordió los labios.

—A ver —dije, sentándome a su lado—. ¿Qué pasa?

Suspiró y estiró las piernas.

—Spence ha... hecho algo raro últimamente. Algo que con su historial no debería haber hecho. Básicamente.

—¿Drogas?

Un leve gesto de asentimiento.

—Un poco de hierba. Unas pastillas. Lo convierten en una persona distinta. Pero cuando le riño se pone hecho una fiera y no contesta a mis mensajes. Y entonces no sé qué está haciendo, lo cual es peor.

—No vas a poder cambiarlo.

—Lo sé, lo sé. —Flexionó las piernas hasta que las rodillas tocaron el pecho—. Y es una mierda, porque si digo algo, desaparece. Y si no, tengo que ver cómo se destroza a sí mismo. Es como si yo no pudiera ganar nunca.

Un par de chicos que llevaban unos instrumentos en sus fundas pasaron rozándonos al subir la escalera.

—Odio esa sensación —dije.

Desde mi punto de vista, aquellas palabras no eran especialmente sabias ni esclarecedoras. Pero al oírlas, Layla dejó escapar un suspiro y apoyó la cabeza en mi hombro con los ojos cerrados. Yo solía intentar con mucho empeño decir las palabras adecuadas, pero casi siempre me quedaba corta. Me sentí bien al saber que por una vez había acertado, aunque fuera por casualidad.

—Venga —dijo Mac cuando me monté en la camioneta—. Haz tu magia.

Leí la nota del pedido que tenía en la mano. Cuatro *fettuccine* Alfredo, cuatro ensaladas.

—Alguien está fingiendo que ha hecho la cena. Te apuesto cinco dólares a que ya tienen preparados los platos donde van a servir esta comida.

—Acepto —dijo, arrancando el motor.

Normalmente, me sentía lo bastante segura de mis predicciones como para acompañarlas de algún comentario irónico. Aquel día, sin embargo, no estaba de humor. Entre que tenía que decirle a Mac (que a su vez se lo tendría que decir a Eric, que se quedaría hecho polvo) que la idea del estudio no había tenido éxito y la confesión de Layla de aquella misma mañana (que me había hecho jurar que guardaría en secreto), había demasiadas cosas que tenía que callarme. Que encima tuviera que ocultárselas a Mac no hacía más que empeorarlo todo.

Cuando llamé al timbre y me abrió una mujer joven ataviada con un vestido y perlas, muy maquillada y luciendo una alianza nuevecita y un anillo con un brillante resplandeciente, apenas tuve humor para darme una palmadita en la espalda a mí misma. Aunque fuera un éxito rotundo.

—¡Ay, gracias a Dios! —exclamó mientras se desataba el delantal que llevaba puesto, en el que se leía BESA A LA COCINERA y que aún mostraba las dobleces de acabar de salir de un envoltorio lo que daba a entender que era la primera vez que se lo ponía—. La familia de mi marido llega dentro de veinte minutos.

—Disfruten de la cena —le dije al entregarle el pedido. Me dirigió una mirada de agradecimiento y me dio una buena propina antes de cerrar la puerta.

Mac, que lo había observado todo desde la camioneta, me miró muy serio cuando volví a su lado.

—Vale, antes todo esto me dejaba impresionado. Ahora casi empieza a darme miedo.

Logré esbozar una sonrisa cuando me senté.

—Anda, bobo. Tengo pocas habilidades.

—Ah, pues yo no creo que sea así —repuso mientras arrancaba—. Logras que Layla te cuente cosas.

Sabía que estaba esperando que le contara por qué se había disgustado tanto a la hora de la comida. Pero yo había hecho una promesa.

—Eso forma parte de las relaciones —me limité a decir—. Todas las chicas tenemos facilidad para esas cosas. Está escrito en nuestro código genético.

—¿En serio?

—Claro.

Resultaba obvio que yo estaba escurriendo el bulto, pero por suerte él lo dejó estar y me entregó la nota del pedido siguiente.

—Buena suerte con esto. Es una auténtica rareza.

Eché un vistazo.

—Dos grandes de queso, cuatro panes de ajo. ¿Qué tiene de particular?

—Lee lo que pone debajo.

—¿Todocup? —pregunté. La palabra estaba subrayada. Dos veces—. ¿Y eso qué quiere decir?

Encendió el intermitente y cambió de carril mientras nos acercábamos a un semáforo.

—Todo cupón. Significa que tiene tanto descuento que es gratis.

—¿Gratis? —Volví a mirar la nota—. ¿Cómo es posible?

—No debería serlo —me explicó—. Los jueves tenemos una oferta especial. El anuncio debería decir que si compras una pizza de queso y un pan de ajo, te llevas la pizza y el pan de ajo te sale gratis. Pero hace cosa de un año hubo una confusión con los folletos. De las gordas.

—¿Lo que significa...?

—Lo que significa —continuó, enfilando una bocacalle— que se olvidaron de la primera parte y solo imprimieron la segunda.

Tuve que pensar durante un minuto.

—¿Así que ponía que te llevabas una pizza de queso y pan de ajo gratis? ¿Sin que hiciera falta pagar nada?

—Eso es.

Vaya. Eso era un montón de pasta. Tanto en sentido literal como figurado.

—¿Cuántos folletos se repartieron?

—Se metieron en los buzones de todos los domicilios dentro de los límites de la ciudad.

—Dios mío. Tu padre debió de volverse loco.

—Exactamente. —Se apoyó en el respaldo y pasó una mano por el volante—. La mayoría de la gente habría explicado que se trataba de un error. Pero él no es así, con lo cual sigue cumpliendo con la oferta. Aunque no haga más que rezongar.

Eso explicaba por qué la palabra todocup era varios tonos más oscura que las que había arriba.

–Entonces, ¿lleváis así un año?

–Ya no quedan muchos. Pero hay unas cuantas personas que, cuando se dieron cuenta del error, se apresuraron a hacerse con todos los cupones que pudieron conseguir.

–Y que responden a unas características determinadas –dije, entendiendo por fin la idea.

Mac asintió. Y esperó.

Yo me quedé pensando unos instantes.

–Son avispados. Con recursos. Además, tienen tiempo para ponerse a buscar cupones y utilizarlos de forma sistemática. Es mucho esfuerzo solo para conseguir pizza gratis, así que o son jóvenes o están sin blanca. Probablemente, las dos cosas.

Nos estábamos aproximando a una calle de bloques de pisos.

–¿Algo más? –preguntó Mac.

–Chicos.

–¿Qué te hace pensar eso?

–Nada en concreto. Solo es una corazonada.

La segunda del día, de momento. Pero de esta no estaba tan segura como de la razón de los problemas de Layla. Cuando Mac se bajó de la camioneta conmigo, supuse que era no solo porque se trataba de un piso, en cuyo caso siempre subíamos juntos, sino también porque quería verme fallar por una vez.

Subimos dos tramos de escaleras hasta llegar a una puerta que dejaba oír una música machacona al otro lado. Llamó. Un instante después abrió un chico muy delgado, casi con seguridad un estudiante universitario. Vaqueros, camisa de cuadros, auriculares.

–Pizzería de la Costa –anunció Mac sin expresión en la voz–. ¿Has hecho un pedido?

–Sí, hemos pedido pizza –respondió el chico. Señaló con la vista una sala a su espalda donde pude ver a otros dos chicos sentados en un sofá, también con auriculares y empuñando sendos mandos de videoconsola–. ¿Cuánto costaría todo?

–¿Tienes cupones?

La sonrisa del chico se amplió.

–¿Necesitas verlos?

–Sí, claro –dijo Mac.

Se volvió y se acercó a una mesa llena de libros, cajas de comida para llevar y cargadores enchufados en los que no había nada cargándose. Después de revolver durante unos segundos, regresó.

–Ahí tienes. –Sonrió–. Ya ves que dice que puedo llevarme dos pizzas y pan de ajo gratis de vuestro estupendo establecimiento.

–Pizza –anunció uno de los chicos como un autómata sin apartar la vista del televisor.

–Pizza *gratis* –puntualizó el que nos había abierto la puerta. Luego me miró–. Así está aún más rica, ¿sabes?

No dije nada y me quedé esperando a que Mac examinara los cupones –anverso y reverso– y se los guardara en el bolsillo. Solo cuando hizo un gesto de conformidad le entregué la comida.

–Al precio habitual, serían veinticuatro dólares con setenta y dos centavos –dije con la esperanza de que nos diera propina.

–¡Lo sé! –exclamó–. ¡Qué guay! ¡Gracias!

Y cerró la puerta. Me quedé tan pasmada que permanecí inmóvil unos segundos con la vista fija en el 2B, pero Mac ya estaba bajando. Le di alcance.

–Modifico mi estimación anterior –dije–. Además son gilipollas.

–Totalmente de acuerdo. –Parecía tan enfadado que preferí no decir nada más mientras atravesábamos el aparcamiento de regreso a la camioneta. Sacó su teléfono y consultó la pantalla–. No hay más repartos a la vista. Necesito un respiro. Hagamos algo.

–¿Alguna idea? –pregunté abriendo la puerta.

–Estamos cerca de tu urbanización. ¿Te apetece enseñarme esa zanja?

Pensé en la conversación telefónica que había tenido con mi hermano y en cómo me había sorprendido su reacción cuando saqué el tema. Como el hecho de que él viera aquella aventura de manera distinta –según él obra de un inconsciente, para mí de un superhéroe–, hacía parecer que quizá no hubiera sucedido nunca.

–Claro –contesté–. Vamos.

El sendero era más estrecho de lo que recordaba, y estaba tan invadido por la maleza en algunas zonas que tuve que detenerme y doblar varias ramas para poder continuar. Se me hizo extraño ir en cabeza, acostumbrada a seguir siempre a Peyton. Después de unos cuatrocientos metros, sin embargo, la vegetación se hizo menos frondosa y Mac se situó a mi lado. Al subir un montículo, mientras un halcón sobrevolaba nuestras cabezas, me dio la mano.

Era cálida, y la mía me pareció muy pequeña en comparación. Me sentí protegida. Permanecimos así, en silencio, con el único sonido de nuestros pasos al aplastar la hojarasca y el ocasional susurro de los árboles meciéndose con la brisa. Pensé en todas aquellas tardes que había recorrido ese mismo camino y en lo distinto que me parecía ahora por tantas razones.

–Debería estar por aquí –dije mientras subíamos otra pequeña elevación–. Recuerdo esta zona de árboles talados.

–Parece como si hubieran pensado construir aquí.

–Quizá. O puede que los cortaran para obtener leña.

Atravesamos una zona de tocones cubiertos de musgo y líquenes. Sobre uno de ellos vimos un par de botellas de cerveza a medio llenar con agua de lluvia, ahora sucia. Y entonces, justo cuando empezaba a preguntarme si de verdad lo había imaginado todo, lo vi ante nosotros: un lugar donde la tierra se abría, una zanja ancha como una boca. Caminamos hasta el borde.

No era tan enorme como la recordaba, y tampoco había ningún tronco para cruzarla. Pero había algo familiar en las raíces a la vista, en el estrato de arcilla roja a media profundidad, en lo repentino de su aparición inesperada.

–Supongo que no impresiona tanto como recordaba –dije–. No como el carrusel.

–Pues a mí no me gustaría atravesarla.

Sonreí.

–Cuando Peyton lo hizo, se me puso el corazón en la garganta. Estaba segura de que se caería y se mataría, y yo tendría que ir a casa y contárselo a mi madre.

Mac se inclinó un poco más para inspeccionar el hueco.

–Pero no se cayó.

–No. –Levanté la vista hacia el cielo azul que se abría sobre nuestras cabezas–. Creo que entonces tenía su propio santo protector. ¿Existe alguno para los descerebrados que corren riesgos absurdos en los bosques?

–Creo que no. Pero hay unos cuantos que bien podrían servir. Como el patrón de los caminantes, los viajeros, los perdidos. O de lo que sea. –Se llevó la mano a la medalla–. El favorito de mi madre es san Antonio, a quien se recurre para encontrar objetos perdidos. Hay una rima que siempre repite cuando pierde algo: «Tony, Tony, vuélvete a mirar. He perdido algo que tengo que encontrar».

–¿Y funciona?

–A veces –respondió, volviendo a meterse la medalla por debajo de la camiseta. Como siempre, me fijé en la flexibilidad de la cadena, en el espacio que se veía sin medalla–. Mal no viene.

Nos quedamos inmóviles unos segundos, en medio de un silencio roto únicamente por la brisa. Miré al otro lado de la zanja y tuve una visión de los hombros rígidos de Peyton al caminar sobre aquel tronco. Por una vez, su objetivo no era encontrar el lugar perfecto para esconderse, sino atraer la atención de todo el mundo. Aquello fue solo el principio.

«¿Te acuerdas?», le había preguntado yo la noche que llamó por teléfono y hablamos de la zanja.

«No fue mi momento más lúcido», dijo.

Todo ese tiempo yo había creído que Peyton se veía a sí mismo tal como lo veía yo, tal como lo veíamos todos. Invencible. Como si fuera de otro mundo. Pero él había aprendido que era humano mucho antes que yo. O quizá lo supo siempre.

Mac se volvió y me miró.

–¿Qué tienes?

Sabía que me lo preguntaba porque yo habría hecho algún ruido o algún gesto al pensar aquello. O simplemente porque me había quedado inmóvil. Pero me tomé su pregunta en un sentido mucho más extenso. La amplié, de modo que incluyera todo lo que había cambiado desde el día que entré por primera vez en La Pizzería de la Costa. Los cambios que se habían producido en mí.

¿Qué tienes? Quizá las vidas que había vislumbrado durante la última hora: los cretinos tramposos que se comerían sus pizzas mientras se regocijaban de su cara dura, la recién casada que serviría *fettuccine* para llevar en la vajilla de porcelana que le habían regalado el día de su boda. O aquel lugar, grabado con tanta fuerza en mi memoria, aunque en ese momento se estuviera forjando un recuerdo nuevo. Lo único que pensaba era que allí, por fin, por una vez, no solo era una mera observadora y narradora, sino también parte de este mundo cambiante y en perpetuo movimiento.

Solté mi mano de la de Mac y le toqué la mejilla. Al mismo tiempo, sus dedos se movieron hacia mi cintura y me atrajeron hacia él. Fue una reacción sencilla y natural, como lo había sido todo desde que nos conocimos, que yo me pusiera de puntillas y por fin, por fin, lo besara. Allí, en el bosque, al atardecer de un jueves de finales de otoño, fue perfecto. Yo aún no podía saberlo cuando lo hice, por supuesto. Fue solo una corazonada.

17

Un momento. O sea, que no podemos utilizar el estudio de grabación, ¿no?

—No. Sí podéis —dije—. Solo que va a ser un poco más complicado de lo que creía.

Estaba recostada sobre Mac en el interior de la camioneta, rodeada por sus brazos, con lo que no podía verle la cara. Cuando me giré, me estaba mirando de una manera que me resultó familiar: con cautela y a la espera. Típica de Mac.

—Complicado —repitió—. Suena muy prometedor.

—No te preocupes —dije mientras volvía a recostarme sobre él—. Tú confía en mí, ¿vale?

Él no respondió, y yo apoyé la cabeza en su pecho mientras flexionaba las piernas contra el mío. La cabina de la camioneta era estrecha y olía a pan de ajo, así que no era precisamente el escenario ideal. Pero yo había aprendido a no buscar la perfección en ningún caso. Y a pesar de todo, aquello se le parecía bastante.

Había pasado menos de una semana desde aquella tarde en el bosque. Desde entonces no habían dejado de suceder cosas increíbles, una tras otra. Despedirnos media hora después remoloneando, como había visto que hacían muchos otros, antes de obligarme a mí misma a marcharme. Mensajes durante toda la tarde y al final una llamada, para que lo último que oyera antes de acostarme fuera su voz. Después llegó el primer día de clase, todo tan distinto, aunque solo lo fuera para nosotros. De nuevo volvía a ser una chica que escondía un secreto. Esta vez, sin embargo, era un secreto bueno.

Me sentí fatal por ocultarle algo a Layla, sobre todo algo tan importante como enamorarme por primera vez. Sin embargo, era complicado. Kimmie Crandall, el ejemplo que servía de advertencia, estaba siempre presente en mis pensamientos. Por muy bien que yo le cayera, Mac era su hermano. Por si acaso, mejor no hablar del asunto de momento.

Así que hacíamos todo lo posible por comportarnos con normalidad. Durante la comida seguíamos sentándonos en bancos separados. En la pizzería, él se quedaba detrás del mostrador con sus libros mientras Layla y yo nos sentábamos en nuestra mesa habitual para hacer los deberes. Nada era distinto, excepto cuando estábamos solos.

Como ahora, aparcados junto a un área recreativa de una urbanización llamada Commons Park. No había pedidos esperando, ningún sitio adonde tuviéramos que ir. El motor estaba apagado, pero la cabina de la camioneta estaba todavía caliente cuando me acurruqué contra Mac; fuera, la brisa había levantado hojas rojizas y amarillas que se arremolinaban sobre la luna del vehículo. En un giro inesperado de los acontecimientos, aquellas horas en otro tiempo tan temidas, entre la salida del instituto y la hora de cenar, eran ahora las que esperaba con más ilusión.

No dejaba de aprender cosas nuevas sobre Mac. No solo que besaba bien (muy bien, a decir verdad) y que tenía los abdominales más tensos que había visto y tocado en mi vida (¿las Kwackers, tal vez?). También que siempre llevaba el pelo con el largo preciso sobre la frente para tener que apartárselo continuamente, cosa que hacía con un ligero movimiento de cabeza que yo ya consideraba un gesto distintivo. Que cuando hablaba de algún tema que lo preocupaba –por ejemplo, que su padre diese por hecho que él iba a hacerse cargo del negocio– bajaba la voz instintivamente, lo que hacía que hubiera que inclinarse y escuchar con más atención.

–Por lo que respecta a mi padre, así es como debe ser –me había dicho cuando hablamos del tema unos días antes–. El negocio es la familia y viceversa. Y ante eso no hay nada que decir.

–Sin embargo, si vas a la universidad será bueno para tu familia –indiqué–. Más formación, más potencial de mejora del negocio. Y Layla quiere hacerse cargo.

–Layla *dice* que quiere hacerse cargo –me corrigió–. Hay una sutil diferencia.

–Y además queda Rosie. No tiene que centrarse en ti solo porque tú seas el chico.

–No es ese su punto de vista –dijo, y volvió a apartarse el pelo de la frente–. De todos modos, voy a solicitar plaza en varias universidades. No puedo dejar de intentarlo. Sería como rendirse.

Pensé en nuestra conversación de semanas atrás sobre las cosas que se estropeaban, sobre no aceptar que no hubiera alguna manera de arreglarlas. No solo se trataba de radiodespertadores y estárteres. Como ocurría tantas veces con Mac, aquello que le interesaba abarcaba un amplio espectro. Y yo me sentía muy afortunada de formar parte de él.

Desde que tuve uso de razón, la gente me había hecho sombra o me daba de lado sin disimular, dejándome sola. Pero Mac, como había dicho Layla hacía ya varias semanas, siempre andaba cerca. Me dejaba el espacio suficiente para que estuviera a mi aire, pero siempre estaba disponible para cuando me cansara de estarlo. Empezaba a darme cuenta de que era el perfecto término medio. El santo protector que estaba esperando.

Nunca fue tan evidente como cuando hablamos sobre Ames. Un día, mientras hacíamos el reparto, un Lexus rojo aparcó delante de nosotros. Me quedé inmóvil, y él se dio cuenta. Entonces se lo conté todo.

—No puedo creer que tus padres no se den cuenta de nada —dijo cuando por fin terminé de hablar—. Ese tipo da malas vibraciones.

—A ellos no.

—Deberían ser capaces de percibir si tú estás incómoda. Me encogí de hombros.

—Ya te lo dije. No me prestan demasiada atención.

—Pues haz que te la presten. Si les contaras lo que acabas de contarme a mí, lo harían.

Yo sabía que probablemente Mac estaba en lo cierto. Pero el simple hecho de pensar en abordar el tema con mi madre me ponía nerviosa, como si no tuviera pies —y mucho menos piernas— sobre los que asentarme.

—Piénsalo —dijo, consciente de mis dudas—. ¿De acuerdo?

—Sí. De acuerdo.

Por toda respuesta, se volvió hacia mí. Cuando se inclinó y me besó, primero en los labios y luego en la frente, me sentí lo bastante segura como para cerrar los ojos.

En casa, sin embargo, la situación era cada vez más tensa. Mis padres se marchaban el jueves, y pasarían la noche en un hotel de Lincoln para poder asistir al acto de Peyton el viernes por la mañana. Mi madre estaba como una moto, contestando llamadas telefónicas y enviando correos mientras organizaba la recepción que ella y otras dos familias habían ideado.

—Estaba pensando que podríamos cenar con los Biscoe la noche anterior —nos dijo una noche—. ¿Te acuerdas?, los padres de Rogerson. Ya te hablé de él, está en la misma ala que Peyton. Nos vendría muy bien compartir nuestras experiencias, conocernos mejor. He encontrado un sitio agradable que acepta reservas...

–Julie –dijo mi padre en tono suave, aunque era evidente que quería cortarla–, quizá deberíamos desechar la idea.

Mamá dejó el tenedor en el plato.

–¿Por qué?

Mi padre estaba tan violento que me sorprendí moviéndome en la silla por simpatía, como si hubiera sido yo quien hubiese elegido cruzar aquellas arenas movedizas.

–Vamos a un acto celebrado en un centro penitenciario, no en una guardería –respondió por fin.

La sonrisa de mi madre se desvaneció como por arte de magia.

–¿De verdad crees que es necesario que me lo expliques?

–Nunca lo había hecho. Pero tal y como hablas...

–Lo que trato de hacer –replicó mi madre con voz vacilante y cada vez más aguda– es dar un enfoque positivo a una situación difícil. Cuando hay oscuridad, cualquier luz, por tenue que sea, es de agradecer. Esta es mi luz. Déjame disfrutar de ella.

Prueba de lo negras que se habían puesto las cosas era el hecho de que aquel episodio simbolizara para ella la luz. Yo había sido consciente en todo momento de que todo había cambiado, pero episodios como ese no dejaban de sorprenderme.

No podía hablar con ella del tema, por supuesto, ni con mi padre. Pero había alguien que sí entendía, o al menos escuchaba. Gracias a Dios.

–Bueno, Sydney –dijo la señora Chatham– , ¿cómo van las cosas por casa?

Estábamos en el salón de su casa, ella en su sillón, yo en el sofá, a una distancia prudente de los perros. Mac se había tomado un respiro durante el reparto para intentar arreglar (como ya había hecho tantas veces) el estárter, que se empeñaba en dejar de funcionar, y yo había optado por entrar a ver a su madre hasta que terminara o llegara otra orden de entrega.

—Igual —respondí. Fuera, el motor borboteó un momento, volviendo a la vida, para enseguida morir de nuevo—. Mis padres van a asistir a una ceremonia de graduación en la cárcel, y mi madre está totalmente obsesionada con el plan. Tal como se comporta, cualquiera diría que le van a dar un título de Harvard.

La mujer sonrió.

—Yo me sentí igual cuando Rosie terminó la rehabilitación. Supongo que hay que aceptar lo que hay.

Nos quedamos calladas unos instantes. Juraría que oí a Mac soltar una palabrota.

—Layla me contó que te encontraste con ese chico en Super-Thrift.

Al oírla, tuve una visión fugaz de aquellas katiuskas.

—Sí. Era la primera vez que lo veía cara a cara.

—¿Y?

—Me quedé petrificada. —En el otro extremo del sofá, uno de los perros dejó escapar un ruidoso suspiro—. Ni siquiera fui capaz de hablar.

—Oh, cariño. —Guardó silencio unos segundos—. No va a ser fácil encontrar palabras, si es que alguna vez las encuentras. Lo sabes, ¿verdad?

—Es que no sé qué podría decir que pudiera cambiar las cosas. Pedir perdón no va a cambiar nada.

—Quizá no debas esperar que eso ocurra. Al menos para él. —Me dirigió su habitual mirada afectuosa—. Pero eso no significa que a ti no te ayude de alguna manera. Podría..., bueno, aligerar parte de la carga que sobrellevas.

Una vez más, había dado en el clavo. Sentía la culpa tan pesada como diez de esas capas que te ponen en el dentista cuando te van a hacer una radiografía. Más que suficientes para dejarte tumbado por mucho que intentes levantarte.

—No lo sé —dije.

–No tienes por qué saberlo ahora mismo. De momento, sigues el curso normal.

Yo no estaba tan segura. Pero escucharlo no dejaba de ser un alivio. Igual que el sonido de la camioneta cuando el motor se revolucionó unas cuantas veces. Hacer que las cosas funcionen. De alguna manera.

Cuando regresé aquella tarde, la casa estaba vacía y el teléfono sonaba. Eran las seis menos cuarto, la hora a la que solía llamar Peyton. Sin embargo, esa vez no experimenté la sensación de temor habitual cuando la voz enlatada anunció que era una llamada de Lincoln.

–Hola –saludé una vez que estuvo en línea–. ¿Cómo estás?

–Bien. –Una pausa, voces de fondo–. ¿Y a ti qué tal te va?

No contesté enseguida, preguntándome qué debería contarle. Se me hacía raro mencionar a Mac o a los Chatham, hablar de un mundo del que él no formaba parte, un mundo que era solo mío. Pero entonces me acordé de aquella tarde en el bosque.

–Fui a la zanja con un amigo. Ha cambiado.

–¿Sí?

Hice un gesto de asentimiento con la cabeza, a pesar de que él no pudiera verme.

–O sea, está igual, supongo. Pero la perspectiva fue distinta. La recordaba muy ancha. Enorme.

–Parece aún más grande cuando la estás cruzando justo por encima.

–Te creo.

Nos quedamos callados un momento. Luego, Peyton dijo:

–Verás qué curioso. ¿Sabes ese programa que te gusta tanto, el de todas esas locas? He... he estado viéndolo.

Parpadeé, sorprendida.

–¿Ves *Big New York?*

Se echó a reír.

–¡Y *Big Los Angeles!* Aunque aún no me puedo creer que te lo esté confesando.

–Creí que odiabas esos programas –dije, todavía conmocionada.

–Y así es –suspiró–. Pero mi amigo de aquí... está enganchadísimo. Es médico, un loquero. Asegura que, en su opinión, todo ese narcisismo se debe a trastornos de personalidad. Pero a mí me parece que le gusta el drama.

–¿Es tu médico?

Otra carcajada.

–No, es un recluso. Un adicto. Lo pillaron por vender recetas. Lo llamamos Doctor. Es un buen tipo. Aunque tenga un gusto pésimo para los programas de televisión.

–Eh, oye. Recuerda con quién estás hablando.

–Como si pudiera olvidarme...

Se volvió a oír la voz metálica advirtiéndonos que el tiempo estaba a punto de terminar. Por primera vez deseé que no fuera así.

No le conté nada a mi madre, aunque sí le dije que había llamado. Después de tanto insistir para que habláramos, ahora que lo habíamos conseguido quería guardármelo para mí sola. Peyton tampoco le dijo nada. Otro secreto, solo nuestro.

La verdad era que mamá estaba tan absorta en sus planes que apenas se enteraba de otra cosa. La parte positiva era que no había vuelto a mencionar la idea de que Ames se quedara conmigo. Era descabellado pensar que había conseguido esquivar esa bala cuando aún no se había disparado, y lo sabía. Pero todo lo demás iba sobre ruedas. No debí hacerme tantas ilusiones.

–Bueno, pues mañana tu padre y yo saldremos sobre las tres –dijo mi madre aquella mañana cuando bajé a desayunar–. Ames estará aquí a las diez como muy tarde. No es la situación ideal, pero entre su trabajo de aparcacoches y la salida de escena de Marla es lo mejor que podemos hacer.

Habló de espaldas a mí, atareada mientras revisaba otra de sus listas. Sobre la encimera se apilaban todas las cosas que había comprado en Big Club, el almacén al por mayor, para la ceremonia: galletas, bollos con pasas, magdalenas... Toda la cocina olía a azúcar.

—La verdad es que creo que puedo quedarme sola –dije–. Cuando llegue Ames, ya estaré a punto de acostarme.

Mi madre alcanzó una caja de minimagdalenas y la dejó encima de otro montón.

—Ya hemos hablado eso. Y ahora tómate los cereales, vas a llegar tarde.

Fin de la conversación. Una vez más, yo era un mero apartado de una lista, comprobado y archivado. Cuando me fui, veinte minutos más tarde, no pude evitarlo: salí dando un portazo.

Ahora, en la camioneta, el teléfono de Mac vibró. Cambió de postura detrás de mí para sacarlo del bolsillo.

—Un pedido. Vuelta al trabajo.

Eché un vistazo al reloj. Eran las cinco y cuarto y le había dicho a mi madre que estaría en casa antes de las seis, pero lo único que quería era quedarme en aquel lugar seguro y cómodo, protegida por los brazos de Mac. Ya se estaba incorporando cuando rogué:

—¿Cinco minutos más?

—Dos. –Me besó en la coronilla y volvió a recostarse. Después de unos instantes, me dijo–: Oye, no tenemos por qué grabar en tu casa si supone un problema. Eric encontrará una solución. Siempre lo hace.

—No es ningún problema. Va a ser perfecto.

No era una palabra que yo utilizara mucho, si es que la usaba. Últimamente, sin embargo, a veces me permitía pensar que las cosas podían salir bien. Después de todo, ahí estábamos los dos. Quién lo iba a pensar.

Me llevó de vuelta a la pizzería y aparcó junto a mi coche antes de entrar para recoger el pedido. Nos dijimos adiós con la discreción acostumbrada, salí y cerré la puerta de la camioneta. Pero cuando empecé a andar observé el sol, ya a punto de ponerse, y el cielo azul veteado de rosa. Perfecto, me atreví a pensar de nuevo, aunque fuera solo por un momento. Me di la vuelta y me acerqué a la ventanilla abierta de Mac.

—¿Has olvidado algo? —preguntó.

—Sí. Esto.

Me puse de puntillas, me incliné hacia el interior y le di un beso. Noté su sorpresa y luego su indecisión antes de relajarse y corresponder. Era un riesgo hacer eso en público, pero ya estaba harta de esconderme. Además, Layla, mi única preocupación, estaba con Spence. No se me ocurrió pensar en nadie más. Al menos, no en aquel momento.

—Caramba —dijo Eric cuando abrí la puerta—. Espléndidos aposentos.

—¿Has dicho «aposentos»? —preguntó Irv a su espalda, llenando el resto del umbral—. ¿En serio?

—¿Qué? La verdad es que es un término de uso común.

—Y la verdad es que esto pesa mucho. Así que entra ya en los aposentos, por favor.

Eric hizo un gesto de fastidio y me hice a un lado para dejarlo pasar. Llevaba la guitarra en la mano y la mochila al hombro. Detrás de él y cargados con el resto del equipo entraron Irv, Ford y, cerrando la fila, Mac.

El hecho de que me fijara en la desproporción en el reparto debió de resultar evidente, pues Mac me explicó:

—Eric está mal de la espalda.

–Eric –añadió Irv entre jadeos mientras metía en mi casa una funda negra que abultaba la mitad de mi tamaño– *asegura* que tiene mal la espalda. Nunca he visto ninguna prueba de ello, excepto cuando tenemos que transportar algo que pese.

–Es el disco entre la tercera lumbar y la cuarta –repuso Eric con voz cansada–. Está alterado.

–Yo sí que estoy alterado. Esta mierda pesa una barbaridad. –Irv dejó la funda en el suelo con un golpe sordo que hizo tintinear la mesa de cristal que había debajo del retrato de mi hermano–. ¿Adónde lo llevamos?

–Abajo –indiqué–. Seguidme.

Los guie a través de la puerta que se abría al pasar la cocina, por la escalera de caracol (más jadeos, más comentarios sobre el disco de Eric) y, finalmente, al gimnasio y al estudio. Cuando encendí la luz, Eric se quedó en el umbral, observando el espacio con una mirada de admiración mientras los otros metían las cosas.

–Vaya. ¿Y todo esto es para tu hermano?

–Así debía ser –dije–. Pero digamos que... se obsesionó con otras cosas antes de que le diera tiempo a utilizarlo mucho.

–¿Así es como llaman ahora a la cárcel? –preguntó Irv–. ¿Una obsesión?

Mac le dio un fuerte codazo.

–Eh. Cuidado con lo que dices.

–¿Qué? –Irv lo miró, y después me miró a mí–. Ah. Perdona, Sydney, solo era una bobada de las mías.

–No te preocupes –respondí con una sonrisa.

De todos modos, Mac se acercó a mí mientras Ford y Eric empezaban a desembalar los instrumentos:

–Lo siento. Irv es de los que siempre llaman a las cosas por su nombre, sobre todo en lo relativo a ciertos temas.

–Tiene razón. Mi hermano está en la cárcel. A decir verdad, resulta casi reconfortante estar con alguien que la llama así.

−¿Sí?

Asentí. Ford lo llamó para preguntarle algo. Cuando se acercó a él y se inclinó para abrir una caja, observé que la medalla de santa Batilde se le salía de debajo de la camiseta antes de que se la volviera a meter. El día anterior la había tenido en la mano, entre mis dedos, haciéndola girar a la luz que se filtraba entre los árboles de Commons Park. El simple hecho de recordarlo hizo que me sonrojara.

La voz de Eric me sacó bruscamente de mis pensamientos:

−Sydney, me han dicho que estamos sujetos a una limitación de tiempo. ¿De cuánto podemos disponer?

Miré el reloj. Eran las seis y media.

−De unas tres horas.

−No es mucho para las tres canciones. −Dejó la guitarra y la mochila encima de un sofá cercano (una acción que por lo visto no requería el esfuerzo de su disco perturbado) y se frotó las manos−. ¿Cuándo dijisteis que llegaba Layla?

−A las siete como muy tarde −respondió Mac.

−Vale. Entonces, será mejor que me vaya familiarizando con este equipo. −Eric se acercó al tablero lleno de interruptores y botones y se sentó en la silla con ruedas que había frente a él−. Tío. ¡Es mejor que el que teníamos en el CIMAR!

−¿El CIMAR?

Se recostó en el respaldo e hizo girar un mando.

−El Campamento de Interpretación de Música Acústica Retro. Fue ahí donde pasé el verano. Clases de música y producción durante el día, sesiones intensivas de música improvisada de noche.

−Caray. Debió de ser estupendo.

−Algo que te cambia la vida −me corrigió−. Bueno, al menos a mí. ¿Pasar ocho semanas con gente que se interesa por la música tanto como yo? Un oasis en el actual desierto creativo que es mi vida aquí.

Se oyó un repiqueteo en el cristal que nos separaba de la cabina. Cuando levanté la vista, vi a Mac al otro lado.

—Se oye todo, ¿eh?

Eric hizo un movimiento con la mano, sin que ello le preocupara. Pero me fijé en que apretaba el único botón cuya función conocía —el intercomunicador— antes de decir:

—Oye, no me malinterpretes. A estos chicos les gusta tocar. Pero no les apasiona. Cuando terminen el instituto, contarán la historia de que en otro tiempo formaron parte de una banda. Yo quiero algo más. ¿Entiendes?

Hice un gesto de asentimiento mientras Irv ayudaba a Ford a colocar un amplificador encima de otro. Mac se había situado frente a la batería y estaba ajustando los soportes de los platos. Yo estaba observando su cara de concentración cuando Eric dijo:

—Ehh... Bueno... Hay algo que llevo tiempo queriendo preguntarte.

—¿A mí?

—Sí, a ti. —Sonrió—. No es un secreto que te considero una chica estupenda, Sydney. Me gustaría que salieras conmigo. ¿Qué te parece?

Me quedé sin palabras. La pregunta era tan directa que no había manera de esquivarla. Aun así, busqué rápidamente algún modo de hacerlo. Y entonces sonó el timbre de la puerta. Salvada.

—¡Vaya! —dije, intentando que no se me notara el alivio por la interrupción—. Ahora mismo vuelvo, ¿vale?

Aunque tuve todo el tiempo que se tardaba en atravesar el gimnasio, subir la escalera y cruzar el recibidor para pensar en algo que decirle a la vuelta, no se me ocurrió nada. Cuando abrí la puerta, Eric desapareció de mi mente al instante: ahí estaba Layla, sujetando a un Spence colorado, mojado y manchado de barro.

–¿Me ayudas? –preguntó mientras lo arrastraba hacia el vestíbulo. Noté un fuerte tufo a alcohol a su paso. Y, curiosamente, también a abono–. ¿Tienes una toalla o algo así?

–Hola, Sydney –farfulló Spence, de buen humor–, ¿qué tal?

–Deja de moverte, ¿quieres? –le dijo Layla–. Quédate ahí. Y quítate las zapatillas.

Con estas palabras, desapareció en dirección al cuarto de baño y nos dejó solos. Tambaleándose ligeramente, Spence se quitó sus Nike de dos puntapiés, primero una, luego otra, y después se llevó la mano al bolsillo trasero del pantalón para sacar una botellita plana de cristal. Le quitó el tapón, bebió un buen trago y me la ofreció:

–¿Vodka?

–No, gracias. ¿Está lloviendo o qué?

Negó con la cabeza y bebió otro sorbo.

–El riego automático. Saltó cuando estaba cruzando el jardín de tu vecino. Menuda presión de agua. O eso parece. ¿Seguro que no quieres echar un traguito?

–No, no quiere –respondió Layla saliendo del baño. Traía una toalla de manos que me enseñó con mirada interrogante. Hice un gesto de conformidad y se la lanzó a Spence–. Sécate y guarda eso. Para empezar, no les va a hacer ninguna gracia que te haya traído.

–Tonterías. –Spence deslizó la botella en el bolsillo y dio un paso hacia ella para rodearle la cintura con los brazos–. Ya te lo he dicho, nena. Ni siquiera se van a enterar de que estoy aquí.

Con una evidente expresión de duda, Layla permitió que la atrajera hacia sí para darle un beso. Para su sorpresa, y no digamos la mía, fue de tornillo y con lengua. Por suerte, en aquel momento sonó el teléfono.

Me escabullí a la cocina y contesté:

–¿Diga?

—Esta es una llamada a cobro revertido de un interno del centro penitenciario de Lincoln —empezó la voz automática—. ¿La acepta?

—Sí —dije dando unos pasos hacia el ventanal.

—¿Están abajo? —preguntó Layla a mi espalda. Cuando me volví hacia ella, Spence estaba besuqueándola en el cuello. Asentí con la cabeza—. ¿Ya han empezado?

Se oyó un zumbido, luego un clic.

—¿Sydney?

—Sí, un momento —respondí a mi hermano; me volví para contestar a Layla—. Sí y no sé. Ahora mismo bajo, ¿vale?

Hizo un gesto de asentimiento, se apartó de Spence y desapareció por el pasillo. Él la siguió mientras sacaba de nuevo la botella del bolsillo. Genial.

—Perdona —me disculpé con Peyton—. Han venido unos amigos. ¿Qué tal todo?

—Bien. Teniendo en cuenta que al final me he decantado por uno de los equipos de esa bobada de programa que tanto te gusta.

—Déjame adivinarlo. Estás con el equipo de Ayre.

—No. Pero el Doctor sí. Yo estoy a muerte con Rosalie.

—¿Qué? —me sorprendí—. Qué locura. Está como una cabra.

—Ah, ¿y Ayre no? ¿No viste esa fiesta en la que tiró a Delilah a la piscina?

—Porque la provocó —dije en tono defensivo.

—Ya, como quieras. —Se le escapó un resoplido de risa—. Bueno, no quiero entretenerte si estás con amigos. ¿Se puede poner mamá?

Parpadeé sorprendida antes de contestar:

—No. Ya han salido para allá.

—¿Qué?

—Papá y ella salieron esta tarde. Para la ceremonia de graduación.

—No es hasta mañana –dijo.

—Ya, pero supongo que tiene un montón de cosas que hacer para organizarla, o algo así. –Peyton no dijo nada–. Van a pasar la noche en un hotel y a reunirse con otras familias, creo.

Existe una diferencia entre un silencio normal en una línea telefónica y un mutismo furioso. Uno es liviano, el otro pesado. En aquel momento, casi pude ver cómo la conexión entre nosotros se debilitaba y estaba a punto de romperse.

—No me lo puedo creer –dijo por fin. De fondo se oía el sonido habitual que yo ya había percibido en las pocas conversaciones que habíamos mantenido: voces que se alzaban, portazos, intercomunicadores... La cárcel era aún más ruidosa que el instituto Jackson–. Le dije que no quería que hiciera todo eso. En realidad, ni siquiera quería que vinieran. Estoy en la cárcel, no en el colegio. No sé por qué no lo entiende de una vez.

Vaya, me dije. Cuánto tiempo deseando que alguien pensara como yo. Pero jamás hubiera esperado que ese alguien fuese Peyton. Mientras pensaba qué contestar, oí un golpe sordo en el estudio.

—Creo... –empecé, aunque vacilé al oír un zumbido en la línea–. Ella se aferra a cualquier cosa que pueda hacer parecer que todo es normal.

—Pero es que esto no es normal –repuso–. La cagué, herí a una persona y estoy cumpliendo una pena por ello. Cuando mamá se empeña en convertirlo en otra cosa, me... me pone malo. Esto tiene que ser distinto, ¿sabes? Y duro. Todo el mundo lo entiende. Pero a ella no le entra en la cabeza.

Incluso contando nuestras charlas recientes, era lo máximo que mi hermano me había dicho desde hacía meses, si no años. Fue tan inesperado –y no digamos tan emotivo– que me di cuenta de que estaba conteniendo la respiración. Durante mucho tiempo los había visto a él y a mis padres como un todo, partícipes de la misma política. Pero Peyton era un individuo en sí mismo, con su propio peso. ¿Cómo no había entendido yo eso?

—Lo siento —musité. Solo dos palabras, pero también tenían su peso.

—Ya. –Una pausa. Su voz sonó tensa. Pensé en él atravesando la zanja: vi valentía, lo vi distinto–. Bueno... Probaré a llamar al móvil.

—Vale. Cuídate, Peyton.

—Adiós, Syd.

Otro clic, y se acabó. Colgué el teléfono, sintiendo una punzada al pensar en mi madre clasificando todas las cosas que había comprado en Big Club el día anterior, por no hablar del resto del trabajo que había hecho. Podía decirnos a nosotros y a todos los demás que lo hacía por Peyton, y quizá estuviera de verdad convencida de ello. Yo no estaba tan segura. No creí que pudiera sentirme más avergonzada por toda la situación. Una vez más, me equivoqué.

18

Espera un momento –dijo Eric–. No me gusta esa introducción. Vamos a repetirla.

Ford gruñó mientras Mac, sentado a la batería, se echaba hacia atrás con expresión de hastío.

–Tío –dijo Irv a mi lado–, es una maqueta para un certamen, no vuestro primer disco.

–Eso no significa que tenga que ser una mierda –replicó Eric.

–Ni siquiera va a existir si no te relajas –insistió Irv–. Llevamos aquí... ¿Cuánto tiempo, Sydney?

–Una hora y media –contesté.

–Una hora y media –repitió, recalcando las palabras–, y aún no habéis hecho nada. Ya es hora de que te lo tomes en serio.

–Me lo estoy tomando en serio –repuso Eric.

–Pues entonces tómatelo menos en serio –terció Mac–. Hagámoslo de una vez.

Eric, con una expresión cada vez más sombría, se volvió de espaldas al cristal que nos separaba y se puso a ajustar algo en su guitarra. Miré el reloj: Ames se presentaría allí a las diez, y ellos y todo su equipo tendrían que haber desaparecido un buen rato antes de esa hora. Al principio de la tarde, eso parecía perfectamente factible, ahora empezaba a tener mis dudas.

El perfeccionismo de Eric era un problema. El otro problema era Spence, que, después de llegar y derribar dos amplificadores nada más entrar en el estudio (ese había sido el golpe que había oído desde arriba), había recibido de Layla la orden de sentarse en el sofá, donde no molestaba. Allí procedió a beberse casi toda la botella de vodka mientras soltaba una retahíla de comentarios que no aportaban demasiado. («¿Seguro que estáis entonando bien?» «¡Más cencerro ahí!».) No tenía ni idea de por qué lo había traído Layla.

—No lo traje —me dijo en el gimnasio, donde nos habíamos escabullido durante una más de sus peloteras sobre la transición de las estrofas—. Le dije que iba a venir y que tus padres no estaban. Lo único que pensó fue «fiesta», así que se hizo con una botella y se vino para acá él solo. Cuando Rosie me dejó delante de tu casa, estaba esperando en el camino de acceso.

Pensé en el momento en que abrí la puerta y lo vi de pie en el porche, apoyado en Layla para no desplomarse.

—¿Siempre bebe así?

—No —respondió, lacónica. Luego añadió—: Bueno, bebe un poco, claro, pero normalmente no tanto. De todos modos, la culpa de que aún no hayan grabado nada no es suya. Es de Eric.

Volví a echar un vistazo a la puerta abierta del estudio, donde Irv estaba ahora apoyado en el respaldo de la silla del tablero de control tapándose la cara con las manos. Me sentí identificada con él.

—¡Lay-laaa! —exclamó Spence, inclinado hacia delante para espiarnos desde el sofá—. ¡Vuelve! Te echo de menos.

—¡Un momento! —respondió ella mientras sacaba el teléfono del bolsillo. Echó una mirada a la pantalla—. Mierda.

—¿Qué pasa? —pregunté.

—Mi madre. —Se dio la vuelta para entrar de nuevo en el estudio, se inclinó sobre Irv y apretó el botón del intercomunicador—.

Mac, Rosie acaba de enviar un mensaje. Dice que quizá haya que llevar a mamá a urgencias.

Su hermano se puso en pie y salió inmediatamente.

–¿Qué ha pasado?

–No sé, voy a llamarla. –Se llevó el teléfono a la oreja y avanzó hasta la pared para apoyarse en ella. Desde el sofá, Spence le ofreció la botella, ya casi vacía, pero ella la rechazó con un gesto–. Hola, soy yo. ¿Qué pasa?

Todos permanecimos en silencio mientras Rosie le contaba lo sucedido. Le eché una ojeada a Mac, pero él estaba pendiente de Layla.

–Vale –dijo por fin–. Sí. Bueno, tú ve informándome. Si decides llevarla, nos vemos allí. ¿Qué? Pensábamos volver sobre las diez y media, pero si nos necesitas vamos ahora mismo.

Alguien soltó un suspiro de frustración. Eric, supuse.

–Muy bien. Sí, haz eso. Gracias, Ro. –Colgó y miró a su hermano–. Lo de siempre. Mareo, sensación de ahogo. Estaba superdesorientada y Rosie se asustó, pero mamá dice que ya se encuentra bien. Va a observarla.

–Quizá sea la nueva medicación –dijo Mac. Parecía como si el resto no estuviéramos presentes–. Dijeron que los efectos secundarios podían intensificarse, incluso con la dosis más baja.

–Lo cual es una faena, porque está funcionando. –Layla volvió a guardar el móvil en el bolsillo–. Sea como sea, vamos a intentar terminar esto. Quiero irme a casa.

–Ya somos dos –secundó Mac, volviendo a la cabina. Una vez dentro, le dijo a Eric–: Última toma para esta canción. Y luego vamos a por la siguiente. ¿Entendido?

A Eric no pareció entusiasmarle la idea. De todos modos, hizo un gesto de conformidad y ajustó la correa de su guitarra mientras Irv volvía a preparar el tablero de mandos. Mac hizo la cuenta atrás y comenzaron a tocar. Contuve la respiración mientras pasaban de la introducción a la primera estrofa y de ahí al estribillo, la primera vez que llegaban tan lejos.

—Siéntate y relájate. Bebe un poco —le dijo Spence a Layla, atrayéndola hacia él. Ella suspiró y después, ante mi sorpresa, alcanzó la botella y bebió un largo trago—. Esta es mi chica. Mejor, ¿a que sí?

Tragó, haciendo una mueca, y después se limpió la boca con la mano.

—Te juro que no puedo imaginar una manera peor de acabar esta noche —dijo.

Yo sí podía. Porque, en aquel preciso instante, Ames apareció en el umbral. Me llevé tal sobresalto que durante un minuto creí que eran imaginaciones mías. Cuando habló, supe que era real.

—Anda, mira. Pero si es una fiesta.

Abrí la boca para responder, pero, por desgracia, Spence se me adelantó.

—¡Ahora sí que empezamos a entendernos! —Se volvió hacia Ames y le ofreció la botella—. Bienvenido, camarada. ¿Un traguito?

—No —contesté por él. Recobrándome del susto, o al menos intentándolo, dije—: No es ninguna fiesta. Solo están grabando una maqueta.

Ames se quedó mirando significativamente la botella y luego a Spence, casi tumbado sobre Layla, antes de volver a centrar su atención en mí.

—Tu madre no me dijo nada de esto.

—Ha estado muy liada, con la cabeza en otra parte. Además, ya casi han acabado.

—Ojalá —murmuró Irv. Los chicos estaban terminando la canción después de haber cantado todas las estrofas—. Aunque al menos hemos conseguido avanzar un poco más, en eso tienes razón.

No me gustó nada la manera en que Ames inspeccionaba el estudio y tomaba nota de todo: de Layla y Spence en el sofá, de los chicos al otro lado del cristal, de Irv en la mesa de control. Y, finalmente, de mí.

—Hablamos fuera, ¿de acuerdo? —me dijo.

Layla me siguió con la vista cuando salí detrás de él hacia el gimnasio, donde me hizo un gesto para que me sentara en el banco de abdominales de mi padre.

—Muy bien —dijo cruzándose de brazos—. ¿Quieres decirme qué está pasando aquí?

—Ya te lo he dicho. Están grabando una maqueta.

—Y bebiendo —añadió.

—Spence está bebiendo —lo corregí—. Ni siquiera lo conozco tanto.

—Sin embargo está aquí, en tu casa, mientras Peyton y Julie están de viaje. —Ladeó la cabeza—. Debo decirte, Sydney, que estoy sorprendido. Esto no es propio de ti.

—Son mis amigos, necesitaban un estudio. No es tan complicado.

—¿Y el que toca la batería? ¿Quién es?

Parpadeé. Aquello me pilló desprevenida.

—¿Por qué lo preguntas?

Se encogió de hombros y se apoyó contra la pared, escrutando mi rostro.

—Simple curiosidad. Te vi el otro día con él, en el aparcamiento de esa zona comercial de Mason. Parecíais muy amigos. Íntimos. Muy íntimos, a decir verdad.

Tardé unos instantes en darme cuenta. Durante ese intervalo, no dejó de observarme con una sonrisa casi imperceptible.

—¿Se lo vas a contar a mi madre?

En lugar de responder, volvió a mirar en dirección al estudio, donde ahora Spence estaba tumbado en el sofá con los ojos cerrados y la botella a su lado en el suelo. Layla no se encontraba a la vista, lo que me hizo pensar que por fin habían pasado a su canción.

—No lo sé —respondió Ames por fin—. Ya hablaremos.

Yo quería saberlo ya. Entonces podría aceptar mi veredicto y el alcance de sus consecuencias. Pero conocía a Ames. Ahora tenía el control, y no iba a renunciar a él antes de lo necesario.

—Sydney.

Me volví hacia el estudio y vi la figura de Irv llenando por completo el umbral de la puerta.

—¿Sí?

—Te necesitamos.

Miré a Ames.

—Ve —dijo—. Yo voy ahora.

Entré y vi a Layla al otro lado del cristal con los auriculares puestos frente a un micrófono. Eric estaba a los mandos, haciendo ajustes para que Irv pudiera volver a grabar. A mi espalda oí los ronquidos de Spence.

—¿Qué pasa? —pregunté.

—Necesitamos coros —me informó Eric sin dejar de enredar con unos selectores—. No tenemos tiempo de remezclarlos. Así que entras tú.

—¿Yo? Yo no sé cantar.

—Todo el mundo sabe cantar.

—Déjame expresarlo de otro modo. No sé cantar bien.

—No es ópera —repuso—. Lo único que necesitamos es completar el sonido. Te sabes la canción, ¿no? Paulie Prescott, *Las cuatro de la madrugada*.

Claro que me la sabía. Cuando se me pasó el embeleso por Logan Oxford, el-chico-formalito-de-al-lado, Paulie Prescott fue el primer malote del que me enamoré; bueno, todo lo malote que se puede ser cuando uno se pone *eyeliner* para dar conciertos en centros comerciales. *Las cuatro de la madrugada* fue su mayor éxito, una descripción mitad rapeada, mitad cantada, de un regreso a casa en coche después de una noche de fiesta y peleas, muriéndose de ganas de llamar a una chica, para al final decidir que ella merece algo mejor. Justo el tipo de tema que a los trece años querrías que te cantara un chico rebelde perdidamente enamorado de ti. En su día, pasé varias semanas seguidas escuchándola sin parar.

—Creo que la recuerdo —contesté.

—Estupendo. —Eric se levantó y se situó frente a mí—. Vamos a hacer una versión acústica, muy suave, en contraste con la producción original. ¿Te acuerdas de esas guitarras tan fuertes? Era todo postureo, o, para ser más exactos, falso postureo. Así que vamos a darle la vuelta: más ligera, tipo balada, más una canción de amor que la enumeración egocentrista de una serie de actos heroicos que pudieron suceder o no.

A mi lado, Ames parpadeó.

—Joder...

—Exactamente —corroboró Eric—. Así que tú entrarás en el estribillo, por detrás de Layla, para transmitir el aspecto global de todo ello: que no solo lo ha sentido una chica, sino muchas. Pero solo en dos versos: «Estás durmiendo a solo un kilómetro de aquí / pero te siento tan lejos...». Los dos siguientes...

—«Mientras yo quiero verte, tocarte, sentirte / dejaré que te quedes en mis sueños.»

Se acabó el fingir que no me la sabía de memoria.

—Correcto. En esos dos solo quiero a Layla, para introducir un contraste. Si te fijas, tus versos hablan de la realidad de la situación: el deseo. Los otros, sobre una situación ideal, la manera en que las chicas quieren que se sientan los tíos. ¿Vale?

Prueba de lo acostumbrada que ya estaba a Eric y a su música fue que nada de esto me pareció desmesurado. Ames, sin embargo, dejó escapar un suspiro cuando Eric volvió a la zona de grabación.

–Vaya –dijo luego–. Habré escuchado esta canción un millón de veces y jamás se me había ocurrido interpretarla así.

–Ni a ti ni a nadie –dijo Irv mientras ajustaba algo en el tablero.

Me volví hacia el cristal para mirar a Layla, que asentía mientras Eric hablaba con ella para explicarle lo que acababa de decirme. Mac había vuelto a sentarse a la batería y estaba diciéndole algo a Ford cuando sentí que Ames se acercaba y me ponía las manos en los hombros. Me dio un pequeño apretón y las dejó ahí apoyadas.

–¿Así que vas a cantar? Me muero de ganas de verte. ¿Nerviosa?

–No –respondí, aunque sí lo estaba. Me moví ligeramente e intenté zafarme, pero él estaba demasiado cerca y me dio otro apretón.

–Lo harás de maravilla. Solo tienes que relajarte.

Tragué saliva e hice justo lo contrario: me puse tensa, con la esperanza de que captara la indirecta y se apartara. Pero no lo hizo. Seguía ahí, ejerciendo una suave presión con los dedos, cuando Mac levantó la vista y nos vio.

Al ver su cara, tuve una visión fugaz de la de Layla en el juzgado, aquella primera vez que nos vimos. Pero mientras que la expresión de su hermana, a la que aún no conocía, había sido de duda –*¿Estás bien?*–, la de Mac era distinta. Como si supiera que no lo estaba, y por lo tanto él tampoco. Ya se estaba poniendo en pie cuando Eric habló:

–Muy bien, Sydney, ¿preparada?

Me aparté a toda prisa y entré en la cabina de grabación, donde Eric estaba colocando un micrófono. Mientras me hacía un gesto para que me situara detrás, Layla se inclinó hacia mí y me susurró:

—¿Qué está haciendo aquí?

—Se va a quedar a dormir. Pero se suponía que no llegaba hasta las diez.

—Vaya. —Se ajustó los auriculares—. ¿Y ahora qué va a pasar? ¿Se lo va a contar a tu madre?

—Dice que ya hablaremos.

Hizo una mueca llena de significado cuando Ames nos miró y levantó los pulgares.

—Te juro que me quedaría si pudiera. Pero tengo que volver a casa a ver cómo está mi madre.

—No te preocupes —dije. Después me giré para mirar a Mac, que, como me imaginaba, me estaba observando. Solo disponía de un segundo para comunicarle con un gesto que no tenía por qué preocuparse, que estaba bien. Pero, por si acaso, lo expresé en voz alta—: Todo va a ir bien.

En aquel momento, a pesar de todo, aún lo creía. Mantuve la misma seguridad durante el ensayo rápido que hicimos y luego, cuando empezamos a grabar. Al otro lado del cristal, casi conseguí olvidarme de Ames y de lo que podría suceder después; en ese momento solo existía la música. La guitarra de Eric y el bajo de Ford. La dulzura cautivadora de la voz de Layla desgranando las palabras que yo conocía tan bien y después la mía, fundiéndose con la suya aunque solo fuera durante unos instantes. Y todo el tiempo, Mac a mi espalda, marcando el ritmo, manteniéndonos unidos. Más adelante recordaría aquel momento como la última vez que todo parecía perfecto, y me sentiría agradecida por ello. Algunas personas jamás llegan a disfrutar de esa sensación.

—¿Lo tenemos?

Todos esperamos en silencio mientras Eric pulsaba unos cuantos botones con el ceño fruncido.

—Sí —dijo por fin—. Lo tenemos.

—¡Aleluya! —exclamó Irv, expresando el sentir de todos los presentes—. ¿Y ahora podemos comer algo?

—Llevas todo el tiempo comiendo —señaló Layla.

—Picoteando —la corrigió—. Es hora de cenar.

—En realidad, es hora de que nos vayamos —dijo ella—. Rosie nos está esperando. Recojamos, ¿vale?

Mac asintió y volvió a entrar en la cabina de grabación, donde junto con Irv y Ford comenzó a desmontar los instrumentos y el equipo. Oí los movimientos de Ames en la planta de arriba y Layla centró su atención en Spence, que seguía tirado en el sofá. No había movido un dedo.

—Por suerte, se le pasa enseguida —dijo ella mientras se acercaba para sacudirlo por los hombros—. Spence. Despierta. Tenemos que marcharnos.

—Cinco minutos más —farfulló el chico con la cara hundida en los cojines.

Layla hizo un gesto de resignación y recogió la botella de vodka. Empezó a enroscar el tapón, pero de pronto cambió de opinión, la abrió y bebió un sorbo. Después me la ofreció.

Durante las semanas siguientes, rememoré aquel momento una y otra vez. Fue una tontería que duró escasos segundos. Y sin embargo supuso un punto de inflexión, la transición entre un antes y un después. No sé por qué acepté la botella y me la llevé a la boca. Quizá fue aquella sesión tan larga. O lo que quizá me esperaba, con Ames en casa. Por la razón que fuera, lo hice; bebí un buen trago y cerré los ojos con los párpados muy apretados al tragar. Cuando los abrí, vi a mi madre en el umbral.

Como Ames, había aparecido inesperadamente. Al ver su rostro, todo se petrificó: la tersura del cristal de la botella que tenía en la mano; el pie de Spence colgando del sofá; los chicos moviéndose en mi visión periférica, hablando entre ellos; Layla a mi lado, tan sorprendida como yo. Y, como decía, la botella en mi mano.

—¿Sydney? —Como si no estuviera segura de que fuera yo. La arruga entre las cejas era más profunda que nunca—. ¿Qué está pasando aquí?

—Mamá —dije al instante, dejando la botella precipitadamente. Me pareció importante hacerlo, aunque ya sabía que eso no iba a cambiar nada—. No es lo... Estaban utilizando el estudio.

—Estás bebiendo. —Una afirmación, aunque hecha en un tono tan incrédulo que casi parecía una pregunta.

—Bueno, en realidad no estaba bebiendo. —Mi madre desvió la mirada hacia el vodka, luego hacia Spence, que roncaba suavemente en el sofá—. O sea, solo he bebido este sorbo. Justo ahora.

—Estás bebiendo —repitió. Se fijó en la cabina de grabación—. ¿Quién es toda esa gente que está en el estudio de Peyton?

—La banda de mi hermano —respondió Layla. Mi madre la miró—. Mac. Lo conoció en la pizzería, ¿no se acuerda? Necesitaban grabar una maqueta, y Sydney...

—Te lo dije, ¿recuerdas? —la interrumpí.

—Y yo te dije que no. —Su voz sonó entrecortada, cada una de las sílabas tajantes. Me miró—. Me has desobedecido deliberadamente, Sydney. Y has traído alcohol a casa, por no hablar de gente a la que no conozco.

—Mamá...

Levantó la mano. Stop.

—No quiero oírte. Ha sido una noche muy larga y muy complicada. Haz que esta gente se vaya de aquí. Ahora.

Layla se puso inmediatamente en movimiento y sacudió a Spence lo bastante fuerte como para despertarlo de una vez.

—¿Qué...? —balbuceó.

–Vamos –lo apremió. Después se acercó al tablero y accionó el intercomunicador–. Daos prisa, chicos. Tenemos que irnos.

Eric, de espaldas a nosotras, suspiró.

–Nos estamos dando toda la prisa que podemos. Es un equipo muy delicado.

–Pues daos más –le espetó con un golpe en el tablero. Al oírlo, todos dejaron lo que estaban haciendo para mirarnos y, por fin, descubrir la presencia de mi madre. Mac abrió los ojos como platos. Era extraño verlo sorprendido. Un instante después venía ya hacia nosotras.

Oh, Dios, pensé, agradecida y aterrorizada al mismo tiempo cuando salió de la cabina. Layla estaba ocupada con Spence, así que solo estábamos mi madre y yo cuando llegó hasta nosotras.

–Señora Stanford –dijo–. Esto no es... Sydney solo quería hacerme un favor. No debería haberla puesto en este aprieto. La culpa es solo mía. Lo siento.

Habló con tanta nobleza, con tanta sinceridad, que sentí que algo se movía en mi corazón. Siempre que pensaba que ya no podía sentir más cosas por él, algo me convencía de que estaba equivocada.

Le pasé la mano por el brazo y le di un apretón en los dedos.

–No es necesario que digas todo eso –le dije.

–Pero quiero hacerlo.

–Perdona, ¿y tú quién eres? –le espetó mi madre.

–Mac –le recordé–. El hermano de Layla. Mi amigo.

–Su novio –puntualizó otra voz desde el exterior. Ames–. O eso, o un tipo con el que se besuquea en los aparcamientos.

–¡¿Qué?!

Me volví lentamente para ver a Layla detrás de mí, atónita. Estaba mirando nuestras manos, todavía unidas, con la misma cara con que mi madre había mirado la botella, como si no pudiera creer lo que veían sus ojos.

–Los vi –continuó Ames–. No pensaba decírtelo, me imaginé que lo haría Sydney. Pero supongo que ahora ya lo sabes.

–Ahora ya lo sé –repitió mi madre, y añadió mirando a Mac–: ¿Ese alcohol lo has traído tú?

–No –respondió.

Mi madre se volvió hacia mí:

–Quiero a esta gente fuera de aquí, Sydney. ¿Me has entendido?

–Señora Stanford... –insistió Mac.

–¡Y tú no me dirijas la palabra! –Mantuvo su mirada amenazante, firme, penetrante y furiosa clavada en mis ojos–. Sal de mi casa y llévate a tus amigos. Ahora.

Mac mantuvo su mano en la mía unos segundos más. Después abrió los dedos y me soltó.

Cuando horas atrás llegaron y se pusieron a colocarlo todo, la conversación había sido constante: indicaciones de dónde iba cada cosa, comentarios sobre el agitado disco de Eric, la charla normal de un grupo de gente que anda de un lado a otro intentando hacer algo juntos. Cuando recogieron, nadie pronunció una palabra. Lo supe porque permanecí atenta mientras miraba a mi madre a los ojos, que seguían sin apartarse de los míos. Después de tanto tiempo en mi lugar invisible, ahora me encontraba en su punto de mira. Pero no del modo que yo habría querido.

De forma vaga, fui consciente de todo lo que estaba sucediendo: Layla pasó a mi lado sin decirme una sola palabra, arrastrando tras ella a un Spence adormilado y tambaleante. Las caras circunspectas de Eric y Ford. La mano enorme de Irv, asombrosamente liviana cuando me tocó con suavidad el hombro al pasar. Y, por fin, Mac, el último en salir. Solo entonces mi madre desvió la mirada para seguirlo con la vista, aunque yo no tuve el valor necesario para hacer lo mismo.

Aún no me habían castigado y no tenía ni idea de qué iba a ocurrir a continuación. Pero todo aquel espacio que quedaba en mi corazón, abierto después de tanto tiempo constreñido, estaba empezando a estrecharse. Cuando la puerta se cerró a su espalda, sentí que también ese espacio se había vuelto a cerrar.

19

No estábamos en la sala de un juzgado, ni nadie me pidió que me pusiera en pie. Pero sabía reconocer cuándo alguien estaba a punto de imponer un castigo.

Mi madre, sentada al otro lado de la mesa, se aclaró la garganta y miró a mi padre. Eran las siete de la mañana del día siguiente. Media hora antes, mi padre había entrado en mi cuarto, me había despertado y me había dicho que me duchara y bajara. La primera parte fue fácil, porque apenas había pegado ojo en toda la noche. Esta, sin embargo, iba a ser más dura.

—Sydney —comenzó mientras yo cruzaba las piernas con fuerza por debajo de la mesa—, no creo que haga falta decirte que estamos muy, muy decepcionados contigo en estos momentos.

No dije nada. Sabía que aún no debía hablar.

—Tu madre te dijo taxativamente que tus amigos no podían utilizar el estudio —continuó—. Y, sin embargo, tú los invitaste a que lo hicieran. Eres menor de edad y conoces las reglas de esta casa. Pero había alcohol y estabas bebiendo.

No pude evitarlo:

—Solo...

Mi padre levantó la mano, pero fue la mirada glacial de mi madre lo que cortó mi frase en seco.

–Sabes lo preocupados e intranquilos que estamos los dos con la situación de tu hermano. Nos resulta verdaderamente incomprensible que hayas decidido añadir más lastre a nuestra carga, a la carga que soporta esta familia, con este tipo de conducta.

–No pretendía añadir nada –dije en voz baja, con la vista fija en el mantel–. Solo pretendía ayudar a un amigo.

–¿Ese amigo es Mac? –preguntó mi madre, y dijo su nombre como si pronunciara algo verdaderamente horrible, como «herpes» o «abuso sexual»–. Dice Ames que es tu novio.

Noté que me sonrojaba de rabia.

–Ames no sabe nada de mí.

–Desde luego. Anoche vino con la idea de ver una película contigo, y en lugar de eso se encontró con una fiesta.

–¡No era una fiesta!

–¡Sydney! ¡Había un chico borracho!

–Ese era el novio de Layla, y yo no lo había invitado. ¡Apenas lo conozco!

–Vaya, eso me deja más tranquila –dijo mi madre.

–No es... –Me obligué a hacer una pausa para tomar aire–. Layla y Mac son mis amigos. El grupo de Mac tenía la oportunidad de participar en un certamen y necesitaban presentar una maqueta. Y nosotros tenemos un estudio.

–Un estudio –añadió mi madre– que dijimos que no podían utilizar.

–¡Pero al principio dijisteis que sí! –señalé–. La noche que pedimos la pizza. Os mostrasteis conformes. Luego llamó Peyton y se enfadó contigo, y entonces, de repente, todo cambió.

–No estamos hablando de tu hermano –me advirtió mi padre.

–¡Por una vez! –exclamé. Ambos me miraron sorprendidos; lo había dicho en voz muy alta, más de lo que habría querido–. Todo gira en torno a Peyton, siempre. Y me parece bien, lo entiendo. Pero esto era una cosa mía, algo que quería yo.

—Querías traer a tus amigos a casa, beber sin supervisión de adultos —intervino mi madre—. Qué bien. Estupendo.

—No —repuse de nuevo en un tono lo bastante alto como para ganarme una mirada de advertencia de mi padre. Bajé la voz—. Quería tener un gesto con ellos para agradecerles que se hubieran portado tan bien conmigo. Para corresponder un poco a lo mucho que les debo por haberme aceptado en su grupo. Eso es todo. Nada más.

Mi madre suspiró y bebió un sorbo de café mientras mi padre se inclinaba hacia delante.

—Estoy seguro de que comprenderás que nos sorprenda que te sientas lo suficientemente cercana a unas personas que apenas conocemos como para romper las reglas y nuestra confianza de este modo.

—Yo *quería* que los conocieseis. Y lo sigo queriendo. Invité a entrar a Mac aquella noche, la primera vez que hablamos sobre el estudio. Lo conociste, papá. No lo mantenía en secreto.

—Ah, bueno, menos mal —terció mi madre—. Ya empezaba a creer que mentías en todo.

—¿Por qué te pones así? —le pregunté—. No soy una mala hija y lo sabes. Fue una noche, una cosa. Un error. Y me arrepiento. Pero no puedes...

—Tu hermano también empezó con un error —replicó—. Que llevó a otro. Y luego a otro.

—¡Yo no soy Peyton!

Me pareció absurdo tener que decir eso cuando ellos se habían pasado la vida demostrándome que era lo único que tenían claro.

—Desde luego que no, en eso tienes razón. Ni lo vas a ser, en lo que de mí dependa. —Echó la silla hacia atrás y se puso en pie—. El lunes a primera hora iremos a Perkins Day para pedir que vuelvan a admitirte. Mientras se produzca el cambio, irás al instituto y a ningún otro sitio. Te quiero de vuelta en casa a las tres y media hasta que se solucione todo esto.

–¿Se solucione? –Mi tono de voz y mi pánico iban en aumento–. No podéis obligarme a cambiar de centro.

De pronto, mi madre arremetió y se abalanzó sobre la mesa, dando un fuerte golpe con las manos en el tablero.

–¡Yo –dijo a pocos centímetros de mi cara mientras yo me echaba hacia atrás sobresaltada– puedo hacer lo que quiera! Soy tu madre, y yo pongo las normas. Y de ahora en adelante las vas a cumplir. Se acabó.

Se retiró y se irguió, pero yo seguí en la misma posición. Aún estaba aferrada a los brazos de la silla cuando salió de la cocina.

Durante unos instantes, mi padre permaneció sentado sin decir nada. Ambos sabíamos que a continuación iría detrás de ella, como siempre. Pero lo que más tarde recordaría fue la pausa que se produjo después de que mi madre saliera. Como si, en el hipotético caso de que mis padres finalmente fueran a apartarse de sus responsabilidades establecidas y pertinentes, sería en ese momento cuando podría ocurrir. Quizá él me habría escuchado si yo hubiera intentado explicarle las cosas. Peor no se podían poner. Pero nunca lo sabría, porque ya estaba empujando la silla y levantándose con aire cansado. Se levantaba la sesión.

Tenía que agradecerle a Peyton todo lo que había ocurrido aquella noche. Después de nuestra conversación, localizó a mi madre en el móvil justo cuando se estaban registrando en el hotel. Podía visualizar perfectamente el momento de contestar la llamada, la cara iluminada como cada vez que oía la voz de mi hermano. Y después la sonrisa vacilante, seguida por un sentimiento de perplejidad cuando él dijo, ahora de manera tajante, que no quería verlos allí. Me la imaginé resistiéndose, explicándole, las lágrimas manifestándose en su voz antes de aflorar a sus ojos. Luego, su silencio mientras Peyton le aseguraba que él no pensaba ir a la ceremonia aunque ella estuviera allí, antes de colgar el teléfono.

Todo eso resultaba tan fácil de imaginar como el viaje de vuelta y el momento en que entró en casa y Ames le contó lo que estaba ocurriendo en el sótano. Lo curioso del caso era que lo que había sucedido a continuación lo había visto con mis propios ojos, y sin embargo era la parte que me seguía pareciendo un sueño.

El domingo por la mañana, mi madre ya estaba descansada y preparada para centrarse en su nuevo proyecto: yo. Lo vi claro desde el momento en que bajé a desayunar y la encontré sentada a la mesa con una carpeta nuevecita y reluciente, un montón de papeles y el café.

—Me he puesto en contacto con la directora Florence —me soltó en cuanto entré, obviando cualquier saludo—, y es de la opinión de que un cambio de centro a mitad de semestre no es lo que más te conviene.

Me detuve un momento para transmitirle mentalmente a la señora Florence —una mujer con cara de pajarito que nunca había mostrado demasiada simpatía hacia mí— mi gratitud eterna.

—Entonces, ¿me quedo en Jackson?

Mi madre bebió un sorbo de café.

—Hasta el final de la evaluación, sí. Después reconsideraremos el asunto. Mientras tanto, vamos a hacer algunas modificaciones.

Eso no sonaba nada prometedor. Me acerqué al frigorífico y saqué la leche; después, los cereales y un cuenco. Sabía que ella estaba esperando que le preguntara qué tenía en la reserva, y el único poder que yo tenía era no hacerlo. De modo que no lo hice.

–Desde mañana mismo –anunció– vas a asistir a las clases de preparación de selectividad en el Centro Kiger. De lunes a viernes, de tres y media a cinco.

El Centro Kiger, en la calle comercial que había justo enfrente de la caseta del vigilante de Las Pérgolas, era donde daba clases de refuerzo Jenn.

–Pero si yo saco buenas notas. También en los exámenes de preparación para selectividad.

–Siempre se puede mejorar –repuso–. Además, hay un grupo de estudio de Kiger que se reúne en el instituto Jackson todos los días durante la hora de la comida. También te he apuntado.

–¿Tengo que estudiar durante la hora de la comida?

Levantó la vista para mirarme a los ojos.

–Ya estás en bachillerato. La preparación para la selectividad es fundamental. Necesitas practicar todo lo que puedas.

–Pero entonces –objeté, aunque ya sabía que llevarle la contraria probablemente no serviría de nada– lo único que haré será estudiar.

Mamá abrió la carpeta y apuntó algo en un folio que había dentro.

–Bueno, y después estarás más que preparada para volver a matricularte en Perkins, o en alguno de los otros centros que tengo en mente cuando terminen las vacaciones.

–¿Otros centros? –Aquello iba de mal en peor.

–De hecho, han surgido varias opciones más desde la última vez que tuve que informarme sobre esto –dijo. Sacó una hoja y me la puso delante–. Kiffney-Brown es mi preferida, pero tendrías que trabajar mucho para superar el examen de ingreso. También hay un colegio concertado que acaba de abrir, centrado especialmente en matemáticas y ciencias, que me parece muy interesante. Pero todavía me estoy informando.

Pensé que el temor que me atormentaba desde el jueves por la noche había alcanzado su punto álgido. Al ver las hojas de cálculo con los datos de los distintos centros —notas medias obtenidas en selectividad, clases de apoyo si procedía, condiciones de matrícula...—, me di cuenta de que me había equivocado. Conocía a mi madre cuando se ponía en ese plan. Peyton había conseguido por fin que dejara de organizarle la vida. Ahora tenía un arsenal cargado de recursos, por no hablar de todo el tiempo del mundo, para centrarse en mí.

—Está reaccionando con serenidad —me dijo Mac cuando le conté todo. Mis padres no me habían prohibido (de momento) usar el móvil como parte del castigo, así que le mandaba mensajes y lo llamaba con tanta frecuencia como podía mientras tuviera oportunidad—. Perdió los nervios al verte con la botella y encontrarnos allí. Le recordó demasiado a tu hermano.

—Quiere mandarme a Kiffney-Brown. Es algo así como un colegio para cerebritos. Está delirando. Aun con todas las clases a las que me ha apuntado, jamás conseguiría entrar.

—En cualquier caso, creo que sería mejor que ese otro centro concertado —comentó—. Irv tiene unos cuantos amigos allí. Dice que es como la universidad.

Otra vez aquel temor. No a la parte académica, aunque tampoco esto era muy tranquilizador. Lo peor era pensar en estar lejos de él, de Layla, de aquel mundo en el que de alguna manera había logrado encontrar mi sitio. Suponiendo, claro está, que ahora siguieran aceptándome.

—¿Te ha dicho algo tu hermana? —le pregunté una vez más.

Le había mandado a Layla innumerables mensajes, incluso llegué a dejarle un mensaje de voz, pero no obtuve respuesta. En honor a la verdad, ella había puesto las cosas muy claras sobre lo de salir con Mac. Pero tenía la esperanza de que me perdonara, o al menos de que me diera la oportunidad de explicárselo todo.

—Spence la absorbe mucho —respondió—. Todo un poema. Ya sabes cómo son.

Reconocí su buena intención al intentar esquivar el tema, pero lo único que consiguió fue que me sintiera peor. Para mí, los Chatham eran como aquel carrusel del bosque en medio de la nada. Hasta hace nada no sabía que existían; fue un golpe de buena suerte tropezarme con ellos. Y ahora que sí lo sabía, no podía olvidarme de ellos y volver al punto donde estaba antes de su aparición. Saber que estaban ahí lo cambiaba todo. Especialmente a mí.

El lunes por la mañana, mi madre me mandó al instituto con una carpeta que me había preparado con la información sobre el grupo de estudio de Kiger de la hora de la comida («Se controlará la asistencia a diario», había subrayado con rotulador amarillo chillón), además de un dosier con los detalles de las clases a las que asistiría al salir del instituto. Cuando llegué a mi taquilla antes de que sonara el primer timbre, Mac estaba esperándome allí. La única parte positiva de todo aquello —y muy importante— era que ya no teníamos por qué ocultarnos.

—Hola. Cuánto tiempo sin verte —me saludó.

Sonreí, o al menos lo intenté, y él me rodeó con los brazos y me atrajo hacia él. A pesar del característico ruido de Jackson, fue como si todo enmudeciese cuando hundí la cara en su camiseta y noté su medalla bajo la frente. Olía a jabón y a café, y deseé poder quedarme así, sin respirar nada que no fuese él, todo el tiempo posible. Pero el timbre ya estaba sonando, así que me acompañó al aula de tutoría, me dio un beso y desapareció entre la gente.

Sin embargo, lo buscaba por todas partes entre clase y clase, tanto a él como a Layla. Jackson, que me había parecido tan enorme e inabarcable cuando lo visité por primera vez, se había vuelto accesible, incluso familiar, una vez que hice amigos. Ahora que no podía compartir con ellos la hora de la comida, mis posibilidades de verlos quedaban en manos del destino. En el cambio de segunda a tercera hora me pareció entrever a Eric entre las cabezas de los compañeros. Y fuera a donde fuera, pasaba siempre por la taquilla de Layla. Nunca estaba allí. A la hora de comer, mientras me dirigía a toda prisa a incorporarme al grupo de Kiger, estiré el cuello para mirar por la ventana y ver los bancos donde siempre se reunían, pero sin suerte. El plan de mi madre estaba funcionando. Estaba sola de nuevo. Y esta vez era mucho más duro.

–Todo va a salir bien –me dijo Mac aquella primera tarde, cuando logramos pasar unos minutos juntos en la camioneta antes de tener que salir corriendo hacia el Centro Kiger. Mi madre ya me había enviado dos mensajes para recordarme que debía estar allí a las tres y media en punto y reunirme con ella para tener una visión de conjunto del programa–. Solo es el primer día. Encontraremos una solución, te lo prometo.

Quería creer a Mac, y quería creerme sus palabras. Pero yo conocía muy bien a mi madre. Una vez que tenía un proyecto bajo control, lo único que se podía esperar era que endureciera las condiciones. Pero no dije nada cuando Mac se inclinó y me besó en los labios. Cuando por fin nos separamos, abrí los ojos y vi a Layla cruzando el aparcamiento. Llevaba una cazadora militar y el pelo suelto sobre los hombros; cuando nos vio, se detuvo. Nos miramos durante unos instantes. Mac, entre ambas, no se dio cuenta de nada. Luego ella giró sobre sus talones y se fue por donde había venido.

–A ver –dijo Jenn más tarde, cuando mi madre se fue por fin del Centro Kiger después de haber agotado a todo el mundo con sus preguntas e inquietudes–, ¿qué está pasando aquí?

Ya eran las cinco menos cuarto, así que en realidad no había tiempo de empezar nada, pero de todas maneras mi madre había insistido en que me quedara el tiempo establecido. Estábamos en el recibidor. Su nutrido grupo de preparación del examen preliminar de aptitudes académicas, integrada en su mayoría por chicos de Las Pérgolas, estaba haciendo un examen al otro lado del pasillo.

—La versión resumida es que me pilló con amigos en casa cuando ellos estaban de viaje, y que yo estaba bebiendo —dije.

Abrió los ojos como platos. Siempre se podía esperar alguna reacción de Jenn.

—¿En serio?

Asentí.

—La versión detallada consiste en que estaba intentando hacer un favor a mis amigos, que Ames apareció dando la grima de siempre y que mi madre se presentó de improviso en el preciso instante de la noche en que yo le daba un único trago a una botella de alcohol.

—La versión detallada suena más confusa.

—Por eso es más larga. —Me recosté en el respaldo de la incómoda silla que había escogido; estaba claramente pensada para gente que se sentara allí poco tiempo, no para pasar un rato—. Se suponía que mis padres estaban en Lincoln para asistir a un acto de Peyton. Pero él le dijo que no quería verla por allí. Volvió a casa, me pilló, y desde entonces me ha tenido básicamente bajo arresto domiciliario.

—Menos para las clases diarias de preparación de selectividad aquí —repuso. Miró a su alrededor y bajó la voz antes de añadir—: Por cierto, eso es algo que no hace nadie. Ni siquiera los que lo necesitan. Y tú no lo necesitas.

—Además, en el instituto me obliga a pasar la hora de la comida en la sala de estudio con el grupo de Kiger.

—¿Qué? —Abrió aún más los ojos. Dios, cómo quería a Jenn—. ¿Qué pretende, que adelantes un curso o algo así?

—Tiene la vista puesta en Kiffney-Brown. O en ese nuevo colegio concertado.

—Ay, por Dios. Que no te mande a ninguno de ellos. Los alumnos de Kiffney son competitivos hasta el extremo de resultar despiadados. Y en Marks es muy difícil entrar, conozco gente que terminó tomando calmantes solo para intentar conseguir una plaza. —Esa era el área que Jenn dominaba—. En cualquier caso, todo el mundo sabe que los delegados de las comisiones de admisión de las universidades tienen muy en cuenta la continuidad en un mismo centro. ¿De verdad quiere que tengas que explicar por qué fuiste a tres centros distintos en dos años?

—Creo que ahora mismo lo único que quiere es verme lejos de Mac y de Layla. Todo lo demás es secundario, por mucho que ella intente hacer ver lo contrario.

Al otro lado del pasillo se oyeron risas.

—¡Os estoy oyendo! —exclamó Jenn, y al instante volvió a reinar el silencio. Suspiró, sacudió la cabeza y continuó—: A Layla la ubico, pero ¿quién es Mac?

—Su hermano. El chico que trajo la pizza en tu cumpleaños. ¿Ni siquiera te acuerdas de eso?

—He intentado bloquear los pocos recuerdos que me quedan de aquella noche —dijo con un carraspeo—. ¿Qué problema tiene con él?

Bajé la vista e intenté buscar una manera de explicarle la relación que había entre Mac y yo, cualquiera que fuese. Seguía devanándome los sesos cuando la oí reír. Con las amigas de siempre, a veces no decir nada es lo que lo dice todo.

—Sydney —dijo mientras me daba un golpecito en la pierna—. Dios mío. ¿Por qué no me lo habías contado?

—Es que...

—¡Te estás poniendo colorada! —exclamó muerta de risa—. No me extraña que últimamente no quisieras salir con nosotras.

La miré.

—Siento haber sido tan mala amiga. Me... Supongo que me cegué.

Ella no dijo nada durante unos segundos, mientras reconocía la verdad y mis disculpas. Después sonrió.

—No te preocupes. Pero en serio, da marcha atrás y cuéntamelo todo. Y quiero ver una foto. ¿Tienes alguna?

Sí. De hecho, tenía varias: algunas de la noche en el carrusel, otras que le había robado desde el asiento del copiloto durante los repartos. Pero solo había una en la que salíamos los dos, tomada en la cabina de la camioneta en Commons Park. Había estirado el brazo todo lo posible mientras me recostaba sobre su pecho y él apoyaba la barbilla en mi cabeza. A través del cristal que había a nuestra espalda se veían caer las hojas de los árboles. Clic.

—¡Vaya! —se asombró cuando pasé las fotos hasta llegar a aquella—. Debía de estar borracha de verdad. Porque de él sí que me acordaría.

Sonreí y la miré.

—Es un cielo. Y es todo muy reciente, la verdad. Ahora, después de todo lo que ha pasado y de que Layla lo descubriera...

—¿Lo descubriera? —repitió—. ¿Qué pasa, que era un secreto?

—Más o menos. Sí. —Cerré el teléfono—. La última amiga de Layla que salió con él lo dejó bastante hecho polvo.

—Pero tú nunca harías eso —dijo con la misma seguridad con que recitaría un hecho histórico o un teorema—. Y ella lo sabe, ¿no?

—Eso espero. Pero ahora mismo no me habla.

Jenn se apoyó en el respaldo y cruzó las piernas.

—Vaya. Paso una o dos semanas sin hablar contigo y tu vida ha cambiado por completo. La única novedad de la mía es que he cambiado el tono de llamada.

—Anda, calla —sonreí.

—¡Es cierto! —Observó el tráfico a través de la ventana—. Quizá debería matricularme en Jackson.

—Sí, por favor. Así podrías estar en el grupo de Kiger conmigo.

Se le escapó un resoplido de risa y luego miró el reloj.

—Será mejor que vuelva con mis tarugos.

—¡Jenn! —exclamé sorprendida.

—Vamos, no es ningún secreto, créeme. La mayoría lo están intentando por tercera vez. —Se inclinó y me dio un abrazo rápido—. Me horroriza todo lo que ha tenido que pasar para que hayas acabado aquí, pero estoy encantada de verte. ¿Eso es malo?

Hice un gesto negativo.

—No. A ver si no te cansas de mí. Voy a pasar aquí mucho tiempo. Mi madre siempre se sale con la suya.

—Eso no va a pasar, Syd. —Se levantó—. ¿Te veo mañana?

—Sí.

Y con estas palabras, enfiló el pasillo y desapareció tras una puerta a la izquierda. Me quedé allí sentada hasta que el reloj de la pared marcó las cinco en punto, y después me dirigí al coche. Me estaba sentando al volante cuando mi teléfono emitió un pitido. Era mi madre.

¿Ya vienes para casa?

Miré a mi alrededor, literalmente, pensando que podía estar observándome a escondidas desde algún lugar cercano. Sería capaz.

Ahora mismo, **contesté.**

Una pausa mientras arrancaba el motor y salía del aparcamiento marcha atrás. En el Centro Kiger, varios tarugos –alumnos– de Jenn estaban saliendo mientras parloteaban entre sí.

Te veo en cinco min., respondió mi madre. Para cualquiera, esta sería simplemente una frase hecha, una expresión informal. Pero yo sabía que ella la había escrito mirando el reloj. Volví a casa con toda la calma del mundo, como si con ello pudiera cambiar lo que allí me esperaba. Al entrar en el camino de acceso casi pude ver, una tras otra, desplegadas ante mí, todas las tardes que tenía por delante, como cuadraditos ordenados llenando todos los huecos de mi calendario. Me entraron ganas de dar la vuelta y alejarme de allí a toda velocidad, sin mirar atrás. Pero, a pesar de lo que pensaran mis padres, yo era una buena chica. Entré en casa.

20

﹏

2 **xtra** gran veget, 2 xtra gran roma. Ensalada griega. Aros de cebolla. Dime.

Saqué mi teléfono de debajo de mi libro de cálculo con una sonrisa.

Chicas, **respondí**. Vegetarianas, pero poco saludables. La de la ensalada es la misma que ha pedido los aros de cebolla.

Pulsé ENVIAR y esperé. Era un jueves por la tarde, y llevaba casi dos semanas sujeta a mi nuevo horario. Parecía que había pasado más tiempo –años, para ser sincera–, aunque me las había ingeniado para ver a Mac unos minutos antes de empezar las clases, al terminarlas y, a veces, de camino a la sala de estudio a la hora de comer. Por la tarde, mientras hacía aún más deberes en mi habitación, tenía siempre el móvil a mano para poder estar en contacto permanente. No era lo mismo que hacer el reparto juntos, pero tendría que conformarme.

Pocos días después de empezar mi nuevo horario, cuando nos vimos junto a mi taquilla antes del primer timbre, Mac me dijo que cerrara los ojos y extendiera la mano. Cuando lo hice, puso algo en ella.

—Muy bien. Ya puedes mirar.

Abrí los ojos y vi una cadenita de plata, como la suya pero más brillante, de la que colgaba una medalla. Sin embargo, no era de la misma santa; la imagen mostraba el perfil de un hombre con la mirada perdida en el cielo.

–¿Quién es? –quise saber.

–Ni idea. La encontré en un tarro lleno de ellas que tiene mi madre. Al principio busqué una como la mía, después alguna que pudiera reconocer. Pero luego pensé que sería más divertido mantener el misterio, ¿entiendes? Que no fuera el santo protector de nada en concreto, sino de cualquier cosa. Así podrá ser el patrón de lo que tú quieras.

Giré la medalla en mi mano. Al igual que la imagen del anverso, el reverso estaba gastado y las pocas palabras que aparecían eran ilegibles.

–San Quien Sea. –Levanté la vista–. Me encanta. Gracias.

–De nada.

Mac tomó la cadena y abrió el cierre mientras yo me daba la vuelta y me recogía el pelo. Cuando me la puso y la abrochó, la medalla quedó colgando a la altura del corazón. Parecía apropiado, pues allí era donde guardaba a Mac. Desde aquel momento, se convirtió en un recordatorio diario y firme de que, aunque pasara mucho tiempo sin compañía, no estaba sola. Y de que no volvería a estarlo.

Pese a continuar haciendo todo lo que mi madre me había pedido, ella no había cedido ni un milímetro. Seguí teniendo el más rígido de los horarios: mis días consistían únicamente en ir a clase y estudiar. Me había convertido en una presencia tan habitual en el Centro Kiger que hasta me habían ofrecido trabajo como recepcionista. Mis padres me permitieron aceptar el puesto porque me obligaba a estar cerca de casa y también porque sería un punto a favor en las solicitudes de universidad. De modo que ahora, en lugar de las sesiones de estudio que Jenn le había asegurado a mi madre que no necesitaba, yo atendía llamadas telefónicas, aclaraba dudas y ayudaba a vigilar exámenes. No era ni por asomo tan divertido como repartir pizzas. Pero al menos no estaba metida en casa.

Has vuelto a acertar, escribió Mac diez minutos después. Apartamento lleno de estrógenos.

¿Dudabas de mí?

Pausa. Luego: No.

La mayoría de las tardes, era ese intercambio de mensajes lo que me ayudaba a sobrellevarlas, además de las cortas conversaciones entre pedido y pedido y otras más largas cuando él ya estaba en casa, haciendo los deberes antes de acostarse. Mi teléfono, que siempre había considerado necesario, era ahora la única prueba que tenía de mi vida anterior a la fatídica noche en el estudio. El instituto y mi casa eran ahora muy diferentes, pero en mis fotos, en mis mensajes y en el tono de llamada que había elegido solo para Mac (campanitas, como las de un carrusel) encontraba las pruebas de que había vivido otra vida. Aunque se hubiera detenido, como ahora.

—De verdad que no te pierdes gran cosa —me contó una noche—. Irv sigue devorando todo lo que se le pone a tiro. Eric está obsesionado con encontrar el nombre perfecto para la banda antes del certamen. Lo de siempre, nada nuevo.

—¿Qué tal tu madre?

La señora Chatham había tenido que ir dos veces a urgencias en los últimos días por problemas de tensión relacionados con la nueva medicación que estaba tomando. Las dos veces había vuelto a casa en relativamente poco tiempo, pero noté que estaba inquieto y que su cautela habitual se estaba convirtiendo en una preocupación constante.

—Mejor —respondió—. Le diré que has preguntado por ella.

Nos quedamos callados unos instantes.

–¿Y Layla? –dije por fin.

–Entrará en razón. Dale un poco de tiempo.

Podía hacerlo: tiempo era lo único que tenía, por mucho que no fuera yo quien decidiera cómo emplearlo. Pero aquellas horas de la tarde, mientras estaba sentada en Kiger o a la mesa de la cocina con los libros delante, la echaba de menos. No de la forma intensa y dolorosa en que extrañaba a Mac, sino en un sentido más amplio. Pensaba en nuestros ratos juntas en la pizzería, en nuestros platos con bordes de pizza, en su costumbre de tamborilear en la mesa con el lápiz con la mirada perdida en el ventanal mientras sonaba *bluegrass* en la sinfonola. La elaborada preparación de las patatas fritas a la hora de comer. Su voz, cuando cantaba con ese tono agudo y fino, o cuando se reía tomándole el pelo a Eric. Era como Dorothy en *El mago de Oz*. Había pasado del blanco y negro al color para después perderlo. Había que tener algo –un cambio, luz, una amistad– para entender su pérdida. Y yo la entendía.

También era plenamente consciente de que Peyton había dejado de llamar. Un mes o dos atrás probablemente ni siquiera lo habría advertido, y si lo hubiera hecho me habría sentido aliviada. Ahora, sin embargo, los días que estaba en casa ponía *Big New York* o *Big Los Angeles* e intentaba concentrarme, pensando que quizá él y su amigo estarían haciendo lo mismo. Pero en lugar de sentirme mejor, hacía que lo echara de menos de una manera que apenas era capaz de explicar. Ahora todo era distinto.

El sábado siguiente, en el trabajo, intenté ayudar a una chica de Las Pérgolas de segundo de ESO que vestía uniforme de hockey a descargar nuestra aplicación. No sabía si el problema era de su teléfono o de nuestra conexión a internet, de modo que me agaché debajo del mostrador para reiniciar el módem. Cuando emergí de nuevo, me encontré de improviso con Spence.

—Hola —me saludó con la misma sonrisa de un millón de dólares de la Noche de las Tres Pizzas—. Mira quién está aquí.

—Mira quién está aquí —repetí mientras con un gesto le indicaba a la chica que volviera a intentar la descarga—. ¿Qué haces aquí?

—Vengo a clase para preparar la selectividad —contestó metiendo las manos en los bolsillos—. Necesito subir nota. Me han dicho que las profesoras de este centro están muy buenas. ¿Es cierto?

La chica de segundo de ESO se apartó poco a poco hacia el otro extremo del mostrador. Chica lista.

—¿Cómo está Layla? —le pregunté.

Se encogió de hombros.

—Bien. Últimamente no la veo mucho. Parece que hay un buen lío en su casa.

—¿En serio?

—Sí. —Hizo un gesto con la mano como para acompañar la narración—. Nada grave. Ya aparezco bastante por allí, he pasado lo peor.

Justo en aquel momento, Jenn salió al pasillo seguida por su grupo de alumnos de las dos. Mientras se arremolinaban cerca de la puerta para salir, se dejó caer en la silla que había junto a la mía.

—¿Ya son las cinco? —preguntó agotada.

—Lo son en algún sitio —respondió Spence apoyando los codos sobre el mostrador—. Siempre digo lo mismo.

Jenn le dirigió una sonrisa de cortesía. Consulté el ordenador y saqué el horario.

—Este es Spence —anuncié—. Tu alumno de las tres.

—No fastidies —dijo él sonriéndome. Después sonrió a Jenn—. Vaya, pues se me ha arreglado el día.

Y el tuyo se ha estropeado, escribí en una hoja que le pasé a Jenn por debajo del mostrador. Ella me dirigió una mirada interrogante. *El novio de Layla,* añadí. A esas alturas ya le había dado suficiente información sobre la versión detallada como para que no le hicieran falta más datos.

—Muuuuy bien —dijo ella poniéndose en pie—. ¿Has traído el material?

—¿El qué?

—La lista que te enviamos por correo electrónico; con lo que necesitas para cada sesión.

Spence me miró.

—Mi madre se encargó de todo. No sé nada de ninguna lista. Lo siento.

Jenn suspiró y salió de detrás del mostrador.

—Sígueme.

Spence obedeció, y así fue como comenzó una serie de clases particulares —en palabras de Jenn— «insoportablemente dolorosas».

—No es solo que se crea irresistible —me dijo más tarde, cuando estábamos recogiendo—, aunque ya sería bastante. Es que es muy, muy, muy burro. Una combinación nada halagüeña. No sé cómo lo aguanta Layla.

—Ella es la primera que dice que no tiene demasiado buen gusto para los chicos. Además, ni siquiera sé si siguen juntos.

—Por su bien espero que no. —Cerró la cremallera de su mochila—. Yo ni siquiera la conozco, pero estoy segura de que se merece algo mejor.

Pero parecía que Layla aún no se había dado cuenta de ello. El sábado siguiente miré por la ventana y vi a Rosie parando el coche justo delante de Kiger, con su madre en el asiento del copiloto. Cuando la mujer se giró hacia atrás, vi también a Layla, con el bolso en el regazo. Tenía el pelo caído delante de la cara, así que no me vio cuando respondió a su madre y se bajó del coche. Solo cuando su hermana arrancó y Layla echó un vistazo al interior nuestras miradas se cruzaron.

«Jamás olvido una cara», me había dicho tiempo atrás. Me pregunté qué pensaría ahora al ver la mía. Llevaba vaqueros, un jersey negro, botas de motera y el bolso colgado del hombro. Una vez más, como siempre que acertaba a verla fugazmente desde aquella noche, me di cuenta de lo mucho que la echaba de menos. Sobre el mostrador, justo delante de mí, mi teléfono se iluminó al recibir un mensaje y mostró el icono de Mac en la pantalla. Por una vez, sin embargo, no me apresuré a leerlo. Luego, como si fuera mi recompensa, entró Layla.

Sonó el tono de aviso −bip− cuando se abrió la puerta, pero ninguna de las dos saludó. Además, no se acercó al mostrador, sino que prefirió sentarse en uno de los incómodos sillones del vestíbulo. De todos modos, algo íbamos progresando, así que di el paso que me correspondía.

−Hola. ¿Vienes a esperar a Spence?

Me miró.

−Sí. Ya me dijo que estabas trabajando aquí.

Así que lo sabía, pero de todos modos había venido. Otra buena señal.

−Solo desde hace un par de semanas.

−¿Te gusta?

−No −respondí. Me dirigió una leve sonrisa, estímulo más que suficiente para añadir−: Mi madre me apuntó para que viniera todos los días. Así que por qué no cobrar por ello.

Layla se sentó en el brazo del sillón y colocó el bolso en el regazo.

−Mac dice que te ha atado en corto.

−Más bien me ha puesto un collar estrangulador. −Al decir estas palabras, me di cuenta de que había contenido la respiración. Pero ella había mencionado a Mac. Eso era bueno, ¿no? Ojalá, por Dios−. ¿Cómo va todo?

Se encogió de hombros y se puso a juguetear con uno de los flecos del bolso.

–Bien. Muy liada. Mi madre ha estado algo pachucha. Pero supongo que ya lo sabes.

Hasta aquel momento, nuestra conversación se había asemejado a un castillo de naipes que podía venirse abajo en cualquier momento. Con ella siempre había hablado claro. No me parecía bien dejar de hacerlo ahora, aunque fuera más seguro.

–Oye... –empecé–. Debería haberte contado lo de Mac, lo que sentía por él. Lo siento.

Se mordió los labios, sin dejar de juguetear con el bolso. Después me miró.

–Es que no me puedo creer que lo mantuvieras en secreto. Creía que nos contábamos todo.

–Y es verdad –repuse. Ella alzó una ceja–. Vale, vale. Pero habías sido muy clara al decir que no querías que ninguna de tus amigas se enamorase de él. Y yo lo hice... Y sigo igual. No quería tener que elegir a uno de los dos. Pero después pasó lo que pasó, y ahora me odias.

–Sydney –dijo con la cabeza ladeada–. No te odio.

–Pero no te ha hecho gracia.

–¡Porque lo llevasteis en secreto!

–¿Cómo iba a contártelo? Dijiste que no querías que ninguna amiga tuya volviera a salir con él.

–No: lo que dije fue que no quería volver a cargar con la responsabilidad de atraer a la vida de Mac a alguien que le hiciera daño. ¿Es lo que piensas hacer?

Sacudí la cabeza.

–No.

–Bien. Pues entonces no hay problema, aparte de que me hicierais sentirme como una idiota. Y odio sentirme como una idiota. Lo sabes.

–Lo siento –dije de corazón.

–Vale. –Tomó aire y, por fin, soltó–: Pero si le haces daño, y me da igual que seas mi mejor amiga, te reviento. ¿Queda claro?

—Como el agua.

Y entonces su sonrisa se ensanchó. Se acercó al mostrador.

—Bueno, y ahora háblame de la profesora de Spence. Asegura que bebe los vientos por él. ¿Es verdad o no?

Durante los diez minutos siguientes, hasta que Jenn y Spence salieron de la clase, hablamos sin parar. De las visitas a urgencias de la señora Chatham y la nueva medicación que estaba tomando. De cómo le iba a Rosie en su vuelta al entrenamiento y de sus esperanzas de volver a formar parte del espectáculo *Mariposa*. De las últimas novedades sobre Eric, que había enviado la maqueta a los organizadores del certamen —que aún no habían respondido, aunque él mantenía la confianza de siempre—, y del debate sobre el nombre del grupo, que seguía sin decidirse. Y, finalmente, de que Spence estaba castigado sin salir desde que lo habían pillado intentando forzar el mueble bar de su padrastro y eso hacía prácticamente imposible que pudieran verse.

—Pero estás aquí —comenté.

—Solo después de pensar mil estrategias para pasar juntos una hora escasa. Le dijo a su madre que se iba a quedar una hora más en clase, así que no lo espera hasta las cinco. Pero le han prohibido usar el coche y yo nunca puedo disponer de ninguno de los nuestros, así que estamos a merced de Rosie.

—O de Mac.

Layla negó con la cabeza.

—Nunca vio a Spence con buenos ojos. Pero después de lo que pasó aquella noche en tu casa, y de lo que te pasó a ti... No va a mover un dedo para hacerle un favor. Ni siquiera aunque eso signifique hacérmelo también a mí.

Al oír aquello me sentí conmovida y al mismo tiempo culpable.

—Lo siento.

—No te preocupes. —Se sujetó un mechón de pelo detrás de la oreja—. Pero, como tú decías, cuando alguien te importa no puede dejar de importarte. Aunque tengas un buen motivo. ¿Entiendes?

Asentí, y entonces apareció Jenn con expresión de agotamiento. Tras ella, oí decir a Spence:

—¡Relájate! No pretendía ofenderte. Solo te he dicho que si sonrieras más, serías guapa.

—Cállate ya, por favor —dijo Jenn.

—¡Más guapa! ¡Quería decir más guapa! —añadió justo al entrar en el vestíbulo—. ¡Ah, hola, nena! ¡Ya estás aquí!

Layla lo miró sin decir nada y sin expresión en el rostro. Me apresuré a decir:

—Ah, Jenn, esta es Layla. Layla, esta es mi amiga Jenn, de Perkins Day.

Jenn, siempre cordial, le tendió la mano.

—Me alegro de conocerte por fin. He oído hablar mucho de ti.

—Yo también —dijo Layla. Se estrecharon la mano—. Bueno. ¿Ya lo has convertido en un genio?

—No del todo —le dijo Jenn mientras se sentaba detrás del mostrador—. Pero hemos hecho progresos en vocabulario.

—Absconder —le dijo Spence a Layla, rodeándole la cintura con el brazo—. Significa retirar a alguien a un sitio secreto. ¿Estás impresionada?

—No —respondió, apartándose de él.

—¿Y si te invito a patatas fritas? —propuso.

—Sería un comienzo. —Suspiró y se colgó el bolso del hombro; luego me dijo—: ¿Te veo el lunes?

Hice un gesto afirmativo.

—Nos vemos el lunes.

Jenn y yo los vimos salir acompañados del tono de aviso de la puerta. Cruzaron el aparcamiento en dirección a la hamburguesería CrashBurger, cuyas patatas fritas, según Layla, merecían un siete en una escala del uno al diez. Spence había tenido suerte. Necesitaría toda la ayuda posible.

A las cinco en punto, Jenn y yo apagamos los ordenadores, cerramos y nos despedimos. Estaba junto a mi coche, buscando las llaves en el bolso, cuando oí un claxon. Me volví y vi a Rosie parando casi a mi lado. Cuando la saludé con la mano, la señora Chatham me hizo señas para que me acercara.

—Hola —saludé cuando bajó la ventanilla con una sonrisa.

—¡Eso digo yo, hola! —exclamó mientras Rosie apagaba el motor—. ¿Qué haces aquí?

—Trabajo en el Centro Kiger.

—Mamá, entro un momento en la farmacia. ¿Necesitas algo? —preguntó Rosie.

—No. Me quedo aquí para que Sydney me ponga al día. —Rosie bajó del coche y cerró de un portazo—. Bueno, ¿cómo van las cosas por casa?

No estaba segura de cuánta información habría recibido. Sin embargo, supuse que la suficiente como para decir algo que tuviera sentido:

—Complicadas.

—Ah —dijo con un gesto de cabeza— . ¿Y cómo está tu hermano?

—Pues... —Mi voz se apagó; por una vez, no supe qué palabra utilizar para describir a Peyton—. Últimamente hemos hablado un poco más. De mi madre, y de lo que pasó y de otras cosas. No mucho, pero sí un poco.

—Me alegra oír eso —dijo con una sonrisa—. Un avance lento sigue siendo un avance.

—Me estoy dando cuenta... —empecé, y después hice una pausa para tomar aire—. Quizá yo no sabía muy bien cómo se sentía él. Di muchas cosas por supuestas. Y ahora me siento un poco mal.

—No deberías. Las relaciones evolucionan, igual que la gente. Que conozcas a una persona no significa que tengas que saberlo todo sobre ella. Ni siquiera cuando se trata de tu hermano.

—Es que es muy curioso. Me habitué a hablar con él, pero ahora no llama ni se habla con mis padres. —Bajé la vista hacia las llaves—. Se enfadó con ella por meterse tanto en su vida, incluso en la cárcel. Así que ahora el objetivo prioritario de mi madre soy yo.

—Ya me han contado que estás muy ocupada con otras cosas.

Eché un vistazo al CrashBurger, pero ni rastro de Layla. Según el reloj de la fachada del banco, eran las cinco y cuatro minutos. Mi madre me estaría esperando. Pero no quería marcharme. Todavía no.

—El caso es que reconozco que hice algo que no debía. Rompí su confianza. Pero fue la única vez, la única, que hice algo mal. Y por el castigo que me ha impuesto, cualquiera diría que fui yo quien estuvo a punto de matar a alguien.

Pasó un coche con la música a todo volumen, de esos cuyos graves casi te hacen rechinar los dientes. La señora Chatham esperó a que se alejara y dijo:

—Está asustada, Sydney. No quiere perderte a ti también.

—Pero no es justo. Estoy pagando por lo que hizo Peyton. Una vez más. Ya estoy harta.

Me dirigió una mirada comprensiva.

—¿Te acuerdas de cuando me dijiste lo mucho que pensabas en ese chico? ¿Ese a quien embistió tu hermano?

—David Ibarra.

Asintió.

—Si tú te sientes así, con esa intensidad y ese sentimiento de culpa, ¿puedes imaginarte cómo se sentirá ella? Tú fuiste una mera espectadora. Pero tu hermano es *su* hijo. Su responsabilidad. Cualquier cosa que haga es parte de ella. Siempre.

Pensé en Rosie. Con su arresto, solo se había hecho daño a
sí misma. O eso creía yo.

–Lo que quiero decirte es que ella no puede deshacer lo que
hizo Peyton, ni siquiera arreglarlo –continuó–. Pero contigo
puede intentar asegurarse de que no vuelva a ocurrir mientras
ella esté en guardia. Tiene que ver con el arrepentimiento y el
modo de gestionarlo. Y eso es algo que tenéis en común. Quizá
deberías hablar con ella sobre el tema.

–No habla de David Ibarra; jamás. Por lo que a ella respecta, solo existe Peyton.

–Que alguien no hable de determinado asunto no significa
que no lo tenga presente. De hecho, a menudo ese es el motivo
por el que no lo hacen.

Me quedé callada un instante, pensando cuánto me había
sorprendido Peyton. Luego dije:

–Porque entonces se convierte en algo real.

–Exactamente.

A mi espalda se levantó una suave ráfaga que hizo volar las
hojas. En aquel momento deseé estar con Mac en Commons
Park sin pensar en nada de esto. Era más fácil sentir rabia contra mi madre; la simpatía y la empatía son conceptos complicados. Pero nada había sido sencillo desde hacía mucho tiempo.
Miré el reloj: las cinco y diez.

–Tengo que irme –dije cuando Rosie salió de la farmacia
con una bolsa en la mano. Layla seguía sin dar señales de vida–.
Se pone como una fiera si me retraso sin motivo.

La señora Chatham hizo un gesto de asentimiento y sacó
la mano por la ventanilla con la palma hacia arriba y los dedos separados. Le di la mía y me la apretó.

–Piensa en lo que te he dicho, ¿vale? En lo de hablar con ella.

–Lo haré. Y gracias.

Me guiñó un ojo y me soltó la mano cuando Rosie se sentó
al volante. Una vez en mi coche, las contemplé, sentadas una

junto a otra. Estaban hablando; Rosie bebía un refresco mientras su madre comía patatas fritas. La observé meterse una en la boca, luego ofrecer la bolsa. Rosie se comió una patata y le pasó a su vez el refresco para que bebiese un sorbo. Todo ello sin palabras, con naturalidad, una sincronización conseguida a fuerza de tiempo. Un pequeño detalle sin apenas importancia, pero que no se apartó de mi cabeza durante todo el camino de regreso a casa.

–Bueno, esto es ridículo. En mi vida había oído nada parecido.

Había llegado a casa pensando todavía en las palabras de la señora Chatham. Cuando viré y vi el Lexus de Ames en el camino de acceso, sin embargo, cualquier posibilidad de hablar con mi madre y sacar el tema de David Ibarra se fue al traste. Lo encontré sentado a la mesa de la cocina, mientras ella removía un *risotto* que estaba preparando.

–Antes de esta vez, solo me había retrasado un mes –decía Ames–. ¡Uno! Creo que lo que querían era echarme para poder alquilárselo más caro a otro pringado.

–Tienes que mirar el contrato y comprobar si en realidad pueden hacer eso –le dijo mi madre, que me echó una mirada rápida cuando dejé la mochila en la encimera–. Si quieres puedo llamar a Conrado.

–No, no quiero que te andes molestando –repuso Ames; luego me miró–. ¡Sydney! Ya me estaba preguntando cuándo ibas a aparecer.

–¿Salisteis tarde de trabajar? –preguntó mi madre. Por supuesto, se había dado cuenta del retraso.

–Un poquito –contesté–. ¿Te ayudo con algo?

–Puedes poner la mesa. Pon un cubierto para Ames. Se queda a cenar.

—Oh, Julie —dijo, como si no supiera que aparecer a esas horas equivalía a una invitación automática—, no tienes por qué compadecerte de mí. Ya no soy un niño.

—Eres prácticamente un sin techo. Lo menos que puedo hacer es alimentarte.

Me acerqué al cajón de los cubiertos que había detrás de la mesa de la cocina con el firme propósito de no mirar a Ames.

—El sinvergüenza de mi casero me ha echado del piso —me explicó de todos modos—. Si a ello añadimos que me despidieron del trabajo la semana pasada, hacemos pleno.

—Ridículo —repitió mi madre—. Las desgracias nunca vienen solas.

—Pues a mí me ha venido la familia entera —repuso Ames. Seguía empeñado en hablarme a mí—. Pero tengo un par de números donde puedo pedir trabajo y varios amigos con sofás disponibles. Sobreviviré.

El coche de mi padre enfiló el camino de entrada mientras se abría la puerta del garaje.

—No tienes por qué recurrir a ellos cuando nosotros tenemos una habitación libre —dijo mi madre—. Te quedarás aquí hasta que encuentres otro sitio.

Me quedé helada, con los cubiertos en la mano.

—No, Julie —protestó Ames con un falso tono de firmeza—. No puedo abusar de vosotros de esa manera.

—No abusas. Después de todo lo que has hecho por Peyton y por todos nosotros, es lo menos que podemos hacer por ti.

De alguna manera, conseguí poner la mesa y soportar la cena. Ames se sentó en el sitio de mi hermano, a la izquierda de mi padre y frente a mí, y además ahora también iba a ocupar su cuarto. Siguió fingiendo que no podía aceptar mientras mi madre lo tranquilizaba asegurándole que solo se quedaría «hasta que se recuperase». Después de cenar, tardé todo lo posible en meter las cosas en el lavavajillas y fregar antes de subir a hacer los deberes. Aun así, fui testigo privilegiada de cómo Ames sacaba sus cosas del coche –qué coincidencia, parecía que lo tenía *todo* en el maletero– y las iba metiendo en el cuarto contiguo, bulto tras bulto. Cada vez que pasaba, no perdía ocasión de mirarme. Terminé por cerrar la puerta.

21

─¡Estamos dentro!

Nunca había visto correr a Eric, pero en los segundos que precedieron a esta exclamación había cruzado el aparcamiento del instituto en un abrir y cerrar de ojos. Ahora, jadeante, se plantó ante nosotros con los ojos muy abiertos.

─¿Estamos dentro de...? ─lo animó Mac.

─¡Del certamen! ¡Lo conseguimos! ─Se inclinó con las manos apoyadas en las rodillas, tomó aire y volvió a erguirse─. Acaban de mandarme un mensaje.

─¿En serio? ─preguntó Layla.

Eric asintió, todavía jadeante.

─Es dentro de tres semanas a partir de este viernes, en Bendo. Cinco bandas, para todas las edades. Mierda, creo que me va a dar un infarto.

─Tío ─dijo Irv, que estaba apoyado en la camioneta comiéndose una bolsa de rosquillas─, de verdad que necesitas hacer más ejercicio.

─Tres semanas ─repitió Mac─. No nos queda mucho tiempo para ensayar.

─Por eso tenemos que echar el resto ─explicó Eric─. Cancelar todos los compromisos, acelerar a fondo. Será nuestra máxima prioridad a partir de este mismo momento.

—Algunos tenemos trabajos —le recordó Mac.

—Y vidas —añadió Layla.

Eric los miró, incrédulo.

—¿Estáis hablando en serio? Este es nuestro pistoletazo de salida. ¡Nuestra gran oportunidad! El premio para el ganador es grabar un disco con Hambone Records. Allí empezaron Escuadrón de la verdad y Cebo de cuchara.

—Me horroriza Cebo de cuchara —dijo Mac.

—Cierto. Pero el caso —continuó Eric— es que esto es ahora lo más importante.

—Excepto mi merienda al salir de clase —intervino Irv—, así que si queréis que os lleve, ya me estáis invitando al Double Burger.

—No me puedo creer que vayas allí —dijo Layla sacudiendo la cabeza—. Las patatas fritas son pura grasa. Y blanduchas.

—Justo como a mí me gustan —repuso Irv, y ella hizo un gesto de desesperación—. Vamos, Bates. Me rugen las tripas.

Dijo esto mientras seguía comiendo rosquillas. El apetito de Irv siempre me sorprendía, pero en ocasiones como esta casi llegaba a asustarme.

—Ensayo mañana al salir de clase —propuso Eric—. ¿Sí? Yo aviso a Ford.

—Veré qué puedo hacer —dijo Mac.

—Haz lo que tengas que hacer. Pero esto es serio. No hay medias tintas. Ganamos o perdemos. Triunfamos o descendemos a los infiernos. Éxito o...

—¿Por qué para ti nunca hay medios tonos? —preguntó Irv—. Todo es siempre brillante o catastrófico.

—Porque es así como los auténticos artistas... —empezó Eric.

—Ese debería ser el nombre de la banda —interrumpió Layla con la vista puesta en su móvil.

—¿Auténticos artistas? —preguntó Irv.

—No. Brillante o catastrófico.

Un silencio. Por experiencia, supuse que se produciría un rechazo inmediato por parte de alguno de ellos (Eric, probablemente), seguido de un nuevo debate. Pero entonces Mac dijo:

—Me gusta.

—Tiene su misterio —reconoció Eric. Se quedó pensando unos instantes—. Además, encaja con la idea de nuestro enfoque irónico de las canciones que tocamos y lo que en su día supusieron para una comunidad musical más extensa. Muy pop, totalmente pegadizas: hay que reconocer el mérito de los letristas. Incluso aunque seamos conscientes del daño que hicieron no solo a la integridad de la industria musical, sino a toda la sociedad.

—¿A la sociedad? —pregunté extrañada.

—A mí me gusta cómo suena —dijo Irv al tiempo que echaba a andar.

—Maduraré la idea. Ya os diré mi opinión —dijo Eric antes de seguir a Irv.

Mientras los observaba según se alejaban, lo único que me vino a la cabeza fue que formaban la pareja más curiosa del mundo.

—El Grandullón y el Hipster —comentó Layla, leyendo mi pensamiento una vez más—. Son como superhéroes. Solo que... carecen de la parte súper.

Solté una carcajada y miré el reloj. Lo que siempre hacía esos días.

—Se me hace tarde. Es mejor que me vaya.

Mac me miró.

—¿Ya?

El cuarto de hora aproximado del que disponía en el aparcamiento antes de tener que irme volando al Centro Kiger siempre transcurría demasiado deprisa.

—Olvidé el cargador del ordenador en casa y mi madre me lo va a traer. Hoy sí que tengo que llegar puntual.

–Vale –dijo. Pero no retiró el brazo de mi cintura, y yo tampoco me aparté. Normalmente necesitábamos dos intentonas. Mientras pensaba en eso, noté que su teléfono, en el bolsillo, vibraba contra mi pierna. Me separé para que lo sacara y miró la pantalla–. Mierda.

–¿Qué pasa? –pregunté.

–Mi madre.

Al otro lado, Layla, que seguía pendiente de su propio teléfono, levantó la vista.

–¿Qué ha pasado?

Mac ya estaba tecleando una respuesta.

–Sensación de ahogo, principio de desmayo. Han hablado con el médico. La va a ver en el hospital.

–Mierda –dijo Layla–. Vamos.

Abrió la puerta del pasajero de la camioneta y lanzó la mochila al suelo. Mac, sin embargo, no se movió de su sitio mientras seguía leyendo la pantalla de su móvil.

–Tenemos que ir a la pizzería y quedarnos allí.

–¿Qué? Yo quiero ir al hospital.

–Dice papá que no. Quiere que nos quedemos a cargo del restaurante. –Mac se dirigió a la camioneta–. Rosie nos tendrá informados.

–Ya sabes que es un desastre para esas cosas. Es una suerte que nos haya dicho que iban de camino. Tengo que ir allá.

–¿Es que no me has oído? No puedo llevarte. Ahora sube, debemos irnos.

–Yo la llevo –dije sin pensar. Solo en el último microsegundo me di cuenta de que ya se me estaba haciendo tarde para llegar a tiempo a donde debía.

–¿Estás segura? –me preguntó Mac, sentándose al volante–. ¿Y tu madre?

–Es una emergencia. Lo entenderá –dije. O eso quería imaginar.

—¿Me tendrás informado?

—Sí. —Layla recogió su mochila mientras él arrancaba el motor—. Gracias, Sydney.

—De nada.

Arrancó, levantando una pequeña nube de polvo de gravilla, y se dirigió marcha atrás a la salida del aparcamiento esquivando los baches que tan bien conocía. Apenas paró junto a la señal de stop de la garita, lo que provocó un grito de advertencia del vigilante. Luego desapareció de mi vista.

—¿A qué hospital? —le pregunté a Layla cuando también nosotras estábamos a punto de salir.

—El General Universitario.

Estaba justo al otro extremo de la ciudad.

—¿Estás segura?

—Es el único que entra en nuestro seguro médico. Lo siento.

—No te preocupes —dije para tranquilizarla. Eché un vistazo al reloj del salpicadero. Las tres y media ya, y ni siquiera habíamos salido.

Intenté no pensar en la hora, ni siquiera cuando encontramos en rojo casi todos los semáforos de la ciudad. Nunca había estado en el Hospital General Universitario —los vecinos de Las Pérgolas íbamos al Metodista Lakeview, que estaba recién abierto y quedaba a poco más de un kilómetro— y las indicaciones eran difíciles de seguir, sobre todo en una parte de la ciudad que apenas conocía.

Por fin, después de zigzaguear por una zona en obras y de esperar a que se abrieran otros dos semáforos en rojo, llegamos a la entrada de la zona de urgencias.

—Genial —dijo Layla mientras recogía sus cosas y yo me detenía detrás de una ambulancia que tenía las puertas traseras abiertas. No había nadie dentro.

—¿Quieres que entre contigo?

—No, estoy bien. Gracias. Te llamo luego, ¿vale?

Se bajó, cerró la portezuela y se echó la mochila al hombro antes de entrar a toda prisa por las puertas automáticas. Me sentí mal por no acompañarla, lo que fue compensado por una extraña sensación de alivio cuando salí y por fin enfilé la dirección correcta. De camino a la rotonda, pasé por delante de una parada de autobús cuyo banco estaba atestado de gente. Un niño con el brazo en cabestrillo me observó con expresión solemne.

Iba con media hora de retraso para mi turno en Kiger. Ya le había enviado un mensaje a Jenn diciéndole que había tenido un imprevisto y llegaría en cuanto pudiese, pero no era ella la que me preocupaba. Durante todo el camino, tanto a la ida como a la vuelta, en medio del tráfico y de semáforo en rojo en semáforo en rojo, había esperado que el teléfono vibrara en cualquier momento. ¿Dónde estás?, preguntaría mi madre, y yo no sabría cómo contárselo en un simple mensaje. Tenía la esperanza de que se apiadara de mí una vez que nos encontráramos cara a cara. Pero cuando llegué al aparcamiento del Centro Kiger, a quien vi fue a Ames.

—Sydney, Sydney —dijo mientras me acercaba. Tenía en la mano mi cargador cuidadosamente enrollado (reconocí la mano de mi madre a primera vista)–. Tenías que haber llegado hace cuarenta y cinco minutos.

—Tenía cosas que hacer —contesté mientras tendía la mano para alcanzar el cargador.

Ames retiró la suya y la puso fuera de mi alcance.

—Qué curioso. Julie no me dijo que tuvieras planes. ¿Lo sabía?

Noté mi mandíbula crispada. En el interior del edificio, Jenn nos observaba desde detrás del mostrador.

—Tuve que llevar a una amiga al hospital.

—Ah. –Todavía no me había dado el cargador–. ¿Todo bien?

—Espero que sí. Por favor, ¿me das eso?

Por fin, muy despacio, me lo entregó.

—Sabes que me vuelves a poner en un aprieto. Tu madre ha hecho mucho por mí. No me siento bien teniendo que mentirle.

—No te estoy pidiendo que lo hagas.

—Pero si le cuento esto —continuó como si yo no hubiera dicho nada—, tengo el presentimiento de que endurecerá aún más tus restricciones. Y no quiero ser culpable de eso.

Esta vez no dije nada. Intentaba adivinar adónde quería ir a parar.

—Hagamos una cosa —dijo—. Que esto quede entre nosotros. Pero me debes una.

—Puedes decírselo. No me importa.

—No. —Levantó las manos—. No quiero ser tan ruin. Es nuestro secreto. ¿De acuerdo?

No me gustó el tono en que lo dijo. Pero antes de que me diera tiempo a contestar, mi teléfono vibró. Era un mensaje de Mac.

Solo un susto. Todo bien, decía.

—Tengo que entrar —dije mientras accionaba la manilla para abrir la puerta—. Me están esperando.

—Puedes estar segura —dijo con despreocupación, apartándose hacia un lado—. Te veo a la hora de la cena.

Entré en el vestíbulo, pasé al otro lado del mostrador y dejé caer la mochila a mis pies. Jenn, en la otra silla, observaba a Ames, que ahora se dirigía hacia su coche.

—¿Qué ha pasado?

—Nada. Que está en el mismo plan repulsivo de siempre.

Alcanzó una carpeta.

—Voy a ver qué hacen mis tarugos. ¿Seguro que estás bien?

Hice un gesto afirmativo y Jenn desapareció por el pasillo. Saqué el teléfono para responder a Mac.

Me alegro. Estaba preocupada, escribí.

No lo estés. Todo bien, **respondió enseguida.**

Miré al exterior, donde empezaba a oscurecer; se acercaba el invierno. La pantalla del móvil seguía mostrando aquellas palabras, a la espera de respuesta. O quizá no. Después de todo, «todo bien» era un buen punto para detenerse, un sitio donde no me importaría quedarme mientras pudiera. Cuando alargabas un momento, ya no podía terminar; si no escribía, no habría más conversación, buena o mala. Permanecí allí sentada una hora. No escribí nada más.

D urante al menos cinco minutos, me pareció oír masticar algo crujiente. Al final no me cupo ninguna duda.

–Un momento. ¿Estás comiendo?

Un silencio. Un instante después:

–Patatas fritas de bolsa.

Me dejó atónita. Desde que lo conocía, jamás había visto a Mac comer nada que no fuera sano. Era uno de esos chicos cuya alimentación habitual consistía en rollos de pavo sin grasa y queso bajo en calorías, un puñado de almendras y dos mandarinas. Era difícil imaginárselo comiendo algo que contuviera grasas saturadas, y mucho menos que se pudiera comprar en una máquina expendedora. Me quedé sin habla.

–Todo lo que puedas estar pensando ahora –añadió él por fin– ya lo he pensado yo. Y además con un sentimiento de culpabilidad que me atenaza.

–¿Desde cuándo comes patatas fritas de bolsa?

–Básicamente, desde que nací. –Otro crujido–. Hasta marzo del año pasado. Después hui de ellas como un yonqui al dejar la droga.

–Hasta...

—Ayer. –Un nuevo crujido–. Creo que todo esto está empezando a sobrepasarme.

Una vez más, no supe qué decir. Mac era moderado por naturaleza; no era de esos que van por ahí rebosando un optimismo incontrolable cuando tienen un buen día. Egoístamente, sin embargo –y ahora fui yo quien se sintió culpable–, me preocupó la idea de que tuviera algo que ver conmigo.

—¿Qué es «todo esto»?

—Mi madre –respondió. Tras un suspiro, oí lo que sin duda me pareció el ruido de una bolsa vacía de patatas fritas al arrugarla. Dios mío–. El certamen. Y..., bueno, nosotros.

Fuera, alguien que caminaba por el pasillo aminoró el ritmo de sus pasos al acercarse. Instintivamente levanté la vista hacia la puerta, hacia el lugar exacto donde debería estar el pestillo, si lo hubiera. Bajé la voz:

—¿Nosotros?

—Sí –contestó sereno–. A ver, no me malinterpretes. Aguanto lo que sea cuando se trata de verte. Pero esta situación... no es exactamente la ideal.

Se me escapó una sonrisa.

—Lo sé. Y lo siento.

—No es culpa tuya. Es de Spence. –Cambió de postura y su voz sonó amortiguada durante un instante–. O sea, ya habría sido bastante malo que tu madre llegara y nos encontrara allí, estoy seguro. Pero no tanto.

—Layla me dijo que seguías furioso.

—Y tiene razón.

Nos quedamos callados unos instantes. No sabía si la persona que estaba en el pasillo se habría ido o se habría quedado escuchando en silencio al otro lado de la puerta. Una semana después de que Ames se hubiera instalado en casa, yo sabía que él hacía cualquiera de esas dos cosas.

Ya antes me molestaba que viniera a casa. Pero aquellas miradas largas e inquietantes, la manera en que me seguía con la vista..., nada de ello era comparable a tenerlo de repente metido en casa. Aunque solo había traído una maleta, una bolsa de viaje, unas cuantas cajas y un ordenador, ya se las había ingeniado para ocupar una buena parte de nuestros espacios comunes. Lo que empezó con un paquete de cigarrillos junto a la puerta del garaje pasó a una toalla húmeda del equipo de baloncesto de la universidad que yo debía esquivar en el suelo del cuarto de baño. Aquello evolucionó al sonido del equipo de música de Peyton, que brotaba a todas horas a través de los altavoces que estaban justo al otro lado de la pared de mi cuarto. Voces, todo el día y también por la noche. Cuando no tenía pesadillas, soñaba con mesas redondas y tableros.

Y luego estaban las continuas visitas. ¿Tenía un tubo de pasta de dientes de sobra? ¿Dónde se guardaban las bombillas? ¿A mí también me parecía que hacía demasiado calor? Y eso solo en las primeras treinta y seis horas. Daba la impresión de que no hacía otra cosa que pasar por delante de mi puerta, espiarme, pararse a charlar apoyado en el quicio. Cuando empecé a cerrarla por sistema, llamaba: tres golpes suaves, uno lento y dos más rápidos. Si yo abría, siempre entraba.

—Mucho que estudiar esta temporada, ¿eh? —me había dicho la noche anterior, mientras yo estaba terminando un trabajo sobre *Cumbres borrascosas* para clase de lengua. Estaba sentada frente al escritorio y él encima de mi cama, hojeando una revista que había dejado abierta. Normalmente, a esa hora ya me había puesto el pijama, pero opté por empezar a hacerlo justo antes de acostarme—. Tendría que haber sido como tú cuando estaba en el instituto. Me habría ahorrado un montón de problemas.

Como de costumbre, respondí con un leve movimiento de cabeza y fingí estar tan concentrada como el haz de un rayo láser en el párrafo final de mi trabajo.

—Peyton también solía decirlo —continuó mientras pasaba otra página—. Lo distintos que erais y lo mucho que se alegraba de ello.

Siempre me hacía sentir incómoda cuando me hablaba así de mi hermano. Para mi madre, sin embargo, era el motivo principal de tenerlo cerca, sobre todo a causa del silencio que Peyton seguía empeñado en mantener.

Había intentado llegar hasta él de todos los modos posibles desde la debacle de la ceremonia. Llamar era imposible, así que le escribía a diario y había echado mano de todos los contactos con los que había entablado relación —el enlace, la agente que pasaba información a las familias— para que transmitieran sus peticiones. La única respuesta que había obtenido había sido la de Ames, con quien mi hermano seguía comunicándose.

—Solo necesita un poco de espacio —oí que le decía en una de sus muchas conversaciones estimuladas con café en torno a la mesa de la cocina—. Llamará cuando esté preparado.

—Es que creo que si me dejara explicarme me entendería —dijo mi madre—. Ojalá te llamara cuando estoy contigo; quizá así conseguiría hacerle entrar en razón.

—A mí también me gustaría. Y es muy posible que suceda. Pero de momento tienes que respetar sus deseos, ¿sabes?

La conversación había dejado a mi madre cabizbaja. Dado que Ames estaba siempre en casa —él afirmaba que estaba en el «mercado de trabajo», aunque la verdad es que nunca le había visto mover un dedo para conseguirlo—, me parecía extraño que ninguna de esas muchas llamadas de Peyton que aseguraba recibir se produjera cuando mi madre estaba cerca. Pero por lo visto yo era la única que se extrañaba de ello.

Ahora, mientras hablaba con Mac al otro lado de la línea, me levanté y abrí la puerta. El pasillo estaba vacío, pero la puerta del cuarto de mi hermano estaba entreabierta, y de la habitación salía luz y el sonido de una conversación. Al mirar al otro lado, solo vi a mi madre sentada frente al ordenador en el Centro de Operaciones.

–Tengo la esperanza –dije mientras cerraba otra vez la puerta– de que todo este buen comportamiento pueda hacer que mi madre afloje un poco la cuerda. Me apetece muchísimo ir al certamen.

–Yo en tu lugar no me haría demasiadas ilusiones –repuso Mac–. Quizá tu siguiente objetivo debería ser..., ya sabes, poder elegir de vez en cuando dónde quieres comer.

–Eso también llegará –dije, tratando de aparentar más seguridad de la que en realidad sentía–. Pero esta es una ocasión especial que ocurre una vez en la vida. Además, la actuación es temprano, y estoy haciendo todo lo posible para acumular puntos.

–Es que no quiero que te lleves una desilusión si no puedes ir. O sea, yo quiero que vengas, eso ya lo sabes. Pero eso no es todo.

Ese era el problema. Yo sabía que no podía esperarlo todo; nunca lo había hecho. Lo único que quería era ir a ese certamen. Aunque no fuera a corto plazo, al menos me proporcionaba algo a lo que aspirar durante esas largas tardes en Kiger, o de noche en mi cuarto, con la vista puesta en la puerta sin pestillo con la única compañía deseada de mi San Quien Sea.

–Mándame un pensamiento agradable, ¿de acuerdo? –le pedí–. Y mantente alejado de las patatas fritas.

Por el sonido de su respiración, supe que había conseguido que sonriera.

–Haré lo que pueda.

Cuando colgamos, consulté el calendario que tenía encima de la mesa. Allí figuraban mis clases, deberes y compromisos de trabajo –las cosas personales las guardaba en el teléfono–, y eché un vistazo rápido a los distintos apartados: examen de práctica de selectividad, charlas sobre la universidad, día de cobro en Kiger. Alcancé un lápiz, fui recorriendo los días hasta llegar a la fecha del certamen y la rodeé con un doble círculo. No escribí nada, porque me parecía un exceso de confianza. Pero el simple hecho de señalarla hacía que pareciera factible. Además, yo sabía bien de qué se trataba.

22

Mi padre se aclaró la garganta. Como yo sabía por experiencia que aquello precedía a un cambio de tema, un anuncio o un comentario importante, le presté toda mi atención. Mi madre hizo lo mismo. Ames, sin embargo, siguió comiendo.

–Bueno, ¿y qué novedades hay en el frente del trabajo?

Mi madre se llevó la copa de vino a los labios y bebió un sorbo. Por su manera de mirar a mi padre, estaba claro que aquella pregunta no había sido espontánea. Era fruto de un acuerdo: ahí había un plan.

Ames tragó.

–Hay varios trabajos en potencia. Uno de mis amigos del Walker está pendiente de que lo avisen del Valley Inn para un puesto en la recepción. Pero hay mucha competencia, así que no estoy muy seguro de mis posibilidades.

–Seguro que hay otras oportunidades aparte de la hostelería –dijo mi padre–. Últimamente he visto un montón de carteles en los que se ofrecen puestos de ayudante.

–Puede ser –repuso Ames levantando su vaso de agua–. Pero prefiero esperar a que me salga algo que tenga que ver con mi especialidad.

Mis padres intercambiaron una mirada. Luego mi padre dijo:

—De todos modos, un sueldo es un sueldo.

—Cierto —reconoció Ames—. Pero tengo el pálpito de que lo del Valley Inn me va a salir bien.

El silencio que siguió a estas palabras se hizo tan incómodo que lo noté en mi estómago. Por fin algo estaba cambiando. Lo que no sabía era de qué se trataba.

Después de cenar, subí a mi cuarto y me senté frente al escritorio con el teléfono a mano por si Mac tenía un par de minutos para hablar entre entrega y entrega. Estaba empezando a hacer los deberes de ecología cuando oí que alguien subía la escalera. Un instante después: toc, toc-toc.

Me levanté a abrir.

—¿Sí?

—Una pregunta —dijo Ames dando un paso adelante, con lo que no me quedó más remedio que apartarme a un lado para dejarlo pasar—: ¿tienes un cargador de sobra para el teléfono? No encuentro el mío.

Ya estaba sentado en la cama, y había echado mano de una de las revistas que tenía encima de la mesilla de noche. Abrí un cajón del escritorio para sacar el cargador y se lo tendí.

—Toma.

Pasó una página y levantó la vista hacia mí, pero no hizo ningún otro movimiento.

—Ah, genial, gracias.

Lo dejé caer encima de la cama, a su lado, y volví a mi mesa. No se movió, ni siquiera cuando seguí trabajando. Cada minuto, aproximadamente, le oía pasar otra página.

Mi teléfono vibró. Era un mensaje de Mac.

6 raciones de pan de ajo. ¿Ideas?

Sonreí. ¿Cena a base de espaguetis? ¿Reunión de forofos de los carbohidratos?

Ya te contaré, **respondió.**

—Bueno, ¿y en qué estás trabajando ahora mismo? —preguntó Ames.

Dejé el teléfono.

—En ecología.

—Uff. —Hizo una mueca—. Ya la palabra suena difícil.

No hice ningún comentario y proseguí con mi trabajo con la esperanza de que captara la indirecta. No hubo suerte. Estaba empezando a preguntarme si al final tendría que pedirle que se fuera cuando oí a mi madre acercarse por el pasillo.

—Sydney, se me olvidó decirte que... —empezó, pero se interrumpió bruscamente cuando vio a Ames sentado en mi cama—. Ah. Creí que estabas estudiando.

—Y eso estoy haciendo.

—La estoy distrayendo —dijo Ames tan campante, cerrando la revista.

Cuando advertí que la arruga de la frente de mi madre se acentuaba, supe que no me había equivocado durante la cena: la influencia que Ames había tenido sobre ella en otro tiempo se estaba desvaneciendo, si es que no había desaparecido totalmente. Y él ni siquiera se había enterado.

—Mejor dejemos que siga trabajando —dijo mi madre en tono cortante—. ¿De acuerdo?

Ahora levantó la vista.

—Ah. Sí, claro.

Mi madre se retiró de la puerta y dejó espacio para que pasara. Sin embargo, transcurrió un segundo, y luego otro, antes de que Ames captara la indirecta y se levantara.

—Gracias por el cargador, Sydney —dijo dándome un apretón en el hombro al pasar—. Eres la mejor.

No respondí, y fijé la vista en mi madre mientras ella observaba cómo se tomaba su tiempo antes de salir. Cuando pasó a su lado, le dijo:

—¿Te apetece un café, Julie? Estaba pensando en poner una cafetera.

—No, ahora no. Tengo cosas que hacer.

—Vale —respondió al dirigirse al cuarto de Peyton—. Si cambias de opinión, avísame.

Mi madre lo observó alejarse. Cuando volvió la vista hacia mí, la bajé inmediatamente hacia los libros.

—¿Quieres que te la deje abierta o cerrada? —preguntó señalando la puerta.

Nos miramos unos instantes. Lo ha pillado, pensé. No todo, pero algo sí, por fin. Por fin.

—Cerrada —respondí.

Mamá asintió. Luego cerró la puerta.

La tarde siguiente, estaba sentada detrás del mostrador de Kiger escuchando cómo Jenn explicaba ecuaciones de segundo grado a sus tarugos cuando la camioneta de Mac paró justo a la entrada. Parpadeé, incapaz de creer lo que veían mis ojos. Pero cuando Layla se bajó y entró, supe que no era un espejismo.

—¿Está aquí? —inquirió. Tenía la cara roja y los ojos hinchados.

—¿Spence? —pregunté, aunque ya lo sabía. Hizo un signo afirmativo—. No.

Se mordió los labios y a continuación sacó el teléfono y me lo enseñó. Había un par de mensajes en la pantalla; el primero era de ella, y preguntaba si podían al menos verse y hablar. Luego, su respuesta:

–Me ha plantado –dijo. Levanté la vista; estaba llorando abiertamente–. Con un puñetero mensaje.

–Oh, Layla –exclamé. Fuera, Mac seguía al volante. A pesar de que me moría de ganas de verlo (siempre tenía ganas de verlo), entendí por qué mantenía aquella distancia. Lo que importaba ahora era Layla, no nosotros dos–. Lo siento muchísimo. Qué faena.

–Es un capullo. –Se secó los ojos con la mano y se sorbió los mocos–. Sabía que estaba pasando algo. De repente estaba siempre ocupadísimo, no respondía a mis mensajes..., así que hoy lo llamé y se lo pregunté a bocajarro. Ni siquiera intentó negarlo. –Se aclaró la garganta y volvió a guardar el teléfono. Eché otra mirada a Mac; seguía pendiente de nosotras–. No sé por qué siempre me pasa lo mismo. Soy una buena persona. Bueno, al menos intento serlo, y...

–Lo eres –dije mientras me ponía en pie para salir del mostrador.

–Lo único que quiero es encontrar a alguien decente. –Volvió a sorberse los mocos al tiempo que los ojos se le llenaban de lágrimas–. ¿Entiendes? Alguien amable. Bueno. Como en todas esas historias de amor en las que soy experta. No puede ser que pase solo en la ficción. No puede ser. Esos chicos andan por ahí, lo sé. Lo que pasa es que no los encuentro.

Al llegar a ese punto, su voz se quebró. La rodeé con los brazos y la estreché contra mí; ella hundió la cara en mi hombro. Sabía que no escucharía nada de lo que le dijera en aquel momento; cuando alguien está así de angustiado, nunca oye nada. Pero si ella hubiera estado en condiciones de escuchar, le habría dicho que tenía razón. Esos chicos andaban por ahí. De hecho, uno de ellos nos estaba mirando en aquel mismo momento desde bastante cerca. Manteniendo la distancia, sabiendo que su hermana me necesitaba para ella sola, pero justo al otro lado de la puerta.

—Ni siquiera sé por qué me necesitáis —dijo Layla con voz triste cuando ambas estábamos sentadas en el capó de mi coche un par de días después, al salir de clase—. Creía que solo os estaba echando una mano con la maqueta.

Quedaban ya menos de dos semanas para el certamen, y era evidente que Mac no era el único que se estaba poniendo nervioso. Eric, siempre alterado, incluso en la más favorable de las circunstancias, había entrado en modo preparatorio maníaco y exigía continuamente ensayos y concentración. El hecho de que Mac tuviera que trabajar, que Ford estuviera más interesado en sacar buenas notas y que Layla tuviera el corazón destrozado no lo arredraba.

—Ese era el plan inicial —le explicó Eric, que recorría de un lado a otro la corta distancia que separaba mi coche del siguiente—. Pero en sus comentarios dijeron que les había gustado especialmente esa canción. Ahora no podemos dejarla fuera.

—Pero yo no me comprometí a cantar en público. Ahora mismo, apenas puedo soportar la visión de mi propia cara en el espejo.

Miré a Mac, apoyado en el parachoques junto a mí. Aunque Layla acababa de llevarse otra decepción cuando nos conocimos en La Pizzería de la Costa, esta era la primera vez que yo veía en ella aquella falta total de confianza en sí misma. Siendo como era una chica tan valiente, daba la impresión de haberse marchitado. Solo el tiempo conseguiría que volviéramos a recuperarla, decía Mac, aunque las patatas fritas también ayudaban un poco.

Eric se acercó a ella y le puso las manos sobre los hombros. Me imaginé que como mínimo se encogería, si es que no lo espantaba directamente de un manotazo. Por el contrario, se limitó a apartar la vista hacia un lado mientras el chico le decía:

—Lo vas a hacer genial. De hecho, puede que sea justo lo que necesitas.

—¿Cantar un tema sobre una relación rota delante de un montón de gente? —Dejó escapar un suspiro—. Creo que no.

—¿Cantar un tema sobre la fuerza y el coraje de alguien que se enfrenta a su sufrimiento delante de un montón de gente? —la corrigió Eric—. Confía en mí, ¿vale?

Layla no parecía demasiado convencida. Pero tampoco lo apartó. Y cuando el chico se inclinó y le dio un beso en la cabeza, cerró los ojos.

Miré a Mac, me incliné y le dije al oído:

—¿Qué ha sido eso?

—Enajenación mental transitoria —me contestó, también al oído—. Ya te lo dije, no es ella.

—¿Qué estáis cuchicheando vosotros dos? —exigió saber Layla.

—Nada —contestó Mac.

—Lo de si por fin voy a ir al certamen... —contesté al mismo tiempo. Ups. Layla me miró con cara de pocos amigos—. Se lo voy a preguntar a mi madre esta noche. Deséame suerte.

—Suerte. —Flexionó las piernas hasta que las rodillas estuvieron a la altura del pecho y alzó la cara hacia el sol—. Ya es hora de que le sonría a alguien.

Cuando salí del Centro Kiger al final de la tarde y me dirigí a casa a cenar, lo tenía todo preparado: mi propuesta memorizada y las respuestas prefabricadas para cualquier posible objeción. Incluso aunque me dijera que no —y esperaba que eso no ocurriera—, mi madre se quedaría impresionada con mi exhaustivo trabajo de preparación.

Cuando entré, mi madre estaba en la cocina revolviendo el contenido de una sartén.

—¿Qué estás haciendo? —pregunté mientras dejaba la mochila encima de una silla.

—Salteado de *tempeh* y pimientos —contestó al tiempo que añadía un ingrediente que empezó a crepitar—. Me pareció que era un buen momento para probar recetas nuevas y replantearme algunas cosas.

—¿Ah, sí? ¿Por algún motivo en particular?

—No. —Un puñado de cosas verdes se hundió en la sartén; un instante después, noté olor a cebolla—. Sencillamente, me apetece hacer algunos cambios.

Era el mejor momento, o quizá el peor. Como me sentía optimista, dije:

—Bueno, de hecho quería hablar contigo de algo que tiene que ver con...

Revolvió el contenido de la sartén, que comenzó a humear.

—Que tiene que ver con...

—Cambios. O conversaciones sobre cambios.

Una pausa. Más ingredientes crepitando. Después:

—Dime, te escucho.

Bien. Tomé aire.

—Bueno, ya sé que metí la pata al invitar a mis amigos aquella noche. Y que el novio de Layla bebió...

—Tú también bebiste, si no recuerdo mal.

Un sorbo, pensé, pero inmediatamente me dije que no debía dispersarme.

—Correcto. Lo que hice estuvo mal. Pero desde entonces creo que he hecho todo lo que tú y papá me habéis pedido que hiciera. El grupo de estudio a la hora de la comida, el Centro Kiger cuando no estoy en el instituto, después los deberes en casa. No he ido a ningún otro sitio, ni os he pedido permiso para hacerlo.

Mi madre continuaba de espaldas a mí, así que no podía ver su reacción. No obstante, interpreté sus palabras como una señal positiva.

—Sí, te sigo.

En ese momento vi la luz de unos faros invadiendo el camino de acceso, lo que significaba que mi padre o Ames estaban a punto de entrar. Sería mejor uno a uno. Debía seguir adelante.

—La banda de mis amigos ha conseguido ser seleccionada para participar en un certamen. El ganador podrá grabar un disco de verdad con una compañía famosa. Las actuaciones son temprano, a las siete, el viernes que viene. Para todas las edades. Me apetece muchísimo ir.

Bajó el fuego y dejó la cuchara. Luego se volvió hacia mí.

—¿Son los mismos amigos que estaban aquí?

—Sí —contesté.

—Oh, Sydney. —Suspiró y se pasó una mano por el pelo—. Ojalá me hubieras pedido cualquier otra cosa.

Se me fue el corazón a los pies.

—Pero eso es lo que quiero.

—¿Ir a un club? ¿Con gente que sé que bebe?

—Solo bebió el novio de Layla. Y ya no están juntos.

—Esa no es la cuestión —dijo—. Lo que nos pides a tu padre y a mí es un cambio radical. Nosotros preferiríamos ir dándote permiso poco a poco, según vayan las cosas.

Justo lo que había dicho Mac.

—Solo es una noche —insistí, dispuesta a no tirar la toalla—. Y después seguimos tal como estamos ahora.

—Lo dices como si fuera algo malo. Y últimamente te está yendo muy bien. —Se giró otra vez para atender la comida—. Para ser sincera, soy reacia a hacer cambios por ahora.

—Pero si acabas de decir que te apetecía hacer algunos cambios.

Se echó a reír.

—Estaba hablando de comida.

Oí el chirrido de la puerta del garaje al abrirse. Me quedaba un minuto, quizá dos, antes de tener que vérmelas con un frente común.

—Por favor, piénsalo. Es lo único que te pido. No me digas que no, al menos de momento. Por favor.

Había expuesto mi caso, había rebatido sus argumentos. No podía hacer otra cosa que pedir y esperar que la suerte de la que había hablado Layla me sonriera.

—De acuerdo —dijo cuando se abrió la puerta del garaje—. Lo pensaré. Y ahora, por favor, ¿me puedes sacar el *curry* y el comino de esa alacena? La salsa está espesando.

Fui hasta la alacena, saqué los frascos que me pedía y se los llevé. El contenido de la sartén no se parecía a nada que hubiera preparado antes. Ni siquiera sabía qué era el *tempeh,* pero lo cierto era que no tenía una pinta demasiado apetitosa. Sin embargo, me reservé la opinión cuando le di las especias. Ella entrecerró los ojos para consultar el libro de cocina y luego abrió el frasco de comino.

—Bueno, a ver cómo me sale —dijo, espolvoreando comino sobre el salteado. Más humo, seguido de otra nube cuando echó el *curry.* Removió las verduras con la cuchara, mezclándolas una y otra vez—. ¿Qué te parece?

—Es un cambio.

—Desde luego.

Echó más comino y se inclinó para comprobar cómo olía; después me hizo un gesto para que yo hiciera lo mismo. La imité, vacilante. No olía ni mal ni bien. Solo a nuevo. Distinto.

23

Era sábado por la mañana. Y estaba saliendo de la ducha. La primera voz que oí cuando abrí la puerta del baño fue la de Ames.

–Julie, ¿tienes un minuto?

Salió al pasillo con el teléfono en la mano. Instintivamente, apreté con más fuerza la toalla en que estaba envuelta.

–La verdad es que no –contestó mi madre desde el Centro de Operaciones–. Ahora mismo estoy ocupada.

–Me da la sensación de que esta interrupción no te va a molestar. –Me dirigió una amplia sonrisa mientras se dirigía al despacho de mi madre. Luego le entregó el teléfono.

Había que reconocerle el mérito al chaval. Al atisbar la posibilidad de ser desahuciado de nuestra casa y de nuestra vida cotidiana, se le había ocurrido el único milagro que era capaz de hacer. Lo supe desde el momento en que mi madre dijo «hola».

De todos modos, todavía sonriendo, movió los labios como para pronunciar la palabra «Peyton».

De pronto oí a mi madre jadear, reír, hablar deprisa y con fluidez. Incluso desde otra habitación, percibí su cambio de humor y me imaginé su cara, sofocada y feliz. Todo cambia en un abrir y cerrar de ojos.

Pero no del todo. A pesar de que estuvieron hablando por lo menos media hora —mi madre no se movió del Centro de Operaciones, como si dar un solo paso pudiera romper el hechizo—, Peyton quería tomarse las cosas con calma. Cuando le preguntó si podía ir a verlo, le dijo que no, que todavía no; el teléfono era lo único para lo que estaba preparado. Más tarde me pregunté cómo habría hecho Ames para convencerlo, qué le habría dicho para sacarlo de aquel punto muerto. Si las madres eran capaces de levantar coches para rescatar a sus bebés cuando era necesario, tenía sentido que una persona pudiera ir incluso más allá para asegurarse su supervivencia.

Me había acostumbrado de tal manera al silencio de Peyton que me sorprendí muchísimo cuando volvió a sonar el teléfono un par de tardes después. Cuando la voz enlatada terminó su cantinela de siempre, respiré hondo.

—Hola —dije—. Cuánto tiempo.

Se produjo una pausa; oí voces de fondo.

—Sí. Mucho. Las cosas se pusieron algo... tensas. No tiene nada que ver contigo.

Me quedé callada un momento. Luego dije:

—Aquí también se han puesto tensas. Mamá me pilló con amigos en casa, y encima bebiendo. Se puso furiosa, y desde entonces no me ha dejado salir.

—¿Qué? ¿Estabas bebiendo?

Parecía tan sorprendido, tan sinceramente impactado, que me pregunté si habría olvidado desde dónde me llamaba.

—Solo un sorbo —puntualicé—. Y...

—Sydney, no te dejes atrapar por esas cosas. Eres demasiado inteligente.

—Fue un sorbo —repetí—. Y, básicamente, me ha privado de todo. No es justo.

Durante el silencio que siguió a estas palabras, me di cuenta de que nunca antes había estado tan cerca de decirle a Peyton cómo me sentía sobre lo que él había hecho, y cómo nos había afectado a todos. Inmediatamente pensé que debería dar marcha atrás. Como si fuera demasiado, y demasiado pronto, pero al mismo tiempo algo que llevaba mucho retraso. Abrí la boca, pero mi hermano estaba hablando otra vez.

–Tienes razón –dijo. Silencio–. No es justo. Qué faena. Lo siento muchísimo.

No estaba preparada para lo que sentí al oír esas tres palabras. Llevaba todo aquel tiempo deseando que Peyton dijera algo así. Pero ahora que había sucedido, casi me rompió el corazón.

–No te preocupes –le dije.

Y así lo dejamos estar. Todo arreglado, o al menos lo más parecido a eso. De todos modos, volví a reproducir aquella conversación en mi interior una y otra vez, intentando acostumbrarme al sentimiento que despertó en mí. Como mi San Quien Sea, era un consuelo que no sabía que necesitaba hasta que lo tuve en mis manos.

A medida que pasaron los días y el humor de mi madre fue mejorando, me permití albergar un poco más de esperanza. El certamen estaba ya muy cerca, y que ella estuviera distraída con Peyton solo podía redundar en mi favor. Esperé el momento propicio antes de volver a sacar el tema. Iba puntualmente al instituto y a Kiger y pasaba horas estudiando en mi cuarto, con la esperanza de que mi buen comportamiento fuese tenido en cuenta. Las pocas veces que veía a Mac, además de la esperanza de las que aún estaban por llegar, eran lo único que me ayudaba a sobrellevarlo. Desde el minuto que lo veía antes del primer timbre hasta el beso de despedida antes de subir al coche para ir a Kiger, el día me parecía mejor.

Me llamó un par de veces cuando el grupo se reunía en el anexo de su jardín para que pudiera escuchar un rato los ensayos de Brillante o catastrófico –su nombre oficial, al menos de momento–. Yo conectaba el altavoz del teléfono cuando estaba en Kiger o en mi habitación. Mientras escuchaba, me imaginaba la escena: Eric componiendo poses afectadas al micrófono, Ford con su característica cara de pasmado, Mac marcando el ritmo tras ellos. Había paradas y comienzos repentinos, de vez en cuando algún comentario y las típicas diferencias de opinión. Cada vez que Layla cantaba, sin embargo, sentía escalofríos. Me imaginaba lo que sería oírla en directo en Bendo. Eso si conseguía ir.

Cuando no ensayaba, Mac tenía que trabajar. Si tenía que entregar algún pedido por mi zona, se dejaba caer por Kiger el tiempo justo para verme un momento y saludar. La mayor parte de las veces, sin embargo, nos limitábamos a enviarnos mensajes de texto. Aquel martes, ya estaba apagando el ordenador en Kiger cuando escribió:

Acabo de recibir un pedido curioso.

Aquello era distinto; normalmente empezaba diciéndome el pedido y retándome a adivinar quién lo había hecho.

¿Qué es?, pregunté.

Grande de pepperoni. Pan de ajo,

Hasta yo sabía que era la más genérica de las comandas. Podía ser cualquiera. O todos. Estaba a punto de decirle que necesitaba más detalles cuando el teléfono volvió a sonar.

Creo que era ese chico.

Levanté las cejas, desconcertada. ¿Qué chico?

Una pausa. Jenn salió de la sala de reuniones y apagó la luz del pasillo.

–¿Lista para salir de aquí?

–Sí –contesté–. Un segundo.

¿Ibarra?

Me quedé con la vista fija en aquella palabra sin que al principio las letras tuvieran sentido. Como cuando miras algo fijamente durante tanto tiempo que empieza a parecer que está escrito en un idioma distinto. Jenn ya estaba junto a la puerta colgándose la mochila del hombro. Salí de detrás del mostrador, la seguí y me quedé inmóvil mientras tecleaba el código de la alarma y cerraba la puerta.

–¿Nos vemos mañana? –me preguntó.

Le dije que sí con un gesto y echó a andar hacia su coche, al otro lado del aparcamiento. Mientras me dirigía al mío, busqué el nombre de Mac entre mis contactos frecuentes y pulsé la tecla de llamada.

–¿Cómo supiste que era él? –pregunté en cuanto contestó.

–Al principio no lo sabía –respondió. Era evidente que no le había sorprendido que ni siquiera le hubiera dicho hola–. La verdad es que ya les he llevado más pedidos. Es una casa de una sola planta, saliendo de...

–Pike Avenue.

Por supuesto que lo sabía.

–Sí. –Mac estaba conduciendo. Oí el sonido de su intermitente–. Pero no sé por qué hoy até cabos. Es un chico agradable.

Desde luego que lo era. Y ahora, aunque lo hubiera visto en SuperThrift con mis propios ojos hacía no mucho tiempo, me parecía más real que nunca. Eso es lo que puede lograr una conexión aleatoria, ese momento en que dos cosas separadas de pronto se unen. Como si el destino te diera unos toquecitos en el hombro para que le prestaras atención.

—Tengo que irme —dije—. Lo último que necesito ahora es llegar tarde.

Una pausa. Después:

—¿Estás bien, Sydney?

¿Lo estaba? No podía afirmarlo con rotundidad. Después de pasar tanto tiempo remando en solitario e intentando mantener la barca a flote, tuve la impresión de que la marea cambiaba y me arrastraba con ella. El certamen era dentro de tres días. David Ibarra ahora no era solo una cara, ni un perfil de Ume.com, sino además un lugar al que podía ir si quería. Llevaba mucho tiempo esperando que algo sucediera, esperando un cambio. Ahora que lo sentía cada vez más cerca, sin embargo, no replegarme era lo único que podía hacer.

Había llegado el momento.

—¿Mamá?

Mi madre levantó la vista del escritorio del Centro de Operaciones.

—¿Sí?

—¿Podemos hablar un momento?

En lugar de responder, cerró la carpeta que tenía abierta. Era miércoles por la noche: había elegido ese momento porque no estaba demasiado lejos del viernes y al mismo tiempo tampoco sería a última hora. También había esperado hasta después de la llamada nocturna de Peyton, cuando sabía que tendría la mejor oportunidad de pillarla de buen humor. Para rematar la jugada, mi padre y Ames habían salido. Era ahora o nunca.

—Quería hablarte de lo del viernes —empecé—. Del certamen que te comenté.

Apareció la arruga entre las cejas: no era buena señal.

–¿El certamen?

–¿El grupo de Layla y Mac? –Que no cunda el pánico, pensé. Esto puede jugar a tu favor–. ¿Para todas las edades? Dijiste que lo pensarías.

No era bueno hablar con interrogantes; mostrar confianza en mí misma era clave. Tenía que venirme arriba.

–Empieza a las siete –continué como si ya me hubiera dado permiso y solo estuviéramos concretando detalles–. Son los segundos en actuar, así que estaría en casa a las diez como muy tarde.

La arruga se acentuó. Ojalá no me hubiera fijado en ella.

–Creía que habíamos quedado en que empezaríamos por algo más suave que ir a un club nocturno, Sydney.

–Mamá, llevo semanas sin ir a ningún sitio y sin hacer nada.

Suspiró, cansada ya de la conversación.

–Es que no me parece buena idea. ¿Por qué no llamas a Jenn y a Meredith y les preguntas si les apetece hacer algo?

–No es lo mismo –objeté, aunque sabía que precisamente por eso me lo había sugerido–. Mamá, por favor. Dime que puedo ir. Por favor.

Ya había alcanzado el nivel de máxima desesperación: rogar. La próxima vez, pensé, nada de planear, nada de estrategias. Pero el mero hecho de estar pensando en una próxima vez no hacía más que confirmar lo evidente: no había nada que hacer. Aun así, no me moví de allí y la obligué a que me lo dijera a la cara.

–No, cariño –ratificó. Después esbozó una sonrisa triste que no hizo más que empeorarlo todo–. Lo siento.

Y ahí acabó todo. Mi avemaría, el chute que aspiraba a gol pero que salió tan desviado que me sentí como una idiota por haber esperado otra cosa. Podría haberme quedado y haber seguido suplicando, volver a la carga con todos los listados y argumentos que había preparado. Pero no serviría de nada. Mi madre podía ser un montón de cosas, pero desde luego no una de esas personas que hablan por hablar. Si decía que no, era que no.

—No te preocupes —me dijo Mac la mañana siguiente, cuando se lo conté junto a mi taquilla antes de que sonara el primer timbre. Yo me había echado a llorar, lo cual era muy humillante, por no decir poco atractivo—. Es solo un certamen. Habrá más.

—¡¿Qué le has hecho?!

Me volví y allí estaba Layla, fulminando a su hermano con la mirada.

—Nada —contestó Mac.

—Esta chica está llorando, Macaulay. —Rebuscó en su bolso y sacó un paquete de pañuelos de papel que me alcanzó—. Más os vale no romper por ahora, chicos. Si no puedo formar parte de una pareja feliz, al menos necesito tener una cerca.

—No es por él —dije mientras sacaba un par de pañuelos del paquete—. Es por mi madre.

Estas palabras me hicieron volver a llorar; me apresuré a enjugarme las lágrimas otra vez.

—No le deja ir al certamen —explicó Mac.

—¿Y lloras por eso? —preguntó Layla con un suspiro—. Por favor. Ojalá alguien me prohibiera ir. Eric ya está en un plan mandón insoportable. Y va a peor. ¿Te ha contado Mac que ahora quiere que hagamos meditación antes de salir al escenario?

Layla me conmovió; sabía que solo intentaba hacerme reír.

—¿Qué?

—Por lo visto —dijo apoyándose en la taquilla contigua a la mía, de modo que quedamos hombro con hombro—, eso es lo que hacen las bandas importantes antes de los grandes conciertos. Meditar y visualizar. Asegura que nos situará en el mismo plano mental, «en armonía espiritual antes de pasar a la armonía musical».

Me sorbí los mocos.

–Parece una cita textual.

–¡Pues claro que lo es! –Apoyó su cabeza en mi hombro–. Te vamos a echar de menos. Pero solo será una noche sin importancia. Por desgracia, habrá más.

Sonó el timbre: hora de ir a clase. El reloj nunca jugaba a mi favor. Mac me pasó el brazo sobre los hombros y me atrajo hacia él.

–¿Estarás bien?

–Sí –respondí buscando su mano. Apretó la mía y la mantuvo unos instantes antes de retirarla. Cuando se fue en dirección a su aula, empecé a llorar de nuevo.

–Amor juvenil –dijo Layla mientras sacaba otro pañuelo.

Me sequé los ojos, avergonzada. Tenían razón: era una noche más, una actuación más. Pero yo no era llorona; mi reacción emocional, tan repentina y vehemente, me había sorprendido. Tanto, que en realidad fue casi al final del día cuando fui consciente de lo más insólito de todo aquello. No del hecho de que me hubiera derrumbado, sino de no estar sola cuando ocurrió. Uno solo se viene abajo cuando sabe que está con gente que le puede ayudar a levantarse. Mac y Layla estaban allí para apoyarme. Aunque yo no pudiera hacer lo mismo por ellos.

24

〜〜

–¿Has hecho algún plan con Jenn?

Mi madre se sentía mal por no dejarme ir al certamen. No lo suficiente como para cambiar de opinión, por supuesto. Pero me daba la sensación de que si le hubiera pedido cualquier otra cosa, habría tenido muchas posibilidades de conseguirlo. Lástima que aquello fuera lo único que quería.

–No –contesté cerrando el lavavajillas.

Noté su mirada fija en mí mientras sacaba una bayeta para limpiar las encimeras. En el comedor, mi padre y Ames seguían sentados a la mesa, enfrascados en una conversación sobre los movimientos en los frentes del trabajo y el alojamiento que había surgido mientras cenábamos. Cuando salió el tema, la sorpresa de Ames fue palpable. Era evidente que él había supuesto que volver a poner en contacto a mi madre y a Peyton le iba a reportar algo más que unos días extras entre nosotros. Podría haberle advertido de que mis padres jamás olvidaban. Cuando sacaban un tema a colación, se quedaba para siempre sobre la mesa, por mucho que intentaras ignorarlo.

–Bueno –les dijo mientras se servía otro trozo de pan–, lo del Valley Inn no salió bien. Pero he enviado solicitudes a más sitios.

–¿Y apartamentos?

Ames miró a mi madre.

—¿Os supone un problema que esté aquí?

—Ya hemos hablado de eso —dijo mi padre—. Esto iba a ser provisional, y además dependería del interés que demostraras en buscar alternativas.

—No hay nada —repuso Ames, untando el pan con mantequilla. Tenía mucho que aprender. Por lo menos, debería dejar de comer—. El mercado de trabajo... está fatal ahora mismo.

Mi padre miró a mamá, que alcanzó una carpeta de una silla cercana y la puso encima de la mesa. Huy, huy, huy...

—Me he tomado la libertad de echar un vistazo a los anuncios clasificados de hoy. He encontrado seis trabajos para los que estás cualificado. Y tantos anuncios de gente buscando compañeros de piso que no me molesté en contarlos.

Ames estaba masticando, mirándola aturdido, cuando ella empujó la carpeta abierta en su dirección. Por fin tragó.

—Si queréis que me vaya, me iré.

Silencio. Esa fue su avemaría.

—Creo que será lo mejor —afirmó mi madre—. ¿Peyton?

—Estoy de acuerdo. —Mi padre se limpió los labios con la servilleta—. Te agradecemos todo lo que has hecho por nosotros. Pero será mejor para todos.

Estaba impactada. Es curioso cómo funciona el mundo. No logras una cosa que de verdad deseas, pero el universo te consuela con una compensación inesperada. Yo siempre había creído que para que un deseo se hiciera realidad antes había que pedirlo.

Ames, fiel a su estilo, no puso las cosas fáciles. Primero intentó negociar otro mes. Después otra semana, además de lo que quedaba de esta. A medida que iba rebajando sus peticiones, el ambiente se tornó más desagradable. Por eso mi madre y yo nos habíamos ido a la cocina. Mi padre, sin embargo, se encontraba en su elemento. Podía continuar así toda la noche, y me daba la impresión de que quizá tuviera que hacerlo.

Seguían allí cuando subí a mi cuarto a las siete y media. El certamen había empezado a las siete, e Irv me había prometido mandarme un mensaje por HiThere! cuando salieran al escenario a las ocho menos cuarto, para que pudiera verlos en directo a través del móvil. Mientras tanto estuve con ellos en espíritu, por medio de un intercambio de mensajes a dos bandas con Mac y Layla.

Layla: Eric acaba de comunicarme que mi atuendo no es lo bastante meta. ¿Qué coño quiere decir con eso?

¿Que no es lo suficientemente negro?, **le pregunté.**

Mac: Hicimos una mierda de prueba de sonido y resulta que están todos discutiendo por la ropa. Mátame.

Lo haréis genial, **intenté tranquilizarlo.**

Oí un ruido en el pasillo por delante de mi puerta entreabierta. Hice una pausa y agucé el oído. Un instante después oí a mi madre en el Centro de Operaciones y volví a centrar mi atención en el teléfono.

Mucha gente, **había escrito Layla entretanto.**

¿Nerviosa?

No. **Una pausa. Luego:** Sí.

Otro pitido. Mac: No sé si voy a tener que darle una bofetada a Eric. Por el bien de todos.

Intenta contenerte, **contesté.** Parece que tenéis mucho público.

El certamen. No nosotros.

Típico, pensé. Layla de nuevo.

Una pena que no estés con nosotros. Ojalá estuvieras aquí.

Pitido. Mac. Volví a su conversación. Preferiría estar en Commons Park contigo.

Era un poco mareante seguir dos conversaciones a la vez. Por eso fue un alivio poder darles la misma respuesta a los dos:

Yo también.

Eran las ocho menos cuarto cuando Irv me mandó la invitación a HiThere! Pulsé ACEPTAR y apareció su cara en mi teléfono, ocupando toda la pantalla. Apenas lo oía a causa del ruido que había.

—Salen al escenario —informó mientras una chica con el pelo rubio platino chocaba contra él a su espalda.

—¿Qué tal la primera banda?

—Horrible. Chillidos amplificados, básicamente. Tenemos suerte de que no se haya ido todo el mundo. —Se movió para dejar pasar a un chico con una cazadora de cuero—. Todos en sus puestos menos Eric. Va a... Ah, ahí viene. Va a hacer su entrada desde el público.

Me recosté en la cama, sonriendo.

—¿Cómo, si no?

Comenzaba a oírse la música, solo un par de acordes, un leve toque de batería.

—Bueno, ¡¿estás preparada?! —gritó Irv.

Alguien pasaba por delante de mi puerta. Pero, por una vez, no me importó.

—Sí. Enséñamelos.

Giré el teléfono justo cuando cambió la escena. Gracias al sitio estratégico que había conseguido Irv y a su enorme envergadura, yo podía ver el escenario entero, además de la primera fila del público que se apretujaba frente a las tablas. Eric, con su sombrero de fieltro, se situó ante el micrófono. A su derecha estaba Ford, arrastrando sus grandes pies. Y al otro lado, Layla, con un vestido rojo, unas botas de vaquera y un recogido bajo y flojo. Eric la miró, sonrió y empezó a tocar.

Nerviosa, me llevé la mano a mi San Quien Sea y subí el volumen del teléfono al máximo. Mientras Eric se metía de lleno en la letra de la canción de Logan Oxford que yo me sabía de memoria, toqué la pantalla del móvil y amplié la imagen. Un segundo para enfocar y encontré lo que buscaba. Estaba inclinado sobre la batería, el pelo caído sobre la cara, tocando con ganas. Quizá fuese yo la única que lo observaba tan de cerca. Nunca lo sabría. Pero no era invisible, al menos para mí. Ahí estás, pensé. Ahí estás.

¿Se sabe algo?

Aún no.

Pasaba de la medianoche y ya habían tocado todos los grupos. Ahora era tarea del jurado y de los patrocinadores del certamen escoger al ganador. Mientras tanto, nos mantuvimos a la espera, yo en mi cuarto y todos los demás en el club. Estaba intentando estudiar, pero era incapaz de concentrarme, distraída por el nerviosismo colectivo de Layla y Mac (nunca había intercambiado tantos mensajes en tan poco tiempo) y también por el ruido que no cesaba en el cuarto de al lado. Pero esta vez no era el equipo de sonido de Peyton, sino el ruido de alguien que hacía el equipaje. Alguien muy enfadado.

No me percaté de lo que sucedía hasta que terminaron la actuación. Tocaron bien, y la canción de Layla fue el plato fuerte. El estribillo final del último tema salió un poco chapucero, pero yo estaba segura de que nadie más se había dado cuenta. Durante toda la actuación la música sonó fuerte, incluso a través del altavoz del teléfono, igual que los aplausos y gritos que se desataron a continuación. Cuando Irv y yo por fin colgamos, de pronto todo quedó en silencio. Fue entonces cuando oí el primer golpe sordo, seguido poco después por el sonido de un cajón que se cerraba con violencia. Cuando oí el portazo del armario, mis padres ya estaban a la puerta de mi cuarto.

—Ames se irá por la mañana —me dijo mi madre cuando la abrí—. Solo venimos a avisarte.

Otro golpe. Mi padre frunció el ceño.

—¿Todo bien? —pregunté.

—Sí —respondió—. Ha sido una decisión de común acuerdo.

El estrépito incesante de la media hora siguiente parecía decir lo contrario. Cada cajón que se abría era cerrado de golpe, la puerta del armario rebotaba contra el marco después de cada uso. Llegó a ser tan preocupante que, durante el repentino silencio que se produjo en uno de los descansos de Ames para fumar, salí de mi cuarto, empujé la puerta y asomé la cabeza. Miré para comprobar que nadie me veía y me acerqué a la cama, donde había una hilera de cajas. Una estaba llena de libros, novelas de tapa blanda y un par de títulos sobre adicciones y rehabilitación. Otra contenía toallas, ropa de cama y un par de calcetines hechos una bola. En la última había enseres varios: tazas de café, mecheros, cargadores. En una esquina había encajado un montón de fotografías.

En la de más arriba se les veía a él y a Peyton en una playa de arena blanca, probablemente durante su viaje a Jacksonville. Estaban agarrados por los hombros y sonreían. Pasé a la siguiente: de nuevo mi hermano, esta vez sentado a la mesa de la cocina delante de una taza de café. Tenía una ceja levantada y estaba medio enfadado, esperando el disparo de la cámara. Una foto de Ames y Marla delante de un árbol de Navidad. La última, al fondo de la caja, era de la cena de graduación de Peyton en el Luna Blu. Recordé que mi madre le había dado el teléfono a la camarera para que pudiéramos salir todos. Mi hermano estaba en el centro con una camisa blanca impecable, flanqueado por mis padres. Yo estaba junto a mi madre, después Ames y al otro lado Marla. Todos sonreíamos, y el brillo de las luces del techo había quedado desdibujado por efecto del *flash*.

Oí el pitido del teléfono en mi cuarto. Dejé caer la foto en la caja junto a las otras y volví a mi habitación; me lancé sobre la cama para ver si el mensaje que había recibido era el que estaba esperando sobre el resultado del certamen. Pero no.

De camino al hospital. **Esta vez, Mac escribía por los dos. Es mamá. Es grave.**

Se pueden hacer miles de cosas con un teléfono. Enviar un mensaje o una foto. Consultar el tiempo, las noticias o el horóscopo. Ver y hablar con alguien en tiempo real, jugar, pagar el aparcamiento. Sin embargo, un detalle que la tecnología no había dominado todavía era el hecho de estar presente. No me había importado conformarme con mantenerme a distancia durante el certamen. Pero esto era distinto.

Ni siquiera se me pasó por la cabeza pedir permiso para ir al hospital. Pasaba un buen rato de la medianoche, y ya había recibido bastantes negativas ante peticiones más razonables. Por eso, en los minutos de pánico que sucedieron a aquel mensaje de apenas tres frases, dejé el teléfono a un lado, me senté a la mesa y escribí una nota.

No me engañé. Sabía que mi madre no pasaría de la segunda frase sin venir a buscarme, sin que le importara el resto. Me pareció importante, sin embargo, que se me escuchara en este último argumento. Si me iban a condenar, quería que los detalles de mi crimen también quedaran claros.

Mamá:

Me he ido al Hospital General Universitario. La madre de Layla y Mac está allí, y quiero estar con ellos para apoyarlos. Nunca quise desobedecerte, ni aquella noche en el estudio ni ahora. No soy Peyton. Hago esto porque soy una buena amiga, no una mala hija. Sé que quizá no lo entiendas, pero espero que al menos lo intentes.

La dejé encima del teclado de mi ordenador. Luego alcancé el bolso y la cazadora y salí cerrando la puerta. Después de todos aquellos meses pendiente del reloj, esperando el momento propicio, sabía que tenía un tiempo limitado antes de que me descubrieran. Yo no era la única que siempre oía la puerta del garaje cuando se abría.

En la planta baja todo estaba a oscuras, excepto una luz de la cocina. Eché un vistazo: vacía. Sin embargo, cuando apoyé la mano en la puerta del garaje, supe que había alguien detrás de mí.

Primero sentí una presencia, la materia de un cuerpo. Luego, calor. Finalmente, un aliento en la nuca. Me quedé petrificada. Una mano apareció justo delante de mi cara, con los dedos extendidos sobre la puerta.

—¿Adónde vas?

Instintivamente, aferré el picaporte, lo hice girar y tiré con fuerza. La puerta no se movió. Cerré los ojos, deseando darme la vuelta, aunque sabía que al hacerlo quedaríamos cara a cara, si no nariz contra nariz.

—Déjame en paz —le advertí a Ames, esforzándome por mantener la voz baja y firme.

—Sydney, es medianoche —dijo con una voz aguda y burlona. Claramente audible. Mierda—. No creo que a tus padres les haga gracia.

Me volví. Olía a tabaco. Estábamos incómodamente cerca. Yo no podía retroceder, porque estaba contra la puerta. Y él tampoco lo hizo.

—Déjame en paz —repetí.

En lugar de hacerme caso, se acercó aún más. Cuando levanté las manos con las palmas hacia él para empujarlo, me agarró de las muñecas.

Me sorprendió a mí misma el sonido que emití, un jadeo que era casi un grito. Todo aquel tiempo que Ames había pasado en casa, primero de visita y después viviendo bajo el mismo techo, me había sentido atrapada. Pero en realidad no lo había estado. Ahora sí que estaba atrapada de verdad.

—Ames —dije en un tono cada vez más débil—, apártate.

Al oír eso, sonrió. Luego me sujetó las muñecas con más fuerza y las empujó cada vez más hacia atrás, hasta apretarlas contra mis orejas. Fue entonces cuando me asusté de verdad.

Cuando se inclinó sobre mí con los ojos cerrados, supe que tenía que actuar. Había sido pasiva durante demasiado tiempo. Viendo la televisión todas aquellas tardes largas y solitarias. Sentada a la mesa que tenía ahí cerca, sin contar a mis padres las cosas que me daban miedo. A mi alrededor, por toda la casa, había señales y símbolos de la niña que había sido y que no quería seguir siendo. Peyton no era el único que estaba encerrado.

Cerré los ojos con todas mis fuerzas e intenté apartar la cabeza cuando acercó sus labios a los míos, pero él me sujetó la cara y me obligó a mantenerla frente a la suya. Sentí que sus dedos se hundían en mi mentón.

—Quiero que me mires —dijo.

Mantuve los ojos cerrados.

—No.

—Sydney. —Me apretó con mayor fuerza—. Mírame.

—No.

Mi voz brotó tensa. Casi como un grito. Solo cuando la oí me di cuenta de que tenía la mano derecha libre.

—Solo quiero... —empezó, pero justo entonces mi palma le golpeó la cara. Un sonido fuerte, piel contra piel, una bofetada que hizo que se tambaleara hacia atrás hasta golpearse contra la pared que tenía a su espalda.

Intenté accionar la manilla, apretada contra mi columna vertebral; mis dedos forcejearon y se deslizaron intentando aferrarla. Justo acababa de abrirla y de darme la vuelta, sintiéndome casi libre, cuando Ames me agarró de la cintura. Esta vez grité de verdad y empujé con cada centímetro de mi cuerpo en la dirección opuesta a fin de soltarme. No conseguía moverme, completamente atascada, hasta que de pronto, en un abrir y cerrar de ojos, me tambaleé hacia delante, liberada, y caí sobre los escalones que bajaban al garaje.

Extendí el brazo para apoyarme en el capó del coche de mi madre y recuperar el equilibrio. Luego me di la vuelta, esperando que volviera a por mí. Pero a quien vi fue a mi padre.

Había aprisionado el cuello de Ames con el brazo, el puño apretado, y tiraba de él hacia el pasillo para alejarlo de mí. Todo ocurrió tan rápido y con tanta violencia que solo fui capaz de concentrarme en el sonido de los pies de Ames contra el suelo mientras intentaba resistirse. La expresión de mi padre me impactó. Casi no lo reconocí.

—¿Qué ibas a hacer? —repetía con una voz entrecortada y jadeante—. ¿Qué ibas a hacer?

–¡Un momento! –chilló Ames intentando soltarse–. No puedo...

–¿Estás bien? –me preguntó mi padre sin hacerle caso.

Asentí con la cabeza, incapaz de articular palabra. Después se encendió una luz tras ellos y oí la voz de mi madre:

–¿Peyton? ¿Qué está pasando ahí abajo?

Miré de nuevo a mi padre y luego a Ames, que ahora tenía la cara de un color rojo intenso. No había posibilidad de explicar todo aquello de manera rápida: tenía poco tiempo, muy poco, si es que quedaba algo. De modo que, mientras mi padre sentaba a Ames por la fuerza en una de las sillas de la cocina y la sombra de mi madre se agrandaba según bajaba la escalera, me escabullí hacia el coche.

Me dolían las muñecas, y aún notaba la presión de sus dedos en el mentón. Pero, por muy agitada que estuviera, no olvidaba que unas personas me necesitaban. Todo lo que ocurriera en casa a partir de ese momento tendría que esperar. Cuando subí el brazo y apreté el botón del mando del garaje que guardaba en el parasol, me pareció apropiado que aquel chirrido tan familiar –el mismo que recordaba de la agitada noche de la detención de Peyton, el mismo que anunciaba la llegada de mi madre a casa aquellas tardes solitarias– señalase también el comienzo de aquello, fuera lo que fuera. Se había convertido en el sonido con el que nuestras vidas se asomaban fugazmente al mundo antes de volver a ocultarse. Mientras recorría marcha atrás el camino de acceso, ni siquiera miré para comprobar si alguien salía detrás para intentar detenerme. Prefería no saberlo. Tampoco me molesté en cerrar la puerta.

A pesar de que la cabeza me daba vueltas después de todo lo ocurrido, no dejé de mirar el teléfono en cada semáforo en rojo de camino al hospital. Conocía a Mac: me escribiría un mensaje para decirme que no me preocupase en cuanto no hubiera razón para ello. Pero ese mensaje no llegaba.

El Hospital General Universitario estaba completamente iluminado y en plena efervescencia. Dejé el coche en un aparcamiento cercano y corrí hacia la zona de urgencias, que estaba llena de gente y ruido; como Jackson, solo que con más adultos y bebés que lloraban. Después de esperar durante al menos un cuarto de hora, una enfermera me comunicó que la señora Chatham estaba ingresada. A continuación escribió un número en un trozo de papel: 919. No aparté la vista de él mientras subía en el ascensor, como si pudiera darme alguna pista de lo que me iba a encontrar al llegar allí. Superstición en la más real de las situaciones. Cuando las puertas se abrieron, lo guardé en el bolsillo.

Con cada cosa que hacía —apretar el botón del piso 9, observar cómo se iban iluminando los indicadores de las distintas plantas, dar los primeros pasos sobre el linóleo gastado del pasillo—, imaginé la cadena de acciones que habría tenido lugar en casa. El sobresalto de mi madre al despertar con el ruido del forcejeo en el piso de abajo o con nuestras voces. La visión de mi padre y de Ames en la cocina, antes de echar a correr a buscarme. La entrada en mi cuarto, el hallazgo de la nota. La ropa puesta a toda prisa antes de subir al coche para seguirme. Dos vidas que discurrían por separado pero que estaban a punto de converger, casi como las de Peyton y David Ibarra aquella noche ya lejana. En cualquier momento existían un sinfín de posibilidades de que los caminos se cruzasen y unas personas se toparan con otras, se unieran o hicieran cosas juntas entre una y otra opción. Era asombroso que fuéramos capaces de vivir sabiendo todo lo que podía ocurrir por pura casualidad. Pero ¿qué otra alternativa había?

Allí, en el hospital, esa otra posibilidad –la de no vivir–
estaba muy presente. Lo vi en las habitaciones junto a las que
pasaba: las máquinas con sus pitidos, las cortinas cerradas o
descorridas, los suspiros, los quejidos. Al final del pasillo vi
un letrero: SALA DE ESPERA PARA FAMILIARES. La sala, que estaba llena de sofás y sillones reclinables y tenía un televisor encendido sin sonido en una esquina, estaba vacía. Pero apoyada
en la pared, junto a una bolsa de lona, había una guitarra en su
funda. Y junto a la única mesa, un bolso que reconocí encima de
una silla descolocada. Un chicle YumYum masticado sobre una
servilleta. Acababan de estar allí. Salí a toda prisa.

919, pensé al volver al pasillo. Las habitaciones se convir-
tieron en una serie de manchas borrosas. Solo veía números.
927. Me imaginé a mi madre conduciendo en la oscuridad. 925.
Por fin el hospital que aparecía a lo lejos. 923. El mismo vestíbulo luminoso y lleno de actividad. 921. Casi no había tiempo.
Por fin la encontré. 919.

La puerta estaba abierta. Me detuve ante ella, jadeante.
Justo en el umbral, con su espalda ancha y enorme hacia el pasillo, estaba Irv. Rosie, con una cazadora de *Mariposa* y el pelo
recogido en una cola de caballo, parecía diminuta a su lado. Le
había dado una mano a Irv y otra a Eric, que se había quitado el
sombrero y tenía cara de chiquillo asustado. Después estaba
Layla, con el pelo suelto, mirando al frente. Mac estaba a su
lado. Rodeaban, formando un círculo, la cama donde yacía la
señora Chatham con una máscara de oxígeno, los ojos cerrados.
El señor Chatham ocupaba la única silla y tenía la cabeza apoyada en las manos.

Mi teléfono vibró en el bolsillo. Sabía quién era y que sería
la primera llamada de muchas otras. Sin embargo, permanecí
inmóvil. En cambio, fue el señor Chatham quien se movió,
quizá motivado por mi llegada, y entonces también Layla se
volvió.

Cuando nuestras miradas se cruzaron, pensé de nuevo en aquella tarde en el juzgado, hacía ya tanto tiempo. Cuando, al enfrentarte a la más terrible de las situaciones, lo único que quieres es alejarte y esconderte en tu propio lugar invisible. Pero no puedes. Por eso no solo es importante que nos vean, sino también tener a alguien que nos busque.

Layla soltó la mano de Mac y me tendió la suya. Cuando me situé entre los dos para cerrar el círculo, noté la mirada de Mac clavada en mí. Pero mis ojos solo estaban pendientes de ella. Poco después, los mantuve abiertos mientras ella cerraba los suyos.

25

∽ᑫ ᑫ∽

–Para ti.

Layla se incorporó en el sillón reclinable y se pasó una mano por la boca. Tenía el pelo pegado a un costado de la cara y la mejilla llena de arrugas a causa del tejido de pana del respaldo.

–¿Qué es?

–Tú míralo.

Alcanzó con cuidado la bolsa que yo le tendía para no despertar a su madre, que estaba dormida. Así se había pasado la mayor parte del tiempo mientras la señora Chatham se recuperaba del infarto leve que había sufrido, consecuencia de los episodios recientes. Durante los cortos intervalos que pasaba despierta, preguntaba por el señor Chatham, por aquel de sus hijos que no se encontrara presente ni hubiera justificado su ausencia, y de vez en cuando por el desarrollo de *Big New York* y *Big Los Angeles*. Enseguida se fatigaba y volvía a quedarse dormida, así que teníamos que esperar a la próxima vez para ser nosotros quienes le pudiéramos preguntar algo a ella, o preguntarnos entre nosotros.

Me senté en la otra silla. El asiento, recién desocupado por Rosie, que había ido a tomar un poco de aire fresco y un café, aún estaba tibio. En el exterior, el sol se estaba poniendo.

Resultaba difícil creer que habían pasado menos de veinticuatro horas desde que nos reuniéramos aquí una noche muy distinta, envueltos en otro tipo de sombras. En lugares como aquel se suele perder la noción del tiempo, o eso dicen. Pero no había sido solo el hospital lo que había hecho que las últimas horas vividas me parecieran las más largas desde hacía mucho tiempo.

Layla abrió la bolsa mientras sofocaba un bostezo con la otra mano. Al ver el contenido, abrió los ojos como platos. Levantó la vista hacia mí.

—¿Has...? No puede ser.

Sonreí.

—Es una ocasión especial.

—¿Me lo estás diciendo en serio?

—¡Chsssssssst! —siseó una enfermera desde el pasillo. Se movían en silencio hasta que te regañaban.

«Perdón», indicó Layla moviendo los labios, y se tapó la boca con la mano. Después, sonriendo, hundió la mano en la bolsa y sacó una caja de patatas fritas de Pequeñeces y la puso en la bandeja extensible que tenía al lado. Retiró una capa de servilletas —hizo un gesto de aprobación ante mis esfuerzos por evitar la contaminación por contacto— y sacó otra de Hamburguesería Bradbury, seguida de más servilletas y de la última caja, esta vez de Parrillada Pamlico, que alineó con las otras con delicadeza. Después se recostó en el respaldo para asimilar lo que tenía ante sus ojos.

—La Trifecta. Asombroso.

—Me pareció que te apetecería.

—Cuánto honor. —Suspiró feliz y volvió a mirar el interior de la bolsa—. ¿Por casualidad no habrás...?

Metí la mano en mi bolso y saqué otra bolsa, esta llena de sobrecitos de kétchup de los tres establecimientos. Por supuesto, había ligeras diferencias de sabor. ¿No lo sabíais?

—Toma.

Sonrió embobada al recibirlas, y a continuación flexionó las piernas para sentarse sobre los pies y empezar su ritual. Mientras la contemplaba, la señora Chatham suspiró en sueños; movió un pie, luego el otro.

Yo también estaba cansada, más de lo que recordaba haberlo estado en mi vida. Tras todo lo ocurrido en las últimas veinticuatro horas, apenas había pegado ojo, a excepción de un par de horas aquella misma mañana, entre una conversación con mis padres y el regreso al hospital. En ese corto intervalo, sin embargo, había conseguido evitar ver cómo se llevaban las pertenencias de Ames de nuestra casa. Me quedé frita mientras oía a mis padres consultar con Conrado en el Centro de Operaciones y uno de sus empleados se ocupaba de sacar las cajas. Cuando desperté, todo era silencio. De todos modos, entré en el cuarto de Peyton para verlo vacío con mis propios ojos. La cama sin sábanas, las ventanas abiertas, la moqueta recién aspirada. Se había ido del todo.

A su debido tiempo, tendría que decidir si quería presentar cargos e ir a la psicóloga que mi madre insistía en que viese, con ellos o bien a solas. Era el primer paso para gestionar lo que había pasado aquella noche y durante los meses anteriores. Como había salido disparada para estar con Layla y Mac, jamás sabría cuáles fueron las palabras que se habían dicho cuando mi madre llegó a la planta baja, ni los golpes que habían causado las lesiones por las que el abogado de Ames intentaría exigir una compensación. Fuese lo que fuese, no solo me había permitido acercarme al lecho de la señora Chatham sino también quedarme allí el tiempo suficiente con Mac y Layla para ver cómo por fin abría los ojos. Por una vez, el tiempo jugó a mi favor.

Sin embargo, en esos momentos no fui consciente de nada de esto. Por el contrario, me centré únicamente en la mano de Mac que aferraba la mía, en Layla apoyada en mi hombro al otro lado. Aunque hubiera ocho personas en aquel pequeño espacio, reinaba un silencio que solo rompía el pitido del monitor cardíaco. Casi daba miedo aquella vigilia silenciosa, algo que jamás había experimentado. Pero no habría deseado estar en ninguna otra parte. Me costara lo que me costara –y aún no sabía la totalidad de la suma–, sabía que merecería la pena.

Serían más o menos las dos de la madrugada cuando empecé a preocuparme por mi madre. Esperaba que apareciera de un momento a otro, y cuando empezó a pasar el tiempo sin que eso ocurriese –y sin recibir mensajes ni llamadas– comencé a extrañarme. No podía imaginar qué la estaría reteniendo para no correr detrás de mí, y mucho menos qué podía hacer yo para suavizar la inevitable confrontación que vendría luego. Cuando dieron las tres, estaba francamente inquieta. De modo que cuando todos se pusieron a hablar a la vez, aliviados de que por fin la señora Chatham hubiera recuperado la consciencia y fuera capaz de hablar, le dije a Mac en un aparte que iba a hacer una llamada rápida. Cuando salí al pasillo, la vi.

Estaba justo al otro lado de la puerta, sentada en una silla metálica apoyada en la pared. Tan cerca que, si hubiera mirado, podría haberla vislumbrado desde dentro de la habitación. Como yo, había llegado al Hospital General Universitario y había preguntado por la señora Chatham. A pesar de lo impactada que estaba por lo ocurrido con Ames –por fin había entendido mi resistencia a quedarme a solas con él–, se había disgustado enormemente cuando salí disparada. Lo único que quería era sacarme de allí.

–Pero no lo hiciste –le dije a la mañana siguiente, cuando por fin nos sentamos con mi padre y hablamos los tres sobre todo ello–. Ni siquiera llegaste a entrar.

Mi madre se frotó los ojos; parecía tan cansada como yo.

–Pues pensaba hacerlo. Estaba dispuesta a sacarte de allí tirándote del pelo si era necesario.

—Entonces... ¿qué pasó?

Mamá levantó la vista hacia mí con una expresión similar a la que había visto en su rostro en el pasillo del hospital la noche anterior. Triste, cansada.

—Te vi —dijo simplemente.

Me vio, rodeada de gente a la que quería. A mí, una buena persona, una buena amiga, todo lo que ella tenía a gala haberme enseñado. Después de tantos meses mirándome exclusivamente dentro del contexto de mi hermano, por fin, bajo la luz brillante de aquella habitación de hospital, mi madre había acertado a verme sencillamente como Sydney, sin precedentes ni comparaciones.

Peyton siempre había estado ahí, dando color a nuestras vidas. Al principio esos tonos vivos y excitantes, después los grises y oscuros de los dos últimos años. Pero en aquel momento, rodeada de gente que ella no conocía y en ese lugar extraño, yo era todo menos invisible, lo único que ella reconocía. Y por fin entendió lo que yo llevaba tanto tiempo intentando hacerle comprender: que yo era distinta a mi hermano. Y quizá eso quería decir que también ella podía ser distinta.

Pero yo aún no sabía nada de esto cuando salí y me la encontré en el pasillo. Frené en seco, tan sorprendida de verla que me quedé sin habla.

—¿Está bien? —preguntó por fin, señalando la puerta abierta de la habitación 919 con un gesto de cabeza.

—Lo estará.

Cuando levantó la mano y se la pasó por la cara, esperé. Órdenes, reprimendas, algo. El final de una persecución significaba que te habían atrapado. Ahora solo era cuestión de detalles.

Y llegaron, más tarde. La conversación que tuvimos sentados a la mesa la mañana siguiente sería la primera de muchas sobre los últimos meses. No hablamos solo de esa noche, sino de todo lo demás, desde antes de que Peyton comenzara a meterse en líos. Las excursiones por el bosque. Aquellas largas tardes, sola en casa. Mi decisión de cambiarme al instituto Jackson. Mac y Layla. David Ibarra. Ames. Después de haber contenido la respiración durante tanto tiempo, a veces hasta me daba la impresión de no tener aire suficiente para contar todo lo que necesitaba expresar. Pero, de alguna manera, fue saliendo.

Cuando la conversación se ponía tensa –cosa que sucedió más de una vez–, yo pensaba en aquel momento en el pasillo del hospital. Estaba acostumbrada a que mi madre siempre tuviera un plan. Esta vez era distinto.

Bajo mi atenta mirada, mamá se había inclinado hacia delante hasta apoyar los codos en las rodillas y descansar la cabeza entre las manos. Una enfermera se acercó por el pasillo con un ligero chirrido de zapatos. Apenas nos dirigió una mirada breve. Estaba habituada al sufrimiento.

Te acostumbras a las personas de una determinada manera; dependes de ellos. Y cuando te sorprenden, para bien o para mal, pueden conmoverte hasta la médula. Mi madre siempre había sido una persona rígida, fiera y protectora. Jamás habría pensado que ver cómo se venía abajo no me causaría más que desolación. Qué poco consciente era yo entonces de que precisamente aquello me brindaría por fin la oportunidad de ser la fuerte.

Me arrodillé junto a su silla y la rodeé con los brazos. Al principio se tensó ligeramente, sorprendida. Luego, poco a poco, noté que su cuerpo se relajaba sobre el mío, vivo, cálido y humano. Fue un abrazo incómodo –su pelo en mi cara, uno de mis tobillos medio torcido–, como a veces pueden serlo las cosas más preciadas y vulnerables. Pero allí estábamos, juntas, mientras oíamos los pitidos del monitor en el cuarto contiguo. Controlando los latidos de otro corazón y dando prueba firme y perpetua de los nuestros.

26

⤳⤶

—¿Lista?

Miré a Mac, sentado al volante de la camioneta.

—Más que nunca.

Sonrió y me apretó la mano. Luego nos separamos del bordillo justo delante de la pizzería y nos pusimos en marcha.

Habían pasado dos meses desde la noche del certamen, había empezado un nuevo año. Y ya sabía que sería mejor que el anterior.

La señora Chatham estaba en casa recuperándose, más arropada que nunca por su marido y sus hijos. Brillante o catastrófico no ganó el certamen —por lo visto, al jurado le gustaban los chillidos más que a Irv—, pero había atraído el interés del dueño de un estudio de la ciudad, que les dejaría grabar un disco a cambio de que Eric trabajara para él como aprendiz. Con un trabajo relacionado con la música, su ego estaba aún más hinchado que de costumbre, algo que yo jamás habría creído posible.

Sin embargo, era evidente que Layla veía las cosas desde otro punto de vista, o eso advertí una tarde en el hospital, dos días después del certamen. Entré en la habitación con mis provisiones habituales —patatas fritas, revistas y piruletas YumYum—, esperando encontrarla en su sitio de siempre, el sillón reclinable junto a la cama. Y allí estaba, pero no sola. Eric estaba tumbado cuan largo era y ella se acurrucaba contra él, abrazada a su cuello. Di un paso atrás, sorprendida, y no dije nada cuando nos encontramos unos minutos más tarde en el pasillo. Un par de semanas después, cuando anunciaron oficialmente que estaban saliendo juntos, tuve que hacer un gran esfuerzo por mostrarme sorprendida.

En cuanto a Mac y a mí, manteníamos ya una relación sólida, a lo que contribuyó el hecho de que mi madre aflojara la cuerda en lo relativo a mis horarios. Tampoco es que me diera carta blanca –al fin y al cabo, seguía siendo Julie Stanford–, pero habíamos llegado a un acuerdo. Tenía libre la hora de la comida, pero seguía trabajando con Jenn en Kiger tres días por semana. Eso nos mantenía en contacto, y Meredith solía venir con frecuencia a comer con nosotras (por acuerdo tácito, Margaret, a pesar de que seguía siendo amiga suya, nunca fue invitada). Layla y yo teníamos al menos una tarde libre a la semana para ir a SuperThrift o a comer patatas fritas de las buenas durante el tiempo que no empleaba en enseñarle a conducir, un proceso tan aterrador como hilarante, a menudo las dos cosas a la vez. El tiempo restante lo pasaba con Mac, ya fuese en su casa, en la pizzería o en la camioneta durante los repartos. Mis pronósticos sobre los destinatarios seguían dando en el blanco, aunque esté mal que yo lo diga. El señor Chatham me dijo que tenía buena mano para el negocio. Juro que jamás me había sentido tan halagada.

Después de que yo decidiera no presentar cargos contra Ames, su abogado dejó de llamar a mi padre por el asunto de las lesiones. No volvimos a saber de ninguno de los dos. Mi hermano, sin embargo, me llamaba con frecuencia al móvil, así que podíamos hablar lejos de casa y de mis padres. Teníamos mucho que hablar a raíz de lo ocurrido con Ames y todo lo demás, y a veces las pausas y los silencios se hacían tan pesados que podían conmigo. Cuando eso pasaba, siempre podíamos recurrir a *Big New York*. Hasta lo había convencido de que se pasara al equipo de Ayre, o casi. Era un avance.

Peyton fue retomando el contacto con mis padres y los llamaba con más regularidad. Había empezado a correr en la pista durante el tiempo que les permitían salir al exterior y estaba intentando mejorar su velocidad, así que leía todo lo que caía en sus manos sobre la forma de entrenar. Mi madre, que había sido corredora de campo a través cuando estaba en la universidad, era casi una experta, y este nuevo tema abrió una nueva fase vacilante en su relación. Con el tiempo, Peyton le pidió que fuera a verlo. Al principio me mostré recelosa y me pregunté si habríamos vuelto al punto en que la implicación de mamá se convertía en obsesión. Pero ella me sorprendió. Iba a verlo y disfrutaba de sus llamadas, sobre todo cuando hablaban de atletismo. Pero también le dejaba el espacio que Peyton necesitaba y de vez en cuando esperaba a que fuera mi hermano quien le pidiera consejo, en lugar de estar detrás de él a todas horas.

También ayudó el hecho de encontrar una nueva causa en la que implicarse. Después de aquella noche en el Hospital General Universitario, volvió a visitar a la señora Chatham. Terminaron hablando sobre los problemas de los seguros médicos, así como de la falta de apoyo y comunicación del hospital hacia los pacientes y sus familias. Lo que empezó como un ofrecimiento para reunirse con los gerentes y obtener un poco de información en nombre de los Chatham llevó, durante las semanas siguientes, a que mi madre no solo se brindara a trabajar como voluntaria en relaciones con los pacientes, sino que además recibiera la propuesta de ocupar un puesto remunerado. Ella aseguraba que tendría que pensárselo, que estaba muy ocupada con todo lo demás, pero mi padre y yo sabíamos que acabaría aceptando. A mi madre le encantaban las causas que merecían la pena, y en el hospital nunca le iban a faltar.

A Peyton le quedaban diez meses más en Lincoln, pues le habían reducido la pena por buen comportamiento. Una vez libre, debería pasar seis semanas en un centro de reinserción social, donde tendría que buscar trabajo y alojamiento mientras entrenaba para su primera carrera de diez kilómetros. A pesar de sus progresos, yo sabía que mi madre andaría loca por no poder ayudarle, y más de una vez me acerqué a su ordenador y encontré páginas abiertas con información sobre pisos de alquiler o anuncios clasificados. Las viejas costumbres son difíciles de romper. Pero sabía que lo estaba intentando.

Y yo también. Se acercaba otro Día de la Familia en Lincoln, y había decidido asistir. Mi madre se mostró entusiasmada –cómo no–, aunque no tanto cuando le dije que Peyton y yo habíamos decidido que fuera yo sola. Habíamos recorrido aquella corta distancia los dos solos, pese a que aún nos quedaba un largo trecho que salvar, y yo no quería cambiar nada por miedo a perder terreno. De lo que estaba segura era de que, fuera cual fuera la relación que tuviéramos mi hermano y yo cuando saliera de la cárcel, sería muy distinta de la que disfrutamos de niños. Ambos habíamos madurado de una forma muy distinta. Pero ahora estaba deseando conocerlo bien. Y esperaba que él sintiera lo mismo.

Mientras tanto, en casa seguíamos aprendiendo y buscando otra manera de estar juntos sin que el espíritu de Peyton estuviera siempre presente. Mi madre y yo hablábamos de universidades y hacíamos planes para visitar distintos campus. Ahora pensábamos en un futuro distinto. El mío. Y después de no poca presión por mi parte, Mac por fin había hablado con su padre sobre sus esperanzas de ir a la universidad a estudiar ingeniería, incluso en otra ciudad. El señor Chatham se mostró escéptico, como todos esperábamos, pero no se negó. Ahora, en las tardes transcurridas en La Pizzería de la Costa, Mac y yo dedicábamos el tiempo de descanso de los deberes a buscar información sobre universidades y todo lo relativo al proceso de solicitud de plaza. Mientras tanto, Layla –que había mostrado un nuevo interés en el negocio después de sacar de la biblioteca varios libros sobre gestión empresarial– se afanaba en revisar el sistema de registros de la pizzería y trataba de convencer a su padre para que hiciera otros cambios. El hombre también se mostró algo receloso sobre esa cuestión, pero la escuchó. Al fin y al cabo, ella era la experta. Y ¿quién sabía?, aunque Mac fuese a la universidad y más allá, quizá La Pizzería de la Costa siguiera en la familia después de todo.

Esa era la cuestión. Nunca sabes qué puedes esperar. El futuro nunca se puede romper, porque aún no ha tenido la oportunidad de existir. En un momento dado estás caminando sola por un bosque oscuro, y de pronto el paisaje cambia y lo ves. Algo inesperado y asombroso, casi mágico, que jamás habrías encontrado si no hubieras seguido avanzando. Como ese nuevo amigo que parece haberlo sido toda la vida, o ese recuerdo que nunca olvidarás. Quizá incluso un carrusel.

En cuanto a mí, tenía varios asuntos pendientes. En realidad, fue la señora Chatham quien me dio la idea durante uno de los turnos en que le hacía compañía en la unidad de rehabilitación cardíaca. Debía caminar un rato por los pasillos para recuperar fuerzas y volvía a la habitación agotada, así que se acostaba y cerraba los ojos enseguida. Aquel día creí que se había quedado dormida, de modo que me dispuse a hacer mis deberes de cálculo. Entonces habló.

–Deberías hablar con él, ¿sabes?

Durante nuestro paseo juntas habíamos hablado de Peyton, de cómo estábamos superando las cosas poco a poco, por duro que resultara a veces. Aquello ocurrió con frecuencia durante su recuperación: una especie de elasticidad en el tiempo y las conversaciones que la hacía volver a algún punto del que yo me había olvidado. Los médicos decían que se debía en parte a la medicación y en parte al agotamiento.

—Lo intento —dije—. Pero muchas veces, incluso ahora, no sé qué decir.

—Sí sabes. —Bostezó y giró el rostro hacia la almohada—. Primero pide perdón.

—¿Perdón? —repetí.

Suspiró, a punto de quedarse dormida.

—Y después todo lo demás.

Me senté, perpleja, mientras un hombre pasaba por delante de la puerta abierta con unas flores y un gran racimo de globos. Los contemplé meciéndose al pasar, vivos y luminosos, y me pregunté por qué tendría que pedir perdón a Peyton. No fue hasta el día siguiente cuando me di cuenta de que quizá ella no estuviera hablando de Peyton.

Ahora, en la camioneta, mi teléfono vibró en el bolsillo. Lo saqué y miré la pantalla.

En el estudio con Eric. Está pavoneándose, literalmente, enseñándomelo todo. Dios mío.

Sonreí. Te encanta.

Te juro que no.

Otro pitido. Esta vez, mi madre.

¿Puedes traer una pizza para cenar? Y tu padre demanda pan de ajo.

Hecho, **contesté.** A las seis.

Vale.

—¿Todo bien? —preguntó Mac.

—Sí —dije—. Todo perfecto.

Sin embargo, cuanto más nos acercábamos, más nerviosa me ponía. Aunque conocía bien esas calles por haberlas recorrido en más de una ocasión, hacía tiempo que no pasaba por aquella bifurcación y aquel cruce. Cuando se detuvo delante de una casita baja de ladrillo con los marcos de puertas y ventanas negros, noté lo fuerte que me latía el corazón.

Mac apagó el motor y se volvió hacia mí. Tan precavido como siempre, esperando mi aprobación. Accioné la manilla, abrí la puerta y me bajé. Mientras yo rodeaba la camioneta en dirección al bordillo, él alargó el brazo a su espalda para alcanzar la bolsa isotérmica. Cuando llegué a su ventanilla, ya la tenía preparada.

—Puedo acompañarte si crees que eso te facilitará las cosas —se ofreció.

—Las facilitaría. Pero me parece justo que sean difíciles.

En lugar de responder, se inclinó hacia fuera, tomó mi cara entre sus manos y me besó. Como cada vez que hacía eso, deseé que durase para siempre. Pero sabía que ahora teníamos mucho tiempo para nosotros, así que me obligué a retirarme.

Y luego, no sé cómo, empecé a recorrer el camino de entrada. Cuanto más me acercaba a la puerta, más centraba mi atención. Como si fuera capaz de ver y sentir todo, claro como el agua y con todo detalle. Un gato atigrado lamiéndose una pata junto a los escalones. La suave inclinación de la rampa al subirla. El sonido de un televisor o de música en el interior de la casa. Risas. Al llegar a la puerta, me volví para mirar a Mac. Estar con él no había solucionado todos los problemas que había en mi vida; eso no podría hacerlo nadie. Pero no importaba. En cualquier caso, es una utopía pensar que podemos estar permanentemente en el más feliz de los escenarios. En la vida real, estar siempre cerca de algún sitio es ya una suerte.

Cambié la bolsa de mano, levanté el brazo y llamé al timbre. Siempre hay un intervalo de tiempo desde que anuncias tu llegada hasta que la puerta se abre, y en él tienes que esperar para ver qué hay al otro lado. Trabajar con Mac me había permitido captar breves retazos de muchas vidas, fracciones diminutas de un millón de historias. Esta, sin embargo, era mía.

—¡Voy! —exclamó una voz, y luego oí un sonido chirriante que fue haciéndose más fuerte a medida que se acercaba.

Levanté la mano y aferré la medalla que Mac me había regalado, un gesto que cada vez repetía con más frecuencia. Mi San Quien Sea. Me gustaba saber que había alguien custodiándome, quienquiera que fuese. Todos necesitamos protección, aunque no siempre sepamos frente a qué.

Se oyó el chasquido de un pestillo y observé cómo giraba el picaporte y se abría la puerta. Y entonces apareció David Ibarra, mirándome sorprendido.

—¿Hemos pedido pizza? —preguntó.

—No exactamente —respondí.

No tenía ni idea de lo que ocurriría a partir de ese momento, si existirían las palabras que pudieran expresar todo lo que sentía. Él podía darme con la puerta en las narices. O preguntarme en qué creía yo que podía ayudar presentándome allí. Había imaginado todas esas situaciones y cualquiera de sus variantes. Sin embargo, solo ahora, al dar la cara, sabría por fin qué iba a ocurrir.

«Primero pide perdón», me había aconsejado la señora Chatham. Ahora, de pie frente a él, lo único que me vino a la cabeza fue otro principio, en la sala del juzgado, hacía ya tantos meses. El juez había hecho una pregunta —«¿Puede ponerse en pie el acusado, por favor?»—, y para mí, para Peyton, mis padres, Mac, Layla, para todos, lo que sucedió a partir de ahí era una larga y aún inconclusa respuesta. Me pareció lo más apropiado que aquí y ahora fuese yo quien planteara mi propia pregunta.

—Soy Sydney Stanford —dije—. ¿Puedo pasar?